KB130699

안개 여인, 그녀의 정체

콜리마수용소 조선 사생아의 정체성을 찾아서

정다운 장편소설

영하 40도 죽음의 엘겐수용소
붉은 사생아의 인간 실존 드라마

청어 도서출판

안개 여인, 그녀의 정체

정다운 장편소설

소설가의 탐구 정신이 돋보인 작품

이영철(소설가)
한국소설가협회 부이사장

내가 아는 정다운 작가님은 지긋한 연세에도 불구하고 참으로 부지런하고 창작 의욕이 넘치는 청년이다. 언제 봐도 온화한 인품에 미소를 띤 낮은 목소리의 조용한 말투는 상대방이 어느 누구든 무장해제 시키는 매력이 있다. 선비의 모습이 엿보인다.

정다운 작가님이 심혈을 기울여 집필한 장편소설 『안개 여인, 그녀의 정체 -콜리마수용소 조선 사생아의 정체성을 찾아서』는 한국의 평범한 한 여성이 강제로 소련군의 붉은 씨받이가 될 수밖에 없었던 상황과 소련 스탈린의 의도된 음모를 파헤친 보기 드문 역작이다. 소재의 특이성과 작가가 창작으로만 쓴 것이 아니라 발로 직접 뛴 귀한 자료 등을 통해 소설임에도 어느 면에서는 다큐멘터리를 보는 듯하면서도 가독성 또한 뛰어나다. 북조선으로 진주한 소련군에 의해,

그것도 스탈린에 의해 계획된 음모에 의해 자행된 현대사의 통한의 아픔을 재조명한 한국소설문학사에서 처음 시도한 작품이 아닌가 싶다.

이 작품은 영하 40도를 넘나드는 혹한의 죽음의 엘겐수용소에서 태어난 '붉은 사생아'의 일대기를 다룬 소설로써 수용소문학 창시자 바를람 샬라모프의 맥을 잇는 작품이라 할 수 있다. 이 작품은 철저한 고증과 방대한 자료의 분석과 긴 창작의 고통의 시간이 없고서는 결코 결실을 볼 수 없었다. 예로 소련의 복잡한 지명과 위치, 역 이름들의 나열만 보더라도 막연히 머릿속에서 나오는 창작만으로는 소설의 공간을 채울 수 없다. 그만큼 발품을 많이 팔고, 현지답사 등을 통해 꼼꼼히 기록한 결과물이라 할 수 있다.

이 작품은 한 아이가 시베리아 북극동 콜리마지역 죽음의 수용소인 엘겐수용소에서 누구에게도 축복받지 못하는 존재인 사생아로 출생한 후에 겪게 되는 정체성의 의혹에 시달리며 살아남기 위해 몸부림치는 아픈 삶을 추적한다. 성장한 이후 자신의 출생 비밀을 밝히기 위해 온몸으로 부딪치며 각종 난관을 헤쳐 가는 '붉은 씨받이 아기'였던 여인의 집념과 한민족 후예로서의 당찬 기개는 작품을 읽는 내내 가슴이 아려오면서도 현대사의 한 단면을 보는 것 같아 가슴을 뭉클하게 했다.

그녀는 그 시절 아이라면 누구나 즐겨했던 낱말 잇기, '원숭이 똥구멍은 빨개…'를 흥얼거리고, '백두산 뻗어 내려 반도 삼천리…'를 노래하며, 자신의 외로움과 불안감을 달랬다. 그녀는 성인이 되어서도 이같은 습관을 되풀이하면서 '이방인 아닌 이방인'인 자신의 정체성을 찾으려 노력했으며, 이 같은 과정을 통해 한민족 후예라는 존재감을 다시 한번 확인하는 계기가 된다.

그녀는 자신을 사랑한 기자와 함께 모스크바로 가서 철저한 조사 끝에 북조선으로 진주한 소련군의 횡포를 다룬 페데로프보고서를 발견하게 된다. 또한 자신의 어머니가 소련군에 겁탈당한 후 가출하여 알게 된 원산 유곽녀와 함께 김일성 암살 음모 날조에 연루되어 콜리마로 유형을 가게 된 행적을 추적함으로써 소설은 클라이맥스를 향해 치닫는다.

그리고 그녀가 찾아간 옛집에서 우연히 발견한 엄마의 수기장에서 자신의 출생 비밀과 그것에 얽힌 살인사건을 밝혀주는 놀라운 기록에 접하게 된다. 그토록 찾아 헤맸던 출생의 진실 앞에 선 그녀는 어린 시절 흥얼거리며 놀았던 '대한의 노래'를 되뇌며 한민족 후예로서의 존재감을 다시금 확인하고 새로운 출발을 다짐한다. 이런 기구한 삶을 영위한 그녀의 아픔과 다짐은 소설가인 딸에게도 이전되어 외할머니와 엄마의 일대기를 바탕으로 한 야심찬 작품을 구상하게 하기에 이른다.

정다운 작가는 두 여인의 삶의 궤적을 따라가며 작가의 예리한 시각으로 소련군의 붉은 씨받이 음모를 철저하게 파헤치는 가운데, 자신의 출생 의혹과 정체성을 찾아나가는 조선 여인의 끈질긴 집념을 드러낸다. 그러므로 이 작품은 붉은 조선 사생아의 인간 실존 드라마이자 시베리아 북극동 콜리마지역 죽음의 수용소로 내몰린 기구한 운명의 두 여인에게 바치는 작가의 헌사이기도 하다.

아픈 현대사의 기록

『안개 여인, 그녀의 정체』는 수용소문학 창시자인 '콜리마 이야기' 작가 바를람 샬라모프의 맥을 잇는 작품이라고 할 수 있다. 샬라모프는 '소용돌이 속으로의 여행' 작가 예프게니아 긴즈버그와 함께 전후 알렉산더 솔제니친에 앞서 악랄한 독재자 스탈린에 의해 자행된 인권모독 굴라그 실태를 고발한 바 있다. 필자는 이들의 문학궤도를 따라서 소련군의 붉은 씨받이 음모를 파헤치는 가운데 자신의 출생 의혹에 몸부림치며 정체성을 찾아나가는 조선 여인의 끈질긴 집념을 드러냄으로써 한민족 후예로서 올바른 자리 매김의 의의를 되새기고자 했다. 그러므로 이 작품은 붉은 조선 사생아의 인간 실존 드라마이자 시베리아 북극동 콜리마지역 죽음의 수용소로 내몰린 기구한 운명의 두 여인에게 바치는 헌사이다.

해방 후 정신대, 이른바 데이신따이로 불리는 일본 종군위안부에 관한 논의는 늦게나마 활발하게 진행되어왔다. 이 활동은 그동안 시행착오가 있기는 해도 사회가 발전함에 따라 나타난 여권신장과도 맞물려 페미니즘 측면에서 새로운 인권운동으로 차원이 격상되기에 이르렀다. 그러나 그 그늘에 묻혀 있는 또 다른 여성 인권문제에 대해서는 정부나 인권운동가나 할 것 없이 관심을 가지지 않았다. 1945년 8월 해방군을 자처하고 북한에 진주한 소련군에 짓밟힌 여성들 문제 말이다.

이 문제에 대해서 남북한을 막론하고 전혀 문제를 삼지 않았다. 소련이 후견인 역할을 담당하여 출범시킨 북조선 정권은 물론 소련군의 횡포에 짓밟힌 조선 여인들, 이른바 붉은 사생아의 인권에 신경을 쓰고 싶지 않았을지도 모른다. 그러나 그것으로 면책이 되지는 않을 것이다. 한국의 집권자들은 왜 또 그녀들에 대해 관심을 가지지 않았을까? 해방 후 초기에는 신생 독립국가로서 국가 기반 다지기에 여념이 없었다 치더라도 1990년대 이후 여권신장과 인권운동이 전개된 시기에도 붉은 사생아에 대한 말이 없었다. 이 대목에서 늦게나마 우리는 동시대인으로서 의혹과 반발심을 갖게 될 것이다.

필자는 1945년 12월 29일 페드로프 중령이 소련군 25군 치스차코프 사령관에게 제출한 북한주둔 소련군 감사보고서에 주목했다. 그 무렵 이미 소련군의 횡포 소문이 북한 전역에 널리 구전되고 있던 중이었다. 이 와중에 나온 감사보고서는 소련군뿐만 아니라 북한에도 큰 의미를 지니는 것이었다. 그러나 치스차코프는 시큰둥한 반응을 보였을 뿐 이렇다 할 조치를 취하지 않았다. 너무나 어처구니가 없었다. 해서 여기서 모티브를 가져와 소련군의 붉은 씨받이 음모인 안개작전을 중심으로 작품을 구상하게 되었다.

요약컨대, 한민족의 후예가 겪지 않으면 안 되었던 시대의 아픔을 되새기면서 거칠게 내달리는 역사의 수레바퀴에 깔려 희생된 한 여인의 처참한 삶과 소련군 사생아로 태어난 후 생존의의를 확인하기 위해 정체성을 찾아 나서는 한 여인의 처절하고도 가슴 벅찬 절규 속에서 자신의 정체성을 확인하는 과정을 형상화했다. 그러나 단순히 개인의 고난을 추적한 것이 아니라 어쩔 수 없이 짊어져야 했던 어두운 생의 그림자를 통해 역사에 역행한 자들을 세상에 고발하고자 했다. 나아가 이 작품을 통해 거친 역사의 격량에 희생된 조선 여인의 상처를 치유함으로써 통일 이전에 민족통합을 달성하는데 일조가 되었으면 한다.

시대적 배경은 해방 무렵 소련군의 북한 진주와 소련의 일본군 시베리아 강제수용소 수용 시기와 이 시기에 일어났던 조선 여인의 고난의 삶을 붉은 사생아가 추적하는 시기, 즉 고르바초프의 집권시기에 해당한다. 그런 만큼 이 작품은 하바롭스크에서도 수천 리 떨어진 시베리아 북극동 콜리마지역 죽음의 수용소라던 엘겐수용소 생활 현장을 펼쳐 보이며 스탈린의 반역사적 인권모독적 굴라그 실태를 드러내고 있다. 영하 40도를 오르내리는 혹한 속 시체 무덤인 콜리마 백골도로를 따라간 수용소에서는 여성이 없는 무성의 여자 수인들의 참상이 드러난다.

이와 더불어 고르바초프의 페레스트로이카노선에 밀려나던 강경 보수세력의 고르바초프 암살음모를 비롯 과도기 공산종주국의 혼란상을 엿볼 수 있게 한다. 이 시기 한국에서는 근대화과정에서 붉은 사생아를 사랑했던 기자가 좌천성 퇴직과 해직기자가 되는 등 어려웠던 언론실상이 드러난다. 또한 강압적 통치체제에서 문민정부에 의한 민주체제로의 전환을 앞둔 과도기에서 주인공인 붉은 사생아는 바와 요정을 거쳐 지방 도시 맥주홀을 전전하다가 결국에는 소련 마피아와 연루되는 등 과도기 한국 사회상을 드러내고 있다.

필자는 신문기자 시절 봉급투쟁에 가담했다가 후배 기자와 함께 좌천성 퇴직을 당한 후 막걸리를 마시며 울분을 토했다. 통금시간이 되어 찾아 든 여관방에서 한 여인의 수기, '이 여인의 옷깃을 들추지 마라'를 발견, 밤새 읽고 울적한 기분에서 헤어나지 못했다. 그로부터 40여 년만인 2009년 가을 남북문제를 천착하기 시작하면서 페데로프의 감사보고서와 함께 기억의 한편에 잠재해 있던 그녀의 수기를 바탕으로 작품 구상에 착수하여 2010년 4월 탈고했다. 작품은 '붉은 사생아'였다. 그러나 출간은 하지 않은 채 두고두고 퇴고를 거듭해왔다. 그러다가 2019년에 우연하게도 신문사 옛 동료로부터 일본 여인의 정치범 재판과 콜리마지역 강제수용소행을 다룬 책을 입수하게 되었다. 거기에는 공범인 조선 여인들이 함께 재판을 받았다는 얘기만 언급되어 있었다. 여기서 모티브를 가져와 기존 작품에 활용하여 2020년 5월 개작을 완성했다.

제목은 '붉은 사생아의 행로'였다. 그 후 1년 3개월 동안 거듭 퇴고를 한 끝에 이 작품을 세상에 내놓게 되었다. 제목도 처음에 '콜리마 수용소 조선 여인의 사생아'라고 했다가 붉은 씨받이 음모인 안개작전의 상징성을 고려하고, 남녀 주인공이 만나게 되었던 계기와 붉은 사생아의 정체성 찾기에 방점을 두어 '안개 여인, 그녀의 정체'로 고쳤다. 따라서 이 작품은 실제 모델에다가 픽션을 가미하여 팩션이라고도 할만하지만 큰 줄기는 어디까지나 픽션이다.

10년이 넘는 기간은 작품이 숙성할 만큼 긴 시간이 되지만 과연 이 작품이 암울한 시대상과 저 멀리 콜리마지역 죽음의 수용소로 내몰린 조선 여인의 고난, 출생의 의혹에 몸부림치며 정체성 찾기에 나선 붉은 사생아의 절규 등 그늘에 파묻힌 여인들의 고된 삶이 제대로 발효되어 무르익은 것인지, 그 판단은 독자의 몫이다.

이 작품이 나오는데 협조해준 옛 국젠신문 동료와 북한망명펜 이사장 김정애 작가에게 감사의 뜻을 전한다. 신문사 동료는 일본인 원산 유곽녀에 관한 귀중한 자료를 제공해주어 개작에 도움을 주었고, 김 작가는 장또순의 구수하고도 감칠 맛 나는 함경도 사투리를 재현해 주어 현장감을 한층 돋보이게 했다. 이 자리에서 문제의 수기를 접하게 된 계기를 함께 했던 후배기자 신영수 전 경향신문 주베이징특파원 얘기를 빼놓을 수 없다. 베이징저널 대표로 활동하다가 귀국한 그는 자신이 등장하는 소설을 출간할 예정이라는 말을 듣고 매우 반가워했다. 헌데 직지소설문학상 응모작을 쓰느라 작품의 출간이 늦어지는 사이, 그는 2018년 12월 위암이 재발하여 세상을 하직했다는 소식을 들었다. 이 자리를 빌어 고인의 명복을 다시 한번 빌고 싶다.

끝으로 작품 출간에 여러모로 협조해 주시고 남달리 작가의 노고를 함께 하려는 자세를 잃지 않는 청어 이영철 대표와 편집진에게 감사를 드린다.

차례

안개 여인, 그녀의 정체

콜리마수용소 조선 사생아의
정체성을 찾아서

프롤로그

　-원숭이 똥구멍은 빨개-빨가면 사과-사과는 달다-달면 바나나-바나나는 길다-길면 기차-기차는 빠르다-빠르면 비행기-비행기는 높다-높으면 하늘 -하늘은 푸르다-푸르면 백두산-

　난데없이 노래도 아니고 시도 아니고 낱말잇기 하는 말이 어디선가 들려왔다. 1950, 60년대에 어린 시절을 보낸 사람의 귀에 익은, 너무나 정겨운 낱말 연상 놀이었다. '원숭이 똥구멍은 빨개'로 시작되는 이 놀이는 어린이들의 낱말 익히기에 도움이 되기도 했지만 놀이 도구가 없던 그 시절 동무끼리 어울려 정겨운 한 때를 보낼 수 있는 수단이었다. 마지막 낱말에 잇대어 백두산으로 시작되는 창가, '백두산 뻗어내려 반도 삼천리⋯.' 하며 손에 손을 잡고 부르던 합창은 어린 마음속의 끈을 더욱 끈끈하게 맺어주던 것이었다.
　지금 인터넷을 넘어 SNS니 유튜브니 하는 세상에 이런 옛날 옛적 아날로그 시대 구전 커뮤니케이션 방식이 들리다니, 누구나 고개를 갸우뚱할 만했다. 주변을 둘러보아도 어린애는 보이지 않았다. 아마도 1950, 60년대를 살았던 이들에게 오늘도 잊을 수 없는 추억의 열쇠가 되어 먼 기억 속에 잠든 상념의 문을 열고 한가락 소리가 들리고 있는지 모를 일이었다.

겉으로는 사과처럼 붉으면서도 달콤하기는커녕 인도주의 정신이 빠져나간 '얼빠진 보랏빛'으로 물든 그림자가 한세상에 드리운 적이 있었다. 그 그림자 뒤에 숨은 누군가가 있어 사람 사는 세상을 점점 얼빠진 보랏빛으로 덧칠해 나갔다. 순진무구한 어린이들은 붉은 사과가 달다는 사실을 잊은 채 세상은 보랏빛으로만 되어 있는 것처럼 느끼며 살았다. '얼빠진 보랏빛' 그림자에 가려진 세상에서 전혀 엉뚱하게 엉뚱한 곳에서 태어나 살아야 했던 한 조선 소녀가 자라 빨간 사과 같은 자신의 참모습을 모른 채 자아를 찾아 몸부림친 한 여인의 인생이 있었다.

1. 내 속옷을 들춰라

1

영등포구 신길동 서민주택이 들어선 마을 입구는 땅거미가 짙게 깔리면서 을씨년스런 모습을 드러내고 있었다. 마을로 들어가는 길 양옆에는 서민 동네라는 것을 알려주기라도 하듯 고만고만한 구멍가게들이 늘어서 있었다. 그 장면만 따로 떼어놓고 보면 서울이라기보다 어느 시골 면 소재지 상가쯤으로 보일 정도였다. 마을 쪽에서는 저녁을 짓는 연기가 뭉게뭉게 피어오르기 시작하고, 구멍가게에는 전깃불이 들어 와 늦게 찾는 손님을 기다리려고 하는 중이었다. 조그만 잡화상을 비롯하여 담뱃가게, 미장원, 연탄가게, 이발관, 문방구 등이 순서 없이 얽혀 있는 상가 한쪽에 식당이 하나 구색 맞춤하듯 끼어 있었다. 식당이라야 낡고 허름한 탁자에 삐걱거리는 나무 의자 몇 개와 드럼통을 잘라 만든 난로가 놓인 것이 고작이었다. 여느 때면 동네 남자들이 둘러앉아 이웃들 험담을 하거나 새로운 소문들을 전하던 선술집 같은 곳이었다.

이 식당에 30대 중반의 사내와 20대 후반의 사내 둘이 앉아 초저녁부터 소주잔을 기울이기에 바쁜 모습이 눈길을 끌었다. 드럼통을 잘라 만든 난로 주위에 붙어 앉은 두 사람은 굳은 표정에 분노가 묻어나는 얼굴로 소주잔을 벌컥벌컥 들이키다가 간간이 쌍소리를 내뱉고 있었다. 그날 신문사에 사표를 내던지고 나온 한강일보 정대성과 후배 신영훈 기자가 착잡한 심정을 안고 소주를 진정제 삼아 마시고 있는 중이었다. 그들은 봉급투쟁 끝에 결국 스스로 신문사를 그만두고 길바닥에 나앉기로 작정한 터였다.

1970년대 중반 한국 사회는 고도성장의 단계에 와 있었다. 이제 막 수출 10억 달러 달성을 자축하며 성장의 고삐를 당기고 있던 중이었다. 그러나 원초적인 생계문제는 일반 노동계처럼 언론계에도 마찬가지였다. 기자의 월급은 있는 둥 마는 둥 하여 자유당 시대부터 소위 악덕기자가 말썽이 되어 왔다. 그 악덕기자의 잔재가 이 시기에도 남아 있어서 사회 일부에서는 기자라고 하면 곧 악덕기자와 동의어로 받아들이고 있었다.

오죽했으면 신문기자에게 시집 안 간다는 말이 시중에 나돌았을까?

대성도 맞선 보러 고향에 갔다가 이런 좋지 못한 이미지의 피해자임을 실감한 바 있었다. 입사시험 때 사장 앞에서 기자의 사회적 사명 운운하며 열변을 토했던 자부심이 선을 보는 과정에서 수모를 당한 적이 있었다. 나이 서른이 넘었는데도 장가갈 생각을 하지 않자 어머니가 중매쟁이에게 부탁하여 국민(초등)학교 여교사와 선을 보도록 주선했다. 전갈을 받고 고향에 내려갔던 대성은 어처구니없는 소식을 들었다. 여선생은 신문기자 직업이 싫어 맞선을 거절했다는 것이었다.

이번에는 다른 곳이 아닌 사내에서 기자의 버팀목인 자부심을 무너뜨리는 일이 벌어졌다. 입사 동기생들과 함께 자장면으로 점심을 때우며 자부심 하나만이라도 지키려고 노심초사해 온 것도 사장의 인색한 봉급 인상으로 허사가 되는 기분이었다. 서울 시내에서 규모가 제법 큰 종합대학교를 거느리고 있던 사장의 인색한 처우 앞에서 대성은 '너무한 당신!'이라고 외치고 싶었다.

선배들은 봉급투쟁은 하지 않고 미온적으로 봉급 인상을 건의하는 선에서 그쳤다. 그래서 의기투합한 후배 기자 몇 명과 출근 후 사흘간 일을 하지 않은 태업투쟁을 벌였다. 며칠 후 다른 기자들은 부장 체면을 생각해서 사내로 들어가고 대성과 신영훈 기자만 버티었다. 그러자 회사 측은 이런 분위기를 조성한 책임을 물어 선배 기자 몇 명에게 경고 조치를 내리는 한편 대성과 신 기자는 판매부로 전보 발령했다. 기자 입사시험을 치르고 입사한 기자를 업무국 소속으로 보낸다는 것은 단순한 좌천성 전보가 아니라 기자를 그만두라는 것이었다. 당시 신문사마다 봉급 인상 때면 홍역을 치르곤 했는데 반발한 기자를 추방하는 수법이 비슷했다. 참을 수 없는 수모를 주는 방식으로 전보시켜 스스로 그만두게 하는 것이 관례였다.

정대성과 신 기자는 부장과 편집국장에게 부당함을 호소했으나 판매부 소속도 사원이라며 얼렁뚱땅하고 말았다. 간부들 꼬락서니가 그러니 말해봐야 틀린 일이라고 판단하여 스스로 한강일보를 사퇴했다. 을씨년스런 기분에 빠진 두 사람은 술로 마음을 달래고 있는 중이었다.

신 기자는 욕지거리를 해댔다.

"씨팔, 김 사장 그 자식! 대학 등록금을 엄청나게 받아먹으면서 신문사에는 투자도 하지 않고 말이야! 모리배지 모리배야!"

정대성은 덩달아 욕이 목구멍으로 솟아오르려는 것을 억제하고는 이제와서 욕해봐야 무슨 소용이 있겠느냐며 빨리 자리 잡을 생각을 하자고 그를 달랬다. 그러나 응어리진 감정은 쉽게 풀리지 않아 술잔을 주거니 받거니 하다 보니 벌써 통금시간이 가까웠다.

정대성은 신 기자가 안내해 준 부근 여관에서 옷을 입은 채 이불 위에 활개를 뻗쳤다. 자리에 누우니 심신이 노곤해졌다. 거취를 둘러싸고 종일 스트레스에 시달렸던 하루였다. 잠시 누웠다가 세수를 하고 방에 들어올 때 눈길에 무엇이 들어왔다. 자세히 보니 단행본이었다. 여관방에 무슨 책이 있나 싶어 무심코 집어 들었다. 누군가 심심풀이로 가지고 와서 훑어보고는 버리고 간 것 같았다. 그렇고 그런 섹스 이야기일 것이라고 짐작하며 제목을 봤다.

'내 속옷을 들춰라'

유한나-작자는 여성인데 누군가 대필한 책인 것 같았다. 잡지사 기자인지, 문필가인지 모르나 글 좀 쓰는 사람이 주인공의 이야기를 듣고 쓴 책임을 알 수 있었다. 호기심에 책을 펼쳐보니 읽어갈수록 끔찍한 얘기들이 잇달았다. 유한나가 어디서 낯익은 여인 같은 생각이 들어 차츰차츰 그녀의 고백 속으로 빠져들어 가기 시작하여 피로감도 잊은 채 책 한 권을 독파했다. 그리고 유한나의 정체를 깨닫기까지에는 시간이 그리 오래 걸리지 않았다. 고백의 주인공은 지난날 안개 낀 남강둑에서 만나 사랑을 불태웠던 바로 그녀였다.

운명의 장난일까? 어떻게 이런 일이 있을 수 있단 말인가? 정대성은 너무도 뜻밖의 일에 무슨 계시를 받은 것 같은 기분이 들었다. 하필이면 신문사를 그만둔 날에 그토록 찾아 헤맸던 그녀가 느닷없이 유한나라는 이름으로 고해성사하듯 자신 앞에 책이 되어 나타나다니…. 그는 감격에 벅찬 가슴을 안고 아득한 추억을 더듬어 여관 방 천정에 시선을 모았다. 강변에 기다랗게 펼쳐진 남강둑이 천정을 가로질러 모습을 드러내고 있었다.

1966년 여름, 장마가 막 끝나가던 무렵 저 아래 길게 뻗은 남강은 강낭꽃 보다 더 푸른 논개의 넋을 기리는 듯 유유히 흐르고 있었다. 남강둑과 강 사이 넓은 밭에는 소풀(부추)이 밭마다 빼곡히 늘어서 소시민의 명줄을 이어주는 효자 채소 노릇을 할 날을 손꼽아 기다리기라도 하는 양 저마다 고개를 들고 있었다. 그 바로 밑 강변 모래밭에서는 강아지를 데리고 나온 조무래기들의 웃음소리가 들려오고, 멀리 강 아래쪽 뒤벼리에서는 여인네들의 빨래방망이 소리가 남강 물을 진동시키고 있었다.

그날따라 뿌옇게 시야가 흐린 남강둑에 흡사 안개 속에서 무슨 유령이 걸어가듯한 여인의 모습이 서서히 드러났다. 대성이 걸어가던 방향으로 저 앞쪽에 검은 투피스를 입은 여인이 약간 빠른 듯 사뿐사뿐 발걸음을 옮기고 있는 것이 눈길을 사로잡았다. 그는 발걸음을 빨리하고서 그녀를 따라잡았다. 뒤에 바짝 붙어 가다 보니 그녀의 몸매가 그의 눈앞에 드러났다. 제법 큰 키에 군더더기 없이 날씬하게 생긴 그녀의 몸피, 그리고 약간 간들거리는 듯한 걸음걸이로 사내들의 눈에 매력적인 여인으로 보일만 했다. 지방 아가씨 같지 않은, 어딘지 세련된 인상이었다. 더욱이 검은 투피스가 세련된 분위기를 느끼게 해 여성 취향이 비교적 까다로운 그의 눈에도 멋있어 보였다.

대성은 한동안 그녀의 뒤를 따르다가 몰래 훔쳐보는 것이 들통 날까 봐 살짝 옆으로 스치며 지나갔다. 지나면서 약간 고개를 돌려 얼굴을 보았다. 갸름한 얼굴에 유달리 희게 보이는 피부와 깊숙이 파인 듯한 눈, 오똑한 콧날이 얼른 시선에 멈췄다가 스쳐 지나갔다. 그는 시침을 떼고 몇 발짝 걸어가다가 궁금증이 가라앉지 않아 한번 돌아보았다. 속으로 움찔하면서 말이다. 그녀의 출생이 궁금할 정도로 이국적인 미모였다.

이런 미인이 옥봉동, 아니면 장대동 그 어디에 사는가 싶어 몹시 궁금증이 일었다. 몇 발짝 더 가다가 용기를 냈다.

"실례합니다. 저, 어디 삽니까?"

뜬금없는 질문에 그녀는 힐끗 보더니만 말없이 걷기만 했다. 순간 그는 거부반응이 아니다 싶어 웃으면서 다시 한번 말을 걸었다.

"나는 옥봉동에 사는데요. 혹시 옥봉동에 사는 것 아입니까?"

이 말에 그녀는 아는 사람일 것 같다 싶었던지 순순히 대답하고 나왔다.

"저도 옥봉에 살아요. 옥봉 어디 사는데요?"

"옥봉 노송 샘 앞에 삽니다. 반갑습니다."

그 일대에서는 웬만한 사람이면 모르는 사람이 없을 만큼 노송 샘은 잘 알려져 있었다. 대성은 아마 옛날에 우물 옆에 노송이 있어서 그렇게 불렀을 것이라 짐작했다. 그녀도 그 우물 이름을 듣고 있었는지도 몰랐다. 그녀가 별달리 싫은 내색을 보이지 않아 두 사람은 이야기를 주거니 받거니 하며 걸었다. 처음부터 그녀가 대성에게 보인 태도로 보면 그를 알고 있었는지도 모를 일이었다. 그녀는 그가 사는 동네 옆 안골에 사는 장정옥이었다.

남강 다리목에 왔을 때 그녀는 가볍게 목례를 한 다음 총총히 다리 쪽으로 걸어갔다. 대성은 무엇인가 할 말이 더 있을 것 같았지만 엉겁결에 고갯짓 인사만 까딱하고 헤어졌다. 촉석루 쪽으로 걸어가면서 참 오랜만에 괜찮은 아가씨를 만났다고 생각했다. 그런 만큼 아쉬움이 남아 자석에 끌리듯 남강다리 쪽으로 시선을 자꾸 보냈다. 그녀와의 관계는 그렇듯 우연한 만남에서 시작되었던 것이다.

신영훈 기자가 아침 식사를 하자며 찾아왔을 때까지도 그는 간밤의 상념에서 벗어나지 못하고 있었다.

"정 선배 무슨 생각에 잠겨 있어? 아까부터 말이 없던데…."

신 기자는 식당에서 궁금한 듯 물었다.

"응, 뭐 별 것 아니야."

"별 것 아닌 게 아니라 별일이 있는 것 같은데…."

"응, 그게… 참 오랜만에 내가 알던 여자 소식을 듣게 되었어."

"대학 짝꿍요?"

"아니, 고향에 있던 때 만났던 처녀인데 뜻밖에 어젯밤에 여관에서 소식을 알게 되었지."

"그게 무슨 소리요? 여관에서 소식을 들었다니…."

"참 별일이 다 있네. 여관방에 책이 있어서 주어 봤는데 내가 찾던 그 아가씨 책이었어. 정말로 사랑한 처녀였는데…."

자초지종의 얘기를 듣고 있던 신영훈 기자는 어이없다는 표정이었다.

"정 선배 그만큼 사랑했다면 무조건 붙잡아야지 어떻게 하다가 놓쳤어?"

"글쎄. 붙잡고 뭐고 할 사이도 없이 가 버렸어."

대성은 갑자기 목이 메는 것 같았다. 그때는 그녀가 어쩌면 그렇게도 어처구니없이 떠나버렸는지 알 수 없었다. 그런데 '내 속옷을 들춰라'를 읽고서 그토록 사랑했던 여인 장정옥이 매몰찬 모습을 보였던 이유를 알게 되었다.

그녀는 흰색 피부의 비밀을 간직한 채 살아온 세월에 대한 보상심리인 듯 속옷 속에 감춰진 자신의 흰색 피부를 세상에 드러내 잘못된

악연을 고발하려는 것 같았다. 대성은 그 수기에 저절로 가슴이 짓눌려진 느낌을 지울 수가 없었다. 해서 그녀의 수기에서 드러나듯 한 뜸 한 올씩 엮어간 그녀의 행적을 따라가 보기 시작했다.

2

정옥은 영도다리를 걸어가며 어릴 적 엄마와 함께 난전에 다니던 기억을 떠올렸다. 그 춥던 겨울에도 엄마는 어김없이 자기 손을 꼭 잡은 채 이 다리를 건너다녔다. 어린 마음에 왜 엄마는 이렇게 추운 날 장사하러 가는가, 원망스러워 칭얼거렸다. 그럴라치면 엄마는 "정옥아, 춥지. 엄마가 돈 많이 벌어서 따시고 예쁜 옷 사 줄게" 하며 달랬다. 예쁜 옷을 사준다니까 듣기는 좋았지만 살 속으로 파고드는 칼바람에 몸이 으스스해지면 또 짜증을 부렸다.

'나는 왜 그때 철이 없었을까.'

정옥은 저승에 간 엄마가 그리워 눈물을 훔쳤다. 그러고 있자니 엄마가 돌아간 후 소리 없이 사라진 그 아버지란 사람이 원망스러웠다.

그 어렵던 피난 시절을 억척같은 모성으로 이겨낸 엄마를 생각하면 부산에서 주저앉아 있을 수 없었다. 엄마가 나를 어떻게 키웠는데 불한당 같은 사내놈의 등쌀에 주눅 들고 있단 말인가.

초량동 텍사스촌에서 겪은 일만 해도 그랬다. 미군을 상대로 하는 바라고 하기에 소위 GI에 대한 이미지가 그렇게 나쁘지 않았던 만큼 큰 탈 없이 돈 벌 수 있으리라 생각했다. 그러나 그게 아니었다. 지배인이라는 놈이 뒤에서 조종하여 아가씨들을 괴롭혔다.

미군보다 외항선 선원들이 돈 씀씀이도 크거니와 성욕에 굶주린 그들에게 아가씨를 대 주는 조건으로 짭짤한 수입을 올리던 지배인은 매정하고도 잔인했다. 외항선이 정박하는 날에는 선원들에게 아가씨를 붙여 주려고 제정신이 아니었다. 말을 안 들으면 쫓아내기 일쑤였고, 빚이 많은 아가씨는 사창가 뚜쟁이에게 강제로 팔아넘겼다.

정옥도 예외가 아니었다. 파나마 선적 외항선이 들어온 날 하필이면 정옥이가 비번이었다. 지배인은 선원의 파트너로 정옥을 찍었다. 비번 아가씨라야 바에 지장을 주지 않고 선원의 요구에 응할 수 있기 때문이었다. 이미 지배인의 야비한 수작에 역겨움을 느꼈던 정옥은 파트너를 거절했다. 자기 돈 버는데 왜 내가 몸을 팔아야 하나-강하게 빈발했다. 그러자 지배인은 세상에 있는 욕이란 욕은 다 끌어 퍼붓고는 퇴출을 선언했다.

"쌍년, 밥통이 얼마나 여문가 보자! 당장 꺼져!"

무슨 개, 돼지 부리듯 제 맘대로 남의 일자리에서 쫓아내려 한다는 데 생각이 미치자 정옥은 이판사판이라 여겼다.

"뭣이 우째! 니가 뭣인데 나가라마라 카노. 나는 죽어도 안 나간다!"

그녀는 어릴 적 엄마 옆에서 몸으로 터득한 생존력을 은연중 발휘하고 있었다.

함경도 또순이로 살아온 엄마는 그렇게도 엄혹했던 죽음의 도시 소련 마가단에서도 살아 돌아왔고, 살길을 찾아 몰려들었던 흥남 부두에서도 어린 정옥을 엎고 철수선에 올라 부산까지 왔다. 그리고 부산에서 남항 부둣가에 자리를 차지하고 앉아 혈혈단신 생존의 고비를 이어왔다. 노점을 끝내고 집으로 갈 때에 영도다리 난간에 기댄 채 추운 칼바람을 맞으며 '정옥아 정옥아 참아라. 우리가 살날이 올끼다.'라고 어린 자신에게 다짐하던 순간이 지금도 생생하게 눈앞에 어른거렸다. 그런 엄마가 새삼 자랑스러웠다. 당장 내일 때 거리가 없을지언정 지배인의 안하무인 같은 지배에서 벗어나기로 했다.

그런데 이런 결심을 하자 마음 한구석에서 스치는 그림자 같은 것이 있었다.

'그토록 자랑스럽던 엄마는 왜 무엇인가를 숨기려 했을까?'

정옥은 어른이 되어 일이 잘 풀리지 않을 때면 문득문득 고개 드는 이런 의문에 잠시 심란해지곤 했다. 어릴 때부터 주변에서 자신에게 던지는 호기심 어린 시선이랄까, 이물질을 보는 듯한 표정 같은 것이 자신에게 무엇인가, 그들과 다른 것이 있다는 사실을 깨우쳐 주는 것 같아 출생에 대한 궁금증이 생기게 되었다. 당연히 엄마에게 물어봤다. 물론 엄마는 자신에 대해 잘 알고 있으리라는 기대감 때문에 곧 응답이 돌아올 것이라고 믿었다. 그러나 그녀의 질문에 반응이 없었다. 침묵으로서 응답할 거리가 안 된다는 것을 알려 주려는 것 같았다. 처음에는 그럴수록 더 궁금했지만 그런 일이 반복되다 보니까 으레 그렇거니 하고, 엄마의 태도에 별 관심을 갖지 않게 되었다. 그러나 정옥은 자신이 어떤 존재인가, 하는 의문을 가진 채 살아왔다.

오늘따라 엄마에 대한 그리움이 더욱 절실하게 다가왔다. 못다 푼 응어리 때문이었는지 모를 일이었다. 부산을 떠나 진주에 제2 터전을 잡았을 때 '인자 제 자리 잡은 것 같데이.' 하며 안도의 숨을 내쉬던 모습이 눈에 밟혔다. 그 엄마가 진주 시장통에서 노점을 보러 날마다 말띠고개를 오르내리던 길, 그 길옆 언덕에서 노점을 파하고 집으로 오는 엄마를 기다리던 곳, 어릴 적 추억이 서린 곳, '원숭이 똥구멍은 빨개-빨가면 사과-사과는 달지….', 혼자 노래하듯 중얼거리며 기다림의 시간을 메우던 곳이었다. 동무들이랑 어울리지 못한 채 엄마만을 기다리는 외로운 소녀가 있을 자리였다.

　연말을 며칠 앞둔 부산 남항, 눈이 오려는지 잔뜩 찌푸린 날씨에 바람마저 거세 오가는 행인의 발걸음을 재촉했다. 이따금 바람에 날리는 가랑잎만 우수수 거리를 휩쓸고 지나갈 뿐 인적이 드물었다. 부두에 매인 배들은 황량한 겨울 항구의 모습을 보여 주는 양 출렁이는 파도에 따라 무심히 전후좌우로 흔들거리고 있었다. 윙-윙- 소리를 내며 몰아치는 겨울바람이 매섭게 영도다리를 할퀴고 지나갔다.

　다리 위를 총총걸음으로 달리는 젊은이 몇 명이 난간에 기댄 한 여인을 힐끗 보고는 지나쳐 갔다. 두툼한 계목도리로 머리부터 목덜미까지 내리덮은 여인은 어린 애를 업은 채 영도다리 난간에 기대 하염없이 눈물을 흘리고 있었다. 두꺼운 담요로 덮은 어린애는 잠이 들었는지 미동도 하지 않았다. 깊숙이 덮어쓴 목도리 때문에 그녀의 표정이 드러나 보이지는 않았지만 몹시 우울한 분위기를 풍기고 있었다.

　'인자 남북이 갈라져 버린 마당에 고향에는 언제 가노?'

　정국이 돌아가는 형국을 봐서 북에 두고 온 부모와 형제를 보기가 어렵게 됐음을 알 수 있었다.

　'정옥이 때문에 멀리 여기까지 왔는데 영영 고향에 가지 못하면 어떻게 하노?'

　그때 그 소련 놈 때문에 어린애를 데리고 고향을 떠나 살게 된 팔자가 원망스러웠다. 하지만 그녀로서는 어쩔 수 없는 결단이었다. 귀여운 정옥의 뒤에 아른거리는 저주스런 유령을 떨쳐 버리고 남들처럼 예쁜 딸로 키우려면 그 치욕의 현장으로부터 멀리, 될수록 저 멀리 가는 수밖에 없었다. 멀고도 먼 소련 땅 북극동 지역 콜리마에서 조국이라고 찾아온 귀환동포였으나 반겨주는 사람은 없었다. 우환동포로 취급하는 데다 남편의 경계심과 적의, 그리고 그때 당했던 여인들의 비참한 말로를 보고 난 후 자신만의 비밀에 꼭꼭 숨기로 했었다. 딸에게 줄 충격을 피하기 위해 죽을 때까지 말하지 않기로 작정했다. 다만 어린 것을 생각해 능욕의 장소로부터 될수록 멀리멀리 가기 위해 흥남 철수선을 타게 되었다. 그리하여 이름 그대로 함경도 장 또순이로 나서기로 했던 것이다.

천리 길도 더 멀리 남쪽 끝 항구 부산에 자리 잡은 그녀는 그야말로 또순이로서 억척같은 생활욕을 과시했다. 그러나 고향을 떠나온 그녀가 괴로울 때면 때때로 영도다리 난간에 서서 마음을 달랬다. 오늘도 그녀는 노점을 파하고 집으로 가는 길에 어쩔 수 없이 떠나온 고향 생각에 잠시 영도다리 난간에 기대서서 향수를 달래고 있었다.

정옥을 데리고 낯 설은 부산에 온 지도 2년이 넘었다. 그럭저럭 부둣가에 좌판을 벌여 먹고 사는 문제는 해결하게 됐다. 중앙동 산언덕에 하꼬방으로 단칸방을 장만했다. 철부지 정옥은 좌판 근처에서 엄마의 장사를 구경하며 자랐다. 딸을 위해 한 몸 바친 걸로 작정하고 열심히 살았다. 중앙동 40계단을 오르내리며, 영도 남항까지 걸어 다니기가 힘들었지만 한 푼이라도 아끼는 것이 어린 것의 장래를 위한 엄마의 도리인 것 같아 기꺼이 받아들였다.

정옥은 늘 엄마가 곁에 있다는 생각에 어떤 어려움이 닥쳐도 버티어 왔다. 어떤 때엔 감정이 앞서다가도 엄마의 눈길이 느껴져 얼른 감정을 추스르곤 했다. 그러나 이번 일만큼은 용납할 수 없었다. 아무리 외국인에게 웃음을 파는 여자라고 해도 지배인이라는 자에 의해 자신의 몸이 팔려가도록 할 수는 없었다. 그녀는 수모를 겪으면서도 엄마와 함께 어린 시절을 살았던 부산 바닥에서 버티어 보려 했으나 지배인 같은 불한당의 횡포를 참아서 될 일이 아니었다. 연약한 여인에 대한 인권의식이 전혀 없던 때였다. 어쩌다가 뒷골목에서 맞아 죽어도 모르는 판이었다.

할 수 없이 제2의 고향 부산을 떠나려고 마음먹은 후 심란한 김에 영도다리를 찾은 것이다. 그녀는 함경도 또순이, 엄마를 생각했다. 영도다리를 감아 도는 피난민 애가- '흥남부두' 구슬픈 이별을 읊조리는 노래와 '금순이'를 찾는 노래가 귓전에 울리자 정옥은 또순이 엄마처럼 살아보겠다고 다짐했다. 그런데 마음 한구석 어딘가에 텅 빈 공간이 있는 것 같았다. 어떻게 해서든 살아보겠다는 의지가 내면의 정신을 모으게 되자 그 공간 안에 묻어둔 그녀의 그리움을 일깨우는 것이 있었다. 바로 남강둑에서 헤어진 그 사람, 대성에 대한 그리움이었다.

그녀는 스스로 잊기를 자초하고 살았는데 오늘따라 그를 문득 떠올리게 된 것은 웬일일까?

부산 시내 하고도, 특히 중앙동, 동광동, 광복동, 남포동, 그리고 을씨년스런 기분이 들 때면 곧잘 거닐던 영도다리에서 모르는 사이에 대성 씨의 발자국과 서로 얽혔는지도 모를 일이었다. 만약 그가 나를 생각하며 이런 곳을 다녔다면 그 발자국을 따라 대성 씨의 체취가 감돌았을 테지만 이미 공중에 흩어져 버린 그 체취를 맡지 못하고 지나쳤을 것이다.

'대성 씨, 지금은 어디에 있을까?'

잠시 상념에 잡혔던 그녀는 고개를 가로저었다. 지난 일은 지난 일일 뿐이라고 생각했다.

3

무에서 유를 창조하듯 무일푼으로 자수성가한 대성의 아버지는 귀환동포였다. 아버지 정해식은 1930년대 초 신혼생활을 뒤로 한 채 단신 일본행을 택했다. 그가 그렇게 무모한 결정을 내리게 된 것은 무슨 그럴만한 능력이나 인맥이 있어서가 아니었다. 대처로 나가 보다 남자다운 삶을 살고 싶었던 시골 청년 정해식은 진주 5일장에 갔다가 귀가 번쩍 띄는 소식을 들었다. 점심때가 되어 국밥집에 모여 앉았다. 이 집에는 진주 부근 각 지방에서 장 보러 온 사람들이 모이기 때문에 소문의 집합소나 다름없었다. 진주 읍내 소식도 심심찮게 들을 수 있었으며, 문산의 누가 무슨 병으로 죽었다든지, 금산의 누가 첩을 두는 바람에 집안이 콩가루가 되었다는 등 사내들의 호기심을 자극하는 얘기들이 막걸리 잔을 주고받는 자리를 풍성하게 만들었다.

그날은 추석이 가까워서 명절 쇨 준비를 하느라 시장에 온 사람들 때문에 국밥집이 더욱 붐볐다. 평소 보이지 않던 사람들도 눈에 띄었다. 저쪽 안방 쪽에서 누군가 고래고래 고함을 지르고, 옆에 모여 앉은 사람들은 막걸리 한 잔씩을 걸친 김에 맞장구를 치느라 소란스러웠다. 해식이 국밥 나오기를 기다리다가 '일본에서 사람을 모집한다…' 어쩌구 하는 얘기를 얼핏 듣고 귀를 기울였다.

"누가 일본 가고 싶은 사람 있으모 좋것더라. 일할 사람을 모집한다 쿠던데…."

"오데서 모집하노? 나도 한문 가보자."

"진주부청에 가 봐라. 거 가몬 알 수 있다 쿠더라."

해식은 그쪽으로 다가앉았다. 그리고 일본 갈 수 있는 길이 있지 싶어 물어봤다.

"미안합니더. 나도 일본 갈라 쿠는데예. 오데서 모집하는지 압니꺼."

무슨 운수회사에서 인부를 모집한다는 얘기를 듣고 그 길로 부청으로 달려갔다. 거기서 확인한 결과 부산에 가면 상세한 내용을 알 수 있다고 했다. 그는 그날부터 부산 갈 궁리를 대는데 정신이 빠졌다. 차비라도 있어야 부산으로 갈 것인데 차비 마련이 문제였다. 진주 교외 큰 들에서 농사나 지었지 돈 버는 일은 전혀 몰랐다. 마음 같아서는 당장에 달려가고 싶었으나 차비 마련 때문에 시간을 늦추었다.

그 무렵 일본에서는 도로건설을 비롯 광산, 방적공장, 건물 건축 등 공사판 인부들이 필요하여 조선인 노동자들을 모집하던 중이었다. 도쿄, 게이도, 오사카 등 대도시에서 노동자를 모집하고 있었는데 경상도 지방 사람들은 가까운 오사카에 많이 갔다. 특히 오사카방적회사에서 조선인 노동자를 모집하는 바람에 먼저 간 고향 사람들의 얘기를 듣고 그쪽으로 몰려갔다.

해식은 추석 장사 씨름대회를 떠올렸다. 동네 씨름에서 이길 사람이 없을 정도로 씨름깨나 하는 그로서는 씨름대회에 나가 상금을 노려볼 만했다. 추석까지 3개월 남겨두고 있어서 틈만 나면 씨름 연습에 열중했다. 안다리 걸기, 밭다리 걸기, 업어치기 등 기본기를 익히는 한편 장기인 메치기에 집중했다. 신혼인데도 아내를 멀리하며 체력을 강화해나갔다. 대회 날, 해식은 새벽에 일어나 찬물을 흠뻑 둘러쓴 후 정신통일을 했다. 이 시간에 그는 특히 기를 모으는데 집중했다. 체력과 기량에 보태기 정신력으로 3위 일체가 되어야 승산이 있을 것이다. 나름대로 터득한 비법이었다. 시합에 임해서는 상대선수의 수를 읽으며 기합을 통해 상대의 기 꺾기작전을 펼쳤다. 온 힘을 다한 결과 승리는 해식의 차지였다. 그는 상금을 손에 쥐고 기도를 했다.

'이 돈으로 대망의 일본행을 감행하리라.'

그때부터 날이면 날마다 일본 소식에 귀를 기울였다. 그리고 하나하나 준비를 해나갔다. 혹시나 방해가 따를까 봐서 가족들에게 아무 말도 하지 않고 혼자서 애썼다. 그러다가 떠나기 전날 불쑥 일본으로 간다고 알렸다. 가족들의 반응은 놀라움뿐이었다. 특히 아내는 눈물을 흘리며 애소했다.

"굳이 와 일본으로 갈랍니꺼? 꼭 갈라몬 영애를 데리고 가이소."

자신을 데려가라는 말이 안 나와 애를 핑계 댄 것이다. 신혼 시기에 아내와 애를 두고 떠나는 해식은 마음이 무거웠지만 사내 대장부가 포부를 살리기 위해 먼 길을 가는데 걸림돌이 되면 안 되었다. 매몰차게 고향 큰 들을 떠났다.

부산에 가서는 관부연락선이 닿는 부두 주변을 맴돌았다. 일본에 관한 정보를 얻기 위해서였다. 신사복 차림으로 말쑥하게 여행 준비를 하고 온 일본 관리나 공직자들과 가족들, 관부연락선으로 무역하는 사람들, 유학생으로 보이는 젊은이들, 해식처럼 일본행을 결심하고 배표를 구하러 온 사람들, 무작정 일본으로 가볼까 하여 기웃거리는 사람들, 그냥 별 볼 일 없이 떠도는 사람들로 붐볐다.

그중에 한 중년 사내가 해식을 불렀다.

"보시오, 젊은이. 일본 갈라쿠요?"

낯선 사람이 말을 걸어 멈칫했으나 곧 그에게로 다가갔다. 밑져 봐야 본전이란 생각에 대꾸를 했다.

"예, 일본 갈라쿠모 배표를 우찌 삽니꺼?"

"일본 가는 배는 아무나 표를 안 팔제. 하도 일본 갈라는 사람들이 많아 사람을 골라서 파네."

"그래예… 뱃삯만 있으몬 안 됩니꺼?"

돈만 있으면 표를 살 줄 알았는데 뜻밖에 아무나 안 판다니 문제였다. 어떻게 할 줄 몰라 당황했다. 시골 사람 같은 해식이 딱해 보였던지 그는 요령을 알려 주었다. 일본 회사에 일하는 것처럼 꾸미고 표를 사라는 것이었다. 그렇게 하기 위해서 일본 회사 제복을 구해야 한다는 것이었다.

일본회사 제복을 어디서 구하나…? 망설이고 있는데 거지같은 사내가 지나갔다. 그런데 무슨 말인지는 몰라도 일본 말이 쓰인 옷 같은 것을 입고 있었다. 혹시나 하고 뒤따라 가보았다. 마치 일본 사람들이 목욕할 때 입는 유카다 비슷한 옷에 회사 이름 같은 것이 새겨져 있었다. 이걸로 눈가림이 되겠다 싶어 거지 사내를 불러 세웠다.

"그 옷 위에 걸치고 있는 것 내한테 주소. 대신에 새 옷 사 입을 돈을 주께예."

냄새가 나서 역겹기는 했지만 걸쳐보니 그럴 듯했다. 내친김에 쪽발이라고 손가락질했던 게다와 다비까지 사 신고 배표를 사게 되었던 것이다. 배가 뿌웅- 소리를 울리며 부산항을 벗어날 때 해식은 돌도 채 되지 않은 어린 딸 영애의 얼굴이 떠올라 눈시울을 적셨다. 사립짝 옆에 서서 영애의 얼굴을 돌려 보여주며 눈물을 글썽이던 아내의 얼굴이 원망하는 표정을 짓는 것 같아 마음이 울적했다.

'영애야, 엄마하고 잘 있거라. 아부지가 돈 벌어서 일본으로 불러올게.'

그는 뱃전에 서서 멀어져 가는 부산항을 뚫어져라 바라보았다. 점점 멀어지는 저 땅이 내가 살던 곳이며, 신혼생활 보금자리가 있던 곳이 아닌가. 그런데 부모처자를 두고 단신 낯설고 물 설은 일본 땅으로 가는 나그네가 되다니…. 누가 오라는 사람도 없고, 가면 돈이 펑펑 쏟아지는 것도 아닌데 젊은 패기 하나 가지고 가는 마음이 착잡해졌다. 뱃전을 따라오던 갈매기들조차 보금자리에서 멀어질세라 되돌아 날아가는 것을 보고 있던 해식의 눈가에 촉촉이 물기가 배어들고 있었다. 이윽고 난생 처음으로 망망대해 현해탄에 이르자 가슴을 펴고 깊은 숨을 들이쉬었다. 그리고 오사카에 가서 사내의 결심을 펼쳐보리라 다짐했다.

결국 시모노세키를 거쳐 오사카역에 도착한 해식은 어질어질함을 느끼면서 역사 바깥으로 나갔으나 쓰러지고 말았다. 부산에서 무사히 배편에 오른 후 안도감에다가 돈 걱정 때문에 아무것도 사 먹지 않고 버티며 일본 땅에 발을 내디디었다. 오로지 오사카만 가면 죽든지 살든지 결판이 날 것이라 믿고 없는 집 애 보채듯 뱃속에서 쪼르륵 쪼르륵 소리를 내지르는 것도 못 들은 체하고 오사카까지 왔으나 체력이 바닥난 상태였다. 역 앞 길바닥에 널브러져 있던 그는 누군가 자기를 부르는 것 같은 환각에 퍼뜩 눈을 떴다.

"이 보소, 젊은이. 정신이 좀 드오?"

"네에, 누구요?"

눈을 반쯤 뜨고 보니 40대 후반의 사내가 내려다보고 있었다. 그는 힘이 없어 도로 눈을 감았다. 그러자 사내는 그를 일으켜 세우며 식사를 했는지 물었다. 그가 고개를 흔들자 '가까운데 식사하러 가자'며 부축하여 식당으로 갔다. 거기서 밥을 먹은 것까지는 잘 되었다. 그가 기운을 차리자 노동 일하러 일본으로 건너온 사실을 알고는 이것저 것 꼬치꼬치 물었다. 내심 일자리를 달라고 부탁하고 싶었다. 사내는 그가 무작정 건너온 조선인이라는 것을 알고 숙식을 제공하는 일자리를 소개해 주겠다고 했다.

그는 조선인 브로커였다. 통상적으로 조선인에게서 일자리 알선료를 받는다고 일러 주었다. 우선 의탁할 곳이 급했던 그는 알선료를 선불하는 조건으로 사내를 따라나섰다가 낭패를 당하고 말았다. 혈혈단신 오사카에 발을 내디딘 그는 오직 사내의 말만 믿고 따를 수밖에 없었다. 무슨 방적공장으로 간다고 해서 일자리가 생기는가 보다 하고 따라갔지만 어느 골목에서 사내를 놓치고 말았다. 어둑어둑 저녁때가 되어갈 무렵이라 사람들도 잘 보이지 않았다. 그러자 겁이 덜컥 났다. 순간 "아, 내 돈, 내 돈은 우짜노?" 다급한 소리가 잇달았다. 어디 길을 물어볼 데도 없이 망연자실한 채 서 있을 뿐이었다. 파출소라도 찾아가서 사기당한 사실을 알릴 방법이 없었다.

때마침 한 노인이 시장에서 무엇을 사오는지 짐 꾸러미를 들고 오다가 그를 발견하고 물었다.

"보소, 젊은 사람이 와 여기 서 있소?"

경상도 사투리를 듣고 그는 귀가 번쩍 뜨였다.

"아이구, 할배요. 조선 사람 아인기요?"

알고 보니 노인은 경상남도 마산 출신으로 오사카 방적공장에서 일하는 아들을 만나러 온 사람이었다. 경남 사람끼리 오순도순 얘기를 주고받으며 노인의 숙소로 갔다. 가는 도중 노인의 얘기로는 조선 노동자를 상대로 일본인뿐만 아니라 조선인도 사기꾼이 있다는 것이었다. 특히 이들은 역전을 중심으로 처음 오사카로 오는 조선인을 등쳐먹는 일이 잦다며 조심하라고 일러주었다. 그는 천운으로 이 노인 덕택에 아들 숙소에 함께 있으면서 일용 노동자로 일자리를 얻었다.

대성은 부산으로 와서 정옥을 찾으려고 고심했다. 그만큼 그에게 그녀는 쉽게 잊을 수 없는 존재가 되어 있었던 것이다. 그녀 자신은 하룻밤 풋사랑으로 사귀다가 떠난 건지는 몰라도 대성에게 그녀는 그렇게 흘러간 단순한 여인이 아니었다. 마음을 흠뻑 갖다 바친 첫사랑의 여인이었던 것이다. 그러나 그녀의 종적을 찾을 수 없었다. 홀연히 자신의 곁을 떠난 정옥은 영영 손에 잡히지 않는 뜬구름이 되어 어느 하늘을 날고 있는 것인가.

대성은 부산에서 기자 생활을 한 지 2년째, 이제 사회부에서 제 몫을 하기 시작하던 때였다. 부산신보 입사 직후 견습 기간에 선배를 따라 동부경찰서로 갔다가 경찰들한테 따돌림을 당해 분통을 터뜨리던 때가 엊그제 같았다. 그때 선배는 어젯밤에 동부서에 밀수혐의로 붙잡힌 사람이 있다는 정보가 있다면서 취재를 하라고 지시했다. 대성은 들은 바가 있어서 경찰 근무 일지를 뒤적거려 봤다. 술 취해 들어 온 사람을 취조하고 내보냈다든가, 교통위반자를 붙잡아 진술을 들었다는 등 시시한 얘기뿐이었다. 할 수 없이 형사과에 들러 밀수혐의로 들어온 사람이 있느냐 물었다. 당직인지 뭔지 자리를 지키고 있던 형사는 신출내기 기자가 아니꼽다는 듯 쓱 한번 훑어보고는 말을 내뱉었다.

"모르는 얼굴인데 어디서 왔소."

통명스럽게 신원 확인부터 하려고 했다. 대성도 못마땅해 얼른 입이 떨어지지 않았다. 이걸 대답을 해야 되나 말아야 되나 망설였다. 그러다가 못마땅하더라도 취재를 해야 된다는 생각이 들었다.

"아, 네. 최기문 선배하고 같은 신문사에 있는 기잡니다. 앞으로 잘 부탁합니다."

"아, 그래요. 요새 기자들이 자주 바뀌는 갑다."

"뭐 하나 물어봅시다. 어젯밤에 밀수혐의로 잡혀 온 사람이 있다던데요?"

"여기는 없는데… 밀수한 사람이면 영도경찰서로 가보시오."

부산에서 밀수범을 잡으면 단단히 한 건 하는 건데 굳이 영도서에서만 밀수범을 잡을 리가 없다. 그런데 남의 일처럼 영도서로 가보라고 하는 것부터 말이 맞지 않았다. 그러나 신출내기 대성은 그것을 알 리가 없었다.

"영도서로 가면 알 수 있을까요?"

그 형사가 보기에 어리석은 질문일 수밖에 없었다. 대성은 멋도 모르고 영도서로 향했다. 이때부터 그는 노회한 형사의 신출내기 기자 다루기에 놀아나고 있었던 것이다. 오후 늦게 아무것도 건지지 못한 채 회사에 들어갔다. 최 선배에게 보고하지 않을 수 없었다.

"동부서와 영도서에 가서 형사들에게 물어보고 지하 유치장에도 가 봤는데 아무것도 없던데요."

"그래, 알았어."

최 선배는 두 말이 없었다. 으레 잔소리가 있을 줄 알았는데 그걸로 끝이었다. 최 선배가 자신을 시험해 본 것 같았지만 그게 문제가 아니었다. 그는 덕택에 영도다리를 오가며 언뜻언뜻 정옥의 얼굴을 떠올릴 기회를 가질 수 있었다.

대성은 사회부 기자로 뛰면서 일부러 구실을 만들어 친구, 직장 동료들과 수시로 바에 들렀다. 바에서 술 마시기보다 정옥을 찾는데 집중했으나 허탕 치기 일쑤였다.

한번은 라이브 쇼에서 정옥을 본 것 같았으나 봉변만 당하고 말았다. 송도 쪽에 은밀한 라이브 쇼 술집이 있다는 말에 대학 친구와 함께 놀러갔다가 정옥과 인상이 비슷한 여인을 만났다. 무대에서 라이브 쇼가 한창 진행되고 있던 때 성적 유희를 연기하고 있던 한 여인이 대성의 눈길을 잡았다. 얼굴을 정면으로 드러내 놓지 않고 있었지만 옆 얼굴이 그녀 같다는 느낌이 순간적으로 스쳤다. 그는 라이브 쇼 내내 정옥인지, 아닌지 확인하려고 눈을 부릅뜬 채 주시하고 있었다. 틀림없는 정옥이었다.

쇼가 끝나자 대성은 부리나케 무대 뒤로 달려갔다. 그러나 돌 같은 주먹을 불끈 쥔, 험상궂은 사내가 그의 앞을 막았다.

"어디 가? 여기 오면 안 돼!"

"저, 정옥이라고 고향 동생을 만나러 왔는데요."

"그런 애 없어."

사내는 대성의 가슴팍을 거칠게 밀치며 인상을 썼다.

"방금 무대에서 보고 왔는데 틀림없이 정옥이 맞아요."

"없다니까, 자식 꺼져!"

이 말에 기자정신이 발동한 그는 발끈했다.

"사람을 찾는데 왜 반말이요? 조금 전에 봤는데 긴지 아닌지 본인을 봐야 알 것 아니오!"

순간 돌 같은 주먹이 그의 면상을 후려쳤다. 그는 악! 하며 쓰러졌다.

아무래도 그때 보았던 여인이 정옥이라는 생각이 대성의 머리를 떠나지 않았다. 며칠 후 다시 라이브 쇼를 보러 갔다. 쇼가 끝나도록 눈을 닦고 무대를 주시했으나 정옥 같은 여인은 보이지 않았다. 기다리다 못해 입구 안내인에게 물어보니 다른 데로 가버렸다고 했다.

대성은 혼자 애타는 마음을 가눌 길 없어 영도다리를 자주 찾았다. 을씨년스런 다리 난간에 기대서서 서장대에서 정옥과 사랑을 속삭이던 때를 그려보았다.

　그때 서장대에서였다. 둘이서 이야기하며 걷다 보니 석양이 비치는 서장대까지 오게 된 것이다. 이 서장대는 대성이 고교 시절 이따금 친구들과 함께 와서 호연지기를 불태우던 곳이었다. 그래서 남다른 추억을 간직한 곳이기도 했다. 이 자리에 마음이 통하는 여인과 함께 섰으니 말해 무엇 하랴.

　임진왜란 때 왜군과 치열한 전투를 벌였던 진양성 서쪽, 월영산 호국사 맞은편 벼랑에 우뚝 솟은 서장대는 요새답게 사방이 훤히 내려다보이는 지형에 자리 잡고 있었다. 진양성하면 왜장을 끌어안고 분연히 청춘을 불살은 논개의 넋을 간직한 촉석루와 절벽을 기어오르는 왜군을 무찌른 병사의 투혼을 간직한 서장대가 으뜸이다. 그 서장대에 서면 누구나 감탄사를 금할 수가 없는 것이다. 발 아래로 넓게 뻗어 나간 평거들과 그 왼쪽으로 고도 진주의 넋을 안고 유유히 흐르고 있는 남강, 그리고 남강을 굽어보며 병풍을 두른 듯 서 있는 망경산은 일대의 경관을 절경으로 과시하기에 부족함이 없었다. 여기에 금상첨화 격으로 정면으로 보이는 저쪽 너우니 뒷산 넘어로 뉘엿뉘엿 지는 해가 둘의 심사를 헤아려 주는 듯 밝게 빛나고 있었다. 그 석양빛을 받은 농작물들은 평거들에 뿌리를 내리고 알찬 수확의 계절을 기약하고 있었다. 싱싱하다 못해 푸른 물감을 들판에 뿌려놓은 양 온 들을 물들이고 있는 여름날의 싱그러운 잎사귀들은 순수한 연인의 사랑을 축복하는 것 같았다.

　한동안 말없이 이런 자연경관에만 눈을 주고 있던 대성은 자연스레 그녀의 어깨 위로 왼팔을 살며시 얹었다. 그녀는 말없이 그의 정감어린 신체접촉을 받아들였다. 아직 그녀의 손목 한번 잡아보지 못했던 대성은 황혼에 물든 들녘이 연출하는 황홀감에 선뜻 그녀에게 다가서게 되었고, 그녀는 그녀대로 저물어가는 사위에 둘러싸여 그의 접근에 스스럼없이 응할 수 있었던 것이다. 안개 낀 남강둑에서 마음의 문을 열기 시작한 둘은 이렇게 황혼의 서장대에서 처음으로 신체접촉을 통해 심신이 교류할 수 있는 문턱에 올라서게 되었다. 대성은 지는 해를 가리켰다.

"정옥아, 저 해 좀 봐. 너랑 나랑 사랑을 축복해 주는 것 같애."

"대성 씨, 정말 낭만적이네요."

그러면서 그녀는 그에게로 몸을 기대왔다. 순간, 대성은 뜨거운 그 무엇이 몸속에서 뭉클거림을 느꼈다. 그리고 그녀를 힘차게 껴안았다. 그는 그녀에게로 향한 프로포즈를 멋지게 해냈고, 그녀는 그녀대로 그의 프로포즈를 멋지게 받아들인 것이다. 그 시절 남녀의 사랑표현은 그것으로 족했다.

안개 낀 남강둑, 그곳은 한 여인과의 인연을 맺은 곳이면서 동시에 여인과의 인연이 끊어진 기구한 곳이었다. 평범하지 않은 정옥의 출생 비밀로 드리워진 어두운 그림자 사랑이었다. 그 그림자 사랑을 못 잊어하는 대성 자신은 마치 사랑에 속고 사랑에 우는 신파극 속의 주인공처럼 느껴졌다.

끼룩끼룩 울어대는 바다 갈매기 떼는 영도다리 위를 하염없이 떠도는 한 사내의 애달픈 심정을 대변해 주는 것 같았다. 실의로 혼미해진 대성의 의식을 깨우듯 어디선가 뱃고동 소리가 뿌-웅 울렸다.

그는 지금 영도다리에 서 있는 현실로 돌아왔다. 사랑하는 정옥 생각에 잠시 빠져 있던 자신을 발견한 그는 자신이 우환동포의 아들이었음을 새삼 깨달았다. 노점을 보던 아버지와 어머니를 도와 드리려

나름대로 애쓰며 학교를 다녀야 했던 그 시절 여학생과의 달콤한 교제 한번 해보지 못했다. 그런 그가 어른이 다 되어 정옥을 만나 사랑의 불씨를 지핀 것이 어쩌면 남의 일 같기도 했다. 그만큼 사랑이란 청춘의 샘물에 목말라야 했던 것은 우환동포를 부모로 둔 처지에서 당연한 것처럼 느껴졌다.

2. 하나꼬, 나타샤, 정옥

1

마침 왜놈들의 군국주의가 패색이 짙어질 무렵 대성의 아버지 해식은 여섯 식구를 거느리고 일본에서 귀국했다. 그리고 고향 진주에서 자리 잡으려고 알만한 데를 알아보던 중이었다. 손쉽게 일자리가 나서지 않았다.

일본에서 노동해서 번 돈이라야 아버지께 생활비 조로 좀 보태드리고 나머지를 가지고 셋방을 얻고 일자리가 생길 때까지 생활비로 쓰는 바람에 바닥이 날 판이었다. 귀환동포란 말 그대로 궁색한 생활을 면할 수 없었다. 해식은 오사카 생활에서도 궁핍했지만 아내와 함께 기를 쓰며 돈을 모았다. 어느 날 귀국할 때를 대비한 것이었다.

그는 공장 한바 식당에서 잠을 자며 값싼 노임에도 열심히 일했다.

조선인 노동자들은 처음에 잘 곳이 없어서 한바 식당이나 폐가, 또는 하천부지 옆에 땅굴 같은 데서 잤다. 그러다가 자리가 잡히면 천막촌 같은 합숙소나 일본인 집에 방을 빌리거나 하숙하는 경우도 있었다.

1930년대 조선인 노동자의 노임은 일본인의 절반밖에 되지 않았다. 일용직은 하루 벌이 2전 남짓이었고, 월급으로 해야 20전 안팎이었다. 그런데 조선 노동자들은 자의 타의로 몰려오고 일자리는 일정하지 않아 일본인 브로커들을 통해 일자리를 얻는 경우가 종종 있었다. 이때 브로커들이 터무니없이 중계 수수료를 많이 착취했다. 일반 수수료가 아니라 거기에 웃전을 붙여먹었던 것이다. 그러니까 월급에서 이래저래 떼고 남은 돈으로 살아야 하는 당시 생활수준은 말이 아니었다.

될수록 돈을 아껴 진주에 있는 가족을 데려오려고 무진 애를 썼다. 잠자리에서 일어나면 하루 일을 시작하고, 일이 끝나면 한바 식당에서 저녁을 먹고 담배 한 대 피우는 것이 고작이었다. 그야말로 노예 노동이나 마찬가지였다. 1년 정도 지나자 일본의 물정에 눈을 뜨게 되어 한바식당 생활을 청산하고 조선인 마을 합숙소로 옮겼다. 거기서는 동병상련의 조선 노동자들이 모여 있어서 여러 가지 돌아가는 얘기들을 주고받아 귀가 틔었고, 서로 도와주는 일까지 가능해 알찬 생활로 저축을 할 수 있게 되었다.

2년이 지날 무렵 해식은 가족을 불러와서 오사카에 살림을 차렸다. 그렇게 보고 싶던 영애와 아내를 곁에 두고 일을 하게 되니 기분이 날아갈 듯했다. 영애도 세 살이 되어 '아부지'라고 부르며 품에 안겨 재롱을 피웠다. 단란한 가정을 꾸리고 귀국할 날을 손꼽으며 저축을 하기 시작했다. 아내도 구슬을 끼우는 일을 하며 잔돈을 벌어 보탰다. 그럭저럭 몇 년을 지나다 보니 애가 하나둘 태어나 2남 2녀가 되었다. 그새 아들 둘, 딸 하나가 태어난 것이다. 노동자 생활에 여섯 식구가 되니 힘겨웠다. 아내가 돈을 보태는 수밖에 없었다. 다섯 식구 수발에 돈벌이까지 하게 되어 무척 힘든 세월을 보내지 않으면 안 되었다. 그런데 또 하나 임신을 하게 되니 당황하지 않을 수 없었다. 혼자 애들을 보살피랴 돈벌이하랴 고심하던 아내는 남편 몰래 식구를 줄일 방도를 궁리했다.

하루는 옆집 노파에게 뱃속에 있는 애를 뗄 수 있는 방법을 물었다. 노파는 고개를 갸우뚱거리더니 마지못한 듯 입을 열었다.

"간장을 한 병쯤 마셔 봐요. 독한 걸 마시면 뱃속 애기가 녹아 버린다요."

아내는 이제 됐다고 쾌재를 불렀다. 노파에게 고맙다고 인사하자마자 집으로 달렸다. 영애 아버지가 일하러 간 사이 애를 뗄 작정이었다. 업고 있던 둘째 딸을 내려놓고 부엌으로 들어갔다. 엄마가 온 것을 본 둘째 아들 대성이 쪼르르 다가왔다.

"대성아 저리 가 있거라이. 엄마가 좀 바쁘다."

대성이를 내쫓듯 해놓고 간장병을 들었다. 한 병이 조금 모자라 보였지만 간장이 짜니까 이 정도면 충분하다 싶었다. 병 주둥아리를 입에 갖다 대자 짭조름한 맛이 확 풍겨왔다. 오만상을 찌푸렸다가 눈을 질끈 감고 병을 거꾸로 들었다. 될수록 짠맛을 잊어버리려고 막걸리, 아니 막걸리는 한번 마셔본 적이 없지, 단술을 마신다 생각하며 꿀꺽 꿀꺽 마셨다. 참을 만큼 참았지만 속이 뒤틀리면서 울컥 토할 것 같았다. 그러나 쉬게 되면 더 이상 마실 기분이 나지 않을 것 같아 욕지기를 억누르고 간장을 마셨다. 아들이 될지 딸이 될지 모르지만 이 애를 떼야만 다른 애들을 거두는데 힘이 들지 않을 것이라는 기대가 그녀를 마지막까지 버티도록 해주었다. 나중에는 하늘이 노래지는 것 같더니 버티던 의지를 무너뜨리고 속으로부터 간장이 울컥 솟구쳤다.

"으으윽 우와악-"

그녀는 폭발물처럼 입 밖으로 터져 나오는 간장을 뱉으며 그 자리에 쓰러졌다. 한동안 쓰러진 채 누워 맥을 놓고 있었다. 그때 대성이 달려왔다.

"엄마, 와 그라노? 응, 엄마!"

대성이 묻는 소리에 자기도 모르게 눈물이 뺨으로 흘러내리고 있었다.

그로부터 한 달 후 그녀는 점점 배가 불러오는 것을 느끼며 시름에 잠겼다. 아무래도 간장 마신 것이 효과가 없는 것 같아 안타까웠다. 그동안 짬만 나면 수시로 배를 들여다보거나 만져보며 간장효과를 기대했지만 마음대로 되지 않았던 것이다. 그때 마지막 순간에 간장을 토해 버려 애가 떨어질 만큼 간장 양이 차지 못한 것이 아닌가, 의구심을 가지기도 했었다. 그러나 배가 불러오는 것을 보니 간장을 믿을 수 없었다. 어쩌면 좋나, 혼자서 궁리 끝에 꾀를 하나 생각해냈다.

'맞아. 몸에 충격을 주면 안 떨어지것나.'

하루는 애들이 보이지 않자 마루에다 요 보따리를 갖다 놓고 그 위에 베개를 얹고 올라섰다. 그리고 눈을 감고 마당으로 훌쩍 뛰어내렸다. 몸에 쿵 하는 충격이 왔다. 한 번만 해서는 효과가 없겠지 싶어 두 번 세 번 뛰어내렸다. 발목이 뻐근하고 배가 아팠다. 이제는 됐지, 하고 며칠 기다렸다. 그런데 아랫도리에 아무 이상이 오지 않았다. 그만하면 뱃속의 애가 떨어져 아랫도리로 흘러내릴 줄 알았는데 기별이 없었다. 단념하는 수밖에 없었다.

이렇게 우여곡절을 겪고 태어난 애가 딸이었다. 대성 아래로 여동생이 둘이 된 것이다. 그의 위로 누나와 형, 이렇게 해서 5남매가 올망졸망 자라게 되었다. 엄마는 이 애들을 거두며 살다가 해방 전해에 아버지와 함께 귀국 길에 올랐다. 막내 애숙이는 두 살 백이였다.

정옥은 대성과의 못 이룰 사랑을 단념한 후 진주에서 부산으로 와 어릴 때 엄마와 살던 기억을 더듬어 중앙동 언덕바지 하꼬방 동네에

방을 얻었다. 동네에서 내려다보면 왼쪽으로 오륙도, 오른쪽으로 영도가 훤히 보였다. 6·25동란과 1·4후퇴로 많은 피란민이 몰려들던 곳, 부산역 부근이 텅 비어 있었다. 화재로 역사를 이전해 가버렸다.

하꼬방은 말이 집이지 집이 아니었다. 돼지우리와 같다고나 할까. 널빤지와 레이션박스로 얽어매놓은 벽에 구멍이 숭숭 뚫렸고, 그 구멍마다 다 찌그러진 깡통을 펴서 더덕더덕 갖다 붙였다. 지붕이라고 해 봐야 널빤지와 가마니떼기로 덮어 비가 오는 날이면 빗물이 줄줄 새기 일쑤였다. 세숫대야다, 그릇이다 할 것 없이 가져다 놓고 빗물을 받치는 난리를 치러야 했다. 그래도 여름은 나은 편이었다. 겨울이 되면 대한해협에서 불어오는 매서운 바람을 그대로 받아야 했다. 이 매서운 바람은 피란살이 하는 사람의 서글픈 마음을 뒤흔들어 놓듯 너덜거리는 널빤지를 흔들어댔다. 여기서는 외풍을 막을 방법이 없었다.

이런 하꼬방 생활을 청산하기 위해 연산동 난민촌에 왔으나 나아진 것이 없었다. 우선 잠자리가 마땅치 않아 죽을 지경이었다. 싸게 집을 지어 준다 해놓고 손을 놓고 있으니 천막만 들어섰을 뿐이었다. 여름이 다가오니 쾌쾌한 냄새에다가 방음이 안 되는 바람에 밤이면 옆에서 들려오는 괴성 때문에 잠을 잘 수가 없었다. 잠도 제대로 자는 자유마저 누릴 수 없는 곳에 더 이상 머물 수가 없었다. 밤일을 하는 사람은 사람도 아닌가 싶었다. 다시 이곳을 떠나야 할 것인가 하고 불안해졌다.

대성은 연산동 난민촌 살인사건의 취재 지시를 받고 사진기자와 함께 연산동으로 갔다. 연산동은 시내에서 떨어진 변두리로 철거민이 모여 사는 동네였다. 이주단지를 제대로 형성하지 못한 채 하꼬방과 천막들로 가득 찬, 그야말로 난민촌이었다. 시내 하꼬방 동네에 살던 사람들을, 이주단지를 만든다고 강제 이주시킨 결과 살인사건이 터진 것이다.

대성이 취재하는 동안 피란민을 비롯하여 형편이 어려운 사람들만 한데 모아 놓았기 때문에 언제든지 범죄가 일어날 수 있었다는 것을 알 수 있었다.

살해된 노파는 별달리 재산이 있는 것도 아니고 그저 평범한 할머니였다. 아들과 며느리가 밤일 간 사이 어린 손자, 손녀를 데리고 자던 노파는 괴한의 칼에 찔려 사망했다. 이 어지러운 철거민촌에 밖에서 강도하러 올 리는 없고 범인은 철거민 중에 있는 것이 분명해 보였다. 대성은 주로 젊고 하는 일이 없는 사람을 상대로 취재를 했다. 이주민에 대한 생계대책이 없어 모두 불만과 불평 투성이었으며, 분노마저 느껴졌다. 거기다가 치안이 불안해지자 부글부글 끓고 있었다.

"에이, 씨팔. 이래 놓고 우찌 살라꼬 그라노."

"참, 죽을 맛이네. 한번 붙어 봤으면 속이라도 풀리것다."

이 시간 정옥은 천막 안에 드러누워 끔찍한 소식에 치를 떨었다. 간밤에 마신 술기운 때문에 몇 번 토했다. 그리고 새벽에 잠들었다. 아침 늦게 일어나 밥을 준비하다가 옆집 아주머니가 하는 소리를 들었다. 몇 블록 저쪽에 사는 노파가 살해된 채 발견되었다는 것이다. 혼자 천막 안에서 자기가 무서워졌다. 중앙동 하꼬방 촌보다 나을 것이라고 해서 왔는데 기본 생활 시설도 안 되어 있었다

대성은 정옥이 어느 천막 안에서 불안에 떨고 있는 것도 모른 채 취재를 마쳤다. 돌아가는 길에 주민들의 원성이 귀에 맴돌았다. 도시개발은 제대로 하지 못한 채 범죄의 온상을 만들어 놓은 것이나 다름없

었다. 군대식 일방통행이 낳은 병폐였다.

　고향 땅도 아닌 남한 땅에서 혈혈단신 외로운 신세가 된 정옥은 누구 보다 잘살아야 했다. 그래서 초량 텍사스촌을 탈출하여 서울로 올라 왔다. 서울에서는 무작정 유흥가를 다니며 일자리를 구했다. 밑천은 하나, 자신의 육체였다. 그녀의 서구적 미모에 날씬한 몸매가 유흥가 사내들의 눈길을 끌기에 충분했다. 이 바람에 큰 어려움 없이 일자리를 구할 수 있었다.

　'황금마차' 바에 처음 출근하던 날 지배인은 새로 온 아가씨들을 모아 놓고 신고식을 시켰다. 먼저 자기소개부터 하는데 영 밥맛이었다. 처음 온 애들은 본명을 쓰고 경험이 있는 애들은 가명을 썼다. 정옥은 차례가 되자 본명을 댔다. 이전에 쓰던 가명을 쓰기 싫어서였다. 그랬더니 지배인이 나섰다.

　"얘들아, 너희들 이름은 오늘부터 없어진다. '황금마차'에 온 이상 여기 이름을 써야 한다. 정옥이 이름은 나혜주다. 나혜주… 히히히… 얼마나 발음이 좋냐."

　정옥이 고까운 생각이 들어 고개를 저었다.

　"나는 싫어요. 나혜주가 뭐에요?"

　"여기서는 싫고 말고가 없다. 한번 들어 온 이상 내 지시에 따라야 한다."

　그러면서 지배인은 차례로 이름을 지어주었다.

　"영숙이 너는 나만주, 명진이는 정다해, 미옥은 고만해…"

　정옥에게 사고무친(四顧無親)은 화근을 불러들이기 마련이었다. 몸뚱이 밑천 하나에 의지하고 겁 없이 뛰어들었던 유흥가는 그녀를 가만두지 않았다. 서구적 미모가 화근의 촉매제였다.

지배인은 말할 것도 없고 유흥가에 아가씨들을 공급하는 뚜쟁이, 양주를 대주는 미군 부대 주변의 양공주 대부, 각양각색의 놈팽이 등 밑바닥 인생을 노리는 거머리 같은 족속이 정옥에게로 달려들기 시작한 것이다. 그녀는 이들의 감언이설, 협박 공갈을 용케도 버티어나갔다. 강한 생활력을 뒷받침해 주는 의지에 위급한 순간 적절하게 대응할 줄 아는 순발력으로 웬만한 문제는 헤쳐나갈 수 있었다.

그런데 문제는 서울에서 잠자리가 마땅찮은데 있었다.

정옥은 텍사스촌을 과감하게 차버리고 서울로 올라온 후 하꼬방이 많은 봉천동에 방을 얻었다. 부산의 중앙동 하꼬방 같은 것이 어설프게 늘어선 동네였다. 산언덕에 다닥다닥 붙어 있는 하꼬방은 마치 썩은 고목에 붙어 있는 벌레집처럼 보였다.

밤에 술집에 다니며 일을 마친 후 밤늦게 어두컴컴한 산동네까지 걸어 올라가야 하는 것은 고된 하루를 마무리 짓는 마지막 관문 같았다. 삐뚤삐뚤 어긋난 돌계단을 터벅터벅 올라가노라면 무거운 발걸음마다 고생을 확인시켜 주었다.

그런데 반가운 소식이 이 하꼬방 동네에 날아들었다. 도시재개발을 위해 하꼬방을 허는 대신 주민들은 널찍한 집에서 살 수 있도록 해준다는 것이었다. 땅은 무상으로 빌려주며, 가구당 20평씩 집을 지을 수 있되 건축비를 무이자로 빌려주고 3년 후부터 분할상환하면 된다는 조건이 붙었다. 이뿐만 아니라 이주한 철거민의 생계대책을 세워주는 한편 서울까지 자유로이 내왕할 수 있도록 시내버스 편을 늘려준다고도 했다. 이른바 광주 이주단지(경기도 광주군 중부면, 현 성남시) 개발사업이었다. 하꼬방 동네 주민들은 너도나도 경기도 광주 이주단지로 나갔다. 정옥이도 셋방살이하다 보면 혜택이 있을 것이라는 소문에 덩달아 이주했다.

광주 철거민 이주단지는 황량함 그대로였다. 펑퍼짐한 산언덕에 자리 잡은 이주민들은 급한 대로 찢어진 천막, 미군 부대에서 내버린 씨 레이션 상자, 공사판에서 주어온 널빤지, 하다못해 통조림을 넣었던 깡통 등을 이어 붙여 또 다른 하꼬방을 만들었다. 그나마 집이랍시고 하꼬방을 들락거리며 산 지 1년이 지났다. 그러나 당국에서 당초 약속했던 이주민 대책이 제대로 이행되지 않아 불편이 이만저만이 아니었다. 상하수도 시설이 없어 물난리를 겪었다. 가뭄 때면 식수 때문에 물통들이 우물 앞에 늘어서게 되고 부녀자들끼리 싸움이 벌어졌으며, 비만 오면 똥물이 범람하여 냄새가 진동했다. 생계대책이 없어 서울로 일자리를 구해 떠나는 행렬이 버스 정류장 앞에 장사진을 쳤다. 차츰 민심이 흉흉해지기 시작했다.

"씨팔, 이래 가지고 어떻게 살 수 있나. 정부는 사기꾼들만 있나!"

"서울시장은 머하노! 버스도 더 안 늘려주고… 일자리 구하러 서울 가는 기 그렇키나 어렵어서(어려워서) 우짜노."

"그 아그들, 말짱 헛소리지라. 우리 백성을 좆으로 아는가벼!"

"맞다 맞아. 우리는 좆도 아이다 아이가! 맛 좀 봐야 알겄제."

술자리에서 벌어지는 험담은 날이 갈수록 험악해지고 있었다. 그러더니 터지고 말았다. 정옥이 밤늦게 돌아와 피곤한 몸을 쉬고 있을 때였다. 11시쯤 일어나 아침밥을 챙겨 먹을까 하고 있는데 왁자지껄하는가 싶더니 와장창 무엇이 박살나는 소리가 들렸다. 잠자리를 방해하는 소란에 짜증이 났다. 일어나 볼까하다가 그대로 누워 있는데 주인집 아줌마가 소리를 질렀다.

"아가씨, 나와 봐요. 야단났어요!"

무슨 일인가 싶어 벌떡 일어났다. 문밖에는 사람들이 웅성거리고 있었다.

"아줌마, 무슨 일이지요?"

"아가씨, 저기 봐요. 파출소가 불타고 있어요."

"네?!…."

혹시 무장공비가 쳐들어 왔나 하고 목을 길게 빼고 사방을 훑어봤다. 저 멀리 동사무소에서도 불길이 솟아오르고 있었다. 한 떼의 사람들이 무언가 외치며 다가왔다. 앞길을 지나가며 구호를 고래고래 외쳤다.

"사기꾼 서울시장 물러가라! 정부는 생계대책을 보장하라!"

"못 살겠다! 주민들이여, 일어나라!"

"허울 좋은 선전 말고 실업군중 구제하라"

"정부의 속수무책, 힘없는 백성 다 죽인다!"

길가에서 보고 있던 주민들이 한마디씩 던졌다.

"정부 믿고 있었는데 이기 우짠 일이당가?"

"말만 해놓고 제대로 해주지는 않고 참 한심하제."

"이러고 있을 끼 아이라."

이들은 하나둘 시위대에 가담했다. 1971년 8월 10일, 이른바 광주 철거민이주단지 난동사건이 터진 것이다. 국회에서 야당 의원들이 대정부 공격을 신랄하게 퍼부었다. 민심이 흉흉해질 수밖에 없었다. 정옥은 생활 터전이 잡히지 않은 이곳을 떠나야 하겠다고 생각했다.

대성은 시경 기자실에 있다가 데스크의 호출을 받고 광주 이주단지로 달려왔다. 와서 보니 엉망이었다. 이주단지를 조성하여 잘 살게 해주겠다고 해 놓고 많은 사람이 한곳에 모여 살 수 있는 기본 시설마저 제대로 해놓지 않고 있었다. 이를테면 상하수도를 비롯하여 교통수단, 공중보건 등 시설이 갖추어져 있지 않았다. 거기다가 먹고 살

수 있는 생계대책이 없으니 복지가 문제가 아니라 생존이 문제였다.

대성이 부리나케 이주민들을 만나 취재하고 다닐 무렵 정옥은 야간 출근을 위해 곤히 자고 있었다. 낮에 충분한 휴식을 취해야 하는 것이다. 점심 때 식사하느라 잠깐 일어났다가 다시 잠자리에 들었다. 꿈자리가 뒤숭숭했다.

주민을 놓고 이 엉터리 짓을 한 사람은 대통령의 신임이 두텁다는 서울시장이었다. 밀어붙이는 데는 이골이 났는지 몰라도 생활의 편의를 위한 노하우는 몰랐던 것이다. 대성은 시위를 주도했던 사람은 물론이요, 부녀자, 노인, 어린이 등 각 계층을 두루 인터뷰했다. 그들마다 생활에서 부딪친 문제를 종합하여 하나의 그림을 그려보고자 했다. 그는 이것이 예사로운 사건이 아니라는 것을 깨달았다.

2

정옥이 이렇게 누추한 곳을 들락거리며 생존의 고비를 졸라매고 있을 무렵 엉뚱한 곳에서 문제가 터졌다. 바로 그녀가 순수 한국인이 아닐 것이라는 소문이 어디선가 뭉게뭉게 피어오르고 있었던 것이다. 어느 날 아가씨들 사이에서 그런 얘기가 나도는 것 같더니 그 일대에서 모르는 사람이 없을 정도로 널리 퍼지고 있었다.

"얘, 그 애 얘기 들어 봤어? 소련 놈 튀기라는 얘기….”

"누구? 나혜주 말이야. 그래 이상하더라. 혹시 미국 놈 튀기인지도 모르지.”

'황금마차'에 나가는 날이면 여기서 숙덕 저기서 숙덕, 숙덕 숙덕이 정옥을 괴롭혔다. 자기를 두고 무슨 꼭두각시마냥 손가락질을 해대는 꼴을 보기란 여간 힘든 것이 아니었다. 꾹 참았다. 참을 수밖에 달리 도리가 없었다. 그러나 사태는 참아서 되지 않는 방향으로 나아가고 있었다. 국민학교 아이들 사이에 일어나는 이지메(따돌림)처럼 된 것이다. 그 시절만 해도 미군을 상대로 하는 아가씨를 양공주, 심지어 양갈보라고 하며 별난 인종으로 보는 듯 경원시하는 풍조가 있었다. 이런 판에 남한에서는 보지 못한 소련군인지, 미군인지 모를 외국인의 피가 섞인 나혜주는 별종 취급을 당하기 십상이었다. 장사 밑천인 몸뚱이에서 상대적으로 열등감을 느끼지 않을 수 없었던 아가씨들은 별난 시샘을 품고 있었다. 시기와 질투와 뒤섞인 그녀들의 시샘은 마치 동지애를 느끼게 하는 것 같았다.

　손님을 대기하는 사이나 잠시 휴식을 취하는 순간에도 정옥에 대한 화제가 그칠 줄 몰랐다. 누군가 정옥 얘기를 끄집어낼라치면 기다렸다는 듯 모두 흥을 하고 나섰다. 그럴 땐 유독 정옥에 대해 비아냥거리는 화제를 주도하는 아가씨가 있었다. 자기 몸을 허락했던 단골손님이 그녀에게 지분거리는 것을 볼 때면 눈에서 불이 확 일어나는 것을 느낀 아가씨가 그런 존재였다. 결국 이런 아가씨가 정옥에게는 생존을 위협하는 존재가 되었다. 뒷골목 남성이 판치는 유흥가에서 가련한 여성들 사이에는 이런 어처구니없는 생존경쟁이 벌어지기 일쑤였다.

　부모로부터 물려받은 몸뚱이 하나 믿고 밑바닥 인생을 살아가려는데 유흥가 밑바닥에 모인 '끼리들' 사이에서조차 괄시를 받고는 살 수가 없었다.

　'제까짓 것들이 뭔데 나를 어쩌고저쩌고 하나?'

　자존심이 상하는 것은 말할 것도 없고, '끼리들' 사이에서 느끼는 배신감 때문에 치가 떨렸다. 그러나 알고 보면 그들도 월남 피란민 자식이거나 6·25전쟁 때 아버지를 잃은 불쌍한 여자들이었다. 그래서 그들과 싸우기보다 스스로 물러나는 길을 택할 수밖에 없었다. 내일 당장 굶는 한이 있더라도 '황금마차'를 박차고 나오는 수밖에 없었다.

바를 그만둔 날 정옥은 하염없이 울었다. 제일한강교를 시름없이 건너가는 동안 발걸음은 무겁기만 했다. 다리 중간에 섰을 때 6·25 동란 중 폭파된 것을 떠올렸다. 전쟁으로 얼마나 많은 사람이 가족을 잃고 헤매도록 만들었나. 미국과 소련이 각각 남북한을 차지하고 분단시켜 일어난 동족상잔의 비극이 벌어진 현장이었다. 이곳에서 정옥은 자신의 몸속에 흐르는 피가 소련군의 피인지, 미군의 피인지 모르는 정체불명의 존재임을 새삼 깨달았다. 그러나 곰곰 생각해 보면 미군의 피가 몸속에 흐를 것 같지 않았다. 아무리 생각해 봐도 엄마가 미군을 만났을 리가 없었다. 원산에서 소련으로 갔으니 언제 미군을 만날 기회가 있었겠는가. 그녀는 자신이 소련하고도 엄청나게 멀고 먼 북극동 지역 마가단 항에서 가까운 마을에서 자란 기억을 떠올렸다. 동시에 어릴 적 아끼꼬 이모가 늘 불러주던 하나꼬란 이름이 기억 밑바닥에서 고개를 들이밀었다. 이어 또 하나 나타샤란 이름이 그에 질세라 하나꼬를 제치고 기억의 선반 위에 자리를 차지하고 나섰다.

'하나꼬…. 또 나타샤….'

그렇다면 정옥은 정옥이기 이전에 이미 하나꼬였고 나타샤였다. 미국식 이름이 아니었다. '혹시 소련군의 피가 흐르는 걸까?' 그러나 훤칠한 키에 사납게 커 보이는 부리부리한 눈매 같은 소련군 모습이 자신에게는 전혀 보이지 않았다. 그런데 아끼꼬 이모도 그랬고 엄마도

늘 나타샤라며 귀여워해주던 장면이 수면 위로 떠 오른 아침 해처럼 그녀의 시선 위로 솟아올랐다.

　정옥은 콜리마지역 엘겐수용소 어린이보호소에서 소련 죄수 간호부들의 보살핌을 받고 자랐다. 거기서 태어나서 엄마와 떨어져 있었지만 주말이면 엄마와 아끼꼬 이모가 찾아와서 함께 놀아주었다. 그때마다 이모는 물론 엄마도 '나타샤'라 부르며 귀여워해주었다. 엄마는 아끼꼬 이모와 늘 붙어 다니다시피 가까운 사이로 보였다. 엄마는 그녀를 언니처럼 대하고 있었다. 어린 마음에 엄마와 가까운 사람이면 믿어도 되는 사람이라고 여겼다. 어떻게 보면 엄마보다 아끼꼬 이모가 더 관심을 많이 가진 것 같았다. 늘 엄마는 그런 아끼꼬 이모의 말을 거부하지 못하는 태도였다.
　사는 곳도 소련이거니와 소련 사람들에 둘러싸여 나타샤라는 이름으로 사는 것이 즐거웠다. 할아버지 할머니들이 길에서 만나면 '나타샤' 하고 불러 주는 것이 정다웠다. 이따금 아끼꼬 이모가 보이면 하나꼬란 이름이 떠오르기도 했지만 그 순간뿐이었다. 차츰 소련 사람들의 정서에 동화되어 갔다.
　그런 나타샤가 조선으로 돌아와서 잠시 엄마의 고향 사하에 머무를 때 정옥이라는 조선 이름을 갖게 되었다. 엄마는 고국인 조선에 왔으니 조선 이름을 가져야 한다며 정옥으로 이름을 지었다. 부산으로 피란 와서 성장하게 되자 누구의 피가 몸에 흐르고 있는지 알 수 없는 정옥은 자기 정체에 대해 극심한 혼란을 느꼈다. 엄마의 피가 흐르는 것은 말할 필요가 없지만 아버지의 피가 흐르고 있는지 알 수 없었다. 아버지는 누구인지, 어느 나라 사람인지, 엄마는 끝내 말해 주지 않았다. 어릴 적에는 자기에게 아버지는 없고 엄마만 있다고 생각해

왔다. 아예 아버지라는 존재 자체에 대해 생각해 볼 여지조차 없었다. 출생 후 엄마와 떨어져 보호소 생활을 해오다가는 네 살부터 아끼꼬 이모와 함께 살았으니 아버지라는 사람이 있는지, 없는지 그 존재마저 염두에 없었다.

조선으로 와서는 잠시 아버지라는 사람을 만난 적이 있었으나 엄마의 태도로 봐서 진짜 아버지가 아닌 사람이었다. 사하에서 처음에 만난 사람보고 엄마가 아버지라고 하면 좋겠지, 하고 가까이 데리고 가는 듯하다가 그만두고 멀리하던 것을 봐서 그 사람이 아버지가 아니구나 하고 짐작했었다. 그리고는 그 사람을 떠나 엄마와 단 둘이서 부산으로 내려왔다. 그런데 다 큰 후에는 과연 아버지라는 사람이 있는지도 모르는데 몸에 아버지의 피가 흐르고 있다고 단정 지을 수 없는 것이 아닌가, 하는 의문을 떨쳐 버릴 수 없었다. 심지어 남달리 자신에게는 아버지라는 존재가 없고, 그래서 엄마의 피만 흐르고 있을 것이라고 여겼다. 그러나 언젠가는, 아마 중학교 생물 시간으로 기억하는데 그 시간에 동물의 짝짓기 얘기를 듣고 사람도 동물과 마찬가지로 짝짓기를 통해 아이가 태어난다는 사실을 알게 되었다. 그 후 아버지가 없는 자신의 문제에 자꾸자꾸 의혹이 생겨나는 경험을 겪게 되고, 엄마를 둘러싼 문제가 무엇일까, 의문을 갖지 않을 수 없었다.

정옥은 자신의 정체성 문제 때문에 늘 마음 한구석에 불안한 응어리를 안고 살았다. 거기다가 남한에서 생활고가 겹쳐 피란살이가 고달프다는 사실을 새삼스레 느꼈다. 이처럼 어려운 생활환경에서 한반도에서 자기가 설 땅은 어딘가? 남한인가, 북한인가? 좀처럼 판단이 서지 않았다.

어릴 적 말띠고개 언덕에서 혼자 '원숭이 똥구멍은 빨개' 하며 낱말 잇기 놀이로 울적한 심사를 달래던 때가 그리웠다. 그때는 그저 어린 마음에 '내한테는 와 동무가 없을까?', 의문이 생기다가도 시장에서 돌아올 엄마 생각에 지워 버리곤 했다. 그러나 사회인이 된 지금은 왜 이름이 세 가지나 되었는지, 풀리지 않는 의문이 불쑥불쑥 고개를 들어 마음을 괴롭혔다.

정대성은 광주난동 사건을 취재하고 난 후 정치부로 이동하여 공화당을 출입하게 되었다. 이때가 3선 개헌 파동이 터졌을 때여서 무척 바빴다. 취재반장의 지시에 따라 공화당 정치인들을 상대로 취재했지만 2진 기자(보조기자란 뜻)였기 때문에 중진들을 만나는 일은 거의 없었다. 거기다가 지방신문 기자로서 한계도 만만치 않아 여당 정치인들에게 접근하는데도 문제가 없지 않았다. 어쨌거나 여당인 공화당 의원들이 박정희 대통령의 3선을 위해 중임제한 조항을 삭제하는 개헌안을 무리하게 통과시키려 하는 과정에서 야당 측인 신민당 의원들과 몸싸움을 벌이는 등 물리적 충돌마저 서슴지 않았다.

그날 정대성은 취재반장이 저녁 식사하러 간다며 자리를 비운 사이 뒤통수를 맞는 쓰라린 경험을 하지 않으면 안 되었다. 이른바 3선 개헌안이 제3별관에서 공화당 의원만으로 통과되었던 것이다. 1969년 9월 14일이었다. 이때 대성을 포함한 다른 기자들은 본회의장 주변을 지키며 철야농성을 하고 있던 신민당 의원들의 동태 파악에 열중하고 있었다. 이 사이 공화당 원내 총무단은 유력 신문방송 기자 세 사람에게만 제3별관 강행 기도를 귀띔해주어 역사적 현장의 목격자가 되게 했었다. 그들 세 기자는 본의 아니게 자기들만의 일방적 강행 처리에 대한 증인으로 둔갑한 셈이었다.

정대성은 이런 어처구니없는 사태 앞에서 자괴감에 빠져 헤어나지 못했다. 여당 측이 힘과 사술로써 의회의 적법 절차를 무력화시키는 정치공학적 행패에 분노했을 뿐만 아니라 지방신문 기자로서 무력한 존재임을 다시 확인하게 되어 기자의 사명감에 회의를 느꼈다. 1964년 기자협회를 중심으로 정부 여당의 언론통제 시도에 맞서 싸웠던 기억이 허공에 날려버리는 듯 암울한 현실을 버티기 어려웠다. 해서 기자직을 그만두고 본연의 교사직을 찾아갈까, 고민에 빠졌다. 그는 국립대학교 사범대학 출신으로서 중고교 교사로 나가려고 했었다. 귀환동포인 부모님을 도와 난전에서 리어카를 밀어가며 귀가하던 시절 염원하던 직장이었다. 대학을 나오자마자 빨리 취직할 수 있는 길이 교사직이었다. 그러나 때마침 5·16군사혁명으로 들어선 정부에서도 정교사 자격증을 가진 청년에게 교사 발령을 제대로 해주지 않아 신문사 문을 두드렸던 그였다. 그는 국회에서 돌아와 밤새 뒤척거리며 생각을 굴린 끝에 정치부장에게 사표를 내기로 결심했다. 그날은 출근이 아니라 퇴직하기 위해 가는 날이 되었다. 아홉시 조금 넘어 회사에 도착하자마자 부장에게 다가갔다.

"부장님, 여기요."

그는 품 안에서 사표가 든 봉투를 꺼내 정치부장에게 제출했다. 부장은 느닷없는 정대성의 행동에 순간 당황하더니 물었다.

"이거 뭐요?"

"아… 회사 그만둡니다."

"회사를 그만두다니…?"

"정치부 기자 못해 먹겠습니다. 학교나 갈랍니다."

부장은 그런 그를 물끄러미 쳐다보더니 피식 웃었다. 그 나이에 학교에는 쉽게 갈 수 있겠느냐는, 마치 비웃는 듯한 웃음처럼 느껴졌다. 그러자 마음이 굳어졌다. 그는 획 돌아서 발걸음을 옮기려 했다. 부장이 그를 붙잡는 말을 했다.

"정 기자답지 않네. 누구보다 성실한 기자로 알고 있는데 그라지 말고 있다가 내하고 점심이나 함시롱 얘기합시다. 이거 가져가고…."

사실 그가 사회부에서 고생하던 자신을 정치부로 불러준 장본인이었다. 그의 말을 거역하기가 어려웠다. 집에 가서 생각해보고 다음날 가부 간에 결정을 하겠다고 말했다. 그러나 집에 퇴근한 지 세 시간 만인 밤 9시께 고향으로부터 청천벽력 같은 소리를 들었다. '어머니 중태 급래'라는 전보를 받았다. 예감이 좋지 않아 바로 전화를 했다. 아버지가 전화로 차분히 가라앉은 목소리로 일러주었다. '네 엄마가 오늘 오후 세상을 버렸다.'

그길로 고향으로 달려간 정대성은 임종도 하지 못한 채 어머니 장례를 치렀다. 서울에서 박봉에 시간 쫓기는 기자생활을 하면서 한 번도 서울 구경조차 시켜드리지 못한 죄책감, 고생만 하시다가 불의에 가신 안타까움에 하늘이 통곡하는 것 같았다. 특급열차로 상경하던 그는 만감이 오가며 가슴 밑바닥으로부터 끓어오르는 오열을 참았다. 한없이 부르고 싶은 마음에 '엄마! 엄마!'를 되뇌며 차창 밖으로 던진 시선에 어느새 눈물이 고이기 시작했다.

그 후 한강일보로 옮겨 정치부 기자로서 취재를 계속하던 그에게 엉뚱한 일이 닥쳤다. 사장이 경영하던 대학 출신들을 소위 낙하산으로 편집국에 발령하여 일종의 친위대 기자처럼 심기 시작했다. 기자들의 반발이 불을 보듯 뻔한 조치였다. 어느 날 낙하산 기자를 정치부로 발령하는 한편 정대성을 지방부로 발령했다. 그렇잖아도 인사권 남용에 못마땅해하던 그는 편집국장에 직접 항의했다. 사장의 정략 인사인 줄 알기 때문에 부장을 거치지 않았다. 이 바람에 부장이 화를 내고 그에게 왜 자기를 무시하느냐고 다그쳤다. 대성은 그대로 지방부로 밀려가기 싫어 저항을 하지 않을 수 없었다.

때마침 봉급투쟁을 벌이고 있었다. 종합대학까지 거느린 신문사가 봉급은 서울 시내 종합일간지 중에서 최하위 수준이어서 언제고 터질 형편이었다. 그는 지방부로 출근하지 않은 채 며칠 편집국 내 파업에 동조하며 서성거렸다. 그런 후 다음 날 출근해 보니 판매국 발령 벽보가 편집국 벽에 붙어 있었다. 봉급투쟁을 벌인 책임을 물어 선후배 몇 사람도 좌천 발령이 났다. '세상에 적반하장도 유분수지 엄연히 견습 기자 시험을 치르고 들어온 기자를 판매요원으로 발령 내다니….' 분통이 터져 죽을 지경이었다.

후배 신영훈 기자와 함께 기자협회에 가서 진상조사를 요청하고, 회사를 그만두기로 작정했다. 입사할 때 사장 앞에서 기자의 사명감 운운하며 열을 올리던 장면이 떠오르자 더 이상 굴욕을 참을 수 없었다. 자장면 한 그릇으로 점심을 때우며 뛰어다닌 보람이 물거품이 되는 절망감 앞에서 더 이상 기자일 수가 없었다.

3. 고발 수기 발표

1

 일자리를 구할 의욕도 없이 며칠을 회의에 빠져 있을 무렵 엄마가 아버지라고 부르라던 사람이 찾아왔다. 엄마가 죽은 후 소식이 끊어졌던 그였다. 자세히 모르기는 해도 엄마가 어린 자신을 데리고 먼 이국땅이나 마찬가지로 생소하기 이를 데 없는 남한 저 남쪽 끝에까지 오게 된 것은 그의 완강한 거부감 때문이었다는 것을 짐작하고 있었다. 자신을 두고 엄마와 그 사람 사이에 있었던 심한 갈등을 딛고 그가 그때 남한까지 찾아옴으로써 엄마가 그를 받아들이게 되었던 것이라고 짐작했다. 한반도 전체가 속을 뒤집듯 혼란의 소용돌이 속에 휘말리고 있는 판에 낯선 땅에서 어린 딸을 데리고 생존에 매달려 발버둥치고 있던 신세는 지난 남편에 대한 적개심을 무디게 만들었던 같았다. 당장 의지할 남자가 생긴다는 사실에만 매달렸을 것이었다. 그래서 정옥 자신도 어린 나이에 엉겁결에 그를 아버지라고 부르게 되었다. 그런데 그 아버지란 사람이 엄마의 장례 후 어디론가 사라져 버렸던 것이다. 혈혈단신이 된 정옥은 그 사람을 찾을 길이 없었다. 그녀는 무척 외로웠다. 그라도 있으면 대학을 진학하든지, 취직을 하든지 앞길을 정할 수 있을 텐데 이러지도 저러지도 못하고 방황하지 않을 수 없었다. 어디로 갔는지 종종 무소식이었다.

정옥은 할 수 없이 집을 닫아 놓고 서울에서 하찮은 일을 하며 연명
해나갔다. 그러다가 병을 얻어 진주 집에 내려가서 잠시 쉰 뒤 다시
부산을 거쳐 서울로 올 때까지 아버지라는 사람은 끝내 찾아오지 않
았다. 그 사람은 결국 친아버지가 아니라는 것을 스스로 드러낸 것인
가. 그렇게 기다리던 그를 단념할 수밖에 없었다.

그러던 아버지라는 사람이 느닷없이 찾아와 의아했다.

"정옥아, 잘 있지비."

"아? 예, 웬일입니까?"

"니가 보고 잡아 왔지비. 할 말도 좀 있고…."

"네? 할 말요? 무슨 얘긴데 해보시지요."

구종삼은 얼른 말을 꺼내지 않고 머뭇머뭇하고 있었다. 무슨 말인
지 입을 열기가 어려운 것 같았다.

"얘기가 있다면서 왜 그러고 있어요?"

정옥의 재촉에 마지못한 듯 한 마디 던졌다.

"정옥아, 여기서 살기도 어렵고 한데 우리 고향으로 가자우!"

정옥은 귀를 의심했다.

"네? 고향으로요?"

"그래. 네 오마니도 없고, 니도 살기 힘들기 앵이가…."

순간 정옥은 그의 말이 맞을지 모르겠다는 생각이 얼핏 머리를 스
쳤다.

'남한에 있어 봐야 소련놈 새끼라고 놀림이나 당하는 신세지. 그럴
바에야 차라리 그를 따라 북한 엄마의 고향으로 가는 것이 낫지 않
을까.'

그러나 한편에서는 1·21무장공비 침투사태가 북행유혹을 막았다.

'무장공비를 침투시켜 다른 곳도 아닌 청와대를 기습하려 한 것을

보면 거기도 갈 곳이 못 되지 않은가. 더군다나 나는 한국에서 자란 한국인이 아닌가. 그렇지 어디까지나 한국인이다.'

정옥은 자신이 한국인이라는데 생각이 미치자 단호하게 손을 젓고 나섰다.

"지금 무슨 얘기해요. 남북 간에 무장공비가 쳐들어오고 난리가 났는데 북으로 가다니요?"

사실 구종삼 자신도 이 살벌한 판에 북으로 역 잠입한다는 것이 여간 어려운 일이 아니라는 것을 잘 알고 있었다. 자칫하다가는 사살될 수 있는 위험한 모험이었다. 그러나 오랫동안 남한에서 고첩(현지에 상주하며 활동하는 고정간첩)으로 활동한 전력 때문에 신변에 위험을 느끼고 있는데다 정옥을 대동, 북상하라는 북의 지령을 거역할 수 없었다.

구종삼은 정옥의 생일이었던 그날 북한의 마수에 걸려 본의 아니게 가족을 외면하지 않으면 안 되었다.

부산에서 정옥 엄마가 그를 만나게 됐을 때 식구가 한 사람 늘어난 것보다 가장이 집에 있게 되니까 그만큼 가정에 신경을 써야 하는 일이 많아졌다. 구종삼도 그것을 알고 해 질 녘이 되면 아내에게 일찍 들어가라고 채근했다. 특히 식구들 생일이 되면 더욱 그랬다. 늦여름이 되어 정옥이 생일이 다가왔다. 구종삼은 정옥에게 줄 선물을 직접 챙겨주며 일찍 들어가서 생일상을 차리라고 아내에게 일렀다.

"이거 정옥에게 딱 맞겠지비. 이쁜 거 샀으니까네 얼른 집에 가야겠슴메."

아내를 보내 놓고 혼자 밤 10시까지 가게를 보다가 문을 닫았다. 제법 말귀도 알아듣는 정옥의 모습을 그리며 발걸음도 가볍게 40계단을 올라갔다. 그때 뒤에서 인기척이 나는 것 같았다. 늦은 시간이라 계단에는 별로 사람이 보이지 않았지만 자기처럼 늦게 집에 가는 사람이겠거니 하고 그냥 계단에 발을 내디뎠다. 그때 발걸음을 멈추게 하는 소리가 들렸다.

"동무, 잠깐 봅시다레."

어! 이거 고향 말씨 아닌가. 의아해 하면서 뒤로 돌아보았다. 40대 초반쯤 되는 사내와 50대 초반쯤 되는 사내가 뒤따라 올라오고 있었다.

"그 뉘기요? 나를 부른 기 아잉기요?"

"동무, 내레 함경도 고향 사람이야요."

고향 사람이라는 말에 다소 의심을 풀며 그들과 대화를 나누었다. 그리고 조용히 고향 얘기를 좀 하자는 바람에 용두산 공원으로 함께 갔다. 함경도 부령군 출신을 대동, 북으로 가기 위해 왔다는 50대 사내는 단도직입적으로 말했다.

"동무, 내레 김일성 장군님의 특명을 받고 왔수다. 동무를 남조선 고향 대표로 뽑아스리 장군님이 주신 신성한 임무를 완수하도록 도와주려는 거지비."

난데없이 나타난 사람들이 김일성 장군 운운하며 신성한 임무 어쩌고 하는 것이 아닌 밤중에 홍두깨였다. 모처럼 정옥이 생일에 선물까지 준비했는데 고향 대표로 임무를 완수한다는 것은 또 무슨 얘기인가.

"내레 무시기 이야긴지 모르겠슴메. 우리 아이 보러 가야 하지비."

그는 자기를 기다리고 있을 정옥을 생각하고 더 이상 대화를 하지 않을 작정이었다. 이를 눈치 챈 사내들은 양쪽 겨드랑이를 팔로 낀 채 위협했다.

"동무, 순순히 따라오기요. 말 아이 들으모 정옥이 간나새끼랑 재미없지비."

구종삼은 승강이 끝에 반강제로 그들과 함께 북상의 길에 올랐다.

구종삼은 평양에서 나온 안내원을 따라 남파간첩을 양성하는 평양 근교 밀봉교육소로 들어갔다.

북한 측은 1952년을 고비로 전쟁에 패색이 짙어지자 휴전회담에 응하는 한편 휴전 이후 영구분단을 내다보고 남파간첩을 통한 대남 적화 공작에 착수하게 되었다. 처음에 노동당 연락부에서 남로당 계열 중심으로 대남공작을 담당하도록 하여 금강정치학원에서 양성한 공작원을 남파했다. 그러나 휴전 후 패전의 책임을 물어 남로당을 숙청하고 북로당 계열 중심으로 대남공작을 전개하기 시작했다. 이 무렵 스탈린이 죽고 그의 격하운동이 소련에서 전개되는 등 개인 우상 숭배에 대한 거부감이 나타난 데다가 남로당계의 숙청에 따른 정정 불안 등으로 소수 남파 위주로 대남공작을 벌이게 되었다. 공작원은 종래 집단훈련을 폐지하고 개별적인 밀봉교육을 시켜 남파한 후 연고자를 찾아 첩보 활동 근거로 삼고 정보탐지와 평화통일 선전에 역점을 두었다.

남파간첩으로서 일차적 대상은 북조선 출신으로서 남조선에 거주하는 가족이 있는 사람을 선발했다. 구종삼은 가족이 전쟁 때부터 자리 잡고 있어서 적격자로 꼽혔다. 그는 소위 '용광로생활'이라는 밀봉교육을 통해 완전히 남조선 신사로 변신했다. 앞으로 그가 남조선에서 공작할 거점으로서 지리산이 가까운 진주를 선정했기 때문에 진주 지리뿐만 아니라 그가 가족들과 살게 될 옥봉동 안골마을의 형편을 소상하게 익혔다. 특히 안골마을이 있는 옥봉동 일대 지리를 집중적으로 익히는 훈련을 했다. 옥봉동 동장 이름과 나이, 성격, 취미, 교우 관계, 가족 사항을 일일이 외우도록 했다. 심지어 안골마을에서 이름난 오입쟁이가 바람을 피우는 사실까지 알려주면서 상대 여자의 인적사항까지 외우도록 할 만큼 치밀했다.

1년간의 밀봉교육을 마친 후 마지막 관문에서 남파 일정이 걸렸다. 남조선산 양복 기지로 양복을 말쑥하게 차려입도록 했으나 구종삼 주제에 너무 새것이면 수상하게 여긴다고 며칠씩 묵히며 일부러 때를 묻히고 구겨지게 했을 뿐만 아니라 세탁까지 했다.

구종삼은 남한에 침투한 후 서울에서 정세를 살피다가 일주일 만에 부산으로 내려왔다. 부산에서도 바로 집으로 가지 않고 며칠 동안 집 주위를 배회하며 동정을 살피다가 찾아갔다. 아내와 정옥에게 줄 비싼 선물을 사 들고 나타났다. 전에 없이 말쑥하고 세련된 차림이었다. 비싼 선물에 의심할 여지가 없도록 재산을 상속해서 돈이 좀 생겼다고 했다. 함경도 고향에서 유산 상속문제로 사람이 급히 찾아오는 바람에 미처 말도 못 하고 떠나버려 미안하게 됐다고 백배 사죄했다. 휴전이 되어 모두 한숨 돌린 분위기를 타고 내려왔으니 의심을 살만한 일이 없었다. 가장이 별 탈 없이 돌아온 것만도 반가운 일로 받아들이도록 아내를 홀린 구종삼은 안착신호를 북에 보냈다.

-가정부 자리 구함. 하루 종일, 전포동 삼거리-

신문 구직광고란에 세 구절 광고문을 내어 각 구절마다 마지막 단어 첫 자로 구종삼 발신을 확인하도록 했다. 북으로부터 곧바로 회신이 왔다. 단파방송으로 접선 날짜를 알리는 짤막한 메시지를 보냈다.

-3일 후 무인포스트에서 물건을 찾아라-

남파될 때 이미 무인포스트 위치는 하달되었다. 구종삼은 정해진 날에 집 뒷산 산책로에서 1백 미터 떨어진 곳에 서 있는 수양버들 아래 묻어 둔 포장 물을 꺼냈다. 거기에는 권총 한 자루와 실탄 20발, 지령문이 적힌 작은 수첩이 있었다. 지령문에는 거사 일에 대비, 하루 속히 진주 안골로 거처를 옮기도록 지시했다.

구종삼은 진주로 이사 온 후 가족 몰래 남강 모래밭으로 나가 지리산 유격대의 연락원과 접선했다. 그리고 지리산 유격대 제5지구 군사책과 내통하여 빨치산의 서부 경남 공략 때 공격루트를 터주는 등 남부군 유격대가 괴멸할 때까지 남부군을 지원하는 역할을 수행해 왔다. 그러나 남부군이 소탕되고 고령화되자 사실상 용도 폐기된 구종삼은 마지막 임무를 받아 북으로 복귀해야만 살 수 있다는 강박관념에 사로잡혀 있었다. 해서 정옥 엄마가 죽자 북으로 갔다가 새로운 임무를 띠고 다시 월남하게 되었다. 북한 총정치국장 김일도 상장이 구상한 '붉은여우새끼작전' 계획에 따라 구종삼을 남파하여 정옥을 대동 북상하도록 했던 것이다.

늙은 그로서는 유일한 연고자인 정옥을 대동하고 고향으로 간다는 것이 어쩌면 당연하다는 생각마저 들었다. 정옥을 대동 월북하는 임무가 바로 '붉은여우새끼작전'이라는 말을 듣기는 했지만 크게 신경쓰지 않았다. 남조선에 딸처럼 키운 처녀가 있으니까 당연히 아버지 되는 자신이 북조선으로 데려가야 한다고 생각했다.

그러나 정옥은 달랐다. 자신의 분신인 엄마가 묻혀 있는 남한을 떠날 수 없는 것은 너무나 당연했다. 엄마의 고통스런 나날과 그 과정에서 자기를 지키며 키워낸 모성을 생각하면 그의 생뚱맞은 제의는 처음부터 말이 될 수 없었다. 아무리 엄마가 그리던 고향이 북한에 있다 하더라도 최근 몇 년간 남북 간에 오간 긴장 관계를 보면 북으로 간나는 것이 사지로 가는 것과 마찬가지라는 사실은 불을 보듯 뻔했다.

한밤중까지 북상 문제를 두고 그녀와 승강이를 벌이던 구종삼은 할 수 없다는 듯 옆에 두었던 보자기를 풀었다. 거기에 손을 집어넣었다. 묵직한 금속 물질이 손에 닿았다. 차가운 금속이 느끼게 해주는 긴장감을 놓지 않으려는 듯 그는 그곳에 손을 머문 채 차갑게 한마디 했다.

"정옥아, 나랑 같이 가자우! 내 말 안 들으면 끝장을 볼 수밖에 없슴메."

정옥은 그의 행동에 수상함을 느꼈다. 몸을 움츠렸다. 극도의 긴장감이 신경 줄을 타고 전신에 퍼졌다. '이를 어찌해야 하는가. 만약 아버지가 권총으로 위협하면, 아니 권총으로 쏘면 달아날 길이 없지 않은가.' 그러나 냉철하게 생각해 봤다. 지금이나 나중이나 어차피 사지에 들어가기는 마찬가지였다. 그렇다면 북으로 갈 수는 없다고 판단한 순간 자리를 박차고 일어났다. 그가 내세우는 아버지로서의 정을 시험해 볼 작정이었다. 아버지보다 간첩이라면 자신을 쏠 것이었다. 죽을 각오를 하고 문밖으로 도망쳤다.

"정옥아! 쏜다, 알간! 거기 서라우!"

구종삼은 보자기에서 권총을 집어 들고 벌떡 일어났다. 활짝 열린 문밖으로 도망치고 있는 정옥의 뒤통수를 향해 권총을 겨냥했다. 그리고 방아쇠를 당기려는 순간 구종삼은 풀썩 제자리에 주저앉았다. 그 바람에 총구가 약간 빗나갔다.

"정옥아, 나를… 딸을 죽인 살인자로 만들지 말아 달라우!"

외국 혈통의 딸을 친딸처럼 받아들인 구종삼이었지만, 북조선은 그를 그냥 놓아두지 않았다. 도도한 역사의 흐름에 희생된 한 여인의 지아비로서 역사적 고통을 극복하려는 데도 공산적화라는 또 다른 역사적 흐름은 이를 용납하지 않았다. 그는 친딸처럼 아꼈던 정옥이 생사의 갈림길에서 문을 박차고 나가는 것을 보고 애비로서 할 짓이 아니었다는 것을 깨달았다. 정옥이 뛰쳐나간 후 한나절을 그 방에서 그대로 누워 고민했다. 곰곰이 생각해 보니 '붉은여우새끼작전'이라는 것이 자식마저 사지로 몰아넣는 망나니짓이었다. 무엇보다 내 핏줄이 아니지만 자식으로 보듬어 주려 했던 자신이 천하에 몹쓸 애비가 되었다는 결론에 도달하자 최후의 순간에 먹으려고 품속에 간직했던 극약을 끄집어내 먹고 말았다.

정옥은 평소 '과연 내 아버지는 누구일까', 날이면 날마다 아버지라는 존재에 대한 의문을 갖고 살아야 했다. 언젠가 어른이 되면 엄마가 알려주겠지, 하는 마음으로 기다려왔지만 끝내 그 답을 듣지 못하고 말았다. 엄마가 이 세상을 떠나는 날에도 깊이 간직했던 의문을 풀지 못했다.

엄마는 당신이 죽음의 문턱에 서게 되자 정옥에게 착잡한 마음을 토로했다. 정옥이 고등학교 2학년 때였다. 그녀는 고생으로 얻은 간암으로 투병 생활을 했다. 눈을 감기 전까지 나이 어린 정옥을 두고 떠나는 것이 못내 안타까워 손을 꼭 잡고 눈물을 흘렸다.

"정옥아, 내가 너를 대학까지 보내야 하는데….”

혼자 말하듯 힘없이 중얼거렸다.

"엄마, 그런 소리 하지 마. 얼른 일어나야지.”

힘에 겨운 듯 한참 있다가 한숨을 푹 쉬고 입을 열었다.

"정옥아, 너는 내 핏줄이지. 세상이 뭐라 하든지 내 핏줄이지… 암, 내 핏줄이구 말구….”

"엄마, 자꾸 말하지 말고 쉬어, 응. 흑 흑 흑….”

"정옥아… 정옥아, 너는 한민족의 딸이다… 알겠나?"

"응, 알고 있어."

왜 새삼스레 그 얘기를 하는지 알 수 있었다. 엄마는 그때 일을 잊지 않고 있는 것이다.

중학교 2학년 때였다.

3학년 애들이 어디서 소문을 들었는지 정옥이 '로스케'라는 얘기를 퍼뜨리고 다닌다는 말을 들었다. 본적이 함경도로 되어 있는 데다 유달리 피부가 흰데다 이북에서 왔다는 소문에 그런 말이 돌게 된 것 같았다. 정옥은 어린 나이에 그런 걸 모른 채 의기소침해졌다. 3학년 학생이 옆으로 지나가기만 해도 움츠러드는 형편이었다. 혹시나 자기 얘기를 하지 않을까 조마조마하고 있는데 전교에서 남의 얘기를 잘하기로 소문난 이민숙에게 걸려들었다.

"야, 너 구정옥이지?"

정옥은 자라목처럼 몸을 움츠리고 고개를 바로 들지 못했다.

"야, 이거. 선배 말이 말 같지 않냐! 왜 대답이 없어, 쌍!"

"예, 전데요."

이민숙은 먹잇감을 앞에 놓고 으르는 사자마냥 으스댔다.

"야, 너, 한국사람 아니라믄서…."

"예? 한국사람 긴데예…."

"멋이라? 농 까고 있네. 이 허연 얼굴이 '로스케'라는 걸 말해 안 주나, 이 가수나야!!"

그녀는 손톱이 긴 손가락으로 정옥의 얼굴을 꼬집고 비틀었다. 손톱에 얼굴이 찔린 정옥은 아팠다. 그런데 마음은 더 아팠다.

'내가 울 엄마 딸인데 왜 한국 사람 아이란 말이고….' 속으로 반발심이 부글거렸다.

정옥의 얼굴이 부스스한 걸 보고 엄마가 물었다.

"니, 오데 안 좋나? 와 안색이 그렇노."

정옥은 못 들은 척했다. 자존심이 상하기도 했거니와 엄마의 마음을 아프게 하기 싫어서였다. 나 혼자 당하면 됐지 애꿎은 엄마까지 끌고 들어갈 필요가 뭐 있나 싶었다. 심상찮은 분위기를 느끼고 엄마는 더 다그쳤다.

"에미나이, 무슨 일 있지비. 날래 말하라우!"

보통 때는 경상도 사투리로 말하다가 화가 나거나 하면 함경도 사투리를 썼다.

"일은 무슨 일. 아무 것도 아이다."

그날은 그렇게 어물쩍 넘어갔다. 그 다음이 문제였다.

그 일이 있고 난 후부터 같은 반 친구들이 하나둘 정옥을 피하기 시작하는 것 같았다. 정옥은 슬금슬금 자기 눈치를 살피는 시선을 보고서야 따돌림을 당하는구나 하고 생각했다.

'저 아이들이 나를 어떻게 알고 그라나. 나는 왜 남들처럼 편안히 지낼 수 없나.'

시름시름 마음고생을 하다가는 비 맞은 새처럼 어깨를 축 늘어뜨리고 다녔다. 엄마가 보기에 눈에 띄게 기죽은 모습이었다. 아무래도 이상하다 싶어 다그쳤다.

"정옥아, 니 와 그라노? 엄마가 니 하나 보고 여기까지 왔는데 숨길 것 머 있노. 다 털어놔라."

"개않다. 걱정 말아, 엄마."

엄마는 그러는 정옥을 보고 모성본능으로서 무엇인가 잘못 되고 있음을 직감했다. 이대로 두었다가는 안 되겠다 싶었다.

"에미나이, 날래 말하라우! 내가 니를 어캐 키웠지비."

정옥의 팔을 잡아 흔들고 머리를 쥐어박으며 울부짖었다. 무슨 일이 있기는 있는 모양인데 말을 안 하니까 더욱 의혹을 떨칠 수 없었다.

"정옥아, 나는 니를 내 생명처럼 생각하고 키워왔다. 니는 곧 내고, 내는 곧 니다. 흑 흑 흑…."

그동안 소련 군인의 사생아를 눈치코치 보며 키워 온 설움이 북바쳤다. 모정이 두 사람을 감쌌다. 정옥은 엄마에게 안기며 함께 울었다.

"엄마, 내가 잘 몬했어. 그 아아들이 나를 로스케라고 놀리고 친구 취급도 안 해줘서… 흑 흑 흑."

"멋, 무시기! 친, 친구로 취급도 안 해준다 말이지비! 이놈의 에미나 이 새끼들이…."

"엄마, 나 학교 안 가고 싶어."

"아이다. 그럴수록 가야 한다 아이가. 니 피부가 다르다고 해도 니는 내 딸이고, 한민족의 딸이다. 공부를 잘해 본 떼를 보여 줘라 고마!"

갓 돌 지난 어린것을 업고 남편마저 매몰차게 박차고 나온 한 여인의 간절한 소망이 담긴 유언이었다. 그동안 그녀가 살아온 것은 역사의 격랑에 휩쓸리다가 제자리를 찾기 위한 몸부림이었다. 하늘이 점점 어두워졌다. 먹구름이 병원 위로 몰려들었다. 밖에서는 소나기가 힘차게 쏴! 쏴! 내리기 시작했다.

정옥은 엄마가 마지막으로 한 말을 잊지 않았다.

'피부가 다르다 해도 엄마의 딸이고 한민족의 딸이다.'

그녀는 이제 나타샤도 하나꼬도 아닌 한국의 딸 정옥이라는 사실 앞에 자신을 되찾은 느낌이었다. 그러나 그러나 말이다. 정옥으로서는 엄마에게 꼭 물어보아야 할 것을 물어보지 못하고 말았다. 그날은 학교 친구들 이야기로 시작해서 누가 뭐라 해도 엄마의 딸이고 한민족의 딸이라는 다짐을 하는 분위기에서 과연 아버지가 누군지 물어보지 못하고 말았다. 엄마의 가슴 속 깊이 묻어둔 엄마만의 비밀을 밝히지 않은 채 가고 싶었는지 몰랐다. 일체 아버지라는 존재에 대한 언급은커녕 그런 기미를 내색하지 않아 정옥으로 하여금 관심을 가질 틈을 주지 않았다. 그럴수록 정옥은 자신의 출생과 관련하여 풀어야 할 어떤 비밀이 숨어 있으리라는 의혹을 떨쳐 버릴 수 없었다.

2

정옥은 보도방을 통해 다시 일자리를 얻었다. 종로 뒷골목에 있는 3류 요정 '명기 집'이었다. 바 같은 험한 데를 벗어나려고 돈을 좀 들였다. 소개비가 수월찮게 들어간 덕에 3류이나마 요정에 들어갈 수 있었다. 크지는 않지만 아늑한 한옥에 마담도 예쁘고 상냥했다. 여기서 다시 일하기 위한 교육을 받았다. 바와는 모든 것이 달랐다. 소위 방석집으로서 규율이 있었다.

방 단위로 한 팀씩 손님을 받기 때문에 우선 몸차림부터 깨끗하지 않으면 안 된다. 작은 공간에서 손님을 근접 접대하기 위한 조건이었다. 다음으로 말솜씨에 신경을 써야 한다. 오붓한 사랑방 분위기에서 말투가 거칠거나 천박하면 분위기를 잡치는 것이다. 여기에 다소 유머 감각을 닦는 것이 필요한 조건으로 붙는다. 술상 주위를 둘러앉은 신사들을 상대로 술을 따르고 시중을 들려면 부드러운 유머를 곁들여야 하는 것이다. 목욕을 자주하고 옷을 자주 세탁하며 언동에 신경을 써야 하는 것이 다소 까다롭긴 해도 정옥으로서는 충분히 감당할 수 있었다.

'명기 집'에 와서는 이름을 요정에 걸맞게 '미정'으로 바꿨다. 모처럼 방석집에서 일을 하게 되어 기분이 산뜻했다. 모든 것이 시끄럽고 잡스러운 바와 비교가 안 되었다. 점점 낯이 익어가자 미정을 찾는 손님이 하나둘씩 늘어갔다. 그러자 일하기가 재미있고 기대감이 생겨났다. 앞으로 경험을 쌓게 되면 마담 언니처럼 되어야 되겠다는 희망을 품게 되었다.

시간이 지나자 3류 요정의 진면목이 드러나기 시작했다. 처음에 술 시중을 들 때는 은근슬쩍 몸을 기대거나 손을 살며시 잡아본다든지 하던 손님이 낯이 익고 이물 없이 되자 노골적으로 몸을 요구하고 나섰다. 일부러 늦은 밤에 찾아와서 술 취한 체하며 손을 가슴팍에 밀어넣는가 하면 미정의 손을 앞으로 끌어당겨 자기 배꼽 밑으로 갖다 대는 등 음란한 짓거리를 서슴지 않았다. 마담 언니는 이런 손님을 환영하는 눈치였다. 손님이 가고 나면 으레 미정을 불러 훈계를 했다.

"단골손님에게는 잘 해주어야 한다. 너, 자꾸 손을 빼고 그러면 안 된다. 알겠나."

미정은 마담이 그럴수록 구역질이 나려고 했다.

그런데 그게 문제가 아니었다. 소위 '유두주'라는 것을 즐기는 괴벽이 단골들 사이에서 나타났던 것이다. 미정은 처음에 '유두주'가 무엇인 줄 몰랐다. 술에 우유를 타서 마시는 건강 주 정도로 생각했다.

한 팀이 와서 "오늘은 유두주 파티를 하자."고 했을 때만 해도 별 것 아니란 생각에 가만히 있었다. 사내들의 시선이 가만히 있는 미정에게 쏠렸다.

"미정은 뭐해. 안 벗고…."

느닷없이 안 벗는다는 말을 듣고 무엇을 벗으란 말인지 못 알아들었다. 주위 아가씨들을 보니까 저고리 고름을 풀어헤치고 있는 것이 아닌가. 그때야 무슨 수상쩍은 짓을 하려나 보다 하는 생각이 퍼뜩 들었다. 그들이 하는 꼴을 보고 기가 막혔다.

한 사내가 우악스런 손아귀로 고개를 돌린 미정의 앞가슴을 낚아채더니 옷고름을 잡아 뜯었다. 그녀는 잔뜩 움츠리고 있다가 소스라치게 놀랐다. 잇달아 비명을 질렀다.

"엄마! 왜 이래요, 놔요, 놔!"

발버둥 쳤으나 소용없었다. 앞섶을 풀어헤친 사내는 미정의 볼록한 젖가슴을 통째로 드러냈다. 모두 와! 하고 함성을 질렀다. 옆에 있던 아가씨들은 젖가슴을 내놓은 채 저항 없이 순응하고 있었다.

사내는 희디 흰 미정의 젖가슴을 가리키며 "야! 이거 국산 아니구먼. 아메리칸이냐, 로스케냐. 알아맞춰 봐! 하, 하, 하" 하고 호기 있게 웃음을 터뜨렸다. 그녀의 피부가 또 한 번 유흥가의 안줏거리가 된 것이다. 미정은 이대로 죽고 싶었다.

그러나 그 다음이 더 문제였다. 이것은 완전히 성적 광란이었다. 사내들은 미정이 유두주를 거부한 죄로 '귀두주'를 마시도록 강요하고 나섰다. 남성의 상징을 술잔에 담가 놓고 아가씨들에게 술을 마시게 하며 희롱하는 음탕한 놀이었다. 죽으면 죽었지 귀두주를 마실 수는 없었다. 젖 먹던 힘을 다해 버티었다. 그러자 사내 둘이 마치 닭의 날개를 잡듯 양팔을 잡은 채 미정의 머리를 귀두주에 처박는 것이 아닌가. 억! 억! 구역질을 하는 데도 마구잡이로 그녀의 입을 사내의 사타구니께로 밀어 넣었다.

순간 미정은 발악을 했다. 그냥 반항해 봐야 들어줄 것 같지 않자 네 활개를 치며 팔을 잡은 사내의 사타구니를 힘껏 걷어찼다. 동시에 문을 박차고 달아났다.

단칸방에 누운 미정, 아니 정옥은 기가 막혀 울고만 있었다. '황금마차'를 피하고 나니 '명기 집'이 그녀를 덮쳤다. 생존을 위해 스스로 몸을 판 것보다 더한 모욕과 굴욕감에 충격을 벗어날 수 없었다. 부모로부터 물려받은 몸뚱이 하나로 살아가려는데 그 몸뚱이가 말썽이 되는 것을 참아낼 수 없었다. 이런 저주스런 몸뚱이를 가지고 어떻게 한국에서 살아갈 수 있나? 회의에 빠져들수록 대성이 생각이 간절했다. 그만이 자신을 한 여성으로서 사랑해 주지 않았던가? 그를 거부한 죄인가?

이제는 대성을 찾을 명분도 사랑도 없는 몸, 죽어서 엄마 곁으로 가는 것만이 자신을 지킬 수 있으리라 믿었다. 때마침 일어났던 YH여공사태가 결심을 굳히게 했다. 때는 1979년 8월 14일, 해방 34주년 하루 전이었다. 8월 6일 폐업신고로 생업을 잃게 된 YH여공들이 9일부터 마포 신민당사 4층에 자리 잡고 이틀째 농성을 계속하며 생업을 보장해 줄 것을 애처롭게 부르짖었다. 그러나 경찰은 11일 새벽 1시 50분 신민당사에 침입, 강제 해산을 시작했다. 이때 대열에서 따로 나와 창가에 섰던 여공 김경숙은 "경찰이 쳐들어 온다!"고 외마디 고함소리를 남긴 채 몸을 날렸다. 꽃다운 스물한 살 처녀의 결사항전이었다.

여공들의 처절한 저항이 분쇄되고, 몸을 날려 죽는 것을 본 정옥은 자신도 한강다리에서 투신하기로 결심했다. 영도다리에서 엄마를 생각하며 엄마처럼 함경도 또순이로 살아갈 것을 다짐했던 그녀가 몇 년 만에 정반대의 길을 선택하게 되었다.

어떻게 해서든지 남한 땅에서 자리를 잡아보려던 굳은 의지는 어디로 가고 스스로 자신을 이승에서 소멸시키려 하고 있는가, 자문하면서 수많은 밤을 울음으로 지새운 끝에 도달한 결론이었다. 그러나 그냥 소리 소문 없이 어느 뒷골목 어두컴컴한 골방에서 죽을 수는 없다고 생각했다. 그렇게 하기에는 다섯 살짜리 어린 딸을 데리고 단신 남한 땅으로의 외로운 탈출을 결행한 귀환동포 엄마의 모성을 모독하는 것 같았다. 그녀는 나름대로 장엄한 죽음을 하기로 작정했다. 그래서 한강투신을 택했다. 마지막 길이 그것뿐이라 생각했던 것이다. 만인이 보는 앞에서 허공에 몸을 날리는 것은 연약한 여인의 인권을 찾을 수 없는 사회에 대한 시위효과가 클 것이라고 생각했다.

누구의 피를 받게 된 줄도 모르는 정옥, 자신은 결국 아버지를 모르는 사생아가 아닌가. 도도히 흐르는 역사의 물결에 휩쓸려 엄마도, 나도 떠내려 갈 수밖에 없는 무력한 존재일 뿐이지만 최후는 알려야 한다. 동토의 땅 콜리마지역에서 태어난 역사적 사생아의 장렬한 죽음을 서울 시민, 아니 한반도에 사는 모든 사람에게 알리기 위해 한강으로 나갔다. 그녀는 그동안 아껴 두었던 옷을 꺼내 입고 화장을 정성껏 하는 등 성장을 했다. 딴 사람이 보면 마치 파티에라도 가는 것으로 착각할 정도였다. 그만큼 그녀는 이승과의 하직을 하나의 의식으로 치를 작정이었다.

한강으로 가는 동안 버스 안에서 지나온 일들을 돌이켜 보았다. 가장 마음에 걸리는 것이 대성과의 사랑이었다. 그동안 남강둑에서 만나 그와 허물없이 주고받은 사랑의 노래를 가슴 깊이 안고 살았다. 그 순수한 사랑을 일구어 보지 못하고 간다는 것이 마음 한 구석을 후벼 파는 듯 아파왔다.

그녀는 한강 다리 중간쯤 와서 잠시 호흡을 멈췄다. 이승과의 작별을 위한 기도를 했다. 잠시 후 성장을 한 모습을 난간 위로 드러냈다. 그 순간 시내버스와 택시, 자가용차를 타고 지나가는 사람들이 무심코 내다보다가 의아한 표정이 되었다. 백주에 젊은 여인이 성장을 하고 난간 위에 올라섰다-도대체 알 수 없는 짓이었다. 그녀는 만인이 보는 앞에서 다이빙 폼을 뽐내듯 양팔을 한껏 벌리고 강물 위로 뛰어내렸다.

"대- 성- 씨-!"

길게 여운을 남긴 이름은 물 위로 떨어진 그녀의 뒤를 따라 한강 위로 맴돌다 사라졌다. 못다 한 사랑을 영원히 간직할 것인 양 강물은 출렁이며 흘러갔다. 물새 두 마리가 두 사람의 영혼을 불러들이듯 끼룩! 끼룩! 소리를 내며 하늘을 날았다. 바로 그때 8·15축전을 하루 앞두고 한강을 순찰 중이던 경찰 보트가 정옥을 발견, 구조했다.

정옥은 경찰에게 역정을 냈다.

"여보세요, 왜 나를 구조하고 그래요!"

"응, 이 아가씨가 살려 주니까 뭐라고 그러나?"

"나는 살고 싶지 않단 말이에요!"

경찰은 어처구니없다는 듯 멍하니 보고 있다가 귀찮은 생각이 들었든지 퉁명스럽게 되받았다.

"이 세상은 살고 싶지 않다고 마음대로 떠나는 세상이 아니오. 무슨 사연이 있는지 모르지만 용기를 가지고 살아요."

할 말을 잃은 정옥은 적당히 둘러댄 후 바로 강 밖으로 나가 사라져 버렸다.

정옥은 단칸방에서 며칠째 꼼짝 않고 있었다.

아무리 생각해 봐도 그날 죽었어야 했다. 그리하여 한 가정의 엄마와 딸이 그들의 의사와는 전혀 관계없는 운명의 장난 때문에 역사의 뒤안길에서 헤매다가 소멸해 가는 인간의 모습을 만천하에 보여 주었어야 했다. 적어도 인간으로 태어났다가 나름대로 살아보려고 몸부림친 끝에 어쩔 수 없이 최후의 길을 택해야 하는 이런 인생도 있다는 것쯤은 알리고 죽을 수 있어야 되지 않겠는가 싶었다. 그런데 그것마저 할 수 없게 되어 버렸다. 죽는 것도 마음대로 할 수 없는 처지라. 정옥은 아직 죽을 때가 되지 않았다는 계시를 받았다고 생각하기에 이르렀다.

'아마 엄마가 준 십자가가 나를 지켜주었겠지.'

문득 십자가 생각이 났다. 엄마가 숨을 거두기 전 자기 손에 꼭 쥐어준 그 십자가를 옷장에서 찾아내었다. 그동안 세상 풍파를 헤쳐 오느라 교회에 나가지도 못하고 옷장 속에 깊이 넣어 두었던 것이다. 새삼스레 엄마의 당부하던 모습이 눈에 아른거렸다. 의사가 운명 날이 며칠 남지 않았다고 알려 준지 이틀 후였다. 엄마는 피골이 상접한 손을 가까스로 들어 목으로 가져갔다. 손을 목에 댄 채 가만히 있었다. 너무 힘들어 하는 것 같아 엄마에게 물었다.

"엄마, 뭐 하려고 그래요?"

"으응… 이이… 시입자… 가를…."

그러면서 손가락으로 목에 건 십자가를 끌어당기는 시늉을 했다.

"십자가를 가지고 기도하려고요?"

"아아니… 시입자… 가를… 뱃겨… 봐…."

정옥이 엄마 손을 내리게 하고는 십자가를 목에서 벗겼다. 엄마는 십자가를 손에 받아 쥐고 정옥의 목에 걸어주려고 했다. 손을 들어 올렸으나 힘이 미치지 못하자 몇 번 시도해 보다가 손을 가슴 위로 내렸다. 정옥이 십자가를 받아 목에 걸었다. 그것을 본 엄마가 어렵게 한마디 했다.

"정옥아… 니가… 어려울 때… 이 시입자가를 목에 걸고…."

기력이 다한 엄마는 마지막 말을 잇지 못했다.

엄마는 어린 정옥을 데리고 살면서 십자가에 의지했다. 부산 중앙동 피난민촌에 살 때 피난교회에 나가면서 하느님이 우리를 보호해 주시니 어려움이 닥쳐도 무섭지 않다는 말을 자주 했다. 어린 정옥은 멋모르고 엄마가 교회에 다니니까 그렇거니 했다. 엄마는 운명의 장난으로 아버지도 모르는 어린 자신을 낳고 멀리 남한에까지 와서 살아야 하는 한 여인의 고통스런 삶을 십자가로 이겨온 것이다. 정옥은 엄마가 운명한 후에야 그것을 깨달았다. 그동안 살기에 바빠 십자가를 미처 챙기지 못한 것이 죄송스러웠다. 그녀는 십자가를 손에 꼭 쥔 채 기도를 했다.

'다시는 섣부른 짓을 하지 않으리라.'

정옥은 엄마가 인고의 삶을 살아왔던 상징으로서 그 십자가를 물려받아 엄마가 못다 한 한을 자신이 풀어나갈 작정을 했다. 그러면서 뜻밖에도 대성 씨의 사랑이 자신을 감싸고 있는 것이 아닌가, 하는 영감 같은 것이 머리를 스쳤다. 비록 자신은 역사적 사생아일망정 대성 씨 같은 참된 사람이 있어 이승에서 버티어 낼 힘을 얻고 있는 것이라 믿고 싶었다. 아마 그가 없었다면 생존의 의미를 찾지 못한 채 이미 지상에서 영원으로 가버린 존재가 되었을 것이라고 여겼다.

'비록 그를 두 번 다시 만나지 못한다 할지라도 나는 그의 사랑이 헛되지 않도록 하기 위해 소위 간신고초(艱辛苦楚)를 무섭다 하지 말고 짓밟고 일어서야 한다.'

그녀는 벌떡 일어섰다.

세숫대야에 찬물을 가득 부었다. 마당에 나가 찬물을 통째로 머리에 들어부었다. 시원하기에 앞서 몸이 오싹했다. 동시에 전신을 타고 흐르는 전율을 느꼈다. 재충전-다시 일어나라고 몸이 꿈틀거렸다.

3

정옥은 여성의 인권을 무시하는 사회, 도도히 흐르는 역사의 물결에 휩쓸려 피치 못할 운명을 가슴에 안고 '한민족의 딸'임을 잊지 않으려 안간힘을 쓰고 있는 한 여인, 그녀의 아픔을 들추어 희희낙락거리는 사회에 대한 고발장을 쓰기로 했다. 그러나 글을 써 본 경험이 없었다. 글을 잘 쓰는 사람들, 이를테면 소설가나 문필가, 또는 신문기자, 이런 사람들을 통해 수기를 대신 써 달라고 부탁할 수밖에 없었다. 이 분야에 대해서는 까막눈이라 어떤 사람이 좋은지, 대가를 주어야 하는지, 무얼 어떻게 하는지조차 모르는 형편이었다.

정옥은 날이면 날마다 수기에 집착했다. 하도 답답해 술집 동료들에게도 걱정 삼아 말했다.

"내가 이때까지 겪은 일을 책으로 낼라는데 글을 쓸 줄 몰라 답답해 죽겠다. 누구 좀 글 잘 쓰는 사람 아나?"

"얘는 술이나 잘 팔지, 무슨 작가가 될라냐."

"술병 뚜껑이나 따던 손으로 무얼 쓴다고? 야, 야 치어라, 치어!"

"신문기자나 꼬셔서 애인으로 삼고 써달라고 해라."

정옥은 세 번째 친구 말에 귀가 번쩍 띄였다. 신문기자나 소설가나 누구든지 글 잘 쓰는 사람을 손님으로 만나게 되면 한번 부탁해 보아야 되겠다고 생각했다. 그 후 잠시 일했던 바에서였다. 정옥이 새로

온 얼굴이라며 통성명을 하는 사람이 하나둘 늘어갔다. 그중에 정옥이 또래 젊은이가 있었다. 그는 앞으로 잘 사귀어 보자며 명함을 내밀었다.

야화(野話)잡지사 기자 이봉수.

이를 본 정옥은 의도적으로 접근했다. 야화를 다루는 잡지사니까 자기 이야기를 다룰 수 있으리라 짐작했다. 넌지시 자신의 의중을 비쳤다.

"이 기자님, 이런데 실리는 것은 유명한 사람 이야기라야 해요?"

"유명한 사람 이야기면 좋지만 꼭 그런 것은 아니야."

"우리 같은 사람도 잡지에 실릴 수 있을까요?"

"왜, 잡지에 실리고 싶어? 우리 잡지에 실리려면 첫째 자극적인 내용이라야 되고, 둘째 변태적인 남녀 치정 관계나 끔찍한 살인사건 같은 것이 알맞고, 셋째 거액을 놓고 벌이는 부정부패 놀이처럼 흥미를 끄는 것이라야 해."

"유흥가에서 발버둥 치며 살아가는 밑바닥 인생이나 하물며 역사적 흐름에 휩쓸려 버린 한 개인의 고난 같은 얘기는 실릴 수 없겠네요."

"야화는 그런 고상한 얘기나 하는 잡지가 아니지. 우리 잡지에 실리고 싶다면 정옥이 직접 야화의 주인공이 돼야 해."

"내가 그런 야화의 주인공이 돼야 한단 말에요?"

"꼭 잡지에 나오고 싶다면 할 수 없지."

이 무슨 뚱딴지같은 소리인가?

자극적인 사건의 주인공이 되라고… 그러면 거액을 둘러싼 부정부패는 나하고 거리가 멀고 결국 변태적인 남녀 치정 관계에 빠져야 잡지에 실릴 수 있다는 말 아닌가. 벌레 씹은 얼굴을 하고 있는 정옥을 보고 이 기자는 노골적인 유혹을 서슴지 않았다.

"잘 생각해 봐. 잡지에 한 번 났다 하면 그날로 손님이 바글바글할 걸. 나하고 주인공 노릇을 한번 하면 되잖어."

그는 엉큼한 표정을 감추지 않은 채 정옥의 엉덩이를 슬슬 만졌다.

"왜 이래요!"

움찔해진 정옥은 그를 떠밀어 버리고 자리에서 일어섰다.

잡지 기자와 얘기가 틀어지고 얼마 후 한 낯선 남자가 홀 구석에 혼자 앉아 술을 마시고 있었다. 싸구려 국산 위스키를 시켜 놓고 말도 없이 잔을 축내고 있었다. 손님들 상대하느라 테이블마다 왔다 갔다 하는 바람에 바빴다. 밤 8시부터 10시 사이 한창 붐비는 시간이었다. 10시를 고비로 테이블이 하나둘 비기 시작하자 한숨 돌리게 되었다. 정옥은 무심코 지나치다가 그 남자가 아직 거기 있는 것을 발견했다.

"손님, 뭐 필요한 거 없어요?"

아까부터 혼자 있는 것이 눈에 걸린 터라 관심을 가졌다.

"아… 뭐… 필요 읍써."

혀 꼬부라진 소리만 할 뿐 이쪽에 관심을 보이지 않았다. 보아하니 술이 꽤 취한 상태였다. 그러나 몸을 제대로 가누지 못할 뿐 술주정은 부리지 않았다. 무엇인가 골똘히 생각하는 모습이었다. 얼핏 심각한 얼굴을 보는 순간 아련한 무언가가 자신에게 손짓하는 것 같았다. 자기도 모르게 그에게로 다가갔다.

"손님, 저 좀 앉아도 되지요."

"아, 그래 앉아. 아가씨 예쁘군…."

"고맙습니다. 저, 숙자라고 해요. 어디 마음 아프신 일이라도 있나요? 아까부터 심각하게 계시던데…."

"아, 뭐 세상살이가 더러워서….'

"손님, 세상살이가 더러운 건 어제오늘 일이 아니잖아요. 기분 나빠
도 참으세요."

그가 하는 말을 볼 때 분명히 문제가 있는 모양이었다. 무슨 문제인
지 모르지만 혼자서 고민하는 모습을 보고 연민의 정을 느꼈다. 숙자
라는 가명을 쓰면서 술집에서 세월을 낚듯 살아야 하는 자신의 처지
로 동병상련 같은 것이 작용했는지도 모를 일이었다.

"시간이 늦은데 일어나시죠. 어디로 가시는지 모르지만 택시 타는
데까지 모셔다 드릴게요."

"나… 택시 탈 돈도 읍써… 음, 신문사에서 쫓겨 난 놈이… 음, 머
잘났다고 택시나 타고 댕기겠어. 호온자 갈거니… 음, 수욱자 씨는…"

채 말이 끝나기도 전에 비틀거렸다. 정옥은 얼른 그의 겨드랑을 잡
았다. 신문사에서 쫓겨났다는 말이 귓전에 맴돌았다. 뜻밖에 신문기
자를 여기서 만나다니….

그러나 그 후로 그는 다시 나타나지 않았다. 정옥은 자꾸 출입문 쪽
으로 시선이 가는 것을 멈출 수 없었다. 안타까움이 스며들었다.

그로부터 한 달쯤 지난 후였다. 막 출근하여 홀에 서빙을 시작할 무
렵이었다. 사내들이 왁자지껄 떠들어대며 문으로 들어섰다. 누군가가
대뜸 '숙자 씨!' 하고 불렀다. 정옥은 자기 귀를 의심하며 엉거주춤 서
서 출입문 쪽으로 고개를 돌렸다. 네댓 명 되는 일행 중에 한 사내가
손을 번쩍 들었다.

"어이, 숙자 씨, 나요."

아직도 누군지 모르고 있는 정옥 곁으로 그 사내가 성큼 다가섰다.

"나 몰라요. 신문사에서 쫓겨난 사내 몰라요. 반가워요. 우선 우리
앉을 테이블 하나 정해주고 맥주 좀 가져오시오."

정옥은 그제야 몇 달 전 생각이 떠올랐다.

"아, 네, 오랜만이네요. 왜 소식이 없었어요?"

마치 오래된 연인처럼 반갑게 인사하고 맥주를 가지러 부리나케 달려갔다.

신문사에서 쫓겨났다던 그 사내, 최병윤은 출판사에 취직이 되어 자리를 잡았다는 것이다. 첫 월급을 탄 김에 동료들과 한 잔하러 왔다고 했다. 그러면서 그날 쓸쓸했던 자신에게 관심을 가져준 숙자 씨 생각이 나서 여기로 왔다고 밝혔다. 이것이 인연이 되어 최병윤은 단골손님이 되었고, 정옥의 애틋한 사연을 얘기 듣고 자기가 대필해 주겠다고 나섰다. 3류 기자와는 달리 세상을 보는 눈이 날카로울 뿐만 아니라 사태파악이 정확했다. 그는 정의감에서 취재보도를 하다가 군사정권의 블랙리스트에 올라 강제퇴직 당했던 것이다.

그로부터 몇 달 후 정옥은 이처럼 신나는 일이 없다 싶었다. 드디어 자신의 수기가 책이 되어 세상에 모습을 드러낸 것이다. 비록 가명이긴 하지만 자기 이름으로 된 책이 나왔다는 그 자체만으로도 뛸 듯이 기뻤다.

'내 속옷을 들춰라'- 책 제목을 새삼 읊조리며 향긋한 잉크 냄새가 배어든 책 표지를 어루만졌다. 출산의 고통을 겪은 옥동자를 보는 느낌이었다. 이 일곱 마디 외침 속에는 엄마와 자신의 삶이 아로새겨져 있었다.

정옥은 수기에서 무엇보다 자신의 정체성에 관해 많은 고민을 했음을 드러내고 있었다. 하나꼬, 나타샤, 정옥, 세 가지 이름을 갖게 된 자신이 이름마다 다른 삶을 살아왔던가? 왜 그렇게 머나먼 곳에서 태어나지 않으면 안 되었던가? 어찌 보면 엄마가 그렇게 먼 곳에 갔기 때문에 이름이 세 가지나 되었고, 과연 자신이 누구인지, 자신에게 되물어 보아야 하는 일이 벌어지게 된 것이 아닌가? 그렇다면 엄마는 왜 그 먼 곳에 가지 않으면 안 되었을까? 꼬리에 꼬리를 물고 일어나는 의문투성이 정옥이 너는 과연 누구인가? 이제 이름 그대로 세 사람이 정옥이라는 여자로 하나가 되어 자신의 정체를 찾고 있는 것이었다.

정옥은 수기를 대필해 준 최병윤과 만나 기쁜 가운데도 허전한 구석을 메우지 못한 느낌을 떨쳐버릴 수 없었다. 그녀는 혼자서 발버둥치다가 나름대로 세상에 대고 한마디 하면 누군가는 알아들을 줄 알았다. 그러나 수기가 출간된 지 며칠이 지나도 별 반응이 없었다. 해서 최 기자에게 물어보려고 만나자고 했다. 그는 해직기자로서 언론계의 생리를 잘 알 것이라고 짐작했다.

"최 기자님, 언론을 잘 아시잖아요. 내 수기 같은 거 보도할만한 가치가 없나요?"

"내가 대필해서가 아니라 숙자 씨 얘기라면 당연히 주목할 만하지요."

"그런데 한 군데도 보도가 되지 않았던데요. 보도가 되어야 세상 사람들한테 나 같은 억울한 사정을 알릴 수 있지 않겠어요."

"글쎄, 내가 해직당한 뒤 언론이 많이 달라진 것 같아요. 워낙 군부가 세게 나오니까…."

"어떻게 아는 기자들한테 좀 부탁할 수 없을까요?"

"친한 기자들은 나처럼 해직당하고, 현직에 있는 친구들은 잘 모르고…. 내 한번 알아볼게요. 며칠 기다려 봐요."

그리고 사흘 후 최 기자가 정옥을 찾았다. 그래놓고 말을 하지 않고 주춤거리고 있었다. 궁금했던 정옥이 물었다.

"기자들이 관심을 가지던가요?"

최병윤은 그래도 입을 떼지 않고 있었다. '왜 할 말이 없어졌나?' 정욱은 의아했다. 얘기를 듣기도 전에 미리 낙담할 필요는 없었다. 해서 에둘러 다그쳤다.

"연락을 했으면 용건이 있을 거 아네요."

그러자 그는 심드렁하게 대꾸했다.

"아는 기자가 없어 연락 못했어요. 미안해요."

그러나 언론계 고참인 그가 아는 기자가 없을 리가 없었다. 사실은 몇 사람에게 연락했다. 최병윤 자신이 생각해도 이게 기자인가 싶을 정도로 어처구니없는 반응뿐이었다. 술집 여자 얘기가 뭐 그리 대단하냐는 둥, 유흥가에서 굴러먹던 여자를 가지고 뭐 신경 쓸 거 있느냐는 둥, 심지어 로스켄지, 무슨 놈의 튀기인지 모르는 여자가 보도거리가 되느냐는 얘기까지 나왔다. 이 얘기를 어떻게 숙자에게 알려주겠나 싶어 말하지 않았다. 낙심한 정옥은 더 이상 뭐라고 할 수 없었다.

그 후 출판사에서 전화가 왔다. 잡지사 기자들이 만나자고 한다는 것이었다. 출판사로서는 잡지에라도 많이 알려지는 것이 책 판매에 도움이 되었다. 정옥은 신문이나 잡지나 같은 것이라고 여겼다. 그래서 잡지사 기자와 통화를 했다. 결과는 만나 보나마나였다. 그 기자는 처음 통화에서 탐색은커녕 단도직입적으로 들이댔다.

"정옥 씨, 얼굴이 이국적인 모양인데 나하고 데이트 합시다."

"기자님은 내 수기 취재하러 전화한 줄 아는데요."

"취재고 데이트고 그게 그거지, 하하하…."

그 기자는 '야담'이라는 이상한 제목의 잡지 기자였다. 그는 말본새부터 희롱조라 싫었다. 또 다른 잡지 기자가 전화했다. 그는 관등성명을 정확하게 댔다.

"장정옥 씨죠. 난 잡지 '실화' 소속 강진만이라고 합니다."

먼저 전화한 기자보다 믿음이 가는 것 같았다. 이번에는 얘기가 될 것 같은 느낌이 왔다. 정옥은 자기도 모르게 열린 마음으로 상대했다.

"네, 장정옥입니다. 내 수기에 대해 뭣이든지 물어보세요. 성의껏 대답하겠습니다."

"우선 피부 땜에 직장에서 따돌림을 당한 모양인데 심정이 어때요?"

"수기에 나와 있는 그대로예요. 다 같이 어려운 처지에 있는 동료끼리 어떻게 그럴 수 있어요. 도와주지는 못할지언정⋯."

"그럼 본인의 잘못은 없단 말이오?"

정옥은 뜬금없는 질문이다 싶었다. 살기가 어렵기 때문에 유흥가에서 일하는 아가씨들이 친구를 빈정거리기나 하는 것이 역겨워 직장을 그만 뒀다. '그런데 잘못한 것이 없느냐구? 이 사람이 취재하는 건지, 시비 거는 건지⋯ 나 원 참.' 반발심이 생긴 그녀는 퉁명스럽게 대꾸했다.

"지금 뭐하자는 거예요? 어려운 동료끼리 못할 짓을 해서 수기로 고발한 건데⋯."

"이 아가씨가⋯? 성질이 못 됐구만. 그래 놓으니 직장에서 쫓겨나지."

더 이상 대화가 이어질 리가 없었다. 뒷골목 유흥가의 어두운 그림자뿐만 아니라 월남해서 어렵게 버티어내는 피란민들에 대한 박대를 세상에 고발하려 한 것이다. 그러나 효과는커녕 엉뚱한 시빗거리가 되고 있었다. 그것도 기자라는 사람들로부터⋯. 정옥은 답답해 오는 가슴을 부여잡고 울분을 삼켰다.

'어찌 이럴 수 있는가? 아아! 세상살이가 너무 힘들어.'

해직 기자의 도움과 수기출간으로 혼자가 아니라 원군을 얻었다고 우쭐하기까지 했던 그녀는 도로 아미타불이 되는 것 같았다. 냄비가 열이 올라 들썩거리듯 속에서 울분과 증오가 뒤섞여 부글거리는 감정의 격랑이 가슴께로 모여들고 있었다. 그 격랑을 타고 팽팽한 긴장감이 가슴을 압박하여 통증이 느껴지기 시작했다. 그녀는 두 손으로 가슴을 쥐어 떴듯 몸부림치며 주저앉았다.

　"아아! 가슴이… 가슴이…."

　호소인지, 절규인지, 애처롭게 부르짖던 정옥은 눈을 감은 채 가쁜 숨을 쉬고 있었다. 한동안 들숨 날숨을 번갈아 쉬던 그녀는 어느덧 '원숭이 똥구멍은 빨개…' 하고 중얼거리고 있었다.

4

　마침 왜놈들의 군국주의가 패색이 짙어질 무렵 대성의 아버지는 여섯 식구를 거느리고 일본에서 귀국했다. 그리고 고향 진주에서 자리 잡으려고 알만한 데를 알아보던 중이었다. 손쉽게 일자리가 나서지 않았다. 일본에서 노동을 해서 번 돈이라야 할아버지께 생활비조로 좀 보태드리고 나머지를 가지고 셋방을 얻고 일자리가 생길 때까지 생활비로 쓰는 바람에 바닥이 날 판이었다. 귀환동포란 말 그대로 궁색한 생활을 면할 수 없었다.

　아버지는 진주에서 일본 사람이 운영하던 것을 한국 사람이 넘겨받은 제지공장에 일자리를 얻었으나 생계를 잇기가 어려웠다. 야간수당을 보고 밤일까지 하면서도 쪼들리기는 마찬가지였다. 이 바람에 어머니까지 나서 생활전선에 뛰어들 수밖에 없었다. 어릴 적 학교 갔다 오면 집이 텅 빈 것 같았다. 유달리 아들을 사랑하던 어머니가 집에 안 계시면 허전했다. 거기다가 노점을 보러 다니는 어머니를 생각하면 마음이 아팠다.

아버지는 제지공장 일을 그만두고 어머니와 함께 진주 중앙시장 한편에서 난전을 보았다. 일반 잡화상이 몰려 있는 곳에는 얼씬도 못하고 싸전을 비롯한 곡물 전이 있는 쪽 길가에 포목을 늘어놓고 난전을 보게 된 것이다. 어설프나마 칸막이가 된 점포가 한 칸 있으면 점방이 되겠지만 대성네 점방은 점방이랄 것도 없이 그야말로 어설프기 짝이 없는 난전이었다. 그래도 귀국해서 잇달아 낳은 딸 둘 때문에 아홉 명이나 되는 대식구가 입에 풀칠이라도 할 수 있는 유일한 생계 수단이었다.

대성은 국민 학생으로서 학교 갔다 오면 무슨 심부름 할 일이라도 있을까 싶어서 시장으로 가곤 했다. 누나가 동생들을 데리고 집에서 집안 설거지며 빨래 같은 일을 하고 저녁때가 되면 어머니가 시장을 보아 오기 전에 쌀을 씻어 솥에 안쳤다. 그 사이 대성은 난전을 치우고 물건을 싼 보따리를 실은 손수레를 아버지가 앞에서 끌면 뒤에서 밀어드렸다. 어머니는 하루 종일 손님을 불러들이느라 쉬지 않고 입을 움직이는 바람에 지친 몸이 되었다. 그래도 집에서 기다릴 자식들을 생각해 사카린을 넣고 만든 풀빵을 한 봉지 사 들고 종종걸음으로 손수레를 뒤따랐다.

시장에서 집에까지 오리 길이나 되는 거리를 부자간에 손수레를 끌고 밀며, 그 뒤로 피곤한 어머니가 지친 표정으로 걸어오는 모습은 그 시대, 귀환동포의 삶을 상징할 수 있는 한 폭의 사실화였다. 조국 땅에 발을 딛고 한민족의 일원으로서 꿋꿋이 뿌리내리려고 식물이 탄소동화작용하듯 생존 노력을 하고 있었다.

해방 공간에서의 정체성 혼란은 또 다른 쪽에서도 찾아왔다.

대성은 해방된 조국에서 역설적으로 정체성의 혼란을 겪지 않으면 안 될 운명에 놓이게 된 한민족의 후예를 보면 어딘지 모르게 동병상련 같은 정이 생기곤 했다.

왜놈의 침략으로 일제 식민지가 된 조국을 등지고 만주로, 일본으로, 사할린으로, 연해주로, 심지어 거기서도 쫓겨 중앙아시아로 유랑길을 떠났던 한민족의 자손이 해방이 되었다고 조국으로 돌아오는 것이 역사적 순리였다. 그런데 조국으로 돌아온 귀환동포들은 자신들이 어느덧 우환동포로 변신된 사실을 발견하게 되었다.

해방 후, 귀환동포하면 무슨 우환을 가져오는 족속인양 별로 탐탁지 않게 생각하던 때였다. 미군이 귀환동포들에게 일본 내 재산 중 손으로 들고 갈 수 있는 재산만 들고 가도록 하고, 돈은 또 1천 엔 이상 소지하고 나갈 수 없도록 제한을 했다. 이 바람에 귀환을 포기하는 사람이 적지 않았으며, 귀환해도 거의 빈손인 채로 고향에 돌아올 수밖에 없었다. 결국 귀환동포는 곧 우환동포라는 별칭마저 붙게 되었다. 귀환동포가 된 것이 자신들의 잘 못인가. 더욱이 자신들도 모르는 사이에 우환동포로 돼버린 현실 앞에서 그들의 정체성이 혼란에 빠지게 되었다.

대성도 귀환동포 아버지 밑에서 자신은 누구인가, 하는 정체성의 혼란에서 벗어날 수 없었다. 귀환동포의 아들이면 귀환동포인가, 아니면 귀환동포도 아닌 제3의 인간인가, 쉽게 해답을 얻을 수 없었다. 그러나 어려운 생활궤도를 벗어날 엄두를 내지 못한 채 국민학교 과정을 마친 그는 어린 마음에도 고단한 삶이 무엇인가를 체험으로 알게 되었다. 동시에 그것을 벗어나기 위해 어떻게 살아야 한다는 깨우침도 터득하게 되었다. 무엇보다 남들이 우환동포라고 손가락질하더라도 자신이 설 곳을 안다면 부끄러울 것이 없다고 생각했다. 비록 일본에서 태어나 한국으로 왔지만 다른 사람들과 마찬가지로 한국인임에 틀림없었다. 앞으로 엄연한 이 사실을 잊지 말아야 할 것이라고 다짐했다.

귀환동포의 애환을 체험한 대성은 정옥의 피맺힌 고발수기를 읽고 전쟁이 한 여인을 할퀴고 간 상처를 뼈저리게 느꼈다. 좀 거창한 담론 같지만 해방 후 한반도에 몰아친 이데올로기 전쟁으로 부딪치지 않을 수 없었던 우리 민족의 숙명을 그녀에게서 보는 것 같았다. 아니 그것보다 그녀 자신이 우리 민족의 숙명 앞에 내동댕이쳐진 역사의 사생아였다. 그래서 연민의 정을 떨쳐 버릴 수 없었다.

수기 중 유달리 눈길을 끄는 대목이 있었다. 그녀의 어머니가 소련에서 온 귀환 동포라는 것이었다. 어떻게 해서 소련에서 왔는지 자세한 얘기는 없고 어릴 적 머나 먼 북극동 지역 콜리마라는 지역 어딘가 수용소에서 나와 마가단 가까운 마을에서 살았다고만 했다. 조선 사람으로서는 전혀 생소한 곳에서 살았다니 무엇인가 심상찮은 곡절이 있는 것 같았다. 북한에서도 우환동포로 곤욕을 치르다가 남한으로 왔는지 모를 일이었다. 또 하나 눈길을 끈 것은 정옥은 가끔 어릴 적 혼자 놀던 장면을 떠올리며 외로움을 달래던 때를 회상한 대목이었다. 그녀는 시장에서 돌아올 엄마를 기다리며 그 시절 애들 사이에 유행했던 낱말 잇기 놀이, 즉 '원숭이 똥구멍은 빨개-빨가면 사과-사과는 달지….'를 중얼거렸다고 했다. 그런 다음 빠져서는 안 될 필수 독본처럼 '백두산 뻗어 내려 반도 삼천리….'라는 창가를 불렀다고 덧

붙였다. 일제 때 한민족 정신을 일깨워 주었던 그 노래, '대한의 노래'를 정옥이 즐겨 불렀다니 그녀의 얄궂은 인생 발자취에 어떤 의미를 부여하는 것 같았다.

대성은 후배가 소개해 준 여관에서 우연히 고발수기를 본 그 다음 날에 당장 출판사를 찾아갔다. 그러나 출판사에서는 대필자를 통해 원고를 받았을 뿐 정작 정옥은 만나 보지 못한 상태였다. 대필자의 연락처를 물어봤으나 그 역시 다니던 직장을 그만둔 후 소식이 끊어졌다고 했다. 일시에 캄캄한 터널 속으로 빠져든 기분이었다.

그 후 대성은 몇 년 동안 신상에 위기를 겪으면서 정옥에 대한 생각을 떠올리지 못했다. 한강일보에서 봉급 투쟁했다고 좌천시킨데 항의하여 사표를 던지고 한동안 밥벌이를 위해 잡지사 원고를 쓰는 등 포도청이 된 목구멍 메우기에 바빴다. 의기는 살아 있으나 생존에 연연해야 하는 그는 여러 번 좌절감에 빠져 허우적거렸다. 이런 판에 그의 머리에는 정옥이라는 흘러간 여인의 잔상이 남아 있을 여지가 없었다.

정대성은 고향 선배의 요청으로 국제타임스 정치부 기자로 들어갔다. 때마침 대통령 선거가 다가와서 선거 취재에 나서게 되었다. 1971년 야당 출입 기자로서 대통령 선거 기간 동안 야당 후보 유세차를 추적하며 취재하느라 고생 끝에 야당 후보는 낙선하고 말았다. 이런 고생을 했는데도 찬밥 신세인 야당 출입에서 여당 출입으로 바꿔 주기는커녕 역시 기자들 간에 찬밥신세라고 자조 섞인 말을 듣던 중앙청으로 출입처가 바뀌었다. 속으로 부글거렸지만 데스크의 지시를 거역할 수가 없었다. 얼마 있지 않아 정변이 일어났다.

그를 기다리고 있던 것은 일복이었다. 출입처를 중앙청으로 옮긴지 불과 열흘 만에 이른바 유신선언이 터져 나왔던 것이다. 연이어 비상국무회의에서 쏟아내는 유신헌법 안을 비롯한 유신체제 출범에 맞춘 각종 법안이 모두 그의 독차지였다. 일은 청와대가 부도했지만 비상 국무회의는 중앙청 출입기자 소관이라 그날그날 법안 다루기에 여념이 없었다. 이들 법안이 끝날 때까지 저녁 늦게 퇴근하는 고생의 나날을 보내지 않을 수 없었다. 유신체제 출범의 뒤안길에 드리운 기자 세계의 어두운 그림자였다.

1979년 10월 26일, 유신체제의 종말을 고한 후 소위 '서울의 봄'을 앞두고 모두 새로운 민주시대가 열리기를 고대하던 때였다. 대성은 급변하는 정국 속에서 우리 사회가 어떻게 돌아가게 될지 자못 궁금증을 털어버리지 못한 채 취재에 눈코 뜰 새 없이 바빴다. 그때 하필 정치부 소속 국회 취재팀장으로서 활동하고 있었다. 그는 권력의 공백기를 틈타 장차 신군부가 등장하기까지 정치사상 초유의 사태를 맞아 밤낮없는 나날을 보냈다. 문자 그대로 살얼음판을 걷는 것 같은 위기감을 간직한 가운데 국회를 중심으로 진행 중이던 헌법 개정 작업을 취재하는데 골몰했다. 팀원들 보기에도 민망할 정도로 업무에 쫓기는 상황이라 매일매일 스트레스가 쌓여 갔다.

1980년 5월 17일, 친위쿠데타를 통해 등장한 신군부는 6월과 11월 두 차례에 걸쳐 기자들을 언론계에서 추방하기에 이르렀다. 이 과정에서 대성은 정화대상 1호로 찍혔다. 한여름 길거리에 나앉게 된 것이다. 죄라면 헌법 개정 등 민주화 일정을 앞당겨야 한다고 기회 있을 때마다 강조한 보도를 한 것밖에 없었다. 그 보도가 새 시대 새 정치에 역행한다는 것이었다. 한마디로 그들의 눈에 가시였던 것이다.

대성은 누구보다 자유에 대한 의지가 강했다. 그래서 아마 기자가 되었는지 모른다. 다른 직업이 있는데 유독 기자직을 선택했다는 그 자체가 그의 내면적 지향성을 드러낸 것이라고도 할 수 있을 것이다.

그는 어릴 때 이발관에 가기를 싫어했다. 이발사가 머리를 자기 마음대로 잡아 돌리는 것도 싫었지만 힘을 주며 바리깡(이발 기계)으로 머리를 박박 밀어제치는 이발은 도저히 그대로 견디며 받아들일 수 없는 것이었다. 특히 베코치는(면도로 머리털을 밀어버리는) 날은 대성을 미치게 만드는 날이었다. 그날은 완전히 사형대에 올라앉은 기분이 되어버리는 것이었다. 그 무렵 목욕 같은 것은 가물에 콩 나듯 명절 때나 할 정도여서 머리 밑에는 때가 오래되어 눌어붙은 '쇠똥'이 끼이기 일쑤였고, 이발관의 위생처리가 소홀하여 머리에 '기계독'이라는 피부 전염병이 자주 걸렸다. 아버지가 '백구를 쳐달라'(베코치는 짓)고 이발사에게 부탁하면 그날은 이발관 가기가 죽기보다 싫은 날이었다. 이발사가 적어도 몇십 분 동안 자신을 꼼짝 못하게 잡아 놓고 머리를 이리저리 돌리며 면도로 박박 밀어제치는 짓은 자유를 속박하는 것밖에 아무것도 아니라고 생각했다. 딱딱한 나무 의자에 앉아 있노라면 마치 심문관 앞에 앉아 심문을 당하는 것처럼 부자유를 느꼈다.

하무나(하마하마) 끝날까, 하무나 끝날까, 기다리다 못한 대성은 이발하는 것에 목적이 있지 않고 벌떡 일어나 이발관을 뛰쳐나가는 것이 목적이 되어버릴 지경에 이르렀다. 이쯤 되면 그 자신으로서도 어쩔 수 없는 반항 기질에 사로잡히게 되는 것이었다. 어린 나이에 그처럼 속박을 느끼게 하는 일은 세상에 없을 것이라고 믿었다. 본능적으로 이 속박을 깨고 싶었다. 그는 이렇듯 '바리깡 이발'을 통해 거꾸로 자유의 해방감을 즐기며 자랐다. 전방을 지켜야 할 군인들이 나서 언론자유를 억압할 때 '바리깡 이발'의 기억이 되살아났다.

쫓겨난 기자들은 처자를 데리고 길거리에 나앉을 수도 없고 벽에 부딪친 기분이었다. 몇 사람은 출판사를 차려 생계를 이어 나가려 했다. 종로통 주변과 서대문 일대에 여러 명이 함께 사무실을 빌려 영세 출판에 나섰다. 대성도 별수가 없어서 후배가 차린 출판사를 가보고 출판에 손대 볼까 했다. 사무실 안에는 책상 하나에 한 회사 꼴로 몇 개 출판사가 빽빽이 들어차 보는 이로 하여금 눈물겹게 만들었다. 말이 회사이지 사장도 편집장도, 영업 책임자도 모두 한 사람이 겸하여 이리 뛰고 저리 뛰고 하는 모습이 안타깝게 보였다. 대성은 엄두가 나지 않았다.

이런 판에 대성은 일자리를 구하기 어렵겠다고 생각했다. 당분간 머리도 식힐 겸 군부와 언론의 관계를 좀 더 깊이 있게 다뤄 보기 위해 어느 대학교 신문대학원에 입학하기 위한 준비를 서둘렀다.

4. 좌절된 극적 만남

1

1980년 여름 정옥은 단봇짐을 싸들고 광주로 왔다. 한강 투신자살 기도 후 서울을 떠나고 싶어서였다. 경상도가 제2 고향인 그녀에게 호남의 중심지 광주가 단지 낯이 설 뿐만 아니라 신군부의 민중항쟁 탄압으로 경상도에 대한 민심이 흉흉하다는 얘기를 들어 온 터라 살벌한 느낌이었다. 유동 광주고속 터미널 주변이 더욱 그랬다.

터미널 건너편 도로변에 술이나 음식을 파는 가건물 가게들이 쭉 늘어서 있었다. 점심을 먹으려고 한 가게에 들어갔다. 기다란 나무 의자에 걸터앉아 벽에 걸린 메뉴판을 살폈다. 메뉴판 주변에는 시위용 구호 같은 것이 낙서마냥 어지럽게 널려 있었다.

'광주민중항쟁 정신을 이어 받들자', '도청에서 산화한 시민군의 넋을 기리자!', '광주여 영원하라!', '5월 그날이 다시 오면 이 가슴에 피어나리'

가게 주인이 쓴 것인지 손님들이 쓴 것인지 분간하기 어려웠다. 크고 작은 글씨로 휘갈겨 쓴 것이 내용만큼이나 쓴 이의 꿈틀대는 마음을 드러내고 있었다.

5·18민중항쟁을 겪은 광주는 항쟁의 도시 그대로였다. 곳곳에 탄흔이 박혀 있었다. 5·18 당시 얘기를 하도 많이 들었기도 하거니와

처음 오는 곳이라서 시가지를 한번 둘러보았다. 도청 앞 중앙로 변한국은행과 방송국 건물들에 총알 자국이 선명하게 남아 있었다. 도청 앞거리를 일부러 한 바퀴 돌아보기도 했다. 여기가 시민군과 진압군 간에 총격전이 벌어졌던 바로 그 현장인가 생각하니 귀가 막혔다. 남북 간에 전쟁도 모자라 이제는 시민과 국군 간에 총격전을 벌이는 이런 일이 세상에 어디 있는가 싶었다. 광주의 살벌한 분위기를 이해할 수 있을 것 같았다.

정옥은 그동안의 고통을 딛고 새롭게 일어서려면 어디라도 달려가야 했다. 비록 술집에서 일을 하더라도 자신의 상처를 아물게 하는데 도움이 되었으면 했다.

황금동 유흥가에 자리 잡은 '황금맥주홀'에서 일을 시작했다. 서울에서 같이 일하던 아가씨의 소개로 찾아온 곳이었다. 꽤 넓은 홀에 서빙하는 아가씨들이 10명이었다. 나이가 있어서 서빙하며 홀 아가씨들을 감독하는 일을 맡았다. 일찍 집을 떠나 생활전선에 뛰어든 아가씨들에게 언니처럼 관심을 베풀어 주었다. 어떤 애는 잘 따랐고 어떤 애는 어긋났다. 말을 안 듣고 엇길로 가려는 애들에게는 연민의 정이 앞섰다. 참 딱한 아가씨들이었다.

손님들은 주로 회사원과 대학생들이었다. 젊은 사람들이 오는 곳이라 록 음악이 홀을 흔들어댔다. 좀 시끄럽기는 해도 경쾌하게 울려 퍼지는 리듬을 타고 5·18의 참극을 딛고 일어서려는 시민들의 안간힘이 들리는 것 같았다.

정대성은 1980년대 초를 어렵게 버티어냈다. 그나마 신문대학원에 입학하여 그럭저럭 시간을 보낼 수 있었다. 과거 동료 기자들과 만나 회포를 풀기도 하고, 언론을 전공한 교수들과 얘기하는 가운데 현실진단에 대한 눈이 생겼다.

그들의 의도대로 권력을 장악한 신군부 세력은 민심 수습이 필요하다고 판단했든지 2~3년이 지난 후 죄질(?)이 약한 기자들을 복직시켰다. 대성은 복직하면서 사회부로 발령을 받았다. 정치권이 새로운 군부의 등장과 탄압으로 숨죽이고 있던 사이 사회는 겉보기에 안정된 것 같았지만 안으로는 곪아 터질 날을 기다리듯 부글부글 끓고 있었다. 대학가와 재야로부터 저항의 기운이 무르익어갔다. 도처에 언론계에서 쫓겨난 해직 기자들을 비롯 해직 교수, 해고 노동자, 재야 운동권, 제적된 대학생 등 탄압의 칼날에 쓰러졌던 집단이 다시 일어서기 위해 숨 고르기를 하던 중이었다.

이런 가운데 빈부격차는 더욱 심해져 도시 서민의 살기가 어려웠다. 곳곳에서 사건 사고가 터지더니 형사사건은 날로 흉포화했다. 사회부도 정치부 못지않게 바빴다. 대성은 사회부에서 새로운 각오로 뛰어다니지 않을 수 없었다. 전에 없던 토막 살해사건이 터지더니 집단살해, 묻지마 살해라는 끔찍한 살해사건이 잇달았다. 대성이 취재했던 토막 살해사건은 여인과 동거하던 정부가 여인의 지나친 색욕에 질려 저지른 치정사건이었다. 정부는 어느 날 여인과 정사를 벌인 후 베게 밑에 숨겨 둔 망치로 살해했다. 그 후 시체의 신원을 숨기기 위해 끔찍하게 시체를 훼손한 것이다. 집단 살해사건은 살인범이 떼를 뭉쳐 떼강도 짓을 한 후 피해자를 살해한 사건으로서 충격을 주었다. 이뿐만 아니라 묻지마 살해사건은 그랜저 같은 고급차나 외제차를 모는 사람을 노리고 저지른, 이상 범죄였다. 고급차를 보면 무조건 그 주인을 죽이고 싶은 충동이었다. 정치권으로부터 불어 닥친 살벌한 세태의 산물이었다.

세상이 이렇게 돌아가자 한편에서는 흥청망청 마시고 놀자 판이 벌어졌다. 이미 1970년대에 한국에 상륙한 포르노 영화, 터키탕, 마사지 등이 시내 곳곳에 진을 치고 유혹의 손길을 뻗쳤다. 성범죄의 온상이었다. 이런 신종 범죄를 쫓느라 대성은 집에 들어가는 날이 드물 정도였다. 사회부가 야근이 잦다는 얘기를 듣기는 했지만 이렇게 고될 줄은 몰랐다.

이 무렵 정옥은 호남선 열차에 몸을 싣고 다시 서울로 올라오고 있었다. 차창에 기대 초점 없이 먼 산을 바라보는 그녀의 눈망울에는 윤기가 없어 보였다. 눈물마저 메말랐는지 그저 멍한 채로였다. 차창 밖으로 들새가 후두득 날아갔지만 망막에 잡히지 않은 것처럼 그대로였다. 어디로 고정하고 있는지도 모를 눈동자는 생기를 잃고 있었다. 정신을 집중하여 기를 모은다는데 눈동자가 풀어져 있는 것을 보면 정신을 놓고 있는 것이 분명했다.

점심시간이 되자 옆에 앉은 노파가 김밥을 좀 먹어 보라고 권해도 들은 체 만 체했다. 답답해 보였던지 노파가 걱정스런 표정으로 말을 걸었다.

"새악씨, 무슨 걱정이 있는 갑소. 점심도 안 먹고…."

정옥은 마지못한 듯 고개를 돌렸다.

"네… 괜찮아요. 할머니나 드세요…."

그리고는 창밖으로 고개를 돌렸다. 얼굴에는 수심이 가득했다. 그녀는 그 수심을 먼 산으로 날려 보내려는 듯 주마간산 격으로 흘러가는 산맥을 따라 시선을 움직였다. 대전을 거쳐 천안으로 가는 도중 노파가 물었다.

"새악씨는 어디 가지라우?"

정옥은 노파의 통상적인 물음에 대답을 안 할 수 없었다. 그러나 얘기를 하기 싫었다.

"저, 서울 가요."

그것뿐이었다. 다시 고개를 창밖으로 돌렸다.

"서울 집으로 가는 갑다. 애기가…."

하다가 노파는 아무래도 이야기할 분위기가 아니다 싶었던지 더 이상 말을 걸지 않았다.

정옥은 호남선을 타러 나오던 아침 이웃 사람들의 표정, 전날 짐을 꾸릴 때 심정, 아들 동훈의 장애 발견, 남편이라고 믿었던 놈팽이와의 결별 등등 지나간 일들이 차창에 비치는 만화경처럼 스치는 것을 머릿속으로 보고 있었다. 그녀의 품에는 이제 한 돌을 지낸 동훈이가 새록새록 잠들고 있었다.

참 어처구니없는 일이었다. 안정된 직장생활을 할 수 있으리라 기대했던 광주생활이 풍비박산돼버렸다. 맥주홀에서 서빙하며 차츰 광주생활이 익숙해질 무렵 지배인 박명석과 가끔 만나 식사를 한다든가, 영화구경을 다녔다. 광주에 온 지 5년째인 그는 그녀의 광주생활에 좋은 길잡이가 되어주었다. 타향살이의 어려움을 보살펴 주는 그에게 호감을 갖게 되었다. 나이 차이도 많지 않아 오누이처럼 지냈다. 그러다가 외로움을 못 견딘 탓인지 동거생활을 하게 되었다. 둘이서 버니까 저축을 할 수 있었다.

"우리 돈 좀 모아서 결혼하고 신혼살림을 차리자."

그가 가정적으로 나오자 그녀는 주부수업이라도 해야되겠다고 생각했다. 그땐 그렇게 꿈에 부풀었다. 문제는 동훈이가 태어난 뒤에 시작되었다. 정옥이 동훈을 기르느라 여념이 없는 사이 박명석은 집에 오지 않은 때가 가끔 있었다. 아무래도 이상하다 싶어 따졌다.

"자기, 왜 그래? 동훈이를 안 보고 싶어? 집에 왜 안 들어오는 거야?"

"그야 내 마음이지…."

"우리 동훈이를 자식으로 생각하지 않지. 사람이 어찌 그럴 수 있어."

정옥이 못마땅하여 한마디 하는 날이면 터무니없이 과민반응을 보였다. 박명석이라는 그 지배인은 이제 남남으로 가는 길목에 들어선 것 같았다.

신군부 정권이 출범한 후 전국 대도시에서는 나체 댄서가 술집에 등장했다. 광주의 황금동 유흥가에도 일반 맥주홀과는 다른 나체 쇼홀이 등장했다. 널찍한 홀 군데군데에 유리관을 설치해 놓고 발가벗은 댄서가 그 안에서 춤을 추는 것이다. 나체 쇼 홀에 사람이 몰려들었다. 종래 맥주홀은 파리만 날리게 되었다. 박명석은 이 새로운 스타일의 홀로 스카우트되어 갔다. 거기 간 이후로 이따금 새벽이 지나서야 들어오고, 외박이 잦았다. 그러더니 아예 나가버렸다. 정옥이 수소문하여 찾아냈으나 절망이 그녀의 앞을 막아섰다. 그가 한 나체 댄서와 동거하고 있었던 것이다. 눈앞이 캄캄해졌다. 하지만 자신이 그를 소홀하게 대했는가 싶어 하소연했다.

"우리 동훈이를 생각해서라도 집으로 들어와, 응!"

"뭣이 어째! 잔소리하지 말고 애 데리고 나가!"

자신이 그로부터 배신당하는 것은 그만 두고라도 아들 동훈이가 아버지로부터 버림을 받고 어느 젊은 아가씨에게 부정을 도적맞았다는 생각에 치를 떨었다. 단순한 여자의 질투로 끝날 일이 아니었다. 정옥은 그 길로 청산가리와 칼을 준비했다. 동훈을 들쳐업고 찾아 가 담판을 할 결심이었다.

"동훈 아빠! 가부간에 오늘 결판 짓자!"

외치면서 청산가리와 칼을 찻상에 놓았다. 내뻗친 손이 부르르 떨었다. 얼굴에는 핏줄이 돋았다. 그녀의 눈에는 살기마저 감돌았다.

"야! 너, 정신 나갔나! 죽고 싶어!"

"그래! 동훈이 아빠 자리를 포기할 생각이면 먼저 죽어야 해! 그리고 나도 죽을 거야!"

이 말이 떨어지는 순간 박명석은 발로 찻상을 걷어찼다. 동시에 정옥의 면상을 후려쳤다. 그녀는 방바닥에 엎어졌다. 등에서 잠들어 있던 동훈이 놀라 까무러치듯 울었다. 엎어진 채로 손을 휘저었다. 칼이 손에 잡혔다. 자신도 모르게 벌떡 일어났다. 울고 있는 동훈의 몸이 베개처럼 불쑥 솟구쳤다. 정신이 반쯤 나간 상태였다. 정옥은 두 발로 몸을 가누게 되자 칼을 박명석의 가슴팍에 꽂았다. 자신의 일격에 정옥이 나가떨어지는 것을 본 그는 잠깐 방심했다가 칼을 맞았다.

"악! 으으으…."

숨통이 끊어지는지 신음을 하던 그는 가슴을 부여잡고 도망쳤다. 동훈은 자지러질듯한 울음에 겨운지 숨이 막히는 것 같았다. 그녀는 아들의 울음에 더욱 자극을 받아 흥분상태에 빠졌다.

'지금이 죽을 때다.'

단말마 같은 신음을 토했다. 그녀는 허겁지겁 청산가리를 찾았다. 청산가리를 넣었던 약봉지가 찻상과 함께 나가떨어져 있었다. 약 가루가 마룻바닥에 흩뿌려져 눈에 잘 띄지도 않았다. 그런데도 청산가리를 찾아 마룻바닥을 핥기 시작했다. 이제 죽어야지, 죽어야지… 미칠 듯한 정옥은 언제까지나 개미귀신처럼 마루를 핥고 있었다. 동훈의 애처로운 울음소리가 그칠 줄 모르고 방 안을 흔들었다.

열차는 어느덧 수원을 지나고 있었다. 서울이 가까워오자 언젠가 또순이처럼 살리라 마음먹었던 것이 떠올랐다. 그 길로 영영 사라져 버린 사내를 차 버리듯 짐을 꾸려 나섰을 때 동훈이만이 마음속에 자리 잡고 있었다. 이 애를 위해 살아야 한다는 마음뿐이었다.

'죽일 놈!'

이를 부드득 간 정옥은 이제 죽음을 초월한 여인이 되었다.

'절대로 죽지 않을 것이다, 절대로….'

다짐하는 그녀의 얼굴에는 살기가 서리듯 팽팽한 긴장감이 감돌았다.

2

정옥이 광주에서 올라와 을씨년스런 기분에 젖어 있을 무렵 엄마의 고향을 생각하게 하는 일이 벌어졌다.

1982년 1월 22일, 전두환 정권은 '민족화합민주통일방안'을 제안, 통일헌법을 제정하여 장차 통일정부를 출범시킬 것이라고 발표했다. 모처럼 남북 간 해빙 무드가 조성된 가운데 1983년 6월 KBS가 이산가족 찾기 운동을 대대적으로 방송하기 시작하자 관심을 갖지 않을 수 없었다.

6월 30일 밤부터 11월 14일 새벽 4시까지 136일 동안 총 453시간 45분 생방송을 실시했다. 이 기간에 시중에는 온통 이산가족 얘기로 꽃을 피웠다. 방송국 공개홀에 나왔다가 극적으로 가족과 상봉하는 사람이 있는가 하면 동명이인이 되어 확인해 본 결과 가족을 만나지 못하고 울음을 터뜨린 사람이 있었다는 둥 얘기가 꼬리를 물었다.

정옥은 바 동료들의 얘기를 듣고 비번 날 여의도로 달려갔다. 혹시 외할머니나 외삼촌 소식이라도 들을 수 있지 않을까 하는 기대를 가져보기도 했다. 엄마로부터 들은 얘기를 더듬으며 이산가족을 찾아 헤매는 군중 속에서 함경도 홍원군이나 부전 사람들을 찾아다녔다. 철부지 갓난아기로 엄마 등에 업혀 내려왔으니 무슨 단서를 찾기가 쉽지 않았다. 모두 1만1백89명이 잃어버렸던 가족을 찾아 기쁨을 나눴지만 대부분은 허탕을 쳤다. 현장에서 30여 년만에 가족을 만난 사람들이 부둥켜안고 기쁨과 설움에 북받쳐 울음바다가 되는 것을 바라보던 정옥은 어머니 생각에 눈시울을 적시며 발길을 돌렸다. 조국도, 고향도, 부모도 없는 마당에 망향의 정은 허공에 떠돌 뿐이었다.

남북한 당국은 잇달아 1984년 11월부터 남북경제회담, 1985년 5월 남북적십자회담을 하고 9월 20일 이산가족 고향 방문과 예술공연단 교환방문을 실시했다. 분단 이후 처음으로 민간교류가 이루어지는 것을 보고 정옥은 이제야 고향에 가보게 되었다고 팔짝 뛰었다. 엄마 등에 업혀 흥남을 떠난 지 35년 만이었다. 그러나 고령자부터 고향 방문을 하는 바람에 당분간 기다릴 수밖에 없다고 생각했다. 35년을 기다렸는데 몇 년을 못 기다릴까 싶었다. 그 후 돌아가는 형국은 그녀의 바람을 접도록 만들었다. 오히려 민간차원의 통일논의는 탄압을 받게 되었다.

북한 정권은 그들대로 1960년 8월 14일 남북연방제를 처음 제안한 이후 국호를 고려연방공화국(1973), 고려민주연방공화국(1980)으로 하자는 등 주로 정치적인 문제에 집중했다. 이렇듯 정권마다 통일방안이라는 것을 내놓고 한시적으로 남북교류를 추진했으나 끝내 통일은커녕 고향 방문조차 제대로 이어지지 못하고 말았다. 어느 정권

이건 이산가족의 한을 풀어주는 데에는 관심이 적다고 판단한 정옥은 막연히 중국이나 소련을 통해서 원산을 방문할 수 있는 길이 생기지 않을까 하는 생각이 얼핏 떠올랐다.

밑바닥에서 먹고 살려고 발버둥 치는 사람을 그냥 내버려 두지는 못할망정 남북교류니 이산가족 찾기니 어쩌고 하면서 마음만 들뜨게 만들어 놓고 흐지부지하는 꼴을 보고 정옥은 반발심이 생겼다. 엄마 대신 개마고원 산골짜기 외할머니댁을 찾아갈까 했는데 부화만 돋우는 꼴이 되었던 것이다. 남북 당국이 다 그럴 바에야 차라리 내가 나중 돈을 벌어 소련이나 중국을 통해 가는 것이 낫겠다 싶었다. 엄마가 그렇게 가보고 싶어 하던 함경도 고향을 가보지 못하고 돌아가셨는데 나라도 가서 엄마의 한을 풀어 드려야겠다고 생각했었다. 그러나 언제 가게 될지 기약 없는 날을 기다리고만 있을 수 없어 체념하고 말았다.

1988년 새 정부가 들어서고 파행적인 정국이 어느 정도 정상화 기운을 띠기 시작할 무렵 사회는 빈부격차에 심한 정치 갈등으로 몸살을 앓고 있었다. 사회가 안정되지 못하고 혼란은 지속되었다. 오늘 또 무슨 일이 터질까 불안한 마음을 떨칠 수 없었던 정대성은 아침 취재 상황 파악을 끝낸 후 해장국이나 먹을까 생각했다. 기자실에 들어가니 여기저기서 웅성거렸다. 무슨 일이 터졌구나, 직감하고 동료 기자에게 물어봤다. 인신매매단이 검거되었다는 것이다. 벌써 인신매매단이 몇 개 조직으로 늘어났는데 그중 새로 생긴 조직이 걸려들었다고 했다.

대성은 용산경찰서 출입 기자에게 인신매매단 조직 계보를 파악하도록 지시하고 시경 수사과장을 찾았다.

"김 과장, 인신매매단 건은 잘돼 갑니까?"

"어, 정 팀장 아니야. 그렇잖아도 연락할까 했는데 마침 잘 왔군."

"이번에 검거된 놈들은 송사리 아니요? 신삐들(신참들)이라면서요."

"신삐는 신삐인데 무엇이 좀 있는 것 같애. 정 팀장, 도사견 알지? 이놈이 수상해."

도사견이라면 2년 전에 폭행치사 혐의로 잡혔다가 무혐의로 풀려난 악질이었다. 무혐의로 풀려나는 과정에서 대성에게 빚을 톡톡히 졌다. 그가 사건을 파헤쳐 진범을 체포토록 함으로써 도사견이 풀려났던 것이다. 이 바람에 도사견은 대성의 중요한 끄나풀이 되어 버렸다.

"도사견이요? 어떻게 된 건지 이야기나 들어 봅시다."

"그렇잖아도 정 팀장 협조를 요청하려던 참이오."

도사견의 본명은 이윤석이었다. 그는 어릴 적부터 싸움꾼으로서 유명했다. 한번 물었다 하면 상대가 항복할 때까지 물고 늘어지는 바람에 별명이 도사견으로 되어 버렸다. 제 버릇 개 못 준다고 어른이 되어서도 싸움꾼 행세를 그치지 않았다. 그런데 그 도사견이 난데없이 인신매매단에 등장했던 것이다. 김 과장은 의외다 싶어 그를 집중 추궁했다. 그러나 그는 오리 발만 내밀었다. 술값이나 좀 벌려고 심부름했을 뿐이라고 주장했다. 김 과장 말로는 그의 성향 상 단순히 술값 벌려고 그 짓을 하지는 않았을 건데 더 이상 불지 않는다는 것이었다.

"아, 그러면 내가 있다가 한번 만나 보지요. 피의자 면회에 협조나 잘 해주시오."

"물론. 담당 형사한테 잘 얘기해 놓을 테니 건수 걸리면 알려 주시오."

대성은 그가 좋아하는 통닭튀김 한 마리를 사들고 면회실로 갔다.

"이형, 오랜만이오. 거기 들어앉아 있으면 출출할 것 같아 통닭 한

마리 사 왔어."

"정 선생이 웬일로…."

도사견은 말이 채 끝나기도 전에 통닭을 뜯기 시작했다. 꽤나 시장했던 모양이었다.

"이형, 뭔 일 저질렀어?"

"아이구, 정 선생도… 뭔 일은 뭔 일이여. 술값 좀 맹긴다는 것이 요렇게 돼 버렸지라우."

"이형, 바른대로 말해. 그래야 내가 도와줄 수 있지."

순간 도사견의 표정이 누그러지는 것 같았다. 대성은 그때를 놓치지 않았다.

"그래. 나한테 따로 할 얘기가 있으면 바로 연락해."

박 사장은 근본적으로 악랄한 인간이었다. 그는 정옥을 반강제로 겁탈하면서 정부로 삼았다. 광주에서 서울로 올라와 어린 것을 안고 절망에 몸부림치던 때였다. 정옥은 오도 가도 못하게 되자 십자가를 손에 쥐고 눈을 감았다. 한강 투신 때 죽었어야 할 몸이 살아 있다는 것 자체가 잘못된 것이었다. 그때 왜 죽지 않았을까? 천형을 타고 난 년은 아무리 몸부림쳐도 소용이 없지 않은가?

또다시 죽음의 갈림길에 들어서야 할 찰나 박 사장이 나타났다. 그는 이미 정옥의 정체를 알고 있었다. 유흥가 아가씨들을 업소에 소개해 주거나 심지어 팔기도 하는 그는 정옥의 동태를 지켜보고 있다가 결정적인 순간에 나타났던 것이다.

그녀는 애를 업고 밥벌이를 할 데가 없나 싶어 유흥가 친구들을 찾아다니고 있었다. 나이가 마흔 줄에 들어선 데다가 애까지 딸린 몸이니 예전처럼 화류계 생활을 할 수 없는 처지였다. 어린 애를 데리고 살아가려면 무엇이든지 해야 할 형편이었다. 신군부라는 사람들이 나서 새로운 세상을 만든답시고 큰소리를 친다고 하는 얘기는 들었지만 자기처럼 남한에서 고생하는 이북동포를 위한 정책이나, 어려운 여성을 위한 여성 인권정책 같은 것은 없는 모양이었다. 어쨌든지 자기가 살길을 찾지 않으면 안 될 세상이었다. 이리 기웃 저리 기웃해 봤지만 마흔 넘은 과부에게 일자리는 기다리고 있지 않았다.

한숨을 푹 내쉬며 해 질 녘 단칸 셋방으로 발걸음을 옮기고 있었다. 허기가 져서 시야마저 흐릿했다. 청명한 하늘도 뿌옇게 보였다. 포도에 내딛는 발걸음은 무거운 추를 단 듯 나른한 몸을 아래로 끌어당겼다. 한차례 바람이 불자 우수수 낙엽이 먼저 날아가 버렸다. 누군가 부르는 소리가 들리는 것 같았다. 멈칫하다가 손가락으로 귀를 한번 후비고 다시 걸었다. 또 소리가 들렸다. 정신이 흐릿해 헛소리가 들리나 싶었다. 이번에는 누가 팔을 잡는 것 같았다.

"누구요?"

혹시나 하고 뒤를 돌아보았다. 혈색이 좋은 남자가 서 있었다. 자기 팔을 잡은 채 미소를 띠고 있었다. 정옥은 의아했다.

"무슨 일인데 나를 불러요?"

"나혜주 아냐? 황금마차 나혜주 말이야."

정옥은 그 듣기 싫은 이름을 이 남자가 어떻게 아는가 싶었다.

나혜주란 이름만 들어도 정나미가 떨어지는데 무엇 때문에 그런 이름을 부르며 사람을 붙잡나. 고개를 돌렸다. 그리고 모른다고 시침을 뗐다.

"나는 알아. 그 이름이 싫어 황금마차를 그만 둔 것을… 본명을 몰라 그렇게 불렀는데 미안해. 나하고 얘기 좀 했으면 해서 불렀어."

듣고 보니 이 사람에게 화풀이 할 일은 아니었다.

그날 이 박 사장이라는 사람은 정옥을 데리고 왜식집에 들어가 허기진 배를 채워주었다. 그리고 용건을 얘기했다.

"어린애를 데리고 일자리 찾기 힘들 텐데 내가 도와주지."

도와준다는 말에 정옥은 일단 수긍하고 들어갔다. 애를 데리고 일하기가 어렵다는 것을 알았기 때문이었다. 그러나 얘기를 들어 본 결과 납득할 수 없었다. 유흥가를 상대로 일종의 뚜쟁이 노릇을 하라는 것이었다. 딱한 처녀들의 약점을 노려 돈벌이를 한다는 것은 받아들이기 어려웠다.

"아무리 어려워도 어떻게 그 애들을 사고팔고 할 수 있어요?"

"사고팔고가 아니야. 사람이 필요한데 아가씨들을 소개해 주고 소개비를 받는 것이 뭐가 그렇게 나빠."

정옥이 자신도 소개비로 돈을 뜯겨 가며 유흥가를 다녀 본 경험이 있었다. 마음이 썩 내키지 않았다. 우물쭈물하고 있는데 박 사장의 한마디가 그녀의 마음을 건드렸다.

"애를 잘 키우려면 그 정도 일은 해야지. 죄짓는 것도 아닌데…."

결국 박 사장의 마수에 걸려들은 정옥은 갈 데까지 가고 말았다. 박 사장은 그녀의 몸과 돈을 갈취해 왔다.

정대성은 이틀 후 다시 도사견을 찾았다.

"이형, 어때 지낼만 해?"

"아, 정 선생…."

도사견은 무슨 말을 할 듯하다가 그만두었다. 이럴수록 여유 있게 접근해야 한다.

"이 형, 한 가지만 협조해 줘. 나가도록 해줄게. 진짜배기가 누구야?"

"고것 얘기해 주면 나는 밥통 끊어진당께…."

"얘기 안 하고 들어앉아 있으면 밥통은 생기고…."

"앗따, 남의 밥통 가지고 농담하지 말지라우."

"이형 농담할 땐가. 유치장이 좋은 모양이니까 나는 그만 가야겠군."

그러자 도사견이 손을 저으며 만류하고 나섰다.

"정 선생, 성질도 급하요. 좀 있어 보시라요."

"뭔 일인데…."

"귀 좀 잠깐…."

대성이 귀를 쇠창살에 갖다 대자 도사견은 손바닥을 오므려 송화기처럼 하고 귓속말로 살짝 한마디 했다.

"에리카를 찾아보시라요."

"에리카가 누군데?"

"그런 사람을 찾아보면 알게 되지라우."

대성은 그길로 김 과장을 찾았다.

"에리카가 이번 인신매매단 배후 인물 같아요. 잘 되면 도사견은 수사에 기여한 자로 풀어주시오."

"됐어. 에리카가 누군지 신원 확인만 남은 거지."

3

정옥은 죽을 각오를 하고 나갔다. 설마 박 사장이 그럴 줄을 몰랐다. 어찌 그럴 수 있는가. 도저히 인간으로서는 이해가 되지 않는 작자였다. '박차갑이 네 놈이 나를 여기까지 끌고 온 것만 해도 어딘데 또 나를 사지로 몰아넣을 작정이라고… 천만의 말씀이다.'

그녀는 정부로서 살을 섞어 온 박 사장이 그렇게까지 냉혈한인 줄은 미처 몰랐다. 유흥가 뒷골목에서 돈 나올 구멍이면 온갖 궂은일을 다 시켜 놓고 돈과 몸을 갈취해온 인간이지만 자신을 막다른 길로 몰아넣을 줄은 몰랐다. 마약에 손대면 십중팔구 패가망신 아니면 조직 범죄에 연루되어 살해당하거나 사회에서 영구 기피인물이 되어버린다는 사실을 정옥은 누구보다 잘 알고 있었다. 술집 동료들이 마약에 잘 못 손댔다가 중독자로 전락하여 수용소에 가거나 정신이 혼미해져 정상생활을 하지 못하는 것을 보아왔다. 그뿐만 아니라 마약이 떨어지면 발광상태에서 도둑질은 예사고 심지어 살인을 저지르는가 하면 폐인이 되어 결국 자살로 생을 마감하는 안타까운 사연을 많이 들어 왔다. 다른 사람도 아닌 박 사장이 그 마약 소굴로 자신을 밀어 넣으려는 흉계를 알게 되자 정옥은 미칠 것만 같았다. 단순히 거부만으로써는 될 일이 아니었다. 목숨을 걸고 단호하게 맞설 셈이었다.

마음을 단단히 다진 후 그녀는 한남동 언덕바지 한적한 곳에 자리 잡은 카페 '모나리자'로 들어섰다. 박 사장은 정옥이 보인 단호한 태도에 초조했던지 미리 와서 기다리고 있었다. 연신 담배를 피워 제쳤는지 담배 연기가 좌석 주위에 자욱했다. 그녀가 앉자마자 커피 아닌 온 더 록을 주문했다. 어지간히 속이 탄 모양이었다.

"가부간에 오늘 끝내자. 서로 좋자는 건데 뭐가 그리 뺄 게 있어."

"좋아요. 나도 오늘 담판을 지으려 나왔어요."

"그래. 잘 됐군. 그럼 신종 사업하는 거지."

"못 해요! 아니, 안 해요!"

"너, 아직도 정신 못 차렸군. 이 바닥은 다른 것하고 달라. 일단 말을 냈다 하면 하든지, 아니면 끝장을 보든지 둘 중 하나야.”

“흥, 엿장사 마음대로 안 될 거야!”

“뭣이 어째! 이년 맛 좀 봐라.”

박 사장은 품에 숨겨둔 단도를 꺼내 테이블 위에 찍었다. 그리고 한 번 더 협박했다. 그러자 정옥은 콧방귀를 끼고 휙 나가버렸다. 박 사장은 미쳐 날뛰며 달려왔다. 왼손으로 정옥의 팔을 붙잡는 것과 동시에 오른손에 쥔 단도를 높이 들었다. 그녀의 목덜미를 향해 단도가 내리꽂히려는 순간 정옥이 아닌 박 사장이 길바닥에 엎어졌다. 미리 대기시켜 둔 경호원이 현관문 뒤에 숨어 있다가 일촉즉발의 위기가 닥치자 잽싸게 하단 옆차기로 박 사장의 옆구리를 가격했던 것이다.

“야, 이 새끼, 박차갑, 뜨거운 맛은 니가 볼 거야. 두 번 다시 얼찐거리지 마!”

박 사장이 널브러진 채 고통을 호소하고 있었다.

수사과 김 과장은 에리카라는 이름이나 별명을 가진 유흥가와 뒷골목 인물을 수배해 봤으나 뚜렷한 인물이 떠오르지 않아 제자리걸음을 하고 있었다. 외국인 상대 업소 외에 일반 업소에서 일하는 아가씨들은 서양 이름을 별로 쓰지 않았다.

한편 대성은 도사견이 의리가 있는 사람인데다 자기에게 신뢰를 갖고 있는 만큼 그의 제보가 예사롭지 않을 것이라고 짐작했다. 에리카란 이름은 주로 여성이 사용하는 것이라서 그 이름의 주인공이 여성일 것이라는 추측뿐 이렇다 할 단서를 찾지 못했다. 그는 수사 선상에 떠오르지 않은 인물 중에도 에리카란 별명을 쓰는 사람이 있을 것이라는 판단 아래 여성을 중심으로 수소문을 하기 시작했다. 먼저 유흥가를 다니며 술을 한 잔씩 사면서 접대부들에게 물었다.

"혹시 에리카란 이름 들어 봤어? 친구 중에나 아니면 손님들 술자리에서나 들은 기억이 있으면 말해 줘."

"애들이 서양 이름을 잘 안 쓰니까 모르겠는데요."

"양공주들처럼 미군이나 외국인 상대 아가씨들이 그런 이름을 쓰겠지요."

대성은 아가씨들의 대꾸에서 힌트를 얻었다. 굳이 에리카란 이름을 사용한 것을 보면 외국인을 상대로 할 필요성 때문이었을 것이다. 그렇다면 이 에리카란 여성은 무엇인가는 모르지만 외국인과 거래를 하고 있을 가능성이 컸다. 그리고 도사견이 만나지 못할 정도라면 상당한 비중을 가진 인물일 것이다. 거기다가 외부노출을 꺼리는 성향임을 알 수 있다. 그래도 말 많은 유흥가에서 소문이 나기 마련인데 아직 아가씨들이 듣지 못한 걸로 봐서 새로 등장한 인물임이 틀림없을 것이다. 이 정도면 아쉬운 대로 에리카의 정체에 접근하고 있다는 감이 왔다.

대성은 이날부터 새로 외국인을 상대로 사업을 벌이고 있는 에리카란 여성을 찾는데 집중했다. 이 여성이 사업상 어디선가 외국인을 만나고 다녔을 것이다. 그러면 꼬리가 밟히기 마련이다. 외국인이 자주 다니는 카페를 훑고 다니다가 한 곳에서 에리카란 이름이 걸려들었다. 한남동 언덕바지 한적한 곳에 자리 잡고 있는 카페 '모나리자'에서였다. 웨이터가 에리카란 이름을 금방 알아봤다.

"에리카요. 네 압니다. 요즘에 가끔 소련 사람으로 보이는 외국인과 만나던데요."

대성은 옳다 싶었다. 드디어 에리카를 찾았을 뿐만 아니라 중요한 정보를 얻었다. 소련 사람과 만나는 것이 확인되면 대어를 낚을 수도 있었다.

"누구 함께 오는 사람은 없었나요?"

"처음에 중년 사내와 함께 온 후 계속 혼자 왔습니다."

"소련 사람 쪽은 몇 명이나 됐습니까?"

"50대 사내와 날렵하게 생긴 30대 젊은이가 함께 온 것 같은데요."

"무슨 얘기를 하던가요?"

"영어로 얘기를 하다가 소련 말로도 얘기하고 해서 모르겠습니다."

그들은 최근 며칠 사이 비교적 자주 들락거리더니만 뜸해졌다고 한다. 언제 와야 만날 수 있을지 알 수 없었다. 일단 수사팀의 잠복이 필요할 것 같았다.

대성은 도사견을 만났다.

"이형, 에리카가 소련 사람을 만난다면서…."

"역시, 정 선생답구만이라요. 그것까지는 모르겠는디…."

"뭐야, 소련 사람 만나는 걸 모르면 다른 건 안다는 말 아니야."

"정 선생이 형사 다 됐당께. 나가 정보를 줄 끼니께 내보내 주는 약속 말시, 확실하지라우."

"앗따 이 사람, 의심이 많기는… 걱정 말지라."

"귀 좀 이리…."

도사견은 예의 손바닥 송화기로 한마디 했다,

"백가루 장사한다는디…."

"뭐, 마약…."

대성은 놀라 소리를 지를 뻔했다. 김 과장에게 상황을 설명하고 수사팀을 잠복시키도록 했다.

가까스로 위기를 모면한 정옥은 쉬기 위해 집으로 향했다. 택시를 타고 가며 앞으로 그 인간 하고는 만나지 말아야겠다고 생각했다. 그

녀에게는 아들을 보살피며 사는 것이 가장 보람된 일이었다. 집 앞에
내리자 사람들이 웅성거리는 것이 눈에 띄었다. 가정부가 알아보고
쫓아 왔다.

"아줌마, 큰일났어요. 동훈이가 까무러쳐서 의사를 불렀어요."

"동훈이가 어쨌다고요?"

정옥은 가정부의 대답을 듣기 전에 부리나케 집으로 들어갔다. 의
사 소견으로는 심장마비인 것 같다면서 정밀 진단을 받아야 되겠다
고 했다. 동훈을 며칠 입원시켜 정밀 검사한 결과 기형심장으로서 그
대로 두면 언제 심장마비가 올지 몰라 위험하다고 경고했다. 애를 살
리려면 하루 빨리 수술을 해야 한다고 권고했다. 문제는 수술비였다.
의사의 말로는 국내에서는 수술이 불가능하므로 외국에 나가야 한다
는 것이었다. 그만큼 힘든 수술인데다 수술비가 엄청나 2중고를 겪어
야 했다. 일단 애를 살리려면 수술부터 하고 볼 일이었다.

정옥은 며칠 동안 얼빠진 사람이 되었다. 혈혈단신 동훈이 하나 보
고 살아왔는데 이 지경이 되니 절망감이 자신을 칭칭 동여매는 느낌
이었다. 무슨 수를 써든지 동훈이를 살려내야 한다는 절체절명의 운
명 앞에 놓인 모성은 강해질 수밖에 없었다. 그녀는 수술비를 마련할
수만 있다면 무엇이든지 할 수 있다는 절박한 심정에 사로잡혔다. 그
런데 자신이 할 수 있는 그 무엇을 찾는 일이 급했다.

'피를 판다, 그걸로 수술비가 될까. 안 되지. 그러면 내 몸뚱아리를
통째로 판다, 그러면 수술비가 안 될까.'

몸뚱아리를 통째로 판다면 결국 인신매매를 하는 수밖에 없는데 누
가 40대 여인을 산단 말인가. 돈 많은 늙은이의 시종으로나 들어가면
모를까 달리 방법이 떠오르지 않았다. 병실에 앉아 이 생각 저 생각
하고 있는데 웬 사내 하나가 병실로 쓱 들어섰다. 그의 손에는 동훈

이가 평소 좋아하는 초코바 한 상자가 들려 있었다. 정옥은 소스라치게 놀랐다.

"아니, 저 사람이…."

"애가 아프다고 해서 병문안 왔어."

뜻밖에 박 사장이 거기 서 있었다. 자식의 죽음을 막으려는 모성을 낚으러 온 것이다. 지독한 놈이었다.

며칠 후, 정옥 모자는 동훈의 기형심장을 수술하기 위해 일본으로 향했다.

대성은 취재를 마치고 기자실에서 담배를 피우고 있었다. 요즘 에리카를 찾느라 술집 여인들을 만나고 다니는 바람에 정옥이 생각이 문득 떠올랐다. 시도 때도 없이 문득문득 떠오르는 그녀의 생각이 마음을 어지럽혔다. 벌써 40줄에 앉았을 그녀를 생각하면 까마득한 옛날의 동화 같은 이야기처럼 생각되었다. 고향을 떠난 노 혁명가의 향수 같이 절절한 추억이었다. 정옥이 사라지기 전 보여준 석연찮은 태도가 유달리 마음에 걸렸다.

두 사람이 만난 지 거의 1년이 될 무렵 어둑어둑해지는 시각, 대성은 남강둑에서 정옥을 기다렸다. 저쪽에서 한 여인이 무거운 발걸음으로 다가오고 있었다. 정옥이었다. 반가운 마음에 마주 달려갔다.

"정옥아! 나야, 대성이."

대성의 부름에 그녀는 응답을 하지 않은 채 엉거주춤 멈췄다. 그리고 고개를 약간 숙인 듯 눈을 내리깔고 있었다. 순간 대성은 멈칫했다. 정옥의 얼굴에 어두운 그림자가 드리운 것 같아 마음이 무거워졌다.

그는 분위기를 바꿔보고 싶어서 어릴 적 멱 감고 놀던 강변 뒤벼리를 지나 큰들 쪽으로 갔다. 왼쪽에는 깎아지른 듯한 뒤벼리가 우뚝 솟고 오른쪽에는 남강 물이 바로 옆에서 유유히 흘러 연인이 걷기에 낭만적인 길이었다.

어릴 적 봄날 뒤벼리 길을 가노라면 길 옆 강가에 늘어앉은 동네 아주머니와 누나들이 빨래를 하느라 두들겨 대던 빨래방망이 소리가 귓전에 울리는 것 같았다.

-따다닥 딱딱, 따다닥 딱딱, 딱딱… 딱딱, 딱딱….

수십 명이 겨우내 입었던 옷가지들을 들고 나와 찌던 때를 씻어내느라 돌판 위에 늘어놓은 옷들을 두들겨대는 소리는 마치 지휘자 없는 연주인양 자연스런 화음으로, 생동하는 봄을 알리는 계절의 전령이었다. 그것은 여인들이 깎아지른 뒤벼리를 등에 지듯 뒤로 하고 앞으로는 유유히 흐르는 남강을 안듯 마주한 채 연주하는 빨래교향곡이었다.

이 빨래교향곡이 울려 퍼지던 길을, 두 손을 맞잡고 걸어가는 대성과 정옥은 어느새 긴장감이 풀어져 다정한 얘기를 주고받았다.

"정옥이, 나는 정옥이와 거닐면 세상 부러울 것이 없어."

"저두요. 그런데 뭐랄까? 대성 씨를 보면 내가 다시 태어났으면 하는 생각이 들어요."

그녀는 오늘따라 무거운 분위기를 느끼게 했다.

"응, 그건 무슨 말이야. 정옥이 어떤데 다시 태어나고 싶어?"

"그냥 그런 생각이 들어요. 나도 잘 모르겠어요."

"나는 지금의 정옥이 좋은데 그래."

정옥은 아무 대꾸도 하지 않고 묵묵히 걸었다. 한동안 걷다가 보니 모래밭까지 왔다.

큰 들로 가는 길목에는 널따란 공터가 있는데 그곳은 중학생 때 비행장 터를 닦느라 시내 학생들이 떼를 지어 몰려가 뛰고 밟고 하던 곳이었다. 비행장 터로 가기 전에는 모래밭이 있어서 걷기에 불편은 있었지만 도심을 벗어난 분위기를 맛볼 수 있는 한결 자연스런 곳이었다. 모래가 푹 파인 곳을 찾아 앉으면서 대성은 그녀를 껴안았다. 그리고 그녀의 눈을 쳐다보며 사랑을 확인했다.

"정옥이, 날 사랑하지, 응."

"대성 씨는 싱겁긴…."

"왜 사랑하느냐고 묻는데 싱거워?"

"대성 씨, 여자 친구 없어?"

"내 여자 친구가 있지, 왜 없어."

"누군데? 그 여자 친구는 좋겠다. 대성 씨 같은 호남이 있으니."

"그래 그 여자 친구는 나를 무척 좋아해."

"정말? 그런데 왜 자꾸 나를 만나, 응?"

"바로 그 여자 친구가 여기 있으니까."

"아이구 정말, 얄미워."

그러면서 그녀는 그의 허벅지를 꼬집었다.

그때 대성은 마치 날카로운 발톱을 세운 듯 두 손을 번쩍 들고 그녀를 덮쳤다. 그녀의 입술을 세차게 덮쳐 눌렀다. 그리고 감미로운 사랑에 도취되어 가는 동안 그의 손은 결국 볼록하게 솟은 젖가슴으로 파고들었고, 그녀는 입술과 가슴을 그에게 맡기는 듯했다. 그러나 가쁜 숨을 몰아쉬기 시작하는 찰나 정옥은 몸을 뺐다.

"대성 씨, 이러지 말아요."

대성은 엉겁결에 일어나 앉았다. 전에 없던 행동을 보고 당황했다. 잠깐 의구심이 스쳤다.

"정옥이 왜 그래?"

멈칫 멈칫하던 정옥이 입을 열었다.

"대성 씨를 사랑한다면 다시 태어나야 해요."

"다시 태어나다니 그게 무슨 소리야?"

그때부터 정옥은 말없이 무거운 침묵 속으로 빠져들었다.

대성은 아무래도 분위기를 바꿔야 되겠다고 생각하고 다시 뒤벼리로 나왔다. 한동안 걷다가 대성은 문득 이상한 예감이 들어 정옥의 얼굴을 봤다. 그녀의 얼굴에 눈물방울이 맺히고 있었다. 무슨 잘못된 일이라도 있나 싶어 물었다.

"정옥이, 왜, 무슨 일이야?"

그녀는 정신이 든 듯 얼른 눈물을 닦았다.

"아니, 그냥…."

대성은 그녀의 허리를 껴안고 달랬다. 사랑에 겨운 여인의 심정이겠거니 하고 넘어갔다.

4

대성이 잠시 상념에 빠져 있을 때 따르릉 따르릉 전화가 울렸다. 여직원이 전화를 받으라고 손짓을 했다.

"여보세요. 정 팀장인데요. 아, 네, 김 과장, 그래요. 곧 가지요."

대성은 전화기를 놓자 마자 부리나케 회사로 전화를 했다.

"정 팀장인데요. 긴급 상황 발생, 카메라맨과 취재차량 빨리 보내주세요!"

상황이 벌어진 장소는 한남동 카페 '모나리자'였다. 에리카가 국제

마약팀과 접선, 마약을 건네받는 현장을 덮쳤다는 것이다. 김 과장은 현장 보고를 받은 즉시 대성에게 연락, 특종을 할 수 있도록 해주었다. 주는 것이 있으니까 받는 것이 있는 것이다.

대성은 한남동으로 내달리면서 현장 상황을 머리에 그려 봤다. 현장을 덮쳤다는 얘기뿐 상황이 어떻게 전개되고 있는지 알 수 없었다. 국제마약팀이 개입되었다면 총격전도 일어날 수 있다. 서둘러 출발하는 바람에 위급상황에 대한 대비책이 전혀 없는 상태였다. 자신은 특종감을 쫓는 사냥개로서 불섶에 뛰어들 수 있지만 아무런 대비도 하지 못한 카메라맨이 걱정이었다.

현장에 도착하자 대성은 헐레벌떡 수사책임자가 있는 곳으로 달려가서 김 과장부터 찾았다. 분위기가 심상찮았다. 앰뷸런스가 앵앵거리며 달려가고 기동타격대가 '모나리자' 주변을 포위하여 살벌한 상황이었다. 한눈에 총격전이 벌어진 것을 알 수 있었다. 헬멧조차 쓰지 않은 무방비 기자들을 보고 김 과장은 눈이 둥그레졌다.

"지금 위험해요. 정 팀장 고개 숙이고 내 뒤로 붙어요."

대성은 그 말을 듣고 뒷머리가 쭈뼛해지는 느낌이었다. 재빨리 카메라맨에게 은신처에 몸을 숨기도록 했다. 그는 김 과장 옆에 붙어서 사태를 파악했다.

수상한 남녀가 '모나리자' 안에서 마약을 주고받는 장면을 잡은 잠복 팀이 현장을 덮치자 옆에 있던 젊은 사내가 권총을 빼드는 바람에 잠시 총격전이 벌어지게 되었다. 쌍방은 카페 안에서 총격전을 하다가 서로 사상자가 나자 은폐물에 몸을 숨긴 채 소강상태에 있었다. 잠복 팀 중 한 명이 부상 당해 앰뷸런스에 실려 가고, 마약단 쪽에서는 경호원인 듯한 젊은 사내가 즉사했다. 카페 안에는 에리카로 보이는 여인과 40대 사내, 이들과 함께 50대 소련인이 대치하고 있었다.

퇴로를 차단당한 마약단은 다시 총격을 가하며 저항했다. 쌍방 간에 총알이 난무하는 가운데 에리카와 소련인 사내가 퇴로를 열며 달아나기 시작했다. 40대 사내는 이들의 도주를 돕기 위해 음호사격을 계속했다. 기동타격대가 이 사내의 음호를 저지하려 나섰다. 김 과장 팀은 에리카와 소련인을 뒤쫓았다. 대성도 그들과 함께였다.

얼마 안 돼 40대 사내는 제압당했다. 김 과장 팀은 50대 사내의 끈질긴 총격 때문에 에리카 일행을 뒤쫓는데 애를 먹었다. 쫓고 쫓기는 추격전이 계속되자 김 과장이 앞에 나섰다. 왕년의 사격왕 실력을 묵힐 수 없었다. 총 한 방 쏘지 않는 것으로 보아 에리카는 비무장인 것 같았다. 그러면 한국 수사관과 소련 마약범의 일대 일 대결로 이날의 국제마약팀 추격전을 마무리할 수 있게 된다. 김 과장은 바로 이 점을 노리고 자신이 나선 것이다.

늦은 오후 서울의 한강변 한적한 한 언덕에서 벌어질 권총 대결은 마치 서부극 '하이눈'을 연상케 하는 짜릿한 스릴과 서스펜스를 안겨줄 것이었다. 김 과장은 의도적으로 추격망을 좁혀 들어갔다. 사내로 하여금 막다른 길목에서 돌아서지 않으면 안 되는 상황을 만들려는 것이다. 주변 지리를 알 길 없는 소련 사내는 에리카의 손을 잡은 채 도망가다가 우뚝 섰다. 퇴로가 없었던 것이다. 사고방지를 위해 절벽 가까이에 설치한 철조망이 앞을 가로막았다. 다급해진 사내는 에리카의 손을 놓고 돌아섰다. 은폐물이 없는 가운데 한 방 두 방 권총을 발사하느라 정신이 없었다. 김 과장은 여유만만한 자세로 항복을 권유했다.

"투항하라! 손을 들고 앞으로 나오면 살려주겠다!"

사내는 투항권유를 무시한 채 총격에 여념이 없었다. 상황 판단이 안 될 만큼 정신이 나간 상태였다. 그에게는 김 과장의 일격만이 남았다.

이 사이 에리카는 재빨리 도망쳤다. 철조망 옆으로 뚫린 개구멍을 통해 줄행랑을 놓고 있었다. 무기를 갖고 있지 않은 것을 안 대성은 그녀를 뒤쫓았다. 김 과장이 소련 사내를 상대하고 있는 동안 대성은 에리카를 상대하게 되었다.

"에리카, 거기 서요! 달아나면 죽어요!"

대성은 애타게 그녀를 불러 세우려 했으나 막무가내였다. 헐레벌떡 달아나던 그녀는 돌부리에 걸려 넘어졌다. 그 바람에 선글라스가 떨어져 나갔다. 대성이 가까이 다가가서 그녀의 팔을 잡아 일으켜 세우려했다. 그때 에리카는 재빠르게 대성의 손을 뿌리치면서 획 돌아보았다.

'아! 이게 누군가!'

대성의 머릿속에는 전광석화 같은 깨달음이 번쩍했다.

'구정옥! 바로 그 정옥이 아닌가!'

자신도 모르게 고함을 냅다 질렀다.

"정옥아! 나야, 대성이!"

순간 에리카의 눈동자가 잠시 긴장한 빛을 띠었다가 사라졌다. 그녀는 대성의 놀란 듯한 외침을 뒤로 한 채 도망쳤다. 대성은 그녀를 놓칠세라 온 힘을 다해 뒤쫓았다. 그리고 애타게 부르짖었다.

"정옥아! 나, 대성이를 몰라! 내 말 좀 들어봐!"

뒤도 돌아보지 않고 달리던 그녀가 우뚝 섰다. 더 이상 갈 수 없는 절벽밖에 없었다. 천천히 돌아선 그녀는 무겁게 입을 열었다.

"더 이상 쫓아 오지마! 오면 뛰어내리고 말겠어."

"정옥아! 나를 몰라. 대성이를 모른단 말이야!"

"나는 에리카야! 당신 누군지 몰라!"

대성은 통곡을 하고 싶을 지경이었다. 그때 남강둑에서 헤어진 후 그토록 찾아 헤맸던 그녀가 바로 눈앞에 있는데 아니라니 참으로 낭패스러워 말문이 막혔다.

　'이것을 어떻게 해야 하나?'

　그는 환희의 순간이 곧 절망의 나락으로 떨어져 나가는 것 같은 아픔을 주체할 수 없었다. 운명의 장난이 너무 잔인한 것 같았다.

　에리카가 정옥이 아니라는 말을 듣고 충격을 받은 대성이 어쩔 줄 모르고 있는 사이 그녀는 절벽 아래로 뛰어내렸다. 대성이 쫓아갔으나 그녀의 흔적은 한강 물에 잠겨들고 말았다. 어처구니없는 충격에 넋을 잃고 강물을 내려다보았다. 정옥의 모습을 뒤쫓던 그는 그녀의 마지막 이별의식이 말없이 흐르는 강물을 따라 너울거리기 시작하는 것을 보았다.

　벌써 20여 년이란 세월 저 너머에 숨겨져 있던 애틋한 장면이 이 절박한 순간에 망막의 초점에 비친 것이다. 대성의 생일 때 눈물을 비추던 그녀가 남강 큰 들 모래밭에서 그를 위해 마지막으로 펼친 사랑의 춤이었다.

　뒤벼리를 지나 큰 들에 들어선 그들은 달빛이 내리는 모래밭에서 한 몸이 된 듯 깊은 포옹에 잠겨 있었다. 시간이 얼마나 지났는지 꽤 오래 동안 그러고 있었다 싶은 생각이 드는 순간 정옥이 포옹을 풀었다. 그러더니 아무 말 없이 사뿐사뿐 걸어갔다.

　어디로, 뭐 하러 가나 궁금한데 대한 응답이라도 하듯 그녀는 대성의 정면 10m 정도 떨어진 곳에 서서 약간 떨리는 듯한 목소리로 외쳤다.

　"대성 씨, 사랑해요. 오늘 진짜 생일 선물을 드릴게요."

아까 서장대에서 선물을 받았는데 또 무슨 선물을 준다는 것인지 얼떨떨한 기분이었다. 평소 사랑을 나누던 때와는 다른 것이 느껴졌다. 대성이 미처 상황 파악을 하지 못하고 엉거주춤한 사이 그녀는 블라우스를 벗어 한 손에 들고 사뿐히 내려놓는 시늉을 하더니 갑자기 하늘 높이 치켜올렸다. 그리고 빙그르르 돌더니 블라우스를 공중으로 날려 보냈다. 마치 새장에 갇혔던 새를 날려 보내듯 그녀의 허울을 날려 보내고 자유스런 몸이 되고자 하는 것 같았다. 대성은 숨을 죽인 채 다음 동작을 주시했다. 그녀는 다음 동작에 들어가기 전 잠시 정면의 대성을 응시했다. 사랑의 빛이 가득한 그녀의 눈동자가 대성의 눈동자에 내리꽂히듯 고정되더니 사랑하는 사람을 향한 애절한 절규가 음파를 타고 대성에게 전달되었다.

"대성 씨! 오늘 인간 정옥을 통째로 드릴게요. 한 점 허구가 없는 저의 알몸을 선물로 받아 주셔요."

말을 마치자 마자 정옥은 몸에 걸친 것이라고는 모조리 벗어던지기 시작했다. 겉옷만 벗겠거니 하며 바라보던 대성은 그녀가 속옷에 손을 대는 찰나 자신도 모르게 외쳤다.

"정옥이 그만해! 뭐 하는 짓이야!"

정옥은 그의 만류에 아랑곳하지 않고 거침없이 속옷을 벗어 던졌다. 대성의 존재를 잊은 듯 신들린 사람 같이 자신의 나신을 드러내는 일에 열중하고 있었다. 남은 것이라고는 젖가슴을 가린 브래지어와 사랑의 샘을 가린 팬티뿐이었다. 대성은 눈부신 그녀의 나신 일부가 드러날 적마다 숨이 멎을 것 같았다. 저렇게도 피부가 희고 윤기가 있었던가. 가슴과 엉덩이 부분에서 느낄 수 있는 탄력성은 얼마나 팽팽하게 보이는가. 황홀한 순간이었다.

그러는 사이 정옥은 마지막으로 실오라기 하나 걸치지 않은 나신으로 탈바꿈했다. 순간 대성은 흑! 하고 숨을 멈췄다. 어찌 이런 일이 눈앞에서 벌어지고 있는가. 황홀하면서도 몽롱한 의식 속으로 깊이깊이 빠져들고 있었다. 대성은 환각에 빠진 것으로 착각했다.

발가벗은 정옥은 뒤로 선 채 미동도 하지 않았다. 고요한 큰 들 모래밭 위에 선 젊은 여인의 나신-그것은 구름 뒤로 수줍은 듯 살며시 내비치는 달빛 속에서 피어오른 환상적인 자태였다. 머리끝에서 발끝까지 부드럽게 흐른 육감적인 몸의 곡선은 음영이 선명한 하나의 조각이었다. 대성은 눈앞에서 벌어지고 있는 정경에 어찌할 바를 모른 채 장엄하기까지 한, 숭고한 사랑의 의식에 동참하고 있는 자신을 발견했다. 그저 사랑으로만 상대하려 했던 정옥이 발가벗은 알몸을 드러낸 신비스런 여인으로 눈앞에 나타난 것을 보는 순간 자신도 모르게 무아지경에 빠져들면서 그녀가 이끄는 신비의 세계로 들어가게 된 것이다.

이윽고 달빛을 가렸던 구름이 비껴가고 둥실한 달덩이가 제 모습을 드러내면서 휘황한 하늘이 펼쳐졌다. 마치 기다리기나 한 듯 정옥은 깊은 신음을 토하며 사뿐히 돌아섰다. 고개를 약간 뒤로 젖힌 채 뉴욕 허드슨항구의 자유의 여신상 마냥 한 팔을 위로 올리고 한 팔은 허리에 가볍게 올린 모습이었다.

교교히 흐르는 달빛 따라 출렁이는 그녀의 젖가슴, 배꼽 아래 탄력 있게 흐른 아랫배 언덕을 넘어 계곡에 자리 잡은 도톰한 사랑의 샘, 그것을 두 물 머리로 하여 양쪽으로 쭉 뻗어 내린 각선미가 한데 어우러져 그려내는 한 폭의 살아 숨 쉬는 조각이었다.

잠시 정지했던 나신의 조각상은 곧바로 현란한 율동을 시작했다. 순간 대성은 정면에 펼쳐진 광경에 압도당하고 말았다. 정옥이 알몸으로 연출하는 그 모습은 사랑의 의식에 값하는 애절한 여인의 호소를 뿜어대는 것 같았다. 잠시 구름에 가렸던 알몸의 신비는 두 손으로 받쳐 올려 틀어쥔 머릿결에서부터 그 밑으로 살며시 성감대를 간질이는 갈기 머리털과 그런 자극에 수줍은 듯 반응할 것 같이 흘러내린 목덜미, 부드러운 어깨선, 볼링공처럼 솟구친 볼록한 젖가슴, 곡선을 이루며 내려가던 몸통이 잘록하게 휘어진 허리, 그 밑으로 탄력 있게 솟구친 두 개 구릉은 허리의 유연한 동작에 따라 도발적인 출렁임을 과시하고 있었다. 겉으로 보아왔던 정옥의 몸이 아니라 선녀의 몸으로 현신하여 춤을 추는 신들린 여인의 모습이었다. 정옥이 대성의 생일에 온몸으로 바치는 사랑의 선물이었다. 그것은 어딘지 애절한 사연을 품은 것 같은 여인이 연출하는 달빛 아래 사랑의 의식이었다. 숨을 죽이고 주시하고 있던 대성은 숨이 가빠졌다. 가슴에서 심장의 고동소리가 심하게 뛰는 것을 느꼈다.

'이것을 어찌해야 되는가, 그냥 보고만 있어야 하는가.'

사랑의 호소가 담긴 그녀의 몸짓에서 어떤 신비성을 느끼게 되자 대성은 세속적인 사랑의 표현을 할 수가 없었다. 온몸이 감전된 듯 짜릿해 옴을 느꼈다. 한동안 마비된 듯했다.

다시 뒤벼리를 거쳐 남강둑으로 돌아오는 동안 두 사람은 내내 말이 없었다. 마치 그녀의 주변에는 신비의 후광이 비치고 있는 것 같아 함부로 범접할 수 없었다.

남강둑까지 와서 헤어질 때 그녀는 평소와는 다른 태도였다.

"대성 씨, 정말 사랑해요" 외마디 소리를 던지고는 달아나다시피 종종걸음으로 떠나갔다. 그것이, 그것이 그녀의 마지막 모습이었다. 그 모습을 되찾는 순간 저 아래로 사라져버린 정옥. 강물 위에 시선을 던지고 있던 대성의 눈가에는 이슬이 맺히고 있었다. 눈물을 글썽이던 그는 그때 그녀가 자신을 알몸인 채 드러내 보이며 수기에서 절

4. 좌절된 극적 만남 **127**

규한 혼혈아의 정체를 호소하려고 안간힘을 썼다는 것을 깨달았다. 그런데 범죄현장에 나타났다가 대성의 눈앞에서 사라져버림으로써 그녀와의 어설픈 만남이 못 다 푼 그녀의 한을 그에게 각인시킨 결과를 가져왔다. 극적 만남의 좌절은 오히려 대성에게 각성의 계기가 되었다.

5. 정옥의 변신

1

1년 전 에리카가 경찰에 쫓기기 시작한 후 은신처에서 숨어살던 때였다. 그녀는 뜻하지 않게 대성과 대면하게 된 일을 곰곰이 생각해 봤다. 그때 대성과 1대 1로 대치한 상태에서 그가 뭐라고 말하든지 그녀는 위기일발의 순간을 모면하는 것이 다급했다. 대성이 자신을 알아보고 다정스레 "정옥아!"하고 접근하려 했을 때 마음속으로 다소 움찔하지 않은 것은 아니었지만 그게 문제가 아니었다. 박 사장의 농간으로 마피아 조직에 가담한 것만은 분명한 만큼 일단 위기를 넘기고 볼 일이었다.

순간 이런 생각에 미치자 그녀는 불문곡직 한강으로 뛰어들었다. 그리고 안간힘을 다해 추격 현장으로부터 될수록 멀리 달아나려고 발버둥 쳤다. 서투른 수영 솜씨로 탈출을 시도한다는 것은 무리였다. 불과 10여 분도 되지 못해 가쁜 숨을 쉬던 그녀는 물속으로 잠겨드는 몸을 어쩔 수 없었다. 하늘이 노래지는 것 같은 시야에는 출렁이는 물방울만 어른거렸으며, 팔과 다리는 본능적으로 허우적댈 뿐 자신의 몸을 제대로 물 위에 띄워 주지 못했다. 위기감이 엄습했다. 큰일 났다 싶었다. 아들 동훈의 얼굴이 떠올랐다. 엄마를 찾고 있을 동훈이를 생각하며 이레시는 안 된다는 막다른 심정에 몰렸다. 있는 힘을 다해 팔과 다리를 내뻗었다. 힘을 쓸수록 몸이 더욱 무거워져 오는 것을 느꼈다. 한사코 허우적거리다가 끝내 가라앉고 말았다. 시야에 물결이 일렁거리는 것 같다가 캄캄해져 버렸다.

얼마나 시간이 지났는지 갑자기 시야가 밝아지는 것 같아 정신을 차렸다. 어딘지 모르지만 편안한 느낌이 들었다. 눈을 뜨려는데 낯선 소리가 들렸다.

"정신이 좀 듭니까?"

그때야 강물 속에서 허우적대던 기억이 되살아났다. 눈을 뜨고 바라본 것은 흰 가운을 입은 사내의 모습이었다. 부스스 몸을 일으키며 물었다.

"여기가 어딥니까?"

"한영병원입니다. 몸은 괜찮습니까?"

"네, 죄송해요."

전후좌우를 살펴보다가 일어났다. 여기 있어서는 안 된다는 생각에 몸을 추스렸다. 의사의 말로는 한 젊은이가 한강 변에서 산책하다가 물에 빠진 그녀를 건져 올려 병원으로 데려다주고는 가버렸다는 것이었다. 그녀는 감사하다고 인사한 후 서둘러 병원을 나섰다.

은신처를 마련하는 것이 급선무였다. 바에서 친하게 지내던 여급을 찾아가기로 했다. 가면서 곰곰이 생각해 봤다. 그때 대성의 간절한 목소리가 귓전에 맴돌았다.

'얼마만의 해후였던가, 뜻밖에 대성 씨가 거기 나타나다니….'

아무리 생각해도 이해할 수 없었다. 대성 씨가 어떻게 거기 나타났을까. 아마 경찰인지도 모른다. 그러나 석연찮은 부분이 있었다. 만약 그가 경찰이었다면 즉시 자신을 체포했을 텐데 왜 그냥 놓치고 있었을까. 경찰치고는 무장도 하지 않고 범인을 체포하려는 태도도 보이지 않았다. 그렇다면 다른 무슨 직업을 가졌을까. 대성에 대한 생각이 꼬리에 꼬리를 물고 이어질수록 의문만 쌓여 갔다. 무엇을 하는 사람인지도 모르는 그를 두고 이제 와서 생각해 봐야 부질없는 짓이라고 고개를 흔들었다.

그길로 서울 난곡동에 은신처를 마련, 숨어 살고 있었다. 이전에 친했던 바 여급 손명선을 찾아가 경찰에 쫓기는 몸이라고 사정 얘기를 하고 당분간 그녀의 집에 머물기로 했던 것이다.

에리카, 아니 정옥은 한숨 돌리게 되자 모나리자 사건 이후 소식이 궁금하여 텔레비전을 켰다. 사건을 둘러싼 속보가 나왔다. 그러나 한국 측 마피아 연계조직에 관해서는 아직 이렇다 할 단서를 잡지 못하고 있는 것 같았다. 에리카 자신이 도주한 것에 대해 체포 가능성을 두고 일말의 기대를 걸고 있는 것뿐이었다. 그러면서 에리카가 도주하던 정황 보도 중에 대성에 관한 언급이 나타났다. 국제 타임즈 경찰출입 팀장인 정대성이 그녀와 대치 중 그녀를 놓치고 말았다는 소식이었다.

'아하! 그랬었구나. 대성 씨가 기자였구나!'

자기도 모르는 사이 흥분되는 것을 느꼈다. 남강둑에서 헤어진 후 20년이 지나는 사이 대성 씨는 중견 기자가 되어 자기를 뒤쫓는 입장에 섰고, 자신은 그에게 쫓기는 입장에 있었던 것이다.

그녀에게 은신처 생활이 오래 갈 수 없었다. 더군다나 건강이 좋지 못한 아들을 가정부에게 맡겨둔 채 그대로 있을 수 없었다. 그렇다고 아들을 만나러 갔다가는 경찰의 감시망에 걸릴 것은 불을 보듯 뻔했다. 전화도 할 수 없었다. 틀림없이 도청을 하고 있을 것이다. 시간이 지나다 보니 생활비가 당장 문제였다. 하릴없이 하루하루를 보내는 신세가 되었다. 따분하기 그지없었다. 이렇게 고립을 자초한 생활을 하는 것을 이전에 미처 상상도 하지 못했다. 그러다가 실제 부딪혀 보니 견디기가 어려워졌다.

누구하고 상의도 할 수 없고, 세상에 하나뿐인 혈육마저 만나지 못하고, 당장 필요한 것들을 살 수 없을 뿐만 아니라 마음대로 나다닐 수 없는 생활이란 제도적 감옥이 아닌 사회적 감옥이었다. 말하자면 사회적으로 고립되어 감옥 같은 생활을 하는 것이었다. 본질적으로 사회적 동물이어야 할 사람이 그 사회성을 상실하게 된다고 할 때 느끼는 고립감은 무척 견디기 힘들 것이다. 세상에 아무도 아는 사람이 없고, 그래서 누구도 상대할 수 없는 것처럼 느껴질 때 존재감의 상실은 커질 수밖에 없다. 처음부터 그랬으면 모르지만 여태 다른 사람들과 관계하면서 살아오다가 그것도 범죄와 연루된 사건으로, 마치 팔다리가 잘린 것처럼 고립무원의 상태에 빠진 그녀는 자신이 무엇을 위해 이 짓을 하고 있는지 회의에 빠지게 되었다. 차라리 경찰에 자수하고 말까 하는 생각마저 솟아났다. 자수하면 정상은 참작되지 않을까 하고 기대해 보기도 했다. 그러나 부질없는 생각이었다. 마피아 조직에 가담한 것은 사실인 만큼 자수해도 처벌은 면치 못할 것이었다. 동훈의 심장 수술을 주선해 준 박 사장의 성의를 봐서 그날 모나리자에 갔었다. 소련인을 만나 물건을 받아오라고 해서 심부름 갔다가 쫓기는 몸이 되었던 것이다. 궁여지책으로 박 사장을 만날 수밖에 없었다. 카페 모나리자 사건 이후 텔레비전방송을 쭉 지켜보았으나 박 사장에 대한 언급은 없었다. 당시 소련인들만 현장에서 사살되는 바람에 국내 조직은 오히려 안전하게 된 것이 틀림없었다.

정옥은 박 사장에게 전화했다. 한동안 그녀를 찾지 못하고 있던 박 사장은 그녀의 목소리를 듣고 깜짝 놀라면서 반가워했다.

"아, 에리카 아니야. 거기 어디야? 당장 만나자."

일단 그의 신변에 이상이 없는 것 같아 안도했다. 경찰의 추적을 따돌리기 위해 머리에 스카프를 두르고 검은 선글라스를 낀 정옥은 나름대로 안전하다고 생각되는 변두리 다방에서 박 사장을 만났다. 그리고 뜻밖에 소련 마피아 측의 제의를 전해 들었다.

카페 모나리자에서 한국 조직을 맡았던 소련 요원들이 사살되자 모스크바 본부에서 에리카를 모스크바로 오도록 요구하고 있다는 것이었다. 아니 전해 들은 내용은 요구라기보다 일종의 제의처럼 보였다. 모스크바 본부에서 보다 안전한 활동을 할 수 있도록 보장해주고, 일정 기간 준비과정을 마치고 귀국하면 상당한 지위와 보수를 주겠다는 것이었다. 국내에 있어 보아야 신변 노출 위험이 있는 만큼 신변 안전을 위해 당분간 피신하는 것이 좋을 것이라고 박 사장이 조언을 했다.

그녀는 모스크바에 가고 싶지 않았지만 반강제로 가게 되었다. 무엇보다 아들 때문에 서울을 떠날 수가 없었다. 밑바닥 인생에서 유일한 혈육인 아들에게 의지해 그나마 참고 살아온 세월이었다. 그런데 아들을 홀로 서울에 두고 낯선 땅 모스크바에 가라는 것은 도저히 받아들일 수 없었다. 처음부터 그녀에게는 용납될 수 없는 일이었다. 그런데도 그녀가 모스크바에 가게 된 것은 무엇보다 박 사장이 아들을 책임지고 돌봐준다는 약속이 있었기 때문이었다. 그는 모스크바 측에 협조하지 않으면 오히려 아들에게 해로울 것이라고, 은근히 협박성 경고를 하기도 했다.

모스크바에 오자마자 KGB 간부 출신인 카자로프는 그녀의 이름을 앞으로 일리에나라고 부르도록 결정했다고 알려주었다. 그리고는 그녀의 혼혈을 두고 조국에 잘 왔다면서 극진히 대접하도록 부하에게 지시했다.

"잘 왔어요. 일리에나는 남의 나라에 온 것이 아니지요. 사실 소련 사람이니까. 이봐, 세르게이, 일리에나를 우리 동포로 잘 대접하도록 해!"

정옥은 소련이 조국이라는 말에 의아심을 느꼈다. '어떻게 내가 소련 사람이란 말인가?' 아마 마피아 측이 자신을 부려먹기 위해 피부색을 보고 동포라고 과장하는 것 같았다.

그녀는 호텔에 며칠 묵은 뒤 세르게이를 따라 먼저 고르키 레닌스키에 관광에 나섰다. 그곳은 모스크바 동남쪽 35㎞ 지점에 있는 레닌의 말년 휴양지였다. 가서 보니까 말이 관광이지 공산주의 혁명가에 대한 추모를 통해 그녀로 하여금 허물어져 가는 소련 공산제국의 위대성을 인식하도록 할 의도가 있음을 드러냈다.

고르키 레닌스키에 진입로 입구에 세워진 레닌기념관은 그의 혁명기 활동을 사진과 영상으로 담아 혁명정신을 기리려 했다. 그러나 이미 페레스트로이카 바람이 불어 공산주의 종주국 소련의 경직된 행정명령체제에 실증을 느낀 사람들은 레닌 식 혁명에 등을 돌리고 있었다. 예전에 발길이 끊이지 않던 기념관은 일리에나가 돌아보고 있던 30분 사이에 불과 서너 사람이 다녀갈 정도로 한산했다. 쇠퇴의 물결에 휩쓸리면서 세력을 보존하려고 안간힘을 쏟고 있는 강경보수 공산세력 중 일부가 불법적인 생존전략에 매달리느라 일리에나 같은 약자를 데리고 옛 영화를 되새기려고 하는 것이었다.

행동요원 세르게이는 레닌이 거처하던 곳을 데리고 다니며 그에 대한 회상을 통해 세뇌공작을 하고 있었다. 그렇게 함으로써 마피아세력은 그들의 불법성을 희석시키는 한편 각종 반도덕적 사업의 정당화를 노리는 것 같았다. 일리에나는 공산제국의 건설을 위해 한반도에서 전쟁을 일으켜 놓고 이제 허상이 드러나게 되자 자신을 끌어들여 불법사업의 앞잡이로 써먹으려는 것이라고 생각했다.

'극동의 아래쪽에 붙은 조그마한 나라에 민족상잔의 태풍을 일으켜 놓고 무엇이라고? 나 보고 동포라고….'

역겨운 생각이 고개를 들려고 하여 세르게이의 설명을 건성으로 듣고 넘겼다.

레닌의 거처를 돌아 나오다가 협수룩한 60대 노파를 만났다. 그녀는 자기보다 젊은 일리에나를 보고 무언가 말을 하고 싶은 표정이었다. 일리에나는 돈을 주려고 주머니에서 1루불을 꺼냈다. 그 무렵 어린이나 노인이 외국인에게 구걸하는 모습을 흔히 볼 수 있었다. 노파는 고개를 흔들며 떠듬떠듬 영어로 말을 걸었다. 돈을 달라는 것이 아니라 레닌에 대한 얘기를 하고 싶다고 했다.

그녀는 젊을 때 공산청년동맹(콤소몰) 단원이었으며 그때는 열렬히 혁명운동에 참여했었다고 자랑삼아 떠들기 시작했다. 그러더니 결국 그 위대한 레닌을 이제 사람들이 비난한다면서 울음을 터뜨렸다. 모스크바로 돌아오는 내내 그 노파의 울음소리가 귓전을 맴돌았다. 일리에나는 마피아 조직이 자신을 이런 데로 데려와서 노리는 것이 무엇인지 분명히 알 것 같았다. 그들의 생존놀음에 회의가 고개를 들었다.

'죽은 사자의 등을 타고 춤을 추란 말인가.'

2

한남동에서 정옥을 보고도 놓쳐 버리고 1년 후 대성은 시경 기자실에 앉아 그때 일을 생각하며 울적한 기분을 떨칠 수 없었다.

남강둑에서 함께 거닐던 그 정옥이 어찌 그럴 수 있는가? 아무리 생각해 봐도 그녀 같지가 않았다. 그동안 완전히 다른 사람으로 변모된 것을 그날 느낄 수 있었다. 그녀가 남강둑에서 홀연히 사라진 이후 그만큼 오랜 시간이 흘러가 버렸음을 실감할 수 있는 일이었다. 벌써 20년이라는 긴 시간이 그들 사이에 존재하고 있었던 것이다. 20년이라는 세월이 두 사람 사이의 거리를 그렇게 벌어지게 만들었던 것이 아닌가.

이런 생각에 미치자 대성은 새삼 현실을 직시하게 되었다.

에리카가 바로 정옥이라는 사실이 눈앞에 나타났을 때 이미 그녀는 범죄자로서 경찰에 쫓기고 있는 몸이었다. 그것도 사소한 잡범이 아닌, 소련 마피아와 연관된 국제적 마약사범으로서 말이다. 어쩌면 어마어마한 국제범죄조직의 일원인지도 모를 일이었다.

단순한 연인으로서 잊지 못하고 있던 그녀가 쫓기는 존재가 되어 20년 만에 자기 앞에 나타난 반면 자신은 기자로서 그런 그녀를 뒤쫓고 있었으니 정말 기막힌 인연이었다.

'이제 정옥을 잊어야 할 것인가.'

갈피를 잡을 수 없었다.

그렇게도 잊지 못하던 그녀를 잊어야 한다고 생각하니 마치 영화 속 비련의 주인공이 되는 듯한 안타까움이 온몸을 조여 왔다. 그렇다고 잊어버리지 않고 뭘 어떻게 할 수 있는 것이 아니었다. 참담한 심정으로 넋을 잃은 듯 우두커니 앉아 있는데 전화벨이 요란하게 울렸다. 여직원으로부터 전화를 넘겨받은 대성의 신경이 곤두섰다. 전화선 저쪽에서 용산경찰서 출입 김석훈 기자가 다급한 소리를 토해내고 있었다.

"정 팀장, 큰 건이 걸린 것 같애요."

마약조직의 중간연락책이 검거되었는데 뜻밖에도 미모의 여성이라는 것이다. 미모의 여성이라는 말에 호기심이 발동했다. 취재상황을 파악한 후 바로 신원을 확인해 봤더니 상당한 인텔리 여성이었다.

이름: 따찌아나 장, 나이: 35세, 학력: 모스크바 차이코프스키음악아카데미 중퇴, 직업: 음악학원 강사, 가족 관계: 부모 사망, 형제 없음, 결혼 관계: 미혼

이 사건은 마약전담반을 제쳐두고 시경 외사과에서 전담한다는 것이었다. 아무래도 마약전담반에 확인을 해봐야 이유를 알 것 같았다. 일단 이홍선 반장에게 전화를 했다.

"이 반장, 나 정 팀장인데요. 마약조직 중간연락책 검거 건인데 왜 전담반을 제치고 외사과에서 담당합니까?"

"누가 아니래. 마약을 다루는 사람이 마약을 알지. 쥐뿔도 모르는 것들이 영어 좀 한다고 나서 설쳐대니 원."

"아니, 그래도 그렇지 영어 때문에 외사과에서 사건을 담당한다면 앞으로 전담반은 벙어리가 된단 말이오?"

"누가 알어. 수사관은 영어학원부터 가야 할 판이 됐어."

"그럴 리가 있나?"

대성은 단순히 영어 때문이 아닐 것이란 생각이 들었다. 이 반장은 심통이 나서 하는 소리지만 마약수사를 어디 영어가 좌우하는가. 외국어가 문제라면 통역을 붙여도 되고, 외국관계면 외사과에서 협조를 받으면 될 일인데…. 외사과 최 과장에게 전화했다.

"최 과장, 나 정 팀장인데요. 마약조직 연락책 관련 수사를 거기서 전담한다던데 무슨 일이지요?"

"응, 그거 국제적인 사건이야."

"그러면 외사과에서 공조하면 될 거 아니요?"

"그렇게 간단하지가 않아. 전화로 얘기하기 어려워."

대성은 이거 큰 거 한 건 걸렸구나 싶었다. 그러나 시치미를 뗐다.

"최 과장 답지 않구먼. 뭔데 전화로 얘기 못 해. 나한테 이러면 이건 수사 과정에서 특별기동 취재팀을 투입할 거야. 그때 골치 아프다 소리 하지 마시오."

엄포를 놓고는 전화를 일방적으로 끊어 버렸다. 이렇게 역공조로 나오면 상대방은 뭔가 켕겨 스스로 연락을 해오는 법이라는 것을 터득하고 있었다. 관할경찰서인 용산경찰서 신영훈 기자에게 피의자의 동태를 잘 파악하도록 지시했다. 벌써 10시가 넘어 시장기가 돌았다. 목욕은 취소하고 해장국 집부터 들렀다. 시경 부근 남대문 시장 쪽 해장국집은 시경 출입 기자들로 항상 붐비는 곳이었다. 벌써 몇 사람이 와서 소주 한 잔씩 걸치며 떠들어대고 있었다. 왜 마약전담반을 제치고 외사과에서 사건을 맡았느냐는 것을 두고 갑론을박이 한창이었다. 대성은 해장국만 먹고 나왔다. 갑자기 피로가 몰려왔다.

오후 5시, 그날의 사건 사고 관련 취재상황을 정리하여 데스크에게 보고했다. 오늘은 일찍 집에 들어갈 참이었다. 특근한답시고 며칠 집에 못 들어가는 바람에 속옷에서 냄새가 났다. 옷 세탁이 문제였다. 하루 일을 마치니 여유가 좀 생겼다. 담배 한 대를 물고 의자에 비스듬히 기대앉아 눈을 감았다. 한 모금을 깊게 빨아 들이쉰 후 내뱉었다. 순간 정옥이 어디로 사라져 버린 것일까 하는 의혹이 잠시 머리를 스치고 지나갔다. 혹시 잘못돼 깊은 수렁에 빠져 허우적대지나 않을까 하는 노파심마저 고개를 들었다. 남강둑에서 깊이 박힌 그녀의 잔영이 그때까지도 그를 가만두지 않고 있었다. 그때였다. 기자실 아가씨가 전화가 왔다고 알려주었다.

"네, 국제 타임즈 정 팀장입니다."

"어, 정 팀장, 아직 거기 있었구려."

어찌 최 과장의 어투가 사근사근한 것 같았다. 아까 역공이 주효한 것 같아 기분이 좋았다. 주변을 돌아보니 다들 나가고 없었다. 다른 기자에게 낌새를 들킬 일이 없었다.

"그래 뭐 좀 나온 게 있어요?"

"정 팀장, 잘 들어. 이번 건은 예사로운 사건이 아니야. 그래서 상부에서 국제공조가 필요하다고 판단, 우리에게 맡기게 된 거야. 마약전담반은 불만이겠지만 말이야."

"그러면 국제적인 마약조직과 연계된 것입니까?"

"일단 그렇다고 봐야지. 따찌아나 장이란 이 아가씨가 소련 쪽과 관련이 있는 것 같애."

"음악학원 강사라면서요?"

"그건 위장용이야. 그녀가 중퇴한 차이코프스키음악아카데미를 주목해야 할 필요가 있어."

"그러니까 소련 마피아와 관련이 있을지 모른다, 그런 얘기군요. 그렇다면 대어를 낚겠는데요."

"어쨌든 정 팀장은 소련에 갔다 온 적이 있고 하니까 얘기지만 앞으로 건수가 잡히면 협조를 해 주시오."

대성은 연전에 동유럽 취재차 프라하에 갔다가 동유럽을 대표하는 언론단체인 국제기자연맹 사무총장을 만났다. 블라지밀 바실리에프 사무총장은 소련 언론인으로서 프라하에 파견 나와 있었다. 같은 언론인으로서 국제기자연맹을 찾아 준데 대단히 고맙게 생각했다. 그래서 그의 호의로 1990년 여름 아직 국교가 수립되지 않았지만 모스크바를 방문, 취재할 수 있었다. 최 과장은 한국 기자로서 최초로 소련 취재를 한 그에게 수사상 협조를 은근히 기대하고 있는 눈치였다.

아니나 다를까, 수사 결과 따찌아나는 소련 마피아와 연계된 국제 인신매매조직의 선발 인물이었다. 그녀는 음악학원 강사로 위장하여 귀국 후 소련 마피아의 한국 중계자로서 역할을 해 왔다. 국내 마약조직의 연락책이라는 것도 소련 마피아의 침투를 위한 위장 직책에 불과했다. 그녀가 차이코프스키음악아카데미를 중도에 그만둔 것부터 수상한 일이었다.

그날 따찌아나 장은 음악학원에서 애들에게 성악 교재인 콜 위붕겐을 가르친 후 나오다가 배가 고파 학생들이 잘 가는 라면집 '종로 순이네'에서 라면을 사 먹었다. 먹는 도중 배탈이 나서 화장실에 몇 번 들락거리다가 박 사장과 약속시간이 늦어졌다. 그녀는 급하게 돈을 치르고 난 뒤 택시를 잡으려고 서둘다가 명함지갑을 빠뜨렸다.

종로분실물센터 직원이 분실물을 확인하기 위해 지갑을 열어 보고 소련어로 된 명함이 여러 장 나오자 수상히 여겨 종로서에 신고했다. 종로서 담당 경찰은 시경 외사과에 자료를 보냈다. 외사과는 인터폴에 연락하여 명함 이름으로 신원을 확인하던 중 마약혐의자를 발견하게 되었다. 마약거래와 함께 인신매래를 알선하던 알렉세이 코마노프였다. 한국에 인신매매 루트를 만들기 위해 따찌아나를 만났던 것이다. 경찰은 이를 근거로 따찌아나를 다그치자 처음에는 완강히 부인하다가 인터폴 자료를 들이대자 자백했다는 것이다.

따찌아나는 일찍이 차이코프스키음악아카데미에 유학하여 소련 정통 음악을 공부하는데 열중했다. 그러나 이바노프란 이름을 가진 훤칠한 소련 청년에게 반해 끌려들어 간 것이 소련 마피아 조직이었다.

따찌아나는 이바노프를 만난 후 잠을 제대로 잘 수가 없었다.

같은 음악아카데미에서 음악 공부를 하는 그를 처음 만난 것은 오디션이 있는 날이었다. 모스크바에 온 지 얼마 안 돼 모든 것이 서툴렀던 따찌아나는 복도에서 여느 모스크바 시민과 달리 세련돼 보이는 젊은이를 만나 아카데미의 조직구조를 물어보았다. 그것이 인연이 되어 이바노프라는 그 청년은 따찌아나를 데리고 모스크바 시내 관광을 안내했다. 붉은 광장과 국영 굼 백화점, 크레믈린과 구내 극장, 볼쇼이극장, 푸쉬킨 동상이 서 있는 곳이며, 그 옆에 있는 이즈베스챠 신문사, 인민경제성과 전시장과 그 옆에 있는 코스모스호텔 등을 차례로 안내해 주는 그는 너무나 친절했다. 거기다가 여성을 대하는 매너조차 서구 청년 못지 않았다.

이역 땅에서 외로움을 주체하지 못하던 그녀에게 이바노프는 마치 유학의 동반자처럼 나타났던 것이다. 그를 생각하면 할수록 점점 그의 환영 속으로 빠져 들어가는 느낌이었다. 한번은 그의 아파트로 초대되어 갔다가 중앙아시아산 와인이 맛이 있어 몇 잔 마신 것이 신경 줄을 풀어버렸다. 허물이 없어진 둘은 어느새 포옹을 하고 있었다. 그녀는 이국 남성의 품에서 벗어나기가 싫다는 것을 깨달았다.

그 후, 따찌아나는 시간 나는 대로 이바노프를 찾았고, 그는 그대로 그녀와 데이트를 즐겼다. 자연스런 남녀 우정이 싹트게 되자 그는 그녀에게 새로운 제의를 했다. 자기 삼촌이 KGB 간부인데 한국인 비서를 찾고 있다면서 그녀를 추천하겠다고 했다. 뜻밖의 제의에 그녀는 어리둥절했다. 그는 삼촌이 한국에 대해서 알고 싶어 하므로 따찌아나가 적격이라고 부추겼다. 그래서 일단 한번 만나 보기로 했다.

면담 약속이 된 날 이바노프를 따라 KGB본부로 갔다. 볼쇼이극장에서 동쪽으로 뚫린 떼아뜨르나야 거리로 올라가 루비안카 광장에서 멈춰 섰다. 정면에 본부 건물이 있었다. 듣기만 해도 무시무시한 건물이었는데 자신이 직접 들어가 볼 줄은 꿈에도 생각하지 못했다. 중앙에 있는 본부 건물은 왼쪽에 붙은 깔때기 모양의 구조물 2층에 지도급 간부들의 사무실이 있고 1층에는 각 부서 사무실이 있었다. 출입구도 두 개가 있어서 왼쪽 것이 간부용이었으며 오른 쪽 것이 일반 요원용이었다.

이바노프는 외국첩보담당인 제1국 소속 아시아 담당 과장 대리 알렉세이에비치 카자로프가 삼촌이라는 바람에 비교적 수월하게 경비망을 통과했다. 카자로프는 미리 연락을 받고 그들을 맞았다. 벌써 동양인 입맛에 맞는 순한 커피를 준비해 두었다가 내놓았다. 이미 이바노프로부터 신상 얘기를 들어서 그런지 카자로프는 별 질문을 하지 않고 가벼운 환담 조 얘기만 했다.

"따찌아나 반가워요. 우리 모스크바 생활이 어때요? 살만해요?"

"네, 있을수록 정이 갑니다. 특히 이바노프가 잘 해주어서 별 어려움 없이 지내고 있습니다."

"아, 그래요. 이바노프, 한국 아가씨를 잘 보살펴 주어야 해."

"네, 염려 마십시오."

"따찌아나, 며칠 후 진짜 소련식 요리를 맛보게 해줄테니까 그때 만나요."

그녀는 나오면서 터무니없이 긴장했구나 싶었다. 음울할 줄 알았던 KGB본부에서의 면담은 너무나 편하고도 평범하게 끝났다. 뜻밖이었다. 그녀로서는 세계를 공산화하려는 음모를 장막 뒤에서 주도했던 철의 장막 정보기관의 고단수를 읽을 수 없었다. 소련식 레스토랑에서 오찬 후 그녀는 무엇인지 모르지만 그들의 한국 내 공작을 적극 도와주는 방향으로 세뇌되고 있었다. 이바노프의 그 물에 걸려든 것이었다.

동유럽 쪽 정세가 심상치 않자 스탈린 시대부터 골수 KGB 요원으로서 인민을 억압하는데 앞장 서왔던 보수 강경파 간부 몇 명이 음모하여 마피아 조직을 통해 자위책을 강구하고 나섰다. 동북아시아 지역에 우선 인신매매 루트를 개척하려고 하던 이들은 따찌아나를 내세워 한국에 침투하려고 하던 중이었다. 여기에 멋모르는 미모의 유학생이 허영심과 이국 사내에 대한 연정에 사로잡혀 엉뚱한 길을 걷게 되었다. 에리카를 이용한 인신매매 공작이 실패하자 소련 유학생을 이용한 보다 고차적인 공작에 걸려든 것이다.

그들이 노린 것은 우선 소련 아가씨들을 서울에 공급하면서 마약 거래선을 뚫는 등 장차 소련 마피아의 동북아시아 거점으로 삼으려는 거대한 음모의 일환이었다. 에리카를 이용하려다가 실패하자 따찌아나를 내세워 다시 시도해 본 것이었다.

경찰은 인터폴과 공조하면서 따찌아나를 통해 소련 마피아 조직의 실태부터 파악하기 시작했다. 1987년부터 동유럽 국가들이 흔들리기 시작하자 구 KGB 요원들은 달러를 끌어모으는 것이 살길이라고 판단, 달러벌이에 발 벗고 나섰다. 손쉬운 것이 나약한 여인들을 반강제로 끌어모아 인신매매를 하도록 하는 것이었다. 그리고 다음으로 노리는 것이 마약이었다. 달러에 눈이 어둡다 보니 70년 공산체제가 무너지는 것은 아랑곳하지 않고 호텔이다, 술집이다, 레스토랑 할 것

없이 닥치는 대로 여인들의 몸뚱이로 달러를 모으고 있었다.

외사과 최 과장은 소련 마피아에 가담한 구 KGB조직망이 예상보다 광범위하다는 얘기를 듣고 입이 딱 벌어져 말이 나오지 않았다. 조직에서 내노라 하는 고위 간부들도 한 다리씩 끼여있다는 것이었다. 비록 인터폴을 통한다고 해도 소련의 대표적인 정보기관 간부가 중도에 도사리고 앉아 온갖 방해를 할 것은 불을 보듯 뻔했다. 한국 경찰로서는 섣불리 손댈 수 없는 형편이었다. 그렇다고 소련 마피아 조직이 이미 국내에 촉수를 뻗치기 시작한 마당에 그대로 앉아 있을 수만은 없었다. 최 과장은 머리가 아플 지경이었다. 할 수 없이 미국 중앙정보국에 구원의 손길을 요청하는 수밖에 없었다. 우선 미 중앙정보국 한국지부장을 만나 협의를 하기로 했다.

오후 늦은 시각, 대성은 시경 기자실에서 그동안 진행되어 온 따찌아나 검거사건에 관한 수사상황을 점검하고 있었다. 따찌아나가 소련 마피아의 선발대로 국내에 들어와 조직결성에 일조를 해왔다는 것까지는 캐냈으나 국내 지원조직의 내막은 물론 소련 마피아의 전모를 캐내는 것은 엄두도 내지 못하고 있었다. 대성은 외사과와 인터폴의 지원을 받아 자신이 모스크바 현지 취재에 나서는 것이 어떨까 생각했다.

아직 모스크바 특파원이 없던 때라 마피아 조직을 전담 취재할 기자가 필요했다. 그러자면 자신 혼자만으로는 될 수 없고, 특별취재팀을 꾸리는 것이 당연한 순서였다. 그러나 대성은 단신 모스크바로 갈 작정이었다. 외사과와 인터폴의 지원만 받을 수 있다면 겉으로 떠벌이는 것보다 단독 잠입취재가 훨씬 효과적이라고 판단했다. 일단 그렇게 생각하고 나서 데스크에게 모스크바행의 필요성을 역설하기로 했다.

소련 마피아 조직의 국내 침투상황에 관한 취재윤곽이 대충 잡혀지자 대성은 담배 한 대를 물고 먼저 바실리에프 총장을 이용하는 방안부터 착수하기로 했다. 기자들이 모두 기자실을 빠져나가기를 기리던 대성은 주위를 둘러본 후 국제전화로 바실리에프 총장을 찾았다.

"헤이, 블라지밀, 코리아의 대성이요. 잘 있었어요?"

"어! 이게 누구냐? 미스터 정 아니야. 지난번 선물은 잘 받았어. 고마워요."

정대성을 기억하는 그는 선물 얘기부터 했다. 대성이 이런 때가 올 줄 알고 그의 생일에 선물을 보냈었다. 한창 고르바초프의 페레스트로이카노선으로 개방 물결이 동유럽을 휩쓸면서 소련으로 밀려들어가고 있던 때 소련 사람들은 미제라면 뭐든 좋아했다. 그만큼 그들에게 필요한 생활용품이 태부족이었던 것이다. 대성은 지난번 모스크바에 갔을 때 이런 풍조를 눈여겨보았다. 그래서 블라지밀에게 미제블루진을 보냈다.

블라지밀은 대성의 얘기를 듣고는 모스크바 검찰청 특수부 마약팀장 꼬시레프를 소개해 주었다. 그가 언론계에서 현역으로 뛸 때 가깝게 지내던 수사 통이었다.

다음 외사과 최 과장에게 전화했다. 그는 꼬시레프 팀장 얘기를 듣더니 흔쾌히 대성을 지원해 주겠다고 약속했다. 그러면서 결정적인 정보는 꼭 자기에게 알려줄 것을 신신당부했다.

며칠 후, 대성은 소련 마피아와 한국 인신매매조직의 관계를 캐기위해 모스크바 취재 장도에 올랐다. 개방 후 나중 서울에 취항하게 되는 소련 항공기 아에로플로트는 타지 못하고 동경에서 루프트한자를 탔다. 모스크바가 유럽권이었기 때문에 루프트한자를 타는 것이 그때로서는 모스크바에 가는데 편리했다.

그는 두 번째 모스크바행이기는 해도 전에 없이 긴장했다. 동유럽 국가들의 체제변혁으로 이미 공산주의체제가 몰락하는 과정에 있었기 때문에 소련의 상황이 이전과 달리 극도로 혼란스러울 것이라고 짐작했다. 체제변혁으로 가는 과도기의 혼란 속에서 범죄 또한 극성스러울 것인데 이 혼란의 와중에 단신 뛰어든다고 생각하니 무언가 으스스한 그림자가 자신을 바짝 조여 오는 것 같았다.

그는 앞으로 자기에게 닥칠 일이 이만저만한 모험이 아닐 것이라고 우려하고 있었다. 어쩌면 악랄한 KGB 출신들의 마수에서 벗어나지 못한 채 다시 돌아올 수 없는 길이 될 수도 있는 곳으로 찾아가고 있는 것이다. 모스크바가 가까워질수록 긴장감이 더해졌다. 스튜어디스에게 온 더 록을 시켜 마신 후 잠을 청했다. 그로부터 두 세 시간이 지난 후 대성은 모스크바 세레메치에보 제2공항에 도착한 루프트한자 여객기 트랩을 걸어 나오고 있었다.

이 시간에 세레메치에보 제2공항 대합실에서 짙은 선글라스를 낀 여인 하나가 동경행 루프트한자를 타려고 탑승구 앞에 서 있었다. 나이는 30대 후반 또는 40대 초반으로 보이는 그녀는 피부 색깔로 보아 백러시아 계통 같았다. 그러나 키는 서구인에 비해 약간 작아 보이기는 해도 비교적 늘씬한 몸매였다. 아까부터 말없이 시계만 간혹 쳐다보면서 굳은 표정을 풀지 않고 있어서 어딘지 긴장된 모습이었다.

이때 멀찍이서 유달리 그녀를 지켜보는 남녀가 있었다. 이들은 청색 점퍼를 입은 젊은 연인 같았다.

여인은 탑승시간이 되자 부리나케 항공사 직원에게 보딩 패스를 내

보이고는 재빨리 트랩 안으로 사라졌다. 보딩 패스에는 일리에나 유라는 이름이 기록되어 있고, 행선지는 동경 경유 서울행이었다. 그녀는 자리에 앉자마자 눈을 감았다. 모스크바에서 동경까지는 서울만큼 먼 거리여서 한잠을 자두는 것이 좋았다.

3

그들은 에리카 대신 일리에나 유라는 가명까지 지어주며 얼굴도 성형수술을 하도록 하여 그녀의 백러시아인 같은 용모를 십분 활용할 계획이었다. 모스크바 사드바야(정원) 환상선을 벗어나 콤소몰 광장에 있는 야로슬라브역 맞은 편 모스크바백화점 뒤쪽 골목에 마피아 훈련아지트가 있었다. 정확히 말해 모스크바 시민들이 '뭄'이라고 일컫는 모스크바백화점에서 왼쪽 뒷 곁에 있는 카잔역을 돌아가면 노보랴짠스카야 거리가 나온다. 이 거리 끝에는 에피파니대성당이 나오는데 대성당 가기 전 중간 지점에서 왼쪽으로 접어들면 다시 왼쪽에 평범해 보이는 3층 건물이 서 있었다. 바로 구 KGB 요원들의 아지트였다.

이곳은 하바롭스크 등 극동 지역으로 가며 시베리아횡단열차로 유명한 야로슬라브역과 레닌그라드와 헬싱키 등 북쪽 방향으로 가는 레닌그라드역, 그리고 중앙아시아와 시베리아 방향으로 가는 카잔역이 있어서 전국 각지로 왕래하는 승객이 하루 종일 붐비는 곳이다. 거기에다 넓은 광장에 잡상인들과 부랑자들이 몰려들어 이방인이 섞여들어도 사람들 눈에 잘 띄지 않았다. 그들이 이곳을 아지트로 정한 것은 무엇보다 루비안카 대로에 있는 KGB 본부에서 키로프거리를 통해 거의 직선에 가까운 교통로에 있기 때문이었다. 마피아 조직과 연계된 현직 KGB 간부들이 이따금 본부에서 몰래 빠져나와 불법 활동을 하기에 편리한 곳이었다.

일리에나는 이 건물 지하에서 지난 1년간 혹독한 훈련을 받았다. 마치 전문 KGB 요원을 훈련시키는 것처럼 엄격했고, 빈틈이 없었다. 그녀를 다루는 교관들도 KGB 요원을 양성하던 훈련소에서 잔뼈가 굵은 사람들인 것 같았다.

1960년대 초 펜코프스키 대령 같은 군정보관리국 실력자가 국가기밀에 관한 일급 정보를 서방 쪽에 넘겨준 죄로 처형당한 일이 있었지만 KGB의 첩보 활동은 대단한 것이었다. 서방세계 첩보조직을 훨씬 능가하는 조직을 갖춘 KGB는 '루비안카'로 불리는 무시무시한 국가보안기관으로서 국내외를 막론하고 악명을 떨쳤다. 이 전통을 이어 받은 교관들은 일리에나를 다루기를 전통 첩보 요원 못지않게 치밀하게 담금질해나갔다.

첫날에는 그저 잡담만 늘어놓았다. 한가하게 무슨 잡담이냐 싶었다. 그러나 그게 아니었다. 요원들은 그녀의 일거수일투족을 면밀히 관찰했다. 어떤 특정 얘기에 어떤 반응을 보이는지, 말할 때 매너가 어떤지, 표정, 인상, 제스처, 몸놀림, 말투까지 세세하게 분석한 결과를 가지고 공작활동을 위한 교육에 임했다. 40대 초반의 여성으로서 서울에서 본격적인 마피아 요원 노릇을 하려면 첩보 활동 못지않게 민첩하고 순발력 있는 활동을 할 수 있어야 했다.

우선 위장신분에 걸맞은 적응훈련부터 시작했다.

마피아 신분을 노출시키지 않기 위해 위장신분을 부여하고 위장활동을 정상 활동인양 할 수 있도록 위장신분에 적응시키는 훈련이었다. 상황과 때에 따라 변신을 할 수 있도록 위장신분도 몇 개를 함께 부여했다. 40대 초반 여성으로서 적합한 직업, 이를테면 다방이나 술집 등 유흥업소 마담, 식당 홀 지배인 등이었다. 구체적으로 서울의 어느 다방, 술집, 식당 이름을 알려 주고 해당 업소의 위치를 비롯 주인의 이름은 물론 나이, 집 위치, 성격, 취미, 고향, 그리고 종업원 수와 이름, 시설과 집기의 특징. 그 업소에서의 경력과 그것에 걸맞은 월급 액수, 가능한 한 거기서 생긴 일화 등등을 모조리 기억하도록 고강도 훈련을 했다.

다음으로 실전훈련으로서 인간관계에서 매너, 특히 경계해야 할 상대나 적대관계에 있는 상대를 전제로 어려운 상황을 모면하는 방법을 가르쳐 주었다. 특히 위기 탈출술을 훈련할 때는 무술까지 곁들여 박진감 있는 게임을 하는 것 같았다.

6개월쯤 지난 후 일리에나는 마호바야 거리를 지나 막 마르크스광장에 이를 무렵이었다. 세르게이와 약속이 있어서 혼자 가고 있었다. 그런데 아무래도 뒤통수가 꺼림칙해 뒤를 돌아다보았다. 수상한 흔적이 보이지 않았다, 그저 길가는 사람 몇 명이 오갈 뿐이었다. 몇 발짝 가다가 다시 이상한 감이 들어 뒤를 보았으나 마찬가지였다.

'이상하다. 신경과민인가 보다.'

제풀에 멋쩍은 미소를 띠며 마르크스 동상 앞을 지나고 있었다. 동상 아래에서는 대학생 또래 청년과 처녀가 기념촬영을 하는 것 같았다. 처녀가 카메라를 들고 일리에나에게 접근했다.

"아주머니, 사진 한 장 찍어주세요."

"네, 카메라 이리 줘요."

일리에나는 남녀 사진을 찍어주기 위해 무심코 카메라를 받아 들려고 했다. 바로 그 순간 검은 승용차 한 대가 그들 옆을 지나치다가 갑자기 멈췄다. 사내 하나가 승용차에서 뛰어나오며 그녀의 입에 솜뭉치를 갖다 댔다. 이때 처녀는 카메라를 건네다 말고 쓰러지려는 그녀를 껴안았고, 동상 밑에 서 있던 청년은 급히 달려와서 그녀의 팔을 뒤로 꺾어 잡고 승용차 쪽으로 끌고 갔다. 카메라를 받으려던 일리에나는 입이 털어 막히는 찰나 진한 소독 냄새를 맡고 정신을 잃었다.

어딘지 모르게 끌려간 지하실에서 혹독한 담금질이 시작되었다.

감정이라고는 의식에서 다 빠져나간 듯 목석같은 사내가 지쳐 나자빠지도록 같은 질문을 묻고 또 물었다.

"너의 아지트가 어디야?"

"아지트가 없다. 내가 사는 아파트이다."

"너의 아지트가 어디냔 말이야?"

"아지트가 없다. 내가 사는 아파트뿐이다."

이런 선문답 같은 신문과 응답이 반복되는 동안 정신력은 차츰 바닥이 나기 시작했다.

"이래도 바른대로 말 안 할 거야!"

지루한 반복 끝에 손가락에 막대를 끼워 비트는 고문을 자행했다. 그래도 대답이 시원치 않자 조직을 물고 늘어졌다.

"너는 어느 조직이냐, 보스가 누구냐?"

"나는 조직은 모른다. 평범한 시민이다."

"보스가 누군지 대라!"

"시민에게 보스가 있나?"

"뭣이 어째! 이년이 죽고 싶어 환장했군."

이번에는 인두 같은 고문 도구를 불에 달구어 허벅지를 지졌다. 일리에나는 결국 버티다가 혼절하고 말았다. 제 아무리 고문을 이겨낸다고 한들 인두로 담금질하는 것을 버틸 여인은 없었다.

의식이 아련하게 되살아나는데 어디선가 박수 소리 같은 것이 들리는 것 같았다. 웬 박수 소리냐? 어리둥절하며 눈을 뜨는데 뜻밖에 세르게이가 옆에서 박수를 치고 있었다.

"어! 세르게이가…?"

채 말이 끝나기 전에 세르게이가 한마디 했다.

"일리에나, 고생했지. 잘 견뎌냈어."

"뭐야! 그럼 당신들이 나를…."

정말 어처구니없었다. 자신을 고문으로 시험해 본 것이 아닌가.

세르게이는 여전히 박수를 치며 축하인사를 했다.

"축하해. 조직 요원으로서 최종관문을 통과해 오늘 밤 축하파티를 열어주기로 했어. 보스가 직접 나오신데."

일리에나는 그들의 시험훈련에 통과한 후 비교적 자유롭게 모스크바 시내를 돌아볼 수 있게 되었다. 시내에 나오는 때는 기회 있을 때마다 시민들과 접촉을 시도했다. 그들의 일상을 알아보기 위해서였다. 까맣게 잊어버리고 살아왔지만 모스크바에 올 때부터 마음 한구석에는 자기도 모르게 꿈틀거리는 것이 있었다. 혈관을 흐르는 핏속에는 러시아계 피가 섞여 모스크바 시민에 대한 남다른 관심을 자극하고 있었던 것이다.

한번은 아파트단지 입구에 여인상이 서 있는 것을 보았다. 동네 입구에 어떻게 여인상이 있는지 궁금해서 세르게이에게 물었다. 동네에 무슨 공적이 있는 여인이 아닌가 싶었다. 그런데 그의 대답은 전연 달랐다.

"모스크바 시내에는 군데군데 어머니상이 있지. 우리는 어머니를

존경해서 조각상을 만들어 세워두는 거라네."

과연 그럴까? 나중에 시중에서 만난 여인들 얘기는 조각으로 어머니상을 기린다는 것과 너무 달랐다. 시민 가정에서 어머니는 1년 내내 1인 3역을 하며 고달픈 인생을 살고 있다는 것이었다. 남편이란 족속들은 허구한 날 보드카를 안고 사는 반면 아내는 가정을 꾸리랴, 가족을 돌보랴, 직장에서 일하랴 쉴 틈이 없이 산다는 것이 아닌가. 사내들은 이런 아내를 두고 가엾게 생각하기는커녕 빈둥거리기 일쑤이고 알코올 중독자가 수두룩하다는 얘기였다.

소위 '위대한 어머니상'이란 것은 레닌이 볼셰비키 혁명 당시 막심 고리끼의 작품 '어머니'를 내세우며 사회주의 혁명의 어머니상을 부각시킨 데서 비롯되었으나 스탈린 시대에 와서 조작된 허구에 지나지 않는다는 것이었다. 일리에나는 소련의 여인상에 대해 연민의 정을 느꼈다. 스탈린은 집단농장 정책을 실시하면서 많은 농민이 희생되고 노동력이 부족하자 남녀평등이란 미명 아래 여인들을 노동현장으로 끌어내 놓고 위대한 어머니 운운하는 상징조작에 몰두했던 것이다.

페레스트로이카로 어느 정도 자유화되자 뚱뚱한 아주머니들이 가족의 생계를 위해 자유 시장에 나선 것이라든지, 농민이 자기 밭에서 기른 농산물을 내다 팔고, 대학생들이 서양의 록 음악에 관심을 갖기 시작하는 등 모스크바 시민들의 변모가 눈에 띄었다. 공산체제 아래에서 집단화되었던 시민의 생활이 이렇듯 개인화의 길로 접어드는 현상은 이제 한 사람의 인간으로서 누리고 싶은 것을 향해 자유의 몸짓을 푸드득거리기 시작하는 것을 알 수 있었다.

유리 가가린의 우주비행을 기념하기 위해 이름 붙인 코스모스호텔 건너편에 있는 인민경제성과박람회장(베덴하)도 소련의 앞날을 말해

주었다. 글자 그대로 경제성과를 자랑한답시고 건설한 그곳은 우주
관과 원자력관 등 80개 건물과 300여 개 부속시설을 갖춘 대규모 선
전선동 광장이었지만 자랑거리가 없어 썰렁한 채로 있었다.

정옥은 모스크바에 와 보고서야 철통같던 공산제국의 쇠퇴를 확
인할 수 있었다. 이를 몸소 깨달은 순간 자신의 정체를 보다 뚜렷이
알 수 있었다. 그리고 갈 길이 어딘지 방향이 잡히는 것 같았다. 한시
바삐 서울로 돌아가서 제 갈 길을 가야되겠다고 다짐했다.

4

동경공항 통과여객 대합실에 그녀가 들어선 것은 저녁 6시였다. 세
레메치에보 제2공항에서 그녀를 지켜보던 남녀도 통과여객실에 보
였다. 대한항공 탑승구에서 멀찍이 떨어진 곳에 자리 잡은 그녀는 무
언가 골똘히 생각하며 시선을 한곳에 고정한 채 움직이지 않고 있었
다. 잠시 화장실에 다녀온 것 외에 그 자리에 붙박이로 앉아 있어 몹
시 무거운 분위기를 느끼게 했다. 지나는 승객들이 흘깃 곁눈질을 해
도 전혀 미동도 하지 않았다. 그런 그녀에게서 쌀쌀하기보다 어떤 침
통한 일을 두고 내면의 고통을 참아내느라 자신과 힘겨운 싸움을 하
고 있는 모습을 읽을 수 있었다.

한 시간이 지나 탑승 안내방송이 나오자 그녀는 세레메치에보 제2
공항에서처럼 부리나케 보딩 패스를 보이고는 대한항공 747편 안으
로 들어갔다. 무슨 일인지 급하게 서울로 가는 길인 것 같았다.

창가에 앉은 그녀는 창 쪽으로만 얼굴을 돌린 채 여전히 표정이 굳

어 있었다. 기내식이 서비스되는 시간인데도 식사할 생각을 하지 않고 위스키 한잔을 스트레이트로 들이키고 눈을 감았다. 얼굴이 약간 홍조를 띠자 술기운이 도는지 흐느끼는 소리가 들렸다. 아까 그 남녀는 건너편 라인 여섯 번째 뒷좌석에서 말없이 흐느끼는 그녀의 뒷모습 쪽으로 흘끔거리고 있었다.

한동안 흐느끼던 그 여인은 몸을 바로 하고 안 포켓에서 무언가 살며시 꺼냈다. 그리고 그것을 뚫어져라 쳐다보았다. 그 속에 있는 무엇인가를 자기 눈 속으로 빨아들일 듯 날카롭게 응시하는 눈동자는 어느새 충혈되어 있었고, 그 불그스레한 동자의 빛깔에 광기가 서리고 있는 것 같았다. 점점 그녀의 표정이 일그러지고 있었다. 그녀의 손에 든 사진 속 얼굴에 어릴 적 자신의 얼굴이 중첩되었다. 아버지가 누구인지도 모르고, 왜 소련하고도 그 먼 오지에서 태어나 그곳에서 어린 시절을 보냈는지, 도대체 자신의 설 땅은 어디인지, 의구심에 가득 찬 반생을 살아온 자신처럼 아들도 제 명에 살지 못하고 가버렸다니, 기가 찰 노릇이었다. 자신이 엄마 노릇을 제대로 하지 못한 탓이었다. 어릴 때 낱말 잇기 놀이 후 빠짐없이 불렀던 그 노래, '백두산 뻗어 내려 반도 삼천리….'가 울적한 가슴에 서서히 스며들고 있었다. 입으로 부르는 노래가 아닌 가슴으로 젖어드는 노래는 한민족의 딸이라는 그녀의 정체성을 각인시켜 주고 있었다. 아들의 사망을 계기로 슬픈 모성에서 우러나오는 기구한 한 여성의 실존감이었다.

밤 9시 넘어 서울의 밤이 점점 환락의 도시로 변하고 있던 시각, 시청 맞은편 호텔 한 살롱에서 소련 사람으로 보이는 50대 사내가 누구에게 지시하고 있었다.

"지금 주문한 것이 도착했다는 연락이 왔다. 청색 점퍼를 입은 남녀가 고갯짓을 하는 사람을 차로 모셔라. 그러면 주문한 물건을 받을 수 있을 것이다."

그 사내 맞은편에는 역시 50대인 한국 사내가 앉아 있었다. 지시를 내린 사내가 그에게 다그치듯 물었다.

"가스빠자 박, 주문한 물건이 틀림없지?"

"확실해요. 내가 5년이나 데리고 살았는데 그걸 모를까 봐."

자신 있다는 듯 단언조로 말한 사람은 박 사장이었다. 그는 과장된 그녀와 동거 기간에 좀 쑥스러웠지만 태연한 체했다.

"그래. 그럼 예정대로 물건을 정리한다. 알았지."

"물론."

무엇인가를 두고 음모 같은 것이 진행 중인 낌새였다.

이 시간에 김포공항 입국장에는 동경발 대한항공 여객기 손님들이 들어오고 있었다. 여객기 안에서 흐느끼던 그 여인은 별 짐이 없었는지 일찍 나왔다. 그 몇 발짝 뒤로 청색 점퍼를 입은 남녀가 따라 나오다가 환영 라인에서 피켓을 들고 있던 60대 여인에게 반갑게 손을 들며 인사를 했다. 그러면서 슬쩍 앞에 가던 그녀 쪽으로 고개를 돌렸다가 바로 했다.

그녀는 입국장에서 나오자마자 곧바로 택시를 잡아탔다. 택시가 공항주차장을 빠져나오자 지프 차 한 대가 뒤를 따랐다. 그리고는 김포 가도로 들어서자 쏜살같이 달렸다. 얼마만큼 거리를 두고 달리던 지프 차는 서서히 속력을 줄이며 그녀가 탄 택시 뒤로 처졌다. 차들이 빠른 속력으로 내달려 주변에 차들이 뜸할 즈음 지프 차가 다시 택시 뒤를 바짝 따라붙었다.

그녀는 택시 안에서 이 생각 저 생각 하다가 가슴팍에서 무언가를 꺼냈다. 그리고 뚫어져라 쳐다보다가 흐느끼기 시작했다. 택시기사가 흘끔 뒤로 돌아보았다. 그녀 손에 사진이 있었다. 흐느끼는 걸로 보아 사진 속 인물과 무슨 사연이 있는가 보다 하고 말을 걸지 않았다. 흐느끼던 그녀는 갑자기 표효하듯 신음을 토해냈다.

"이놈, 죽일 놈….."

그녀의 표정이 날카로워지더니 어느새 광기가 묻어났다. 입을 굳게 다물며 손을 부르르 떨었다. 바로 그때였다. 갑자기 쿵하는 소리가 나더니 택시가 언덕으로 굴러떨어졌다. 달려오던 지프차가 뒤에서 추돌한 것이다. 커브를 도는 찰나 뒤에서 추돌하는 바람에 차선을 멀리 벗어나 튕겨버린 것이다.

일리에나 유는 그날 수백 볼트의 고압선에 감전된 듯 무감각상태에 빠졌다. 박 사장한테 그렇게도 부탁하고 왔는데 그 애가 죽다니! 아들의 교통사고 소식을 듣는 순간 그녀의 반응은 경악 그 자체였다. 너무나 충격이 커서 감각이 얼어버렸다. 할 말을 잃은 것이다. 그 애 하나 의지하며 모진 고생을 이겨 나왔는데 이게 무슨 날벼락인가! 충격에 잠시 마비되었다가 정신이 돌아오자 죽고 싶은 생각뿐이었다.

'이제 어떻게 혼자 살아가나?'

밤새 끙끙 앓다가 결론에 도달했다. 우선 서울에 달려가서 자신을 이렇게 만든 배신자를 응징하는 일이 급했다. 그녀는 이를 갈고 또 갈았다. 분명히 자신을 배신한 것이다. 마피아 조직 간부는 서울로부터 이 소식을 전해 듣고 일리에나에게 당분간 알리지 말도록 할 생각이었다. 1년 정도 훈련을 쌓아 곧 서울 침투를 위해 실전에 써 먹을 수 있다. 그런 그녀에게 충격을 안겨 준다면 일이 잘 돌아갈 리가 없었다. 자칫 다 된 밥에 코 빠뜨리는 꼴이 될 것이었다. 더군다나 모정이 깊은 그녀가 물불 가리지 않고 날뛰게 된다면 어떻게 하겠는가?

도저히 알릴 수 없는 일이었다. 그러나 그녀의 훈련을 담당한 세르게이는 반대했다. 어차피 알게 될 일이니 지금 알려줘서 충격을 누그러뜨리는 것이 났다고 건의했다. 그 바람에 그녀는 아지트에서 무단이탈을 감행할 마음을 먹게 되었다.

누구보다 세르게이를 이용하는 것이 가장 안전했다. 그는 이미 그녀에게 빠져 있었다. 고르키 레닌스키에 다녀온 후로 그는 서서히 그녀에게 접근했다. 유혹의 손이 뻗쳐 오는 것을 알았지만 모른 체했다. 그리고 어느 정도 그의 접근을 허용해 주었다. 아는 사람 하나 없는 모스크바에서 자신에게 호감을 가지는 그를 굳이 외면할 필요가 없었다. 적절히 대해 주면 모스크바 생활에 도움이 될 수 있을 것이라고 여겼던 것이다.

다음 날, 세르게이에게 콧소리로 접근했다.

"자기, 내 맘 알겠지. 나 죽겠어."

"일리에나, 참 안타까운 일이야. 위에 얘기할 테니 며칠 좀 쉬워."

"그래, 고마워요. 레닌언덕으로 가서 바람이나 좀 쏘였으면 해요."

"알았어. 그것도 좋겠군."

레닌언덕으로 가는 도중 잠시 화장실에 다녀온다면서 하차한 후 그녀는 종적을 감췄다.

그녀가 아들의 교통사고 사망 소식을 접하고 급거 귀국 길에 올랐다가 자신도 역시 교통사고를 당했다. 김포공항에 도착하여 택시를 타고 서울 시내로 오던 그날 아들을 잃은 슬픔에 젖어 사진을 꺼내 보던 중 박 사장에 대한 분노가 끓어올랐다. 그래서 귀국 제일 과제로 박 사장을 찾아 보복할 것을 재삼 다짐하던 순간 변을 당한 것이다. 분노로 이성을 잃어가던 그녀는 갑작스런 충격에 정신이 아찔했다. 그러나 차가 튕기면서 그 충격에 기다란 좌석 밑으로 몸이 끼여

들어가는 바람에 치명상을 면하게 되어 살아났다. 하지만 택시기사는 머리를 부딪쳐 즉사했다.

일리에나는 누가 한 짓인지 짐작할 수 있었다. 그녀를 노릴 사람은 몇 사람밖에 안 되었다.

우선 박 사장을 지목할 수 있었다. 일리에나가 모스크바로부터 무단이탈, 한국행 비행기를 탔다는 정보를 들은 박 사장은 그녀가 서울에서 받을 충격과 자신에 대한 분노 때문에 무슨 짓을 저지르게 될지 모른다는 긴박감에 쫓기게 되었을 것이라는 점을 충분히 짐작할 수 있었다. 그래서 그가 미리 선수를 쳤을 것이다.

국내에서는 박 사장이 반도국제무역상사 간판을 내걸고 이태리, 스페인 등지 가죽제품을 수입 알선하고, 국산 트랜지스터라디오를 제3세계 국가들에 수출 알선하는 것으로 위장하고 있었다. 그는 사실상 국내 마약조직 행동대장으로서 따찌아나를 통해 구 KGB 마피아계 인물들과 접촉, 소련 마피아의 국내 조직 결성에 참여하면서 이권을 챙기려고 하던 중이었다. 그녀가 아들 사망 소식을 듣고 자신을 감시하던 마피아 요원의 눈을 피해 한국으로 날아오자 박 사장이 위험을 느끼지 않을 수 없었을 것이다.

다음으로 마피아 조직은 모스크바에서 그녀의 무단이탈에 분노했을 것이다. 그뿐만 아니라 그녀의 행적으로 보아 서울에서 소련 마피아의 국내 침투상황과 관련한 일급비밀을 폭로할 위험성을 감지했을 것이다. 그들이 이를 막기 위해 일을 저질렀을 가능성이 있다. 그동안 그렇게 공들여 키워 놓은 그녀가 무단이탈했다는 것은 그들에게 용납할 수 없는 도전이었을 것이다.

6. 20년 만의 해후

1

외사과 최 과장은 긴가민가하면서도 현장으로 달려 가보지 않을 수 없었다. 따찌아나와 연관된 국내 마피아 조직의 핵심 인물인 박 사장이 엉뚱하게도 병원에서 피살되었다는 것이다. 그것도 살해 범인이 스스로 신고해 왔다는 믿지 못할 얘기였다. 그동안 경찰이 박 사장을 지명 수배했지만 번번이 허탕을 치고 있던 중이었다. 어디로 숨었는지 따짜아나의 검거 후 종적을 감춘 채 나타나지 않다가 엉뚱하게 병원에서 피살되었다는 것은 아무래도 미스터리였다. 무슨 치정 관계일 수도 있는 사건이었다.

한성병원에서는 출입통제가 엄격했다. 소련 마피아의 국내 조직을 제대로 파악조차 하지 못하고 있는 상황이라 혹시 그들의 방해를 염려하지 않을 수 없었다. 아직 사건의 전모를 파악하기 전까지는 기자들도 출입금지였다. 최 과장이 차에서 내리자마자 헐레벌떡 현관에 쳐둔 폴리스 라인을 뛰어넘어 사건 현장인 3층으로 달려갔다. 그가 막 폴리스 라인을 넘어 들어 갈 무렵 건장한 사내 두 명이 목발을 짚고 붕대를 얼굴에 칭칭 감은 여인을 부축하며 현관을 나서고 있었다. 3층 복도에도 폴리스 라인을 쳐두고 있었다. 그러나 이게 웬일인가? 3층에 있어야 할 사건 신고자, 정확히 말해 살해범이 사라지고 없었다. 병실에는 박 사장의 시신만 시트가 덮인 채 방치되다시피 하고 있었다.

최 과장은 복도를 경비하던 경찰에게 다그쳤다.

"여기 사건을 신고한 여인은 어디 갔어?"

"검찰청 마약반에서 데려갔는데요."

"언제, 누가 데려갔나?"

"10분 전쯤 검찰청에서 왔다는 두 사람이 마약반 명함을 내밀며 신고자 신병을 인수하러 왔다기에 그런 줄 알았습니다."

"아뿔사! 비상이다, 비상!"

최 과장은 현관에서 얼핏 스쳤던 두 사내와 부상당한 여인이 바로 그들이었구나 하는 생각과 동시에 수사팀에 긴급출동을 지시했다.

신문방송에는 대서특필로 '국내 소련 마피아 연락책 박 사장 백주 병원에서 피살, 여인이 격분 과도로 찔러'라는 표제로 병원 살해사건을 보도했다. 그러나 박 사장을 찌른 여인이 누구인지, 살해 동기가 무엇인지 사건 내막을 제대로 밝히지 못하고 있었다. 다만 '같은 병실을 사용한 환자의 전언에 따르면' 하는 식으로 그 환자의 목격담이 아닌 청취담 중심의 기사만 보도하는데 그쳤다. 살해범인 여인의 인상착의도 간호사의 전언에만 의존하여 정체를 밝히는데 별 도움을 주지 못했다.

일리에나, 아니 정옥은 교통사고를 가장한 살해기도에서 간신히 벗어나 입원한 후 박 사장을 병실로 유인했다. 박 사장은 그녀가 서울에 들어왔을 것이라는 것은 짐작하고 있었으나 그렇게 제 발로 연락을 해 올 줄은 몰랐다. 그날 그는 속으로 놀라면서도 겉으로는 태연하게 전화를 받았다.

"어! 일리에나, 언제 왔어? 뭐, 교통사고로 병원에 있다고?"

짐짓 놀라는 체하고는 병문안부터 가겠다고 서둘러 말했다. 그러나 바로 병원으로 갈 생각은 없었다. 말을 그렇게 해도 연락도 없이, 그것도 마피아 몰래 서울로 오다가 교통사고를 당했다는 말을 듣고 섣불리 움직일 상황이 아니라고 판단했다. 우선 전후 사정을 좀 더 알아본 후 병원으로 가는 것이 낫겠다고 생각하고 딴전을 부렸다.

"일리에나, 그동안 보고 싶었어. 그런데 동훈이는 참 안 됐어. 내가 그렇게 신경을 썼는데…."

정옥은 동훈이라는 말이 나오자 잠시 분노가 치밀어 전화기에 대고 가래침이라도 뱉고 싶었으나 꾹 참았다. '우선 이놈을 병원으로 유인해야 한다. 그것만이 서울에 온 목적을 달성할 수 있도록 해줄 것이다.' 그녀는 그보다 한 술 더 떠 능청을 떨었다.

"자기, 말만 들어도 고마워. 그런데 자기에게만 알려 줄 것이 있어. 도청할까 봐 말 못하겠어. 이리로 와, 응."

약간 코가 막힌 듯한 육감적인 목소리로 그를 끌어당겼다. 잔인하리만치 악랄한 그도 제 꾀에 제가 넘어가는 꼴이 되었다. 그는 자신에게 이를 갈 줄 알았던 정옥이 거꾸로 자신에게 감겨드는 듯한 목소리로 무슨 비밀을 알려 주겠다고 하자 병원부터 가봐야겠다고 마음먹었다. 전화를 끊고 그가 서둘러 병실로 오고 있던 시간에 정옥은 그를 해치울 준비를 서둘렀다.

2인용 병실인데 옆의 환자는 눈 수술을 받아 눈에 붕대를 감고 있었다. 육체는 멀쩡했기 때문에 그 여인은 말도 잘하고 먹는 것도 잘 먹었으나 보지를 못했다. 무기가 될만한 것을 찾아 병실을 둘러봤다. 창틀에 환자 가족이 쓰던 과도가 놓여 있었다. 슬그머니 과도를 집어 미리맡에 갖다 두었다. 그리고 만일의 경우에 대비, 탁자에 있던 꽃병을 과도 옆에 놓았다.

얼마 후, 박 사장이 마침 과일 바구니를 들고 병실로 들어왔다.

"일리에나, 얼마나 다쳤어? 큰일 날 뻔했군."

"괜찮아요. 머리와 다리에 부상을 입었지만 큰 문제는 없데요."

의례적인 얘기를 몇 마디 주고받다가 정옥이 사과를 하나 집어 들었다. 껍질을 깎으면서 아들 동훈 얘기를 끄집어냈다.

"동훈이 시신은 어떻게 했어?"

"일리에나가 올 때까지 기다리려 했는데 병원에서 화장하라고 해서 화장을 했어. 그리고 한강에 재를 뿌렸지."

남의 애 시신을 제 맘대로 처리했다니 기가 막힐 노릇이었다. 아마 무슨 속임수가 있을 것이라 싶었다.

"동훈이는 누가 죽였어?"

"응, 그게 무슨 소리야?"

"무슨 소리긴 무슨 소리… 몰라서 물어!"

"야! 너 모스크바 갔다 오더니 간덩이 부었냐?"

"그래, 이렇게 간덩이 부었다!"

그녀는 말이 끝나기도 전에 들고 있던 과도 끝을 그의 심장을 향해 찍었다.

"억! 으으으…."

정옥은 가슴을 붙잡고 신음하는 그를 향해 침착하게 꽃병을 들어 머리를 내려쳤다. 그는 그대로 병실 바닥에 나뒹굴어졌다가 뻗어 버렸다.

옆에 누워있던 환자는 그 장면을 볼 수 없어 잠시 어리둥절하다가 사태파악이 된 듯 벌떡 일어나 문 쪽으로 달아나며 고함을 질렀다.

"사람 살려!"

그제야 그녀는 태연하게 전화기를 들고 시경 외사과에 신고했다. 다음 복수극을 위해서였다.

박 사장은 소련 마피아 조직과 접선하여 그들의 국내침투를 앞장서서 도우는 한편 정옥을 반강제로 모스크바로 보내 마피아 조직의 끄나풀로서 이용당하도록 했다. 장애아인 아들 동훈을 걱정하여 한사코 모스크바행을 거부하던 정옥에게 아들을 책임지고 돌봐 준다는 약속을 해놓고 그녀를 속였던 것이다.

박 사장은 이미 정옥이나 그녀의 아들에 대해 관심이 없었다. 따찌아나 때문이었다. 그는 소련 마피아 조직이 따찌아나를 국내에 침투시키려고 귀국시켰을 때 첫눈에 반해 버렸다. 그녀의 국내 연계활동을 적극 지원하겠다고 자진해서 나섰다. 그녀가 묵을 호텔을, 평소 자기가 자주 다니는 뉴그랜드 호텔로 잡아주고 수시로 들락거렸다. 온갖 호의를 베풀다가 결국 본색을 드러냈다. 귀국을 축하한다며 호텔 지하 살롱에서 한턱을 쏘았다. 위스키를 호기 있게 스트레이트로 마시던 그는 그녀에게 밀착하며 여성을 자극했다. 실내 분위기가 무르익어 갈 무렵 그녀의 팔을 잡고 홀로 나갔다.

"따찌아나, 즐거운 밤이야."

그러면서 그는 은근히 볼을 갖다 대고 허리를 감았다. 나긋나긋한 그녀의 몸뚱이가 가슴으로 파고들었다. 얼마 지나자 그녀의 숨이 가빠지기 시작했다. 그가 예민한 성감대만 골라 공략한 결과였다. 따찌아나는 그것도 모르고 무너지듯 그에게 몸을 맡겨버렸다. 여자를 후려치는데 빠지라면 서러워할 그는 이미 따찌아나를 정복한 상태였다. 기회만 있으면 따찌아나와 정사를 즐길 생각에 빠져 정옥은 이미 안중에 없게 되었다. 정옥을 반강제로 모스크바로 가게 한 것도 소련 마피아와 접선에 이용하기 위한 목적도 있었지만 따찌아나와의 관계에 방해를 제거하기 위한 목적이 더 크게 작용했다.

정옥은 경찰이 나타나자 순순히 박 사장을 살해한 것을 자백했다. 그리고 외사과 최 과장과 통화를 통해 기자회견에서 소련 마피아의 국내조직에 관해 밝히겠다고 약속했다. 그녀는 최 과장이 올 때까지 기다리고 있었다. 장애아들을 죽게 만든 놈을 복수함으로써 엄마 노릇을 했다는 안도감 같은 것이 그녀의 심정을 달래주었다.

최 과장이 온다고 해서 기다리는데 건장한 두 사람이 나타나서 계획이 바뀌게 되었다고 설명해주었다. 외사과 대신 검찰청 마약팀이 수사를 맡기로 했다면서 함께 갈 것을 요구했다. 처음에는 의아했으나 그들이 명함을 내밀자 경비 경찰이 순순히 응해 따라나섰다.

그들은 현관으로 나가면서 최 과장과 마주쳤으나 최 과장인 줄 모른 채 그냥 나가버렸다. 사내들은 병원 문을 나서자마자 정옥을 지프차에 태우고 눈을 가렸다. 그리고 어디론가 사라졌다. 검찰청으로 가는 줄 알고 가만히 있었으나 한참 가는데도 내릴 생각을 하지 않은 것 같았다. 어디로 가는데 이렇게 오래 가는가? 그녀는 문득 의심이 들어 물어봤다.

"검찰청이 그렇게 멀지 않을 건데 어디로 가는 겁니까?"

"잔소리 말고 가만있어! 섣부른 짓 하면 재미없어!"

말투부터가 재미없는 수작이었다. 그녀는 모스크바에 있을 때 구KGB 요원으로부터 기초훈련을 받았다. 처음 보는 인상착의, 말을 걸어오는 수작, 앞뒤 말이 맞지 않는 경우 등 상대방의 정체와 의도를 읽을 수 있는 기법을 터득했다. 외사과장이 온다고 했는데 느닷없이 검찰청에서 왔다고 한 것부터 말이 맞지 않았다. 그제야 사태가 심각함을 깨달았다.

'아뿔싸! 마피아 손에 걸려들었구나!'

그녀는 김포가도에서 교통사고를 당한 후 지금까지의 행적을 찬찬히 검토해 봤다. 이놈들이 아마도 그때 교통사고를 위장한 살해기도범일 것이라고 판단했다. 자위책을 강구해야만 했다.

"이보시오! 당신들이 누구인지 모르겠지만 나를 데리고 어디로 가는 거요?"

"가만있어! 쌍!"

이때다 싶었다. 점점 화를 돋우게 되면 상대방의 허점을 찾을 수 있다.

"뭐야! 이것들이 겁대가리도 없나! 나를 잘못 건드리는 거야. 알기나 해!"

말이 떨어지기가 무섭게 돌 같은 주먹이 그녀의 면상을 후려쳤다. 잠시 얼얼한 사이 팔에 주사바늘인 듯 콕 찌르는 느낌이 들었다가 정신을 잃었다.

"쌍년, 잠이나 자라구!"

종로 번화가 서린동 뒷골목 막다른 곳에 살롱 간판이 외롭게 전주에 붙어 있었다. 그렇게 커 보이지도 않은 건물에 아담한 느낌을 주는 살롱이었다. 아는 사람이나 찾아올 수 있는 곳에 있는 걸 보면 중산층 월급쟁이들이 단골로 드나 듬직한 곳이었다. 오후 이른 시간이라 아직 손님이 보이지 않았다. 남의 눈을 의식할 시간이 아니었다. 화장실로 통하는 뒷문을 열고 나가면 오른쪽으로 지하 계단이 보였다. 평소 창고로 사용하는 곳이 지하에 있었다. 아까 병원에서 정옥을 납치한 사내 둘은 창고 안쪽 문 앞에 지켜서고, 중년의 사내가 가운데서 서성거리고 있었다.

"이 년이 독종이구먼."

누군가 수군거리는 소리가 들리는 것 같았다. 케케한 담배 냄새가 코끝에 스며들고 있었다. 조금 정신이 들자 오싹 한기가 느껴졌다. 정옥은 내가 여기서 무엇을 하는가 하는 생각이 들었다. 순간 눈을 깜박거리는데 우악스런 손아귀가 머리채를 잡아 흔들었다.

"정신이 들었나? 그러면 문답식 교육을 슬슬 해볼까."

눈을 떠 보니 아까 끈질기게 신문을 하던 북극곰처럼 생긴 놈이 얼굴을 바짝 들이대고 있었다. 그는 정옥이 김포공항에 도착하던 날 밤 프라자호텔 살롱에서 무언가 수상한 지시를 내렸던 그 사내였다. 벌써 두 시간째 신문에 불응하며 버티고 있었으나 이제는 기진맥진하여 더 이상 버티기가 힘들었다. 갑자기 개 거품을 물고 대굴대굴 구르기 시작했다.

"아이구, 배야! 아이구…."

"이년이 왜 이래! 꾀병 하나?"

"아이구, 죽겠다! 아이구. 나 좀 살려 주세요!"

아무래도 심상치 않은 발작이었다. 북극곰은 그녀를 반드시 눕히게 한 후 물었다.

"어디가 아픈 거야?"

"으으으… 급성 맹장 같아요. 터지면 죽어요. 으으응…."

터지면 죽는다는 말에 그는 정색을 했다.

"이년이 죽으면 안 되니까 어디 병원에 가 봐! 대신 철저히 경계하고!"

한 사내의 등에 업혀 살롱을 나간 그녀는 틈을 노렸다.

때마침 뒤따라오던 사내가 갑자기 거기를 붙잡고 소리쳤다.

"어, 조금만 기다려! 오줌통이 터질 것 같애!"

그 사내는 뒤도 돌아보지 않고 다시 살롱으로 쫓아 들어갔다. 바로 이때였다. 정옥은 등에 업힌 채로 고양이 발톱마냥 손가락을 날카롭게 세운 후 사내의 눈을 찔렀다. 그는 허벅지를 잡고 그녀의 상반신을 떠받치고 있던 손을 놓으며 앞으로 꼬꾸라졌다. 두 손은 눈을 부여잡고 고통을 호소했다.

"눈이 안보여! 아이구, 내 눈⋯."

사내의 손아귀에서 풀려난 일리에나는 그의 사타구니를 사정없이 올려 찬 후 죽자사자 종로통으로 내달렸다.

모스크바에 도착하고 일주일 후 정대성은 급거 귀국 길에 올랐다.

그는 국내에서 박 사장이 의문의 죽음을 당했다는 뉴스를 접하고 소련 마피아가 이미 국내에 잠입하여 행동을 개시한 것이 아닌가, 하는 의문을 갖게 되었다. 그리고 혹시 그의 모스크바 취재계획을 냄새 맡은 것이 아닌가, 하는 생각도 들었다. 공교롭게도 마약팀장 꼬시레프를 만난 후 본격적인 취재에 나서려고 하던 참이었다. 그는 모스크바 도착 즉시 꼬시레프를 만나 소련 마피아의 한국 침투 전모를 캐려고 했다.

"꼬시레프 팀장, 한국에서 온 정대성이라고 합니다. 바실리에프 총장의 소개를 받고 염치불구하고 달려왔습니다."

"네, 블라지밀이 좋은 친구라고 하더군요. 그런데 한국에 소련 마피아 관련 사건이 터졌다구요?"

"따찌아나라고, 차이코프스키음악아카데미 유학생이었는데 마피아의 마수에 걸려 인신매매조직에 가담하게 되었다더군요. 배후 인물의 윤곽이 드러났는데 KGB 간부도 있는 것 같아요."

"그래서 골치가 좀 아픈데…. 박형수 검찰청 마약팀장으로부터 얘기는 들었어요. 지금 KGB 쪽과 공조하여 내사 중에 있습니다. 일단 알렉세이에비치 카자로프, 알렉세이 코마노프, 이바노프 등 마피아 관련자들을 지명 수배했어요."

"전 KGB 요원들이 마피아에 많이 가담했던데요? 어떤 인물들입니까?"

"아직 수사 중이라 말하기 그렇군요. 아마 그들이 한국을 교두보로 극동거점을 만들 작정이 아닌가, 의심이 돼요."

"한국을요…?"

대성은 구미가 바짝 당겼다.

'한국을 소련 마피아 교두보로 한다? 그러면 에리카나 따찌아나 건이 모두 그것과 관련이 있을 것 아닌가.'

소련 마피아의 한국 진출계획 전모를 파헤치자면 예상보다 더 오래 모스크바에 머물 필요가 있었다. 그런데 국내에서 긴급 상황이 벌어진 것이다. 더 이상 모스크바에서 시간을 축내고 있을 수 없게 되었다. 소련 마피아와 관련된 인물이 피살되었다는 것은 심상치 않은 것 같았다. 다음 날 속보에서 박 사장을 살해한 여인이 경찰에 자수하여 특별 기자회견을 한다는 보도가 나오자 곧 귀국할 결심을 하게 되었다. 최 과장과 통화를 통해 확인한 결과 일리에나라고 하는 그 여인은 이미 소련 마피아의 국내조직에 관한 중요정보를 입수, 스스로 폭로하여 조직을 붕괴시키기 위해 서울로 역 잠입했다고 실토했다는 것이다. 그렇다면 굳이 모스크바에 머물 것이 아니라 하루 빨리 국내로 가서 그녀를 중심으로 심층취재를 해야 되겠다고 판단했다.

그런데 백주에 경찰이 보는 앞에서 살인범이 납치되었다는 속보가 잇달아 날아왔다. 예사로운 일이 아니었다. 아무래도 소련 마피아 국내 조직이 여인을 낚아챈 것 같았다. 급히 외사과 최 과장과 통화를 하여 진상을 알아봤다.

"최 과장, 여자 살인범이 납치되었다는데 아무 단서도 남기지 않았던가요?"

"단서라는 것이 범인들이 주고 간 명함뿐인데 그게 가짜니 무슨 소용이 있겠어."

"납치범들이 한국 사람인 걸로 봐서 이미 소련 마피아가 조직을 끝내고 행동을 개시한 것이 아닐까요? 그렇다면 여기 있을 게 아니라 거기서 마피아 조직을 뒤쫓아야 할 것 같은데요."

"정 팀장, 거기서 마약팀장을 통해 마피아 조직 중 아시아 쪽과 거래가 있는 인물 리스트를 만들어 보내 줘요."

루프트한자 여객기 안에서 그는 곰곰이 생각을 정리했다. 박 사장의 정부로 알려진 그녀가 급거 귀국한 것은 아마도 동훈이라는 제3의 인물 문제 때문인 것 같았다. 그리고 박 사장을 살해한 것도 역시 동훈 때문이라고 할 수 있다. 그런데 소련 마피아가 그녀의 뒤를 쫓는 것은 말할 것도 없이 국내 조직에 관한 중요정보 때문일 것이다. 여기서 핵심적인 대목은 동훈 문제와 마피아의 국내 조직 정보로 요약할 수 있다.

이 두 가지 사항 사이에 어떤 연관성이 있을까?

이 문제를 푸는 것이 곧 일리에나를 둘러싼 의혹을 해소할 수 있는 길이 될 것이라고 믿었다. 그녀와 박 사장 사이에 동훈 문제가 개입되어 살해사건이 벌어진 것만은 틀림없는 것 같은데 그녀는 왜 마피아 조직 정보를 폭로하려고 한 것일까? 동훈과 마피아조직 사이에 무슨 관계가 있는 것일까? 여기서 실마리가 풀리지 않고 있었다.

2

마피아의 손아귀에서 벗어난 정옥은 우선 난곡동에 살고 있는 손명선을 찾았다. 그곳은 아무도 알지 못하는 은신처였기 때문에 마피아 조직에 쫓기는 자신에게 안성맞춤이었다. 일단 안정을 취한 후 현재 자신이 처한 입장을 차분하게 정리해보았다.

우선 박 사장을 제거했으나 아들의 불행에 대한 원한 때문에 자신을 위험한 존재로 보고 있는 소련 마피아조직으로부터 자신을 보호하는 일이 급선무였다. 물론 박 사장의 살해 때문에 경찰이 살인혐의로 자신을 체포할 수 있겠지만 최소한 정상 참작은 가능할 것으로 보고 우선 마피아 측의 동향에 신경을 쓰지 않을 수 없었다. 경찰의 처벌보다 마피아 측의 생명위협에서 벗어나는 일에 집중하지 않으면 안 될 처지였다. 그러자면 자신이 강구할 수 있는 일은 두 가지 길밖에 없었다. 하나는 대성을 통해 손을 쓸 수 있는 방안을 마련해 보는 것이고, 다른 하나는 바로 경찰에 자수하여 국내 마피아조직을 폭로하는 것이다.

그런데 다른 어떤 것보다 먼저 처리해야 할, 그녀 자신에게 아주 중요한 문제가 하나 있었다. 경찰 측에 자수하기 전에 모스크바에 있을 때 입수한 소련군의 음모와 관련한 극비정보의 진상을 밝히는 일이었다. 그때 소련군 노병으로부터 전해 들은 엄청난 극비정보를 사정이 허락하는 때를 봐서 추적하려고 했으나 아들의 사망 소식을 접하고 손을 쓰지 못하고 말았던 것이다.

모스크바 생활에 어느 정도 익숙해질 무렵 정옥은 우연한 기회에 과거 제25군 소속이었던 노병으로부터 소련군 제25군의 극비작전에 관한 얘기를 직접 듣게 되었다. 그날은 초가을 날씨로 매우 푸근한 분위기를 느낄 수 있었다. 마침 주말이라 정옥, 아니 일리에나는 붉은 광장 쪽으로 산책을 나갔다가 굼 백화점 주변 노점들을 둘러보게 되었다. 마뜨로시카라는 러시아 민속 인형을 늘어놓은 곳이 여럿 있었다. 전환기 소련에서 초보적이나마 상업적인 행태가 하나둘씩 나타나고 있는 가운데 외국 관광객이 많이 들락거리는 붉은 광장과 굼 백화점 주변에는 노점 형태의 개인적인 상업행위가 자연스럽게 이루어지고 있었다. 큰 인형 속에서 작은 인형들이 크기에 따라 차례로 나오게 되어 있는 민속인형 마뜨로시카가 관광객들에게 단연 인기가 있었다. 그래서 모스크바 시민들은 너도 나도 이 마뜨로시카를 들고 나와 관광객들을 유혹했다.

　일리에나는 한 처녀가 펴놓고 있는 노점에서 마뜨로시카를 샀다. 노점 처녀는 그 무렵 보기 드물었던 동양 여인을 처음 본 탓인지 물건 파는 것보다 일리에나에 대한 호기심을 드러냈다.

　"어디서 오셨지요? 동양 사람 같은데…."

　"까레아요. 나는 까레이스키에요."

　"까레이스키군요. 참 멀리서 왔네요. 무슨 일로 오셨지요?"

　"그냥 볼 일이 좀 있어서 왔어요."

　"네. 우리 할아버지가 젊었을 적에 까레아에 가셨다던데. 까레아는 어떤 나라예요?"

　할아버지가 까레아에 왔었다는 얘기에 일리에나는 귀가 번쩍했다. 소련 사람이 까레아에 왔다면 틀림없이 해방될 때 북한에 온 것을 이야기한 것이 아닐까. 그렇다면 처녀의 할아버지는 소련 군인이었을 것이다. 그녀는 갑자기 북한에서 저질렀던 소련군의 만행에 대해 생각이 났다. 어쩌면 할아버지로부터 당시의 얘기를 들을 수 있을지 모르겠다는 생각이 들자 일리에나 쪽에서 더 관심을 가지고 이야기를 하게 되었다. 처녀의 얘기를 들어 보니 생각했던 대로 할아버지는 소련 군인으로서 북한에 진주했던 것이다. 내친 김에 그 할아버지를 직접 만나 보기로 했다. 마뜨로시카를 선물용으로 몇 개 더 사고 처녀에게 할아버지를 만나 인사나 하고 싶다고 말했다. 동양여인에 대한 호기심이 발동한 처녀는 그녀를 할아버지에게 안내했다.

"할아버지, 저는 까레아에서 왔어요. 만나 뵙게 되어 반갑습니다."

80대 노병인 할아버지는 까레아라는 말을 듣고는 너무나 반가운 나머지 일리에나를 덥썩 껴안고 볼에 키스를 했다.

"멀리 까레아에서 오다니 정말로 반갑군."

허리가 구부러진 데다 노쇠하여 귀가 잘 들리지 않기는 해도 비교적 정정한 편이었다. 그는 일리에나의 손을 잡고 북한에 진주했을 때를 회고하기 시작했다.

"북조선에 갔을 때가 40대 초반이었어. 우리는 쪽발이 왜놈들을 한반도에서 쫓아내고 개선장군처럼 평양에 들어갔었지."

흔히 노병이 늘어놓는 무용담 같은 것을 한동안 이야기하고 있었다. 일리에나는 모두가 처음 듣는 얘기라 흥미 있게 들었다. 그때의 정황들을 알 수 있을 것 같았다. 그런데 마음에 캥기는 것은 소련군의 만행 부분이었다. 직접 대놓고 물었다가는 화를 돋울 것이 뻔했다. 노병 스스로 그 얘기를 할 때까지 기다려 봤으나 허사였다. 그녀에게 가장 관심 있는 얘기인데도 노병은 평판이 좋지 못한 얘기를 입에 올리지 않았다. 할 수 없이 유도할 수밖에 없었다.

"할아버지, 그때 일부 군인 때문에 소련군이 욕을 먹은 일이 있다는 소문이 있던데요?"

그제야 노병은 혈기왕성했던 젊은 병사들이 생사가 오락가락하는 전선에서 참혹한 고비를 넘긴 끝에 북한 부녀자들을 겁탈할 수밖에 없었다는 식으로 오욕에 더럽혀진 사실을 인정했다. 일리에나는 이 때부터 조심조심 노병에게 접근해 들어갔다. 우선 그의 얘기부터 들은 후 소기의 목적을 달성한다는 생각이었다. 그러자니 시간이 꽤 오래 걸렸다. 노병의 기력도 생각해 식당에서 음식을 시켜드렸다.

그는 씁쓰레한 표정으로 당시 젊은 병사들의 일탈 행위를 나무라다가 상관의 책임이 더 크다는 것을 실토했다.

"그것이 그들만 나무랄 일이 아니야. 상관들이 사실상 조장한 거지."

일리에나는 상관들이 조장했다는 말에 바짝 긴장했다.

"네? 상관들이 조장해서 그런 일이 벌어졌단 말입니까?"

"아, 그렇지. 조장한 거지, 조장한 거야. 모스크바에서 작전지시가 떨어졌다는 얘기가 있었어."

"작전 지시라니요?"

"그러니까 내가 당시 25군내 한 정치참모의 부관으로부터 그런 얘기를 들은 기억이 나."

"그러면 누군가 병사들로 하여금 그런 짓을 저지르도록 지시를 했단 말씀인가요?"

"얼핏 그런 얘기를 들은 기억은 나는데 자세한 건 모르겠어. 그 사람한테 물어 봐야 알지."

"네? 그러면 그 사람이 아직 살아 있단 말씀입니까?"

"그럼 모스크바에 살고 있어."

"그 분을 좀 뵐 수 없을까요?"

"연락을 해봐야 알지. 까레이스키를 만나는 걸 꺼려할지도 모르고⋯."

"그럼, 할아버지, 부탁인데요. 그분을 한번 뵐 수 있도록 연락해 주세요."

"알아보지. 오늘은 피곤해 이만 얘기하지."

이날 일리에나는 자신의 출생비밀을 밝힐 수 있는 극비정보에 접하고 경악을 금치 못했다. 그녀는 북한에서 저지른 소련군의 만행이 보다 은밀한 곳에서 계획적으로 이루진 음모일지도 모른다는 심증을 갖게 되었다. 구체적인 작전지시자와 지시내용을 알아야 때늦은 일이지만 소련군의 만행을 역사 앞에 단죄할 수 있을 것이다. 모스크바에 있을 동안 무엇보다 극비정보의 실체를 밝혀내야 한다. 다시 시간을 만들어 노병에게 정치참모의 부관과 면담을 주선해 줄 것을 요청하기로 하고 물러났다.

그러나 얼마 후 갑자기 아들 사망 소식에 접하고 부랴부랴 서울로 달려오고 말았던 것이다. 전후 사정을 살펴본 정옥은 지금 섣불리 경찰에 접근했다가 자신에게 중요한 이 일을 그르치게 되지 않을까, 주저했다. 마피아로부터 생명을 지키는 일도 중요하지만 소련군의 극비정보는 일리에나 자신의 존재와 직접 관련되는 것으로서 만사를 제쳐놓고 파헤쳐야 할 과제로 다가섰다.

정옥은 한동안 난곡동에 틀어박혀 앞으로 헤쳐나갈 일에 대해 곰곰이 생각해 봤다. 무엇보다 최우선적으로 다시 모스크바로 돌아가서 25군 정치참모의 부관 출신 노병을 만나 보는 일이 급했다. 그러나 마피아의 눈길이 두려웠다. 그리고 혼자서 감내하기에는 벅찬 일이었다. 국내에서는 경찰에 쫓기고 국외에서는 마피아에 쫓기는 신세여서 운신의 폭이 좁다기보다 거의 없었다. 제3자의 힘을 빌리는 도리밖에 없었다.

우선 손명선의 도움이 필요했다. 일리에나의 대역을 할 사람으로서 그녀가 적합했다. 두 번이나 은신처를 제공해 주면서도 이렇다 할 불편한 감정을 드러내지 않은 그녀가 자기 대신 일을 해줄 수 있을 것이라는 기대감이 컸다.

"명선아, 너 나 때문에 많이 불편하지."

"아니. 나 혼자 있는데 너도 같이 있으니까 든든해서 좋아."

"그래, 고마워, 너도 알다시피 내가 지금 이래저래 쫓기는 몸 아니야. 그래서 말인데 내 인생에 지금 아주 중요한 문제가 하나 있어. 그래서 다시 모스크바로 가려고 해. 그러자면 여러모로 너의 도움이 필요할 것 같애."

"응 그래. 내가 도울 수 있으면 얼마든지 도와줄게."

일리에나는 너무나 고마운 나머지 그녀를 덥석 껴안았다.

"명선아 정말 고마워. 이 은혜 잊지 않을게."

"얘는 은혜는 무슨 은혜. 너나 나나 혈혈단신 혼자서 살아가려면 서로 힘이 되어주어야 한다고 생각한 거지. 너도 필요하면 나를 도와주면 될 게 아니야."

"그래. 너가 필요하면 나도 너를 도와줄게."

정옥은 이 일을 위해 누구와 상의할만한 사람이 떠오르지 않았다. 아무래도 국제적인 음모 냄새가 나는, 위험스러운 일에 뛰어들려면 협조자가 있어야 했다. 대성 씨가 생각났다. 그때 방송에서 무슨 신문사 팀장이라는 얘기를 들어서 그와 의논해 보는 것이 나을 것 같았다. 그러나 모나리자 사건 때 매정하게 뿌리치고 도망쳐 나온 것이 마음에 걸렸다. 우선 그에게 뭐라고 말해야 할지 엄두가 나지 않았다.

20년 만에 자신을 알아보고 "정옥아!" 하고 애타게 부르며 다가오던 그 순간을 생각하면 도저히 대성 씨를 정면으로 바라볼 수 없었을 것 같았다. 그를 두고 그토록 사랑하면서도 떠나야 한다고 생각하기까지 마음의 고통이 이만저만이 아니었다.

　대성과 만나 사랑을 불태운 지 1년이 되던 그날, 헤어진 후 어두운 논둑길을 걸으며 착잡한 생각에 휩싸였다.
　'대성 씨가 저렇게 순수한 사랑을 고백해 오는데 내가 무작정 따라가서 될까?'
　정옥은 이런 생각을 하며 또 다시 눈물을 글썽거렸다.
　대성과 식당에 갔다 오면서 그를 사랑하는 자신에 대한 회의를 갖게 되었던 것이다.
　"아가씨, 참 이쁘네…. 미국 미인 같네…."
　진주 식당 할머니가 무심코 한 말이었다. 진주 시장에서는 흔히 볼 수 없는 정옥의 미모에 자연스레 내뱉은 한 마디가 그녀에게는 송곳처럼 느껴졌다. 마음속 깊이 스며들어 있던 정체성 문제로 인한 고통이 다시 고개를 들었다. 그 말을 듣는 순간 정옥은 갈피를 잡지 못하고 대성에게 눈물을 보이고 말았던 것이다.
　길에 다니는 그 많은 처녀들처럼 여염집 딸이었으면 얼마나 좋을까? 그녀에게 가장 아픈 곳을 건드리는 그것이 그날따라 마음속 울음을 터져 나오게 했던 것이다.
　'바로 대성 씨 때문이다. 대성 씨….'
　그녀는 그를 생각할수록 자꾸 눈물이 앞서는 것을 어쩔 수 없었다. 한 몸이 된 듯 으스러지게 자신을 껴안고 입술을 덮쳐 오던 그, 스물두 살이 되도록 천형(天刑)마냥 자신을 괴롭혀오던 내면의 고민을 말

끔히 씻어주는 듯 사랑의 달콤함을 일깨워 준 그, 처음으로 남성을 사랑하게 만들어 준 그를 정면으로 받아들일 수 없다고 여기는 숙명을 떨쳐버리지 못하는 자신이 원망스럽기 한이 없었다.

그녀는 길가 풀밭에 풀썩 주저앉았다. 그리고 밤이 깊어 가는데도 일어날 줄 몰랐다. '대성 씨와의 사랑을 어찌해야 될까?' 오직 그 생각만 맴돌 뿐이었다. 그 후 대성을 매몰차게 떠날 결심을 하고 말았다.

'그런데 내가 대성 씨를 다시 찾다니…. 이것이 나의 운명인가 보다.'

정옥은 이제 지나간 사랑에 연연할 때가 아니라 보다 큰 문제를 풀어야 할 입장임을 깨달았다. 대성 아니면 이런 문제를 의논할 사람이 없었다. 자신의 과제를 위해서는 하루 빨리 대성을 만나 협조를 구하는 수밖에 없었다. 며칠을 고민한 끝에 손명선을 내세워 보기로 했다.

모스크바에서 돌아온 대성은 최 과장을 만나 자초지종 얘기를 들었다. 박 사장을 살해하고 달아난 여인이 팔과 다리에 붕대를 감고 있었던 것을 보면 교통사고를 당한 사람 같았다. 하지만 혹시 박 사장을 병원으로 유인하여 살해하기 위한 위장이었을지도 모른다는 얘기가 있었다. 그만큼 살해범은 박 사장과 깊은 원한 관계에 있었을 것이라는 추론이 가능했다. 따라서 박 사장 주변 인물을 탐색한 결과 지난번 모나리자 사건 때 도망친 에리카가 유력한 용의자로 떠오른다는 것이었다. 그녀가 박 사장을 살해하기 직전 동훈이 문제로 다투었다고 했는데 그 동훈이 바로 에리카의 하나뿐인 아들이란 사실도 밝혀졌다고 했다.

대성은 최 과장과 면담을 끝내고 나오면서 박 사장을 살해한 여인은 아무래도 에리카 같다는 심증을 지울 수 없었다. 수수께끼의 동훈이 바로 에리카의 아들이란 사실이 그녀가 용의자임을 뒷받침해 주었다. 에리카가 일리에나라는 가명을 쓴 것 같았다. 그렇다면 에리카는 어디 갔다가 이제야 나타났는가. 그때 소련 마피아조직원과 함께 경찰의 추격을 받다가 막다른 길목에서 자기와 맞닥뜨렸을 때 알은체도 하지 않고 도망친 것이 마음에 걸렸다. 그래놓고는 이제 와서 병원에 나타나서 박 사장을 살해한 후 경비 경찰을 따돌리고 사라져 버렸다.

도저히 믿기지 않았다. 정옥이 어쩌면 그렇게 변했는지 이해할 수 없었다. 남강둑의 정옥을 생각하면 한편 안타까우면서도 또 한편에서는 이름을 바꿔가며 용의주도한 범죄자로 변신한 그녀를 용서할 수 없었다.

대성은 복잡 미묘한 심정에서 헤어나지 못한 채 시경 기자실에 앉아 줄담배를 피우고 있었다. 그때 기자실 문을 살며시 밀치고 실내를 기웃거리는 여인의 모습이 나타났다. 기자실 여직원이 방문객인 줄 알고 물었다.

"어떻게 오셨어요?"

"실례합니다. 여기 국제 타임즈 정대성 팀장이라고 계세요?"

"아, 네 계세요. 저기 저분이 정 팀장인데요."

대성은 30대 후반쯤 되어 보이는 여인이 자기를 찾자 의아한 표정으로 물었다.

"내가 정 팀장입니다만 어떤 일로 오셨지요?"

"저기, 잠깐 좀 밖에서 뵈었으면 하는데요."

전혀 모르는 여인이 나타나서 밖에서 만나자고 하는 걸 보고 기자적 감각이 발동했다. 대성은 가까운 다방을 두고 좀 떨어진 곳에 있는 다방에 자리를 잡았다.

"차 한잔하세요."

그녀에게 차를 권하고 찾아온 용건을 물었다. 여인은 잠시 주변을 살피듯 두리번거리다가 몸을 앞으로 약간 숙여 나지막한 소리로 속살이듯 말했다.

"한 여인이 정 팀장님을 급히 만나고자 합니다. 시간을 좀 내 주십사 하고 요청하러 왔습니다."

"누가, 나를요? 용건이 무엇입니까?"

"저는 심부름을 왔을 뿐입니다. 저에게 전갈을 부탁한 사람이 '가서 시간 약속만 받아오면 만날 사람이 누구인지, 용건이 무엇인지 모두 밝혀지게 될 것'이라고만 했습니다. 아주 중요한 일로 선생님을 만나려고 하는 것 같습니다. 시간을 좀 내주시지요."

"심부름을 시킨 사람이 누군데요?"

"저의 친군데요. 신변 안전상 밝히기 어려워요. 가서 만나 보시면 알 거예요."

일리에나는 혹시 대성 쪽에서 곡해할까 염려되어 자신을 밝히지 않고 긴급한 일로 만나자고만 말하라고 일렀다. 그리고 혹시 경찰이나 마피아 측에서 냄새를 맡을까 염려되어 명선에게 다른 내색은 보이지 않도록 단단히 얘기해 두었던 것이다. 대성은 낯선 여인을 시켜 은밀히 만나 줄 것을 요청하는 여인이라면 무슨 일이 있기는 있는 모양이라고 생각했다.

"알겠습니다. 그러면 가서 전해 주세요. 곧 만나겠다고요."

"한강 건너 영등포 쪽 변두리에 있는 제과점에서 만나는 것이 좋겠다던데요. 구체적인 시간과 장소는 선생님이 알아서 결정해 주시면 그에 따르겠답니다."

영등포구 신도림동 마을로 들어가는 진입로 변 신도림제과점에서 대성은 10분쯤 일찍 나와 그녀를 기다리고 있었다. 며칠 전 그 여인이 찾아왔을 때 무엇인가 기사감이 될 일이라는 예감이 들었다. 그러나 무슨 내용인지는 전혀 감을 잡을 수가 없어 내내 궁금했다. 그리고 어떤 여인인지, 미지의 여성에 대한 호기심도 없지 않았다. 새삼스레 미스터리 같은 일이라는 생각이 들 즈음 한 여인이 곧바로 대성이 앉아 있는 쪽으로 왔다. 오는 방향으로 보아 약속한 그녀일 것이라고 짐작하고 시선을 보내는데 어디서 본 것 같은 기분이 들었다. 그러나 스카프를 눌러 쓴 옆으로 삐어져 나온 머리칼은 진한 갈색인데다 짙은 선글라스를 끼고 있어서 언뜻 알아보기 어려웠다. 잠시 머뭇거렸다.

'어디서 본 사람인가.'

바로 앞에서 멈춰 선 그녀는 확인을 했다.

"정대성 씨지요?"

"네, 그런데요. 누구시죠?"

"여기서 만나기로 한 사람입니다만…."

그녀는 웬일인지 정체를 밝히지 않으려는 듯 여운을 남기는 것 같았다.

"아, 그러세요. 앉으세요. 우선 차 한 잔 하시지요."

레지에게 차를 시킨 후 서로의 신분을 알아보는 시간이 되었다.

"누구신데 나를 만나려고 했습니까?"

그때 여인의 얼굴에 뜻 모를 미소가 잠시 스치는 듯하다가 말았다. 이어 뜸을 들이는 시간이 좀 지나갔다. 바로 말하기가 계면쩍은 분위기였다. 그래서 대성은 다그치지 않고 기다렸다. 그녀는 어렵게 입을 열었다.

"혹시 에리카라고 아시지요?"

그때 대성은 정신이 번쩍 드는 것 같았다.

"뭐, 에리카! 그러면 정옥이야!"

놀란 듯 소리치자 그녀는 손가락으로 대성의 입술을 막았다.

"주변에 알아들을 사람이 있으면 얘기하기 곤란하니 이름은 부르지 마세요. 정말 오랜만이에요."

그녀는 나지막이 말했다. 얼굴을 보라는 듯 선글라스를 벗었다. 윤곽은 정옥인데 성형 수술한 얼굴이었다.

"아, 그래. 모습이 달라져 미처 알아보지 못했는데 어쨌든 반가워."

대성은 그녀가 에리카, 아니 정옥인 줄은 상상도 못했다. 그리고 박 사장을 살해한 일리에나가 바로 그녀인 줄은 더더욱 알 수가 없었다. 누군가 은밀히 기사거리를 제보하려는 줄 알고 나왔을 뿐이었다.

'오늘은 또 무슨 일을 꾸미려고 만나자고 한 것인가.'

대성은 궁금하기도 하고, 미심쩍기도 하여 정옥을 주시했다.

"대성 씨, 그동안 미안했어요. 혼자서 먹고 살자고 하다가 갖은 고생 끝에 결국 당신을 만나게 되었어요. 이것도 운명인가 하는 자책감에서 대성 씨를 만나자고 한 거지요."

정옥은 그동안에 있었던 일을 모두 얘기하지는 못하고 대강을 말해 주었다.

"대성 씨, 내 얘기를 잘 들으세요. 나는 지금 마피아로부터 쫓기고, 동시에 살인범으로 경찰에 쫓기고 있어요. 이건 내가 다 저지른 일로 대성 씨를 끌어들이고 싶지 않아요."

"그렇다면 정옥이 바로 그….."

"네, 맞아요. 내가 바로 박 사장을 살해한 일리에나에요."

'모나리자 사건 이후, 아니 박 사장 살해사건 이후 어디 갔다가 이렇게 내 앞에 제 발로 걸이 들어 왔는가.'

이것이야 말로 미스터리였다. 정옥-에리카-일리에나로 이름이 바뀌는 동안 그때마다 그녀의 정체도 바뀌었던 것이다.

"알아. 정옥에서 에리카로, 또 일리에나로 이름을 바꾸지 않으면 안 될 만큼 말 못할 사연이 있었을 것이라고 짐작해. 어쨌든 다시 만나게 된 것은 우리의 그 옛날 인연을 버리지 않도록 하느님이 도우신 거라고 생각해."

정옥은 대성이 자신을 이해해 주자 한결 누그러진 태도로 다음 말을 이었다.

"다만 나라는 존재가 세상에 태어났지만 어느 누구와 마찬가지로 필부의 딸로서 떳떳하게 살아가지 못하고 항상 잘 못 태어난 존재임을 떨쳐 버릴 수 없었어요. 이제야말로 그렇게 되지 않으면 안 되었던 흑막을 밝힐 단계가 된 되었다고 생각해요. 그래서 그 흑막을 밝히는데 협조해 달라고 스스로 나타난 거예요. 이건 다른 모든 것을 제치고 내 스스로 해내야 할 운명적 과업이라고 생각해서 대성 씨에게 도움을 청하려고 해요."

어느 때보다 진지한 그녀의 표정을 읽은 대성은 점점 그녀의 애절한 사연 속으로 빠져들어갔다. 정옥은 이제 하나꼬에서 나타샤로, 그 후 정옥이었다가 다시 나혜주와 미정, 숙자를 거쳐 에리카와 일리에나로 변신하게 된 여섯 개 이름을 가진 기구한 운명에서 벗어나 자신의 정체를 찾으려 하고 있었다.

'정옥의 운명이 어떻게 그렇게 돼버렸단 말인가.'

대성은 그녀에 대한 연민의 정을 떨쳐 버릴 수 없었다.

가 그토록 사랑한 여인 구정옥이 어처구니없는 운명의 굴레에서 벗어나지 못하고 40여 년의 세월을 어떻게 혼자서 견디어 왔는지 놀라운 일이었다. 대성은 그녀에 대한 사랑과 한민족의 후예가 겪게 된 아픔을 마음속 깊이 새기며 그녀의 소망을 들어주리라 결심했다.

　대성을 만난 후 정옥은 십자가를 목에서 풀어 들고 기도를 했다. 엄마가 남겨준 유일무이한 유물인 십자가, 그것은 모녀가 걸어온 형극의 길에 힘을 실어준 수호자였다. '엄마, 앞으로 어떤 어려움이 닥친다 해도 엄마와 나를 세상에 내동댕이친 그 잔혹한 비밀을 밝혀내고야 말겠어요. 엄마가 준 이 십자가를 짊어지고 골고다의 언덕을 오르는 듯 꾸준히 헤쳐나가겠어요.'

7. 붉은 씨받이 음모

1

두 사람이 함께 안개작전 음모를 파헤치기로 한 지 한 달 후 정옥과 대성은 모스크바로 향했다. 둘 다 신변안전을 위해 가명으로 여권을 만들고 변장을 했다. 우선 정옥을 노리는 마피아의 위협뿐만 아니라 그녀를 동행한 대성의 안전도 보장할 수 없었다. 만약 그들이 2차 대전 말기 소련군 25군의 북한 만행 음모를 캐기 위해 모스크바로 향하고 있다는 것을 음모세력이 눈치챈다면 가만두지 않을 것이기 때문이었다. 세르게이에 의하면 구 KGB 간부가 음모에 관련되었을 가능성을 배제할 수 없었다.

정옥은 모스크바에서 노병을 만나고 난 뒤 세르게이에게 슬쩍 언질을 준 적이 있었다. 혹시나 무슨 단서라도 얻을 수 있을까 하는 막연한 기대 때문이었다.

"세르게이, 길을 가다가 우연히 북한에 진주한 25군 소속 노병을 만났어요. 노인네가 옛날 얘기에 열을 올리기에 당시 북한 사정 얘기를 좀 해달라고 졸랐지요."

그녀는 그가 어떻게 생각할지 몰라 사실과 다르게 에둘러 말했다.

"그래, 고향 얘기라도 해주던가?"

"병사들이 승리자가 되어 북한에서 재미나게 놀던 얘기를 신나게 해 주던데요."

"까레이스키 부녀자들을 데리고 논 얘기는 안 하고…."

"부녀자들을 데리고 놀다니요?"

"응 그런 일이 있었어. 잘은 모르지만…."

"세르게이, 자기는 내가 까레이스키인 줄 잘 알잖아. 같은 동포 얘기인데 궁금해요. 얘기 좀 해줘요, 응."

세르게이는 정옥의 간청으로 자기가 그 소식을 접하게 된 경위를 설명해 주었다.

구 KGB 간부 중에서 그런 얘기를 하는 것을 엿들을 수 있는 기회가 있었다는 것이다. 그 간부 얘기로는 소련군 고위 인사의 지시로 KGB 제1국에서 북조선 부녀자를 이용하는 프로젝트를 맡았다. 나중에 이 프로젝트에 따라 북조선 진주군에게 극비 실행 파일을 하달했다는 것이다. 정옥은 노병의 얘기가 사실로 드러날 수 있다는 심증을 굳히고 확실한 근거를 찾아야겠다고 다짐했다.

"그러면 KGB자료실에 제1국의 프로젝트 관련 자료가 보관되어 있겠군요."

"그 프로젝트가 당시 극비에 속했던 만큼 어디 있는지 알기는 어려울 거야."

결국 그들이 소련군의 음모를 밝히려면 이 극비 프로젝트를 추적하지 않으면 안 되기 때문에 구 KGB의 표적이 되기 십상이었다. 특히 구 KGB 내 음모세력이 그런 그들을 가만둘 리가 없었다. 둘은 치밀하게 접근하지 않으면 안 되었다.

모스크바 시내 러시아호텔에 여장을 푼 다음 날 정옥은 우선 세르게이에게 연락해보기로 했다. 아들 문제로 무단이탈하여 서울로 가버린 것이 미안하기는 했지만 그래도 상의할 데라고는 세르게이 밖에 없었다. 그녀를 유달리 좋아했던 세르게이였기에 자신의 처지를 이해하리라 믿었다. 직접 연락하는 것보다 다른 사람을 시켜 연락하는 것이 좋을 듯 싶었다. 호텔 룸서비스 아가씨에게 부탁하여 급한 용무로 어떤 여인이 찾는다는 전갈을 해 달라고 했다. 호텔 로비 응접세트에 앉아 기다린 지 1시간 만에 세르게이가 나타났다. 정옥이 그를 보고 손을 흔들어 보였다. 이쪽으로 시선을 돌린 그는 놀라는 표정이었다.

"아니, 이게 누구야!"

몇 고비를 넘기며 마피아의 손에서 도망친 그녀가 제 발로 자기 앞에 나타나리라고는 미처 생각하지 못했다는 듯 무척 당황하면서도 반가움을 숨기지 않았다. 그로서는 새삼스레 묘한 감정에 빠져드는 느낌이었을 것이다.

"세르게이, 그동안 고마웠어요. 그리고 지난번 일은 정말 미안해요. 동훈의 급사소식을 듣고 제정신이 아니었거든요."

"다 지나간 일이야. 그 일 때문에 다소 어려움이 있었지만 자식을 잃은 엄마의 심정을 이해해."

"언젠가 나의 출생 비밀에 관한 얘기를 한 적이 있지요. 세르게이의 협조만 있다면 음모를 파헤칠 수 있을 것이라고 확신해요."

"그게 그렇게 간단치 않을 텐데…."

"음모의 윤곽은 대충 파악이 되었어요. 다만 누가 어떻게 일을 저질렀는가 하는 부분이 확실치 않아 잘 아는 기자와 함께 추적에 나선 상태에요."

그녀로부터 그간의 얘기를 전해들은 세르게이는 이해한다는 표정이었다. 이에 용기를 얻은 정옥은 세르게이의 협조를 구했다.

"당신은 KGB 출신이니까 그쪽에서 맡았던 프로젝트 자료를 입수해 주세요."

"KGB 내에 그런 자료가 보관되어 있는지 알 수 없어. 하지만 구 KGB 간부를 통해 행방을 추적할 수는 있을 거야. 그 문제면 시간을 두고 좀 검토해봐야 할 것 같아. 그보다 먼저 일리에나의 신변이 위태로우니 내가 아는 호텔로 옮기는 것이 낫겠어."

그날로 호텔을 칼리닌대로에서 모스크바강을 건너 오른쪽에 자리 잡은 우크라이나호텔로 옮겼다.

"몸조심해야 할 거야."

세르게이는 떠나면서 한마디 덧붙였다.

세르게이와의 만남이 순조로워지자 한결 마음이 가벼워진 정옥은 대성과 함께 굼 백화점 주변 노점상으로 갔다. 우선 정치참모의 부관이었던 노병을 만나 보다 구체적인 정황을 알아보기 위해서였다.

마뜨료시카를 파는 그 처녀는 여전히 거기에서 장사를 하고 있었다.

"안녕, 장사 잘 돼요?"

처녀는 잠시 어리둥절 쳐다보다가 정옥, 아니 일리에나를 기억해내고는 반갑게 인사를 받았다.

"어머, 까레이스키 아줌마 아니에요. 웬일이에요."

"시간이 좀 나서 할아버지에게 안부 인사 전하려고 왔어요."

그러면서 한국에서 준비해 온 선물 꾸러미를 내보였다. 처녀에게 줄 청바지와 할아버지에게 드릴 르까프 운동화 등이었다. 처녀는 그걸 보고 입이 벌어졌다. 그 무렵 소련 청년들은 청바지와 운동화라면 깜박 죽는 시늉을 할 정도로 좋아했다.

처녀는 그 길로 노점을 접고 할아버지에게 둘을 안내했다. 처녀의 할아버지는 선물에 흐뭇해하면서 꾸부정한 몸을 이끌고 직접 정치참모의 부관이었던 노병 집으로 나섰다. 위치만 알려 주면 알아서 찾아가겠다고 몇 번 말했는데도 멀리 까레아에서 찾아온 손님에게 그럴 수 없다면서 고집을 꺾지 않았다.

"아시모프, 자네 웬일이야. 우리 집에 다 오고….'"

"응, 오늘 귀한 손님을 모시고 왔어."

두 노병은 잠시 인사를 나눈 뒤 정옥과 대성에게 자리를 권했다. 정옥은 마치 손녀가 할아버지에게 하듯 다정스레 집주인 노병의 손을 잡고 인사를 했다. 그리고 예의 선물을 내놓았다.

"까레이스키 아가씨인데 멀리서 선물을 다 가지고 인사하러 왔더구먼. 마린스키, 자네한테도 인사하겠다고 해서 이렇게 함께 왔네."

노병 아시모프의 소개로 노병 마린스키와의 첫 대면이 부드럽게 시작되었다. 선물을 받아 든 마린스키는 흡족한 기분인 것 같았다. 그는 연신 운동화를 만져보며 대견해 했다.

"이게 까레이스키 운동화야? 참 멋있고 튼튼해 보이네. 여보 당신 선물도 있어."

마린스키는 기분이 좋아 부인에게 자랑했다. 정옥이 의도적으로 마련한 스타킹과 크림을 부인에게 내밀었다. 부인은 얼굴을 활짝 펴고 반가워했다.

"아이구, 나한테까지 선물을 주나. 고마워요."

"할아버지, 저는 어려서 몰랐는데 할아버지가 젊었을 때 북한에 오셨다면서요?"

"아, 그래. 가기는 갔지. 승전한 소련군으로서 보무도 당당하게 북조선에 진주했었지. 참 오래 전 얘기야."

"그때 북조선에 가셨을 때가 처음 우리나라에 오신 건데 여러 가지 재미있는 일들이 많았겠어요."

정옥은 대화의 필요상 북조선이라고 그와 같은 용어를 썼다.

"많았지. 오래 전이라 기억이 희미하지만 처음 본 까레이스키들 하고 인연이 많았어. 김일성을 북조선 수상으로 추대하려고 애를 많이 썼지. 치스차코프 사령관이 각별히 신경을 썼던 것 같애."

정치참모의 부관답게 북한 공산정권 수립에 관한 기억이 먼저 떠오른 모양이었다. 노병의 추억이 이 방면으로 빠지게 되면 언제까지 정치 얘기를 할지 몰라 정옥은 조바심이 났다.

"25군이 처음 북조선에 발을 들여놓았을 때 병사들에 대한 북조선 인민들의 태도는 어땠어요?"

이 대목에서 마린스키는 주춤하는 것 같았다. 이제 걸려드는가 싶었다. 마음이 초조해지면서 자제심을 지키려고 노력했다. 정옥이 그의 대답을 기다리는 것을 알아차린 마린스키는 그냥 넘어가기가 쑥스러웠던지 헛기침을 한번 했다. 그리고 입을 열었다. 그의 입을 주시했다.

"인민들의 환영이 대단했지. 우리 소련군이 전승 군으로서 그들을 일제로부터 해방시켜 주었으니 그럴 수밖에 없었지."

마음에 걸리는 것이 있는지 주춤하던 태도와는 달리 180도 전환한 얘기를 했다. 흔히 할 수 있는 자랑거리 얘기였다. 노병의 능구렁이식 화법에 실망했다.

"할아버지, 생소한 소련군 때문에 인민들이 겁을 먹거나 하지는 않았어요?"

일종의 유도 질문을 던졌다. 이번에는 침묵이 좀 길었다. 이윽고 무엇인가 생각하는 듯하더니 불쑥 한마디 던졌다.

"그건 너무 심한 일이었어. 아무리 생각해도 그럴 수는 없는 일이야."

이제 제대로 나오는구나 싶었다. 정옥은 침을 꼴깍 삼켰다.

"무슨 일인데 그러셔요?"

이때 노병 아시모프가 거들고 나왔다.

"북조선 부녀자를 겁탈한 얘기겠지."

이 말을 듣는 순간 마린스키는 부인이 들을 세라 눈치를 보는 것 같았다. 그리고는 참 한심스럽다는 표정을 지었다.

"내가 모시고 있던 분으로부터 그런 얘기를 들은 기억이 난단 말이야. 참 어처구니없는 얘기였지."

그가 실토한 얘기는 이랬다.

자신이 모시고 있던 정치참모로부터 소련 병사들로 하여금 북조선 부녀자를 겁탈하도록 하는 작전지시가 모스크바 군 고위층으로부터 하달되었다는 얘기를 들었다는 것이다. 그 후 이에 따라 북조선 곳곳에서 부녀자를 겁탈하는 만행이 저질러졌고, 군 내부에서는 이 만행에 대해 쉬쉬하며 얘기하기를 꺼렸다고 했다.

"그러면 그 작전지시 내용을 치스차코프 사령관이 알고 있었겠군요?"

"아니야. 몰랐을 거야. 정치참모 얘기로는 모스크바에서 직접 자기에게 작전지시를 하달하여 수행토록 했기 때문에 극소수 외에는 사령관도 모르는 일이라고 했던 것 같애."

"할아버지, 당시 25군 기록에 그런 작전내용이 남아 있을까요?"

"아니야. 없을 거야. '안개작전'인가 하는 그 작전내용을 담은 극비 파일을 없앴다는 얘기가 있었거든….''

'안개작전'이라!

북조선 부녀자 겁탈 관련 작전명이 '안개작전'이며, 군 고위층에서 직접 25군에 하달했다는 사실을 알게 된 것만 해도 큰 수확이었다.

정옥은 흥분되어 오는 마음을 다잡으며 노병 마린스키의 집을 나섰다. 택시를 잡으려고 대성과 함께 도로변에 섰는데 협수룩한 노파 한 사람이 다가와 구걸을 했다. 이미 저녁때가 되어 해가 서산으로 기울고 있었기 때문에 어둑어둑한 상태에서 노파라고만 생각하고 1 루블을 주고 떠났다. 잠시 후 노파는 깊게 눌러 썼던 스카프를 벗어 버리고 재빠른 걸음으로 어디론가 사라졌다.

2

호텔에 돌아온 정옥은 대성과 함께 그날의 활동상황을 되새겨 보았다. 노병 아시모프에게서 들은 것보다 노병 마린스키에게서 들은 정보가 훨씬 실체에 근접한 것이라는 결론을 내리고 둘은 한껏 고무되었다.

"정옥이 대단해. 오늘처럼만 진전이 되면 '안개작전'의 실상을 파헤치는 일이 생각보다 어렵지 않겠는 걸."

"그래요. 대성 씨가 옆에 있어 주어서 일이 잘 된 거예요. 고마워요"

"세르게이의 정보까지 종합하면 일단 '안개작전'의 큰 그림은 그릴 수 있을 것 같군."

그들이 접촉했던 세 사람의 정보원으로부터 입수한 정보에 의하면 군 고위층이 MGB 제1국에 의뢰하여 '안개작전' 프로젝트를 완성하고, 이것을 실행하기 위해 극비파일을 25군 정치참모에게 직접 하달한 것이 드러났다.

군고위층과 MGB 제1국, 그리고 25군 정치참모-이들이 저지른 음모가 바로 정옥의 탄생 비밀을 밝혀주는 관건이 될 것이었다. 군 고위층과 MGB 쪽은 세르게이를 통해 접근해 보기로 하고 정치참모 부분은 그의 부관이었던 마린스키에게서 정보를 입수할 수 있을 것이라 기대했다. 마린스키와의 대화는 주로 소문을 중심으로만 진행되는 바람에 정작 정치참모 얘기는 하지 못하고 말았다. 한 번 더 그를 만날 필요가 있었다.

정옥과 대성은 오랜만에 둘이서 저녁 식사를 하기 위해 호텔을 나섰다. 이날 성과도 있었고 멀리 이국에서 단 둘이 오붓한 시간을 갖게 된데 무엇보다 기쁨을 감추지 못한 대성은 정옥의 손을 정답게 잡고 걸었다. 이들이 막 호텔 문을 밀치고 밖으로 나오자 호텔 맞은편 도로변에서 노점을 보던 노파가 뚫어져라 응시하고 있었다. 둘이 모르는 사이 노파의 시선은 날카롭게 번득였다.

당시만 해도 본격적인 상행위가 이루지지 않고 있었기 때문에 도로변 노점이 개인적인 상업행위로서 대표적인 것이라 할 수 있었다. 그만큼 일반화되어가고 있었던 것이다. 그래서 모두 노점을 예사로 쳐다보게 되었다. 호텔 맞은편 노점들도 마찬가지였다. 정옥과 대성은 노점에 별 신경을 쓰지 않은 채 택시를 잡아타고 아르바트 거리로 갔다. 이전에 푸쉬킨이나 고골리 같은 문학가들이 살았던 이곳은 과자와 빵 골목, 음식점 골목 등 각종 전문 직업군들이 모여 있는데다 관광객이 많이 찾는 곳이었다. 소련식 식당에서 모스크바 시민과 호흡을 같이 하며 식사를 한 후 산책하기에 알맞은 거리였다.

레스타란은 비싸기도 하거니와 주문해서 먹는 데까지 시간이 오래 걸리므로 피하고, 서민적인 스탈로바야는 싸기는 해도 분위기가 맞지 않아 싸면서도 음식이 괜찮은 카페에 들어갔다. 정옥은 1년 가까이 모스크바에 있었기 때문에 이런 대중적인 식당을 알고 있었다. 고기를 넣고 튀긴 빵인 피로조크와 시베리아 식 물만두 펠메니에 외화상점인 베료스카에서 사 온 독일 맥주를 곁들여 식사를 하니 입맛에 맞았다.

　둘은 식사를 한 김에 여유를 가지고 한가롭게 아르바트 거리를 거닐며 모처럼 데이트를 즐길 작정이었다. 정옥의 손을 살며시 잡은 대성은 어색하지 않게 말을 걸었다.
　"이 아르바트 거리가 모스크바에서 대표적인 자유거리라고 할 수 있지."
　"그래요. 나도 가끔 여기를 와 봤는데 이전하고는 많이 다른 것 같애요."
　대성은 20여 년 만에 그녀와 손을 잡고 호젓하게 걸어 보는 시간을 갖게 되자 문득 진주 남강둑에서 처음 만났던 때가 떠올랐다. 이러고 있을 것이 아니라 모스크바강둑을 거닐어 보고 싶었다.
　"정옥 씨, 우리 모스크바강둑으로 한번 나가보자구."
　"아 네, 그게 좋겠네요."
　정옥은 오랜만에 대성 씨와 강둑을 거닐어 볼 것이라고 생각하니 꿈만 같았다. 얼른 강변으로 나가고 싶을 만큼 조바심이 일었다. 지나가는 택시 앞으로 달려나가 손을 들었다.
　둘은 모스크바 강둑에 앉아 잠시 말없이 있었다.
　'얼마만의 해후인가. 그동안 우리는 어디로 가서 무얼 하다가 이제야 만나게 되었단 말인가.'

대성과 정옥은 동시에 같은 생각에 잠겨 감회에 젖었다. 꿈인지, 생시인지 몽환 속에 헤매는 것 같았다. 저 먼 곳에 아득하게 닫혀있던 기억의 문이 서서히 열리기 시작하자 남강 변 모래밭에서 뜨겁게 달아올랐던 순간이 눈앞에 다가왔다.

서장대에서 처음 포옹을 하고 둘은 며칠 후 다시 남강둑에서 만나기로 했다. 그때는 휴대폰은커녕 집에 전화도 없던 때라 헤어지면서 약속하지 않으면 만나기가 어려웠다. 대성은 그날 헤어질 때 다시 못 만나면 연락을 어떻게 하나 걱정되어 다음 만날 것부터 먼저 챙겼다. 정옥은 다른 이유를 달지 않고 순순히 응했다.

그 후 대성은 그 며칠을 기다리기가 그렇게 지루한 줄을 새삼스레 느꼈다. 자꾸 집 밖을 내다보게 되고 혹시나 그녀가 안골 쪽에서 나오지 않을까, 그쪽 방향으로 시선이 자꾸 가는 것을 어쩔 수 없었다. 자신의 마음을 빼앗기게 만든 한 여인을 두고 그토록 신경을 써 보기는 처음이었다.

드디어 그녀와 만나기로 한 날이 왔다. 대성은 하루 종일 그녀를 만날 생각에 사로잡혀 다른 일은 손에 잡히지 않았다. 오늘 만나면 무슨 얘기를 할까, 맛있는 것을 사줄까, 살며시 손을 잡고 걸어볼까, 아니면 남들이 보지 않을 때 허리를 껴안고 걸어볼까… 별의별 생각을 다 하며 시간을 보냈다. 남강둑에 나갈 때는 몇 번이고 노타이 차림을 했다가는 다시 넥타이 차림으로 바꿔보는 등 옷맵시에 신경을 썼다. 그러다가 노타이 콤비로 편안한 차림을 했다. 역시 그의 이미지에 맞게 수수한 멋을 풍기는 것이 괜찮았다.

약속 시간 보다 30분 일찍 나갔다. 만날 시간까지 집에 있기보다 남강둑 현장에 가 있는 것이 마음이 편할 것 같았다. 저녁 때 어둠이 깔리기 시작하여 혼자서도 산책하며 기다리는 것이 어색하지 않았다. 서장대에서 자연스럽게 프로포즈를 하는데 성공한 대성은 그녀와의 관계에 자신감이 생겼다.

어둑어둑해지기 시작한 남강둑 저쪽에서 사뿐사뿐 걸어오는 그녀의 모습이 나타났다. 땅거미가 짙어지는 가운데 100m 거리에서도 알아볼 수 있을 만큼 그녀의 인상이 머릿속에 깊이 박힌 대성은 이제 그녀의 몸놀림 하나하나를 읽을 수 있을 것 같았다.

가까이 다가오는 그녀는 오늘따라 산뜻한 차림이었다. 초록색 원피스에 연분홍 블라우스를 받쳐 입은 그녀의 자태는 매혹적이었다. 약간 생글거리는 듯한 엷은 미소는 마치 모나리자가 루브르 박물관의 관람객에게 보내는 미소처럼 은근히 이국적인 매력을 풍겼다. 대성은 마음속으로 와락 끌어안고 싶은 충동을 느꼈다. 그는 싫지 않은 것 같은 그녀의 표정을 보는 순간 자신도 모르게 그녀의 손을 잡았다.

"정옥이, 오늘 참 멋있어."

그녀를 가만히 당겼다. 둘은 바짝 붙은 채 정다운 산보를 시작했다. 맞잡은 손가락의 혈관 속으로 정염의 피가 흐르는 것 같았다. 가냘프면서도 보드라운 그녀의 손가락은 두 남녀를 거리낌 없이 끌어당기는 마력을 가진 양 밀착의 끈을 쥐고 있었다.

둑 중간쯤에 이르자 둘은 말없이 모래밭으로 향했다. 초저녁 남강변에는 시원한 강바람을 쏘이며 사랑을 속삭이는 연인들이 군데군데 앉아 있었다. 볼록한 모래언덕 밑에 자리 잡은 두 사람의 모습은 다른 데서 잘 보이지 않았다.

"정옥이…."

대성은 이름을 부르며 살며시 그녀를 껴안고 모래언덕에 눕혔다.

그리고 사랑스러워 죽겠다는 듯 그녀의 눈썹, 볼, 코, 입술, 턱을 차례로 내려가며 어루만졌다. 잠시 후 그녀의 몸이 달아오르기 시작하는 것을 감지할 수 있었다. 대성은 그녀의 입술을 덮쳐눌렀다. 그리고 힘껏 껴안았다. 그녀는 숨 막힐 듯 압박감을 느끼면서도 대성의 입술에서 떨어질 줄 몰랐다.

그는 난생 처음 여인의 입술이 그렇게 감미로운 것인 줄을 알게 됐으며, 그녀는 그녀대로 처음으로 진정한 남성을 알게 됐다.

"정옥이, 사랑해."

"대성 씨, 너무 좋아. 사랑해요."

둘은 진한 사랑의 감정을 말로 표현하고는 드디어 사랑하는 사람임을 서로 확인한 것이었다.

대성은 모스크바 강둑에서 그때를 재연하고 싶은 생각을 억누를 수가 없었다.

"정옥 씨, 오랜만이야. 남강둑에서 당신을 만나 사랑하던 때가 엊그제 같은데 벌써 20여 년이란 세월이 흘러버렸어."

흘러간 세월이 무척 안타까운 듯 정옥을 와락 껴안고 키스를 퍼부었다. 어느새 숨이 가빠진 정옥의 입에서 그동안 참고 참았던 소리가 흘러나왔다.

"대성 씨, 사랑해요…."

"정옥 씨… 너무 오래 사랑을 잊었어."

하고 싶은 말이 너무 많아 할 말을 제대로 하지 못한 채 둘은 한참 동안 포옹을 풀지 않고 있었다. 남강둑에서 피어났다가 운명의 장난으로 멈추었던 사랑이 이제야 제 길을 찾은 것 같았다. 이때 연인들의 사랑을 일깨워주듯 유람선 한 척이 지나가며 뱃고동 소리를 울렸다. 모스크바 강둑에서 되살아난 사랑의 노래는 소야곡이 되어 밤하늘을 울리고 있었다.

이때 정옥은 동심이 발동한 듯 어릴 때 즐겨 부르던 노래를 가만히 부르기 시작했다.

-백두산 뻗어내려 반도 삼천리

무궁화 이 강산에 역사 반만년….

대성이 노래를 듣고 반갑게 물었다.

"아니, 정옥이. 이 노래 좋아해?"

"네. 어릴 때 혼자 부르던 노래에요. 지금도 생각나네요. 왜 그 말띠 고개 있잖아요. 거기 길 아래 조그만 언덕에 앉아 엄마를 그리며 부르던 노래에요."

"그렇군. 그 노래가 대한의 노래라고 일제 때 우리 한민족 정신을 기리던 것이었지. 나도 어릴 때 많이 불렀어."

"난 그런 줄도 모르고 어른이 되어서는 멀리 소련 오지에서 태어난 내 신세가 외로워질 때면 불렀어요. 어릴 땐 원숭이 똥구멍은 빨개로 시작되는 낱말 잇기 놀이를 한 후면 꼭 이 노래를 불렀어요."

"원숭이 똥구멍은 빨개 놀이는 나도 어릴 때 애들과 많이 했어. 그런데 빨강 얘기가 나오니까 말인데 바로 여기가 붉은 사회주의 혁명의 본거지가 아니었어. 하지만 사과처럼 빨갛지 않고 멍든 사과처럼 변색된 보랏빛으로 물든 나머지 수많은 사람을 학살한 얼빠진 짓을 했지. 그 대가로 오늘날 새롭게 탈바꿈하느라 몸살을 앓고 있어."

"맞아요. 실제로 모스크바에 와 보니까 실감이 나요."

"그래서 '백두산 뻗어내려… ' 하고 대한의 노래를 부르면 우리 한민족 사랑을 일깨워주어 소련 같은 나라가 안 되기를 바라게 되지."

모처럼 정겨운 시간을 가진 두 사람은 밤이 깊어지기 전에 팔짱을

긴 채 다시 아르바트 거리로 돌아왔다. 관광객들 틈에 끼여 거리에 늘어선 상점들을 기웃거리기 시작할 때 청년 서너 명이 길 앞을 가로막은 채 소란을 피우고 있었다. 무심코 그들을 지나치려는 순간 한 녀석이 정옥에게 욕설을 했다. 대성이 맞대꾸를 하며 나무라자 옆에 있던 일행이 대성에게로 우르르 몰려왔다. 어느새 두 사람을 포위한 꼴이 되었다. 위기감을 느낀 대성이 고함을 지르자 날카로운 인상을 가진 녀석이 달려들어 면상을 후려쳤다. 이때 우람하게 생긴 녀석이 단숨에 달려들어 대성의 팔을 꺾더니 끌어당기기 시작했다. 옆에 있던 정옥은 대성을 납치하려는 구나, 하는 생각이 퍼뜩 들었다. 그녀는 눈 깜짝할 사이 날렵하게 뛰어올라 녀석의 옆구리를 옆차기로 강타했다. 나머지 놈들이 그녀 뒤를 노리고 달려드는 찰나 번개 같이 한 놈의 복부를 돌려차는가, 했더니 옆에 있던 놈의 면상을 후려쳤다. 마피아 아지트에서 훈련된 솜씨였다.

그들이 주춤하는 사이 정옥은 잽싸게 대성의 팔목을 잡고 달리기 시작했다.

"대성 씨, 빨리 달아나야 해요."

그녀의 다급한 재촉에 대성은 있는 힘을 다해 달렸다. 하마터면 큰 일 날 뻔했다. 처음부터 잘 나간다 싶었는데 그게 아니었다. 놈들은 그들의 일거수일투족을 감시하고 있었던 것이다. 이를 깨닫자 둘은 머리가 쭈뼛해지는 것을 느꼈다.

마피아 아지트가 있는 카잔역 주변에서 그리 멀지 않은 레닌그라드역 왼쪽에 있는 크로홀스크로로 따라 들어가면 응급구조연구소가 있는 스클리포소프 병원 뒤쪽에 골수 공산분자들의 아지트가 있었다. 고르바초프의 페레스트로이카 추진으로 구공산체제가 위태로워지자 강경파들이 자구책으로 서클을 만들어 세력을 형성하기 시작했다. 언제 붕괴할지 모르는 구 공산체제를 사수하고자 세력을 형성한다는 것은 다름 아닌 역사발전에 대한 반동이었다. 이들 반동적 강경 보수파는 스스로 '흑곰'이라는 암호명을 가지고 조직을 관리하면서 은밀하게 페레스트로이카 저지공작을 펼치고 있었다.

흑곰은 자금줄인 마피아 조직의 동향에 대해 각별히 신경을 써왔다. 특히 최근 들어 마피아 측 세르게이가 낯모르는 인물, 그것도 동양 여인과 접촉을 갖기 시작한 것을 포착, 그들의 동향에 대해 예의 주시하고 있는 중이었다. 그런데 노파로 가장한 정탐원의 보고에 의하면 그 동양 여인이 제25군 정치참모의 부관 출신인 마린스키 집을 들락거리고 있지 않은가. 냄새가 나는 것 같아 행동 대원들로 하여금 뒤를 쫓게 하다가 밤중에 아르바트 거리를 쏘다니는 남녀를 납치하여 그들의 목적이 무엇인가 캐내려고 했다. 그러나 납치계획은 실패했다. 사내 셋이서 여인 하나를 제압하지 못하고 역으로 당하고 말았다.

레슬링 선수 같은 근육질의 사내가 아르바트 거리에서 시비를 벌이고 있었던 사내들을 불러놓고 고래고래 고함을 지르고 있었다.

"야, 이 새끼들, 사타구니에 찬 좆을 빼내 버려! 계집애 하나에게 당하다니."

머쓱한 표정으로 꿇어앉은 사내들은 고개를 떨어뜨리고 말이 없었다. 그 바람에 근육질의 사내가 더 화가 났다.

"사람이 말하는데 왜 말이 없어. 내가 개냐? 다 된 밥에 코를 빠트렸으니 책임을 져야 한다는 것쯤은 알겠지. 새에끼들!"

그는 들고 있던 몽둥이로 사내들의 사타구니를 차례로 쑤셔댔다. 놈들의 비명이 동시에 터져 나왔다.

"아이구, 내 좆이야….”

제25군 정치참모의 부관과 관련된 동향에 각별히 신경을 쓰는 인물이 '흑곰' 안에 있었던 것이다.

3

대성은 먼저 군사관계문서나 자료 보관소를 찾으면 북한주둔 소련군의 만행과 관련한 단서를 어렵지 않게 찾을 수 있으리라 기대했다.

'해군제독 마카로프가' 29번지에 있는 소련국립군사문서보관소를 거쳐 브토라야 바우만스카야가 3번지에 있는 국립군사역사문서보관소와 모스크바구 키로프가 74번지에 있는 소련 국방성 중앙문서보관소를 차례로 방문하여 며칠째 문서목록을 뒤졌으나 '안개작전'의 '안'자도 찾을 수 없었다.

혹시나 하고 국립도서관을 가본 후 레닌도서관을 뒤져도 결과는 마찬가지였다. 마지막 단계로 정부기록보관소 같은 기관을 찾아내려고 돌아다녔다. 그가 찾아낸 곳은 이름도 긴 '소련 10월혁명과 국가최고권력기관, 그리고 국가관리기관에 관한 국립중앙문서보관소'였다. 피로고프스카야가 17번지에 있었다. 1920년 사회주의혁명에 관한 자료를 수집하고 보관하기 위해 설립된 '10월혁명문서보관소'는 1941년 '10월혁명과 사회주의 건설에 관한 국립중앙문서보관소'로 되었다가 1961년에 다시 이름이 바뀌었다. 이렇게 긴 이름을 붙이는 것이 전통처럼 되어 버린 정부 문서보관소를 두고 단순히 정부기록보관소를 찾아 다녔으니 시간만 낭비했을 뿐이었다.

어쨌든 국립중앙문서관소에서는 '안개작전'과 관계되는 문서는 일체 찾을 수 없었다. '안개작전'은 극비로 진행되었기 때문에 일체의 문서나 자료가 없는 것으로 판단한 대성은 접근방향을 180도 전환했다. 광범위하고 막연하기는 하지만 소련군의 북한 주둔과 관련한 자료를 무작위로 찾아보기로 했다. 일종의 투망 식 접근이었다. 특정 단어로 찾을 수 없을 때는 그만한 곡절이 있기 때문인 것으로 생각하고 이런 때는 그물을 넓게 던져 무엇이든지 걸릴 확률을 높이는 수밖에 별 도리가 없었다.

북조선 주둔 소련군을 키워드로 하여 차츰 차츰 범위를 좁히다가 '북조선 주둔 소련군 만행'을 찾아 들어갔다. 역시 자료가 나타나지 않았다. 수많은 카탈로그 중에서 걸려들지 않은 것을 보면 북조선 주둔 소련군 만행과 관련한 자료를 찾기는 걸렀다 싶었다. 당연히 있을 리가 없었다. 미국쯤이면 몰라도 다른 곳이 아닌 소련에서 자기 나라 군인들이 외국에서 저지른 만행을 곧이곧대로 '만행' 운운하며 자료를 정리해 둘 리가 없었다. 처음부터 접근 발상이 잘 못 되었음을 깨달았다. 심신이 피곤하여 다음 날로 미루고 문서보관소를 나가던 참이었다. 이때 보관소에 들어선 신사가 통로를 지나던 직원에게 질문을 던졌다.

"활동 보고서나 감사보고서는 어디서 찾나요?"

대성은 보고서란 말에 눈이 번쩍 뜨이는 것 같았다.

'보고서라! 활동이든지 감사든지 이에 대한 보고서라는 것이 있을 것이다.'

그는 부리나케 소련국방성중앙문서보관소로 달려갔다. 떨리는 손으로 카탈로그를 넘기며 '북조선주둔군 활동에 관한 감사보고서'를 찾았다. 비슷한 목록이 나타났다.

'북조선 주둔 25군 소속 군인들의 활동에 관한 조사보고서'

작성자는 페드로프 중령이었다. 작성 일자는 1945년 12월 29일로 되어 있었다. 그러니까 소련군이 8월 북한에 진주한 이후 5개월간 만행을 저지른 현장을 방문하여 조사한 보고서였다.

소련군 내부에서 저지른 만행을 인정한 자체 보고서가 발견된 것이다. 이 보고서에 '안개작전'을 입증하는 증거자료가 있을 것 같았다. 빨리 보고서를 복사해서 문서보관소를 떠나야 했다.

"이것 복사 좀 해주시오."

"여권을 봅시다."

직원은 대성의 얼굴을 보고 여권을 요구했다. 여권을 받아 든 직원은 발급 국가가 기록된 면을 보더니 말했다.

"까레이스키이군요."

"네, 그렇습니다. 복사료가 얼마입니까?"

직원은 '까레이스키라…' 중얼거리더니 상사인 듯한 사내에게로 갔다. 한동안 심각한 표정으로 얘기를 주고받더니만 되돌아와서 고개를 저었다.

"까레이스키에게는 문서를 복사해 줄 수 없어요."

"왜 안 됩니까?"

"국교가 없어서 안 됩니다."

진흙 속에서 진주를 캔 것처럼 마음이 들떴던 대성은 결정적 순간에 허탕을 치고 어깨에 힘이 빠졌다. 사실 페드로프 중령이 작성한 25군 병사의 활동에 관한 조사보고서에는 놀랄만한 기록이 있었다. 소련군 25군의 북조선 진주 후 벌어진 양민 수탈과 부녀자 강간 등 부도덕 행태가 구체적으로 기술된 것이었다.

1945년 8월 25일, 소련군 부대는 한반도에 발을 들여놓은 지 16일 만에 평양에 당도하게 된다. 25군 사령관 치스차코프는 다음 날 평양공항에 도착, 환영 군중들에게 다음과 같은 연설을 했다.

"…우리는 우리의 질서를 당신들에게 강요하지 않을 것입니다. 지금 당신들의 인민은 이 나라의 주인입니다. 당신들의 손에 권력을 장악하십시오. 그리고 당신들의 미래를 건설하십시오. 우리는 당분간 당신들을 보호할 것이며 당신들의 새 생활 건설을 도울 것입니다."

그래놓고 도 지역과 주요 도시에 '코멘단트'라는 지역 위수사령관을 두고 지역인민위원회를 통해 군정을 실시했다. 1946년 2월8일에는 북조선임시인민위원회를 발족하고 김일성 중심 공산정권을 탄생시키는 과정에서도 소련군의 행패는 수그러들 줄 몰랐다. 장교들마저 5, 6명이 떼 지어 다니며 밤중에 주인이 없는 양복점을 털고(다와이하고), 남의 집에 침입하여 금고를 통째로 털어 달아나는 일도 있었다. 이 바람에 '따와이'라는 말이 남한에도 한때 유행한 적이 있었다.

이런 와중에서 야수 같은 소련군은 또 굶주린 성욕을 채우기 위해 북한 부녀자들과 청장년 남성들을 겁탈하기에 이른다. 북한에서 소련 병사들이 야수가 되어 성욕에 미쳐 날뛰었다는 얘기는 끔찍했다. 성욕에 눈이 뒤집힌 소련 병사들은 북한에 진주하면서 마치 패전국 국민을 다루듯 북한 여성들을 성욕의 대상으로 사냥하고 다녔다는 것이다. 심지어 어린 여학생을 수명이 윤간하거나 노파까지 성욕 대상으로 삼았다. 소련 여군들도 이에 질세라 북한 남성들을 겁탈했다는 소문이 파다했다.

1945년 8월 하순 개성 한 여관에서는 아침부터 소련군 장교와 병사들이 작당하여 술판을 벌이고 있었다. 이들은 검은 빵을 옆구리에 끼고 장화에 포크를 낀 채 찾아와서는 먼저 주인의 시계나 만년필을 보자고 한 후 물물교환부터 했다. 장교 세 명은 젊은 여인들을 껴안고 방바닥에 뒹굴다시피 하고 있었으며, 병사 두 명은 차지할 여인이 없었던지 아니면 장교들 뒷바라지를 위해서였던지 그들끼리 술잔을 주고받으며 히히덕거리고 있었다.

장교나 병사할 것 없이 몰골은 말이 아니었다. 세수하고는 인연이 없는 것처럼 때 자국에 절은 얼굴, 색이 바라진데다가 실올이 터져 나오는 군복 하며 비뚤어지게 쓴 모자, 엄지발가락 쪽과 뒤꿈치 쪽에 닳아빠진 양말, 허리춤에서 삐어져 나와 한쪽 바짓가랑이 위를 덮고 있는 셔츠 등 정갈한 데라고는 찾아볼 수 없는 모습이었다. 이런 몰골들로 어떻게 그 독한 일본군을 물리치고 한반도에 진주했을까, 고개를 갸우뚱거릴만 했다. 북한 주민이 이런 꼬락서니를 보았다면 해방군이라 자처하던 소련군의 진면목에 혀를 내둘렀을 것이다. 그러나 그게 문제가 아니었다. 이들이 남의 나라에 와서 민간인이 운영하는 여관을 차지하고 앉아 하루 종일 노는 꼬락서니가 문제였다. 이건 내놓고 영업방해를 하는 것이었다.

여관 주인 내외는 처음에 해방군들이 왔다고 좋아라, 하며 서양 사람들이라 돈도 많은 줄 알고 기대가 부풀었다.

"여보, 해방군이 왔으니까니 돈 좀 벌지 않겠수."

"암요. 얼른 술상이나 차려 가시라요."

주인 내외의 이런 기대는 불과 몇 분이 지나지 않아 물거품이 되는 것을 볼 수 있었다. 이발하고는 인연이 없는 사람처럼 산발한 머리카락에 텁수룩한 턱수염 때문에 마치 털 난 고릴라처럼 생긴 장교가 무엇이 불만이었던지 고함을 꽥 질렀다.

"이봐 이게 뭐야! 술상 새로 차려 와!"

그리고는 발길로 상을 차버렸다. 어리둥절한 부인이 울상이 되어 그 장교를 쳐다보고 말을 하지 못했다. 그러자 옆에 있던 장교가 거들고 나섰다.

"이봐 아가씨를 데려와야 술을 마실 것 아니야! 어서 까레이스끼 가스빠진들 데리고 와!"

어처구니없는 요구에 주인 내외는 안절부절못하고 있었다.

'어디서 아가씨들을 구해 온담.'

한동안 이리저리 궁리를 대다가 돈을 많이 주기로 하고 술집 애들을 데리고 왔다. 그랬더니 그녀들이 방에 들어가기가 무섭게 술을 퍼마시고는 한 방에서 난잡한 혼음놀이를 벌이기 시작했다. 술시중이나 들어주고 돈을 벌려고 왔던 아가씨들은 짐승 같은 그들의 거친 행동에 기가 질렸다.

"왜 이래요! 술이나 마시지 않고….″

처음에 아가씨들은 발버둥을 쳐보았다. 그러나 소용없었다. 소련 군인들은 완전히 성에 굶주린 야수가 되어 술을 퍼마시랴 아가씨들 옷을 찢어 벗기랴 정신이 없었다. 정오가 되기도 전에 그 여관은 난장판이 되어 있었다. 여관 주인 내외는 어쩌지 못한 채 울상만 짓고 있었다.

하루 종일 사람을 붙잡아 놓고 아무 일도 못하게 만들던 그들은 오후 5시가 되자 계산서를 요구했다. 종일 마음을 졸였던 주인 내외는 그래도 계산만 잘해 주면 괜찮겠거니 했다. 얼른 계산서를 털 복숭이 장교에게 내밀었다. 그는 마치 현찰을 줄 것처럼 명세서를 훑었다. 주인은 멋모른 채 소련군이 해방군으로 왔으니까 조선 돈보다 소련 돈이 더 값나갈 것이라 생각했다. 그러나 털 복숭이 장교는 빈손을 내밀며 무어라고 지껄였다. 부대가 가까우니 외상으로 하자는 것이었다. 주인은 헛장사를 한 꼴이 되었다. 어디 하소연도 못하고 말았다.

해방군을 자처한 소련군이 북조선에 진주하면서 이런 행패를 부린 것이 그들의 일시적 해방감이나 무식자의 비윤리성 때문만이 아니었다. 사실은 소련군의 행패 이면에 안하무인격인 도덕 불감증에다 점령군으로서 군림하려는 태도를 역이용한 군부 내의 비밀음모가 도사리고 있었음을 미루어 짐작할 수 있는 일이 벌어졌다.

북조선 곳곳에서 소련군의 행패가 심해지자 군 내부에서 자체 감사를 실시, 페드로프 중령이 작성한 보고서를 사령관 치스차코프에게 제출한 바 있었다. 이때 치스차코프가 보인 반응은 소련군 내에 흐르고 있던 공통적인 정서를 나타내는 것이었다.

치스차코프는 감사보고서를 읽는 둥 마는 둥 건성으로 훑어 본 후 부대 감사를 담당했던 페드로프 중령으로부터 보고를 받고는 시큰둥한 표정이었다.

"…뭐 그렇게 심각한가?"

"네, 사령관 동지, 최소한 북조선 부녀자를 겁탈한 자는 그냥 두어서는 안 될 것 같습니다. 정식 재판에 회부하여 일벌백계의 모범을 보여야 북조선 주민들도 납득할 수 있을 겁니다."

"동무, 우리 용사들 사기도 생각해야지. 내가 북조선을 다스리는 동안은 누구도 처벌은 없어."

페드로프 중령은 어이가 없었다. 북조선은 전쟁 당사국도 아니고 더군다나 비무장인 부녀자는 전쟁 중에도 우선적으로 보호하도록 되어 있는데 어쩌자고 사령관이란 사람이 저런 말을 하는가, 이해가 되지 않았다. 아마 현지 실정을 잘 몰라서 그렇거니 생각하고 한번 더 건의했다.

"사령관 동지, 소련군의 만행을 그대로 두다가 나중에 전국적으로 민중 시위가 일어나는 날에는 걷잡을 수 없는 사태가 올 수 있습니다."

"뭣이, 동무는 지금 '소련군의 만행'이라고 했소. 이 동무 말을 함부로 하는구만."

옆에 있던 정치참모부 소속 간부들도 치스차코프의 무례한 언사를 거들고 나섰다.

"우리가 누구를 위해 피를 흘렸는데 그까짓 일로 들고 일어난다면 악질 종자를 없애 버려야지."

"노농전사들이 거친 전선을 뚫고 인민해방전쟁을 치르며 여기까지 왔는데 사내들 몸 좀 푸는 것 가지고 왜 이리 시비야!"

페드로프 중령은 오히려 자신이 머쓱한 채 그 자리를 물러 나오고 말았다.

정대성은 페드로프 보고서 부록에서 소련군 사령부 내 반도덕적 분위기를 틈타 병사들이 서슴없이 벌였던 문란한 행태를 읽고 치를 떨었다. 부녀자를 겁탈한 자까지도 처벌하지 않고 유야무야 넘어가자 북한 이곳저곳에서는 연옥과도 같은 소란이 잇달았다는 것을 알 수 있었다. 그는 이런 보고서의 이면 비사에서 소련군의 음모 냄새를 맡았다. 빨리 정옥을 만나 25군 정치참모의 파일 내용을 확인하는 일이 급했다.

4

한참 동안 연락이 없던 세르게이로부터 만나자는 전갈이 왔다. 세르게이는 도청을 우려하여 사람을 바꾸어가며 정옥과 교신을 했다.

이날도 나이 어린 소년을 시켜 우크라이나호텔로 전갈을 보내 소개할 사람이 있으니 급히 만나자고 했다.

정옥은 세르게이가 일러 준대로 호텔에서 나와 택시를 타고 지하철 스몰렌스크역 앞에 내렸다. 그런 다음 스몰렌스크역에서 모스크바환상선 지하철노선을 타고 파크 쿨투리역과 옥쨔브르역을 지나 세르푸홉스카야역에서 내려 러시아플레하노프경제대학 쪽으로 향했다. 이 대학은 세르푸홉스카야 대로에서 벗어난 스트레먀로에 자리 잡고 있었다. 학생들이 1만3천여 명이나 되는 데다 부설 국제경제연구원에서 외국 유학생을 많이 받고 있기 때문에 동양 여인에 대해 별 관심을 가지지 않을 것이라고 여기고 여기서 만나기로 했던 것이다.

10여 분 걸어가다가 대학 캠퍼스로 들어섰다. 아니나 다를까 많은 학생이 캠퍼스를 오가고 있었으며, 외국 학생도 꽤 눈에 띄었다. 얼굴 생김으로 보아 외국 학생 같은 젊은이들에게 접근하여 학생 식당의 위치를 확인했다. 학생식당에는 남녀 학생들이 간이식사를 하거나 음료를 들며 삼삼오오 모여 서서 얘기를 하느라 웅성거리고 있었다. 세르게이를 기다리는 동안 시장기가 돌아 메뉴를 살펴보았다. 식사라야 샌드위치와 약식 피자 정도였다. 피자가 괜찮을 것 같아 주문했다. 즉석에서 구어 낸 피자를 받아 든 순간 당황했다. 이것이 피자인가, 밀가루 떡인가 할 정도로 조잡한 것이었다. 밀가루만 두껍게 반죽이 되었을 뿐 고기 몇 점에 딱딱하기 이를 데 없었다. 그래도 돈 준 것이라 먹어 보려고 했으나 너무 딱딱해 씹을 수가 없었다. 이걸 어떻게 먹지? 옆에 학생이 먹는 것을 힐끔거리며 쳐다봤다. 그들은 이빨이 좋아서 그런지, 습관이 되어서 그런지 아무렇지 않게 피자를 먹으며 얘기에 열중하고 있었다. 정옥은 몇 번 씹다가 포기하고 음료수만 마셨다. 피자라든지, 샌드위치나 햄버그 등이 아직 일반화되기 전이었다. 모스크바에는 상업은 있고 상품은 없다는 빈정거림이 나오기 시작하던 때였다.

식욕을 채우지 못한 정옥의 얼굴이 우거지상으로 변할 즈음 세르게이가 나타났다. 그는 얘기는 학교 옆 카페에서 하자며 그녀를 데리고 나갔다. 그의 옆에는 40대 후반으로 보이는 건장한 사내가 말없이 동행했다. 그들은 얼마 가지 않아 유흥가인 듯한 거리에 다다랐다. 식당, 술집, 잡화상 등이 늘어 서 있는 상가 2층으로 올라갔다. 자그마한 간판에 '카페 떼아뜨르'라고 쓰인 문을 열고 들어섰다. 실내는 조용한 음악이 흐르고 있을 뿐 손님은 별로 눈에 띄지 않았다. 아직 시간이 이른 탓이었다. 세르게이는 차를 주문하기 위해 웨이터를 불렀다.

"무슨 차를 하겠어? 일리에나가 동양인이니까 중국차를 한번 마셔보지."

"네, 중국차가 좋아요."

"기따이 차이(중국차) 석 잔."

차를 주문하고 난 뒤 옆의 사내를 소개했다.

"서로 인사하지. 이쪽은 에르넨코야. 나하고 오랜 교분이 있는 분인데 KGB 제1국에서 근무해."

"반갑습니다. 일리에나라고 해요."

정옥은 러시아 사람들과 만나면 러시아식 이름을 사용했다.

"일리에나는 생각보다 이쁘네요. 동양 사람은 조그만 줄 알았는데 서양사람 같은데요."

그녀에게 어떤 나라 피가 섞였는지 모르고 농담을 섞어가며 대화를 부드럽게 끌고 나갔다. 그는 KGB 제1국 정보공작팀장으로서 고르바초프계열이었다. 고르바초프의 페레스트로이카 추진 이후 KGB 내에도 물갈이가 있었다. 그때 에르넨코는 신임 제1국장의 심복으로서 정보공작 팀을 이끌게 되었던 것이다.

"감사해요. 에르넨코, 초면에 몇 가지 물어 봐도 괜찮아요?"

"아, 물론 물어보세요."

"앞으로 필요한 일이 있으면 에르넨코 하고 상의해. 이분은 여러모로 도움이 될 거야."

세르게이가 거들었다.

우선 그의 성향이랄까, 소련의 변화에 대한 태도를 알고 싶었다.

"소련에서 페레스트로이카에 대한 여론이 두 갈래로 갈라지는 것 같던데 왜 그래요?"

"페레스트로이카는 보수주의에 빠져 있는 소련 공산주의를 개혁하자는 것이므로 반공산주의는 아니지요. 그런데 일부에서 반공산주의로 오해하고 있는 것은 사실이에요. 그 바람에 강경 보수파가 반고르바초프 노선으로 돌아섰고, '흑곰'이라는 비밀서클까지 생겨나게 된 것이지요."

정옥은 '흑곰'이라는 말에 흥미를 가졌다.

"서클 이름이 재미있군요. '흑곰'은 무슨 활동을 해요?"

"겉으로는 공산주의 본분을 지키자는 구호를 내걸지만 실상은 기득권 지키기에요."

정옥은 '흑곰'이라는 어감에서 무언가 음흉한 분위기를 감지했다. 그러나 내색은 하지 않았다.

"고르바초프 서기장 덕택에 자유로운 분위기가 감돌자 젊은이들이 서구문화에 목말라 하고 있어요."

"네 청바지니 운동화니 하는 것들을 선호하는 것을 보고 그런 것을 느낄 수 있었어요."

"요즘은 록 음악에 심취하는 젊은이가 늘고 있지요. 이런 것들이 아마 인간의 얼굴을 한 사회주의로 가는 길이 아닌가, 해요. 그런데도 일부에서는 바퀴를 뒤로 돌리려는 수작을 하고 있어서 골치가 아픕니다."

"팀장님 말씀에 전적으로 동감이에요. 그런 부류들이 저의 일을 방해할까 걱정입니다. 팀장님이 도와 주셔요."

"뭘 어떻게 도울까요?"

에르넨코와 헤어져 호텔로 들어서던 정옥은 신문 판매대 앞을 지나치다가 무심코 펼쳐져 있는 신문을 내려다보았다. 1면에 커다랗게 보도된 사진이 시선을 끌었다. 어디서 본 듯한 얼굴이었다. 그래서 캡션을 훑어보았다. 한 줄 두 줄 읽어가던 그녀는 깜짝 놀랐다. 바로 며칠 전에 만났던 노병 마린스키가 아닌가. 웬일인가 싶어 본문기사를 읽어 내려가다가 얼어붙은 것처럼 그 자리에 서서 있었다. 마린스키가 괴한에게 피살 당했던 것이다.

'아니 이럴 수가….'

경악을 금치 못하고 있던 그녀는 부리나케 대성에게로 달려갔다.

"대성 씨, 큰일 났어요."

"무슨 일인데 외출하고 들어오면서 그렇게 야단이야."

"아니, 있잖아요. 그저께 만났던 마린스키가 살해당했다는 신문 보도가 났어요."

"응? 마린스키가… 노쇠한 노병을 누가 그랬을까?"

"아뿔싸! 그 할아버지를 한 번 더 만나려고 했는데 어떻게 하나."

정옥은 홍두깨로 뒷머리를 세게 얻어맞은 기분이었다.

무엇보다 정치 참모에 관한 얘기를 들을 수 없게 되어 실마리가 풀리다가 벽에 부딪치게 되었다. 마린스키의 얘기는 어디까지나 정치참모로부터 귓전으로 들은 얘기이기 때문에 진실에 다가가는데 한계가 있었던 것이다. 대성이 한참 골똘히 생각하고 있다가 대처방안을 내놓았다.

"기왕 장본인을 만날 수 없으니까 간접방식으로 접근할 수밖에 없게 되었어. 정옥은 세르게이를 통해 새로운 정보원을 찾아봐."

"그래 맞아 나는 KGB 인사들을 찾아봐야겠어."

대성의 제의로 한결 차분해진 정옥은 마침 이날 소개 받은 에르넨코를 떠올렸다. 그를 언제 만나 어떤 얘기부터 해볼까 생각하다가 문득 한 가지 아이디어가 머리를 스쳤다.

비명에 간 마린스키의 집 앞에는 경비 경찰이 출입 금지선을 쳐놓고 24시간 지키고 있었다. 일상생활에 필요한 경우에만 미망인 등 가족과 가까운 친지의 내왕을 제한적으로 허용했다. 노병의 집 주위는 을씨년스런 분위기가 역력했다. 지나다니는 사람조차 눈에 띄지 않을 정도였다.

정오를 지날 무렵 경비 경찰이 점심식사를 위한 교대시간이 되어 어수선해진 사이 한 노파가 자그마한 보따리를 하나 든 채 몇 발짝 걷다가 쉬고, 또 몇 발짝 걷다가 쉬고 하면서 출입 금지선으로 다가왔다. 막 교대를 하려던 경찰이 노파에게 건성으로 물었다.

"할머니 어디서 오셨어요?"

"내가 이집 미망인 친구예요. 영감님을 졸지에 잃고 음식도 먹지 않은 채 하도 슬퍼해 먹을 걸 좀 가져 왔어요."

경찰은 별거 아니다 싶었던지 노파를 저지하려다 말고 통과시켰다. 그리고는 점심 먹으러 가버렸다. 노파가 안방으로 다가가자 막 점심을 먹으려고 음식을 차리고 있던 미망인이 일어섰다.

"누구세요?"

"아, 네. 졸지에 슬픈 일을 당하셨다기에 위로차 왔습니다. 이건 먹을거리입니다."

보따리를 내밀자 미망인은 긴가민가하면서도 반갑게 받았다. 그제야 노파는 머리에 쓴 수건과 안경을 벗고 자기소개를 했다.

"며칠 전에 할아버지를 뵈러 왔던 까레이스키입니다."

"아, 그 운동화 선물을 가져온 까레이스키군. 그때 고마웠는데 오늘 또 물건을 가져왔군요. 여기 앉아요."

방문객이 일리에나인 줄 알자 미망인은 반갑게 자리를 권했다.

"죄송해요. 하도 경찰경비가 심해서 변장을 하지 않을 수 없었어요."

"그럴 거요. 아무도 얼씬 못하게 해놓았으니."

그녀는 기왕에 점심을 차리던 중이니 함께 식사하며 얘기하자고 권했다. 정옥은 마린스키에게 혹시 북한 진주 때 자료나 유품이 있을까 하는 기대로 모험을 시도했다. 그래서 이런저런 얘기 끝에 유품 얘기를 끄집어냈다.

"할아버지께서 평소 아끼시던 유품 같은 것이 있을까요? 그런 유품은 그냥 없애는 것보다 기념하는 것이 나을 텐데…."

"유품요? 별다른 것이 없는데… 가만 있자 무슨 서류 같은 것을 이사 다닐 때면 꼭 챙기고 했는데… 잠깐 기다려 봐요."

그녀는 방으로 들어가더니 한참 동안 서류를 찾는 것 같았다.

"이건가 봐. 여기 있군, 여기 있어."

안방에서 혼자 중얼거리더니 봉투 하나를 들고 나왔다.

"이걸 챙기곤 했었는데 무엇인지 한번 보세요. 글자가 잘 안 보여 못 읽겠어."

정옥은 그녀로부터 넘겨받은 봉투에서 서류를 끄집어내 읽어 봤다. 순간 얼굴이 창백해지다 못해 경련을 일으켰다. 숨이 멎는 것 같았다.

마린스키가 얘기해 주었던 '안개작전' 파일의 복사본이었다. 마린스키는 이걸 가지고 있으면서 밝히지 않고 있다가 피살되었던 것이다. 그의 피살이 이 서류와 관련이 있는 성 싶었다. 자신이 정치참모 몰래 극비파일을 복사해 보관하고 있으면서도 지난번 만났을 때 극비파일을 없애버렸다고 시치미를 뗀 것도 신변의 위험을 느껴서 그랬는지 모를 일이었다.

미망인에게 복사료를 주고 복사를 한 부 하겠다고 했더니 그녀는 늙은이에게 자료가 필요 없다면서 그냥 가져가라고 했다. 한사코 마다하는 그녀에게 생활비에 보태 쓰라며 1백 달러를 주고 부리나케 그 집을 빠져나왔다. 정옥은 택시 안에서 휴! 한숨을 쉬었다. 그리고 회심의 미소를 지었다. 비록 원본은 아니지만 '안개작전'의 전모를 손 안에 넣었던 것이다. 다시 한번 복사본을 소중히 열어봤다.

'극비'라는 붉은 도장이 찍힌 그 천인공노할 파일은 노농계급을 상징하는 낫과 망치가 크게 그려져 있고 그 밑에 보기에도 섬뜩할 만큼 인면수심의 괴기스런 그림이 그려져 있었다. 그리고 아래 부분에 붉은 글씨로 '이 파일은 읽고 난 뒤 즉시 소각하라. 만약 한시라도 소각을 지체하면 엄중 문책할 것'이라고 경고하고 있었다.

이 괴기스런 파일에는 다음과 같은 내용이 간단하게 기록되어 있었다.

〈안개작전〉

취지:
세계 공산주의 혁명을 완수하기 위해 소련 붉은 군대가 노농세력

의 앞장에 서서 가장 창조적인 사상전파전을 극비리에 전개한다.

목적:
공산주의 종파세력을 한반도에 번식, 뿌리 내리도록 하기 위해
붉은 사상의 숙주로서 북한 부녀자를 선정, 노농세력의 씨앗을 잉
태하도록 한다.

해당 지역:
1차로 북조선 전지역, 2차로 남조선지역까지 확대

대상:
임신 가능한 북조선 부녀자(부녀자의 숙주화)

번식자:
제25군 붉은 군대 장교와 병사

방법:
목적 달성을 위한 가능한 수단을 총동원. 부녀자의 숙주화를 방
해하는 자는 가차 없이 처단해도 무방함.

특기사항:
1. 1차로 북조선 여성을 숙주로 하되 진전사항을 보아서 붉은 군
대 여군의 숙주화를 도모한다.
2. 이상 작전 내용은 보는 즉시 소각한다. 이 지시를 어기고 소각
을 지체하는 경우 엄중 문책한다.

3. 작전계획의 세부지침은 별도 하달하지 않으며 정치참모부에서 알아서 작성, 처리한다.

4. 이날 이후 본 사령관실과 연락은 끊어진다. 따라서 '안개작전'은 정치참모부에서 독자적으로 수행한다. 다만 작전 수행 후 지체 없이 모스크바에 직접 와서 결과 보고서를 제출한다.

북한 여성으로 하여금 붉은 군대의 씨를 품는 숙주로 만들어 공산주의 세력을 한반도에 이식시키려는 음모를 안개작전이라고 명명했던 것이다. 작전 내용을 세밀히 살펴보면 말이 좋아서 공산주의 세력의 이식이지 사실은 부동항을 확보하려는 해묵은 소련의 야욕을 품고 있는 음모였다.

이 음모는 제25군 사령관 치스차코프도 모르게 진행되고 있었다.

음모 내용이 얼마나 악랄한지는 '안개작전'의 목적에서 잘 드러났다. '붉은 사상의 숙주'로서 북한 부녀자를 선정, '노농세력의 씨앗'을 잉태하도록 하는 안개작전은 일본군이 인간을 실험도구화한 '마루타'처럼 인간을 무슨 벌레의 숙주처럼 취급하여 북한 부녀자의 숙주화를 꾀하고 있다는 점에서 비인간적일 뿐만 아니라 인권모독적 인면수심의 음모라고 할 수 있었다. 이제 남은 것은 MGB(국가보안성) 쪽 증거를 확보하는 일이었다. 이 프로젝트를 MGB에 의뢰한 장본인이 바로 안개작전의 지시자일 것이다.

제25군을 이끌고 북한에 진주한 치스차코프 자신도 모르는 사이에 이미 반인간적인 음모의 검은 손길이 뻗쳐 있었다. 소련군이 한반도에 진주할 무렵 제25군 정치참모부 소속 간부 몇 명은 남몰래 비밀회의를 하느라 바짝 긴장한 모습을 하고 있었다. 치스차코프 대장도 모르게 이들이 회동한 것은 그만큼 비밀을 유지하기 위해서였다. 사령관의 참모들이 사령관도 모르게 모였다면 반드시 제25군의 공식 계통을 벗어난 어떤 다른 경로를 통해서 비밀지령이 내려왔다는 것을 말해주는 것이었다.

종래 나치독일에서 정규군을 제치고 히틀러를 업고 설쳐대던 나치 친위대 따위처럼 공산군의 조직체계에서도 정규군 조직 외에 정치 보위부 같은 정치성 조직이 설쳐댔다. 이런 조직에 속한 사람들은 정규조직을 무시하고 행동하기 일쑤여서 알게 모르게 정규 조직원들과 마찰이 잦았다.

정치참모부 간부들은 모두 이런 경험을 갖고 있어서 될수록 정규군이 눈치채지 못하도록 위장했다. 군총사령관 스탈린 동지로부터 사적인 일로 지시를 받고 그들만의 협의를 한다는 것이었다. 스탈린도 스탈린이지만 사적인 일이라니까 아무도 넘겨 볼 생각을 할 수 없었다.

이들은 스탈린 친위대로부터 하달된 지령문을 쭉 훑어본 후 한마디씩 했다.

"스탈린 동지가 이런 짓까지 우리에게 지령하실까?"

"글쎄, 정치참모부를 총괄하는 메드초프 동지가 보낸 것이니까 우리는 그대로 이행해야지."

그의 말이라면 무조건 복종하지 않으면 안 된다는 인식이 머릿속에 뿌리 깊게 박혀 있었다.

"그렇지. 누구의 명령이라고 우리가 토를 달겠나?"

"그래도 너무 하지 않아. 아무리 사상전파가 중요하다 해도 어떻게 사람을 개, 돼지마냥 교미를 시킬 수가 있어?"

자기들 생각에도 지령내용이 너무하다 싶었던지 고개를 갸우뚱거리고 있었다. 사실은 국가보안성 장관이자 비밀경찰 총책인 라브렌티 파블로비치 베리아가 스탈린 원수의 신임을 빙자하여 심복인 메드초프 정치참모부 사령관으로 하여금 천인공노할 지령을 소련군 제25군 정치참모에게 보내도록 했던 것이다.

1945년 2월 얄타회담 이후 소련의 대일전 참전이 결정되던 시기에 스탈린의 오른팔인 메드초프 사령관은 음흉한 미소를 띠우며 당서기장 스탈린의 집무실로 들어섰다. 탁자에 앉아 서류를 검토하던 스탈린은 메드초프를 보고 물개 콧수염을 약간 씰룩거리며 음흉한 미소를 띠었다.

"대원수 각하, 보고 드릴 말씀이 있어왔습니다. 각하의 시간을 뺏는 무례함을 용서하여 주시기 바랍니다."

군 내부에서는 2차 대전 기간 동안 스탈린을 '대원수'로 호칭하는 것을 유행으로 삼았다. 스탈린 본인도 군 출신이 아니지만 헌법상 군 총사령관직을 겸직했기 때문에 이에 덩달아 계급장 없는 '대원수'로서 불러주기를 바라는 눈치였으므로 모두들 그렇게 불렀다. '서기장'이라고만 하다가는 무슨 반역죄나 지은 것 같은 분위기가 군 내부에서 돌았다. 이날도 메드초프 같은 군 원로가 아부 섞인 호칭으로 스탈린에게 접근하는 것은 그만한 이유가 있었다. 그는 소련군의 대일전에 대비, 북조선에 진주할 경우 소련군이 수행할 극비작전 계획안을 들고 온 것이다.

"뭔데 동무는 서론이 길어."

"네, 보고 말씀드리겠습니다. 우리 소련군이 만주의 악랄한 관동군을 무찌르고 북조선에 진주하게 되면 무엇보다 먼저 해야 할 일이 북조선의 공산화입니다. 정치적으로는 치스차코프 동무가 주둔군 사령

관으로서 공산화를 추진하겠지만 대원수께서 허락하신다면 군사적
으로는 우리 정치참모부가 역할을 맡겠습니다."

"알았어. 보고 내용이 뭐야?"

메드초프는 스탈린의 다그침을 듣고 '안개작전' 프로젝트를 설명
했다.

"아, 그래. 참 기발하군. 역시 메드초프답군."

스탈린은 기상천외의 작전계획을 듣고는 그의 취향에 썩 어울리는
작전이란 듯 즉석에서 재가를 하고 한마디 덧붙였다.

"잘 해봐. 북조선뿐만 아니라 남조선까지 우리 사촌들이 많이 생겨
났으면 좋겠군."

그때부터 신바람이 난 메드초프는 제25군이 북조선으로 들어갈 날
만 손꼽아 기다렸다. 8월 9일 관동군 진지로 공격을 개시한다는 통보
를 받은 메드초프는 지체 없이 25군 정치참모에게 '안개작전' 지령을
내려 보냈다.

안개작전 파일을 들추어 보던 정옥은 부본으로 다른 작전파일이 첨
부되어 있는 것을 발견했다. 소련군 정치참모부 사령관 메드초프 원
수의 정치참모였던 게라시모프가 북한 측에 전한 작전음모는 6·25
전쟁에서 북한 측의 패색이 짙어질 무렵에 구상된 것이었다. 베리아
는 메드초프 원수를 통해 한반도의 극동진출기지화를 위한 또 다른
음모에 착수했던 것이다. 중공군의 인해전술에도 불구하고 김일성을
내세운 한반도 적화가 벽에 부딪치게 되자 그는 음모 술수가답게 메
드초프로 하여금 기발한 아이디어를 스탈린에게 들고 가서 승인을
받아내도록 했다.

휴전회담이 막바지를 향해 가고 있던 1953년 초 메드초프가 스탈

린 대원수 집무실을 찾았다.

"대원수 각하, 극비사항으로 보고드릴 게 있어서 왔습니다."

스탈린은 그날따라 유난히 날카롭게 다듬은 물개수염 끝을 두 손가락으로 한번 쓱 말아 올린 뒤 옅은 미소를 띠며 의자를 가리켰다.

"응, 메드초프 사령관 거기 앉게. 그렇잖아도 극동 정세가 궁금하던 참이야."

"네, 각하. 만주까지 밀려올 뻔한 김일성 정권을 휴전회담을 통해 가까스로 지탱시켜 놓고 있는 중입니다."

"그렇지. 골치 아픈데 회담을 빨리 끝내도록 해."

"네 알겠습니다. 휴전이 되면 여러모로 신경 쓸 일이 많을 것 같습니다만 우리의 한반도 적화전략이 유효하도록 하는데 집중하겠습니다."

"뭐, 좋은 계획이 있어."

"물론입니다. 각하."

"뭐야 말해봐."

메드초프는 극동전선 참전 때와 마찬가지로 한반도 적화를 위한 제 2음모를 스탈린에게 브리핑했다.

'붉은여우몰이작전'으로 불린 제2음모의 요지는 다음과 같았다.

〈암호명: 붉은여우몰이〉

작전 개요:
소련군이 북조선 진주 때 겁탈한 북조선의 붉은 씨받이의 혼혈아, 즉 붉은여우 새끼들을 훈련시켜 소련 붉은 군대의 전사로 양성

하고, '안개작전'의 대안으로 이들로 비밀공작대를 조직하여 남조선을 당초 의도대로 적화시킨다. 비밀공작대는 여성 혼혈아 위주로 하되 남성혼혈아는 지원요원으로 활용한다.

유의 사항:

특히 남조선에 거주하는 붉은 씨받이의 여우 새끼들을 월북시켜 집중적인 훈련을 통해 비밀공작대의 정예요원으로 활용한다.

작전계획:

1. 붉은여우 새끼들에게 그들의 몸에 붉은 피가 흐르고 있음을 잊지 않도록 하여 위대한 스탈린 대원수의 붉은 전사임을 자각하도록 집중 훈련한다.

2. 붉은여우 새끼들은 대원수의 전사로서 남한에 침투하여 물불 가리지 않는 붉은 전사의 혁명정신을 남조선 각계각층에 스며들게 한다.

3. 특히 여 전사들은 영향력 있는 사내들에게 접근하여 단순한 사랑놀음이 아니라 몸과 마음을 바쳐 사랑을 줌으로써 붉은 씨를 남조선 각지에 퍼뜨린다.

4. 이를 위해 표적 사내의 애인이나 정부보다 적절하게는 정식 아내로서 역할을 수행할 수 있도록 철저히 훈련한다.

5. 가장 역점을 두어야 할 사항으로서 남조선에 거주하는 붉은여우 새끼들을 한시바삐 대동 월북하여 본 작전에 투입할 수 있도록 훈련하는 일이다.

별도 '붉은여우몰이작전'으로 명명한 작전은 남조선에 살고 있는 붉은 씨받이의 혼혈아를 상대로 한 것이었다. 소련군의 한반도 진주 당시 붉은 씨받이에게서 태어난 혼혈아로서 남조선에 거주하는 처녀들을 월북시켜 훈련을 한 후 대남공작원으로 침투시킨다는 계획이었다.

스탈린은 메드초프의 설명을 듣고는 만족한 듯 한 마디 던졌다.

"지난번 안개작전의 효과가 이제야 나타나게 되었군, 잘해 봐."

메드초프는 대원수의 반응에 기가 살아나 대꾸했다.

"대원수 각하의 혜안에 감복합니다. 이 작전을 위해 휴전회담을 빨리 끝내도록 서둘겠습니다."

이 비밀작전을 위해서 오히려 전쟁을 빨리 끝내려는 속셈이었다. 그는 내심 스탈린의 뇌질환이 기상천외한 자신의 작전음모에 도움이 되고 있음을 깨달았다. 대원수는 피해망상에다 과대망상이 겹쳐 비도덕적이고 반인륜적인 작전에 흥미를 느끼고 있었던 것이다. 극비에 붙인 뇌질환이었지만 스탈린의 사고에 문제가 있는 것이 확인되자 회심의 미소를 지었다.

메드초프는 그날로 평양주재 소련대사관 무관에게 지령을 내려 '붉은여우몰이' 작전을 위한 준비를 서둘도록 했다. 사흘 후 메드초프 사령관의 정치참모인 게라시모프 준장이 스탈린의 친필 사인이 든 극비문서를 가지고 평양에 도착했다.

게라시모프 준장은 한시도 지체하지 않고 주석궁으로 김일성 주석을 찾아가 극비문서를 전달하고 협조사항을 설명했다. 친필 사인이 든 극비문서의 효력은 즉각 나타나기 시작했다. 인민무력부 정치보위국 소속 김일도 상위가 게라시모프가 묵고 있는 호텔로 불려 와서 '붉은여우몰이작전'을 위한 세부계획을 접수하고 가자 총정치국은 비밀공작대의 훈련기지 설치에 나섰다. 총정치국 산하에 설치된 특수 임무반은 1차로 북조선에 흩어져 있는 붉은여우 새끼들을 소집하는 데 열을 올렸다. 그러나 메드초프가 가장 중점을 두고 있는 남한 거주 붉은여우 새끼들의 소재를 파악하는데 시간이 많이 걸렸다. 당분간 북조선에 거주하는 붉은여우 새끼들을 소집하여 훈련기지로 보내는 작업만 할 수밖에 없었다.

그 후 3월에 스탈린이 뇌출혈로 죽고 흐루시초프가 등장하여 스탈린 격하 운동과 함께 측근들을 제거함으로써 메드초프가 거세되었다. 그와 동시에 '붉은여우몰이작전'은 유야무야되어 버렸다.

북한에 진주한 소련 군인들의 만행이 소련군의 극비 작전에 의해 실행된 것이라면 이건 이만저만한 큰 사건이 아니었다. 특종이 문제가 아니라 공산주의 종주국 소련의 허상이 백일하에 폭로될 대사건으로 비화될 것이 틀림없었다.

5

정옥이 택시 안에서 '안개작전' 복사본을 들고 가공할 반인륜적 음모에 몸서리치고 있었다. 이때 대성은 모스코스키 노보스티(모스코 뉴스) 신문사를 찾아가고 있었다. 국방성중앙문서보관소에서 퇴짜를 맞고 나자 실망했던 그는 동업자끼리 통하는 데가 있을 것이라는 기대감을 갖고 진보적 노선으로 친 페레스트로이카 성향을 띤 모스코스키 노보스티 기자를 만나러 가는 중이었다. 복사를 거절당했다고 해서 도저히 그대로 있을 수 없었다.

신문기자가 뭐 하는 사람인가. 이런 반역사적 반인간적 만행을 알면서도 이런저런 이유로 뒷전에 물러 서 있다는 것은 있을 수 없는 일이었다. 해서 대성은 다짜고짜로 모스코스키 노보스티로 찾아 가기로 한 것이다.

대성은 군사 분야 담당기자를 만났다. 신문사 분위기에 어울리게 기자도 개방적이었다.

"안녕하세요. 까레아에서 온 기자 정대성입니다."

명함을 내밀자 노보스티 기자도 조잡한 종이에 자기 이름과 소속부서, 신문사 전화번호만 인쇄된 명함을 대성에게 주었다. 국방안전부 니콜라이 아르테모프였다.

"반갑습니다. 개방정책을 지지하는 신문이니까 단도직입적으로 얘기하겠습니다. 과거 북한에 진주한 소련군의 만행을 캐기 위해 왔습니다. 마침 국방성중앙문서보관소에서 당시 군내부에서 실시한 만행조사보고서를 발견했습니다만 입수가 어려워서 도움을 요청하러 왔습니다. 협조 부탁합니다."

"네, 어떤 내용입니까?"

그동안 추적한 경과와 보고서에서 본 내용을 대충 얘기해 주었다.

"까레아의 한 여성이 소련군 내부의 반인륜적 음모에 의해 애꿎은 북조선 여성들이 붉은 씨받이로 된 비밀을 캐려고 몸부림치고 있습니다. 그녀는 자신이 희생되더라도 진실을 밝힐 수 있기를 간절히 바라고 있습니다."

"그렇군요. 공산혁명을 하겠다고 하면서 이런 일을 저지르니까 인민들로부터 외면당할 뿐만 아니라 세계로부터도 외면당하게 된 거지요. 그런 일이 까레아에서 있었다면 우리로서도 당연히 파헤쳐야 할 일인 것 같습니다. 지금 편집 부국장이 계시니 인사를 하시지요. 편집국 차원에서 최대한 협조하도록 하겠습니다."

역시 모스코스키 노보스티는 달랐다. 편집 부국장도 니콜라이와 같은 의견이었다. 니콜라이는 문서보관소에 가서 조사보고서를 복사해주겠다고 약속했다. 그 외에 보충취재에 애로사항이 있으면 언제든지 얘기해 달라고 말하고 취재지원을 아끼지 않도록 하겠다고 다짐했다. 대성은 귀국 후 이 세계적 특종을 함께 터뜨리자고 제의했다.

그러나 며칠 후 니콜라이는 비관적인 소식을 전해왔다. 대성이 부탁한 서류를 복사해 달라고 했더니 문서보관소 측에서 아예 그런 문서가 존재하지 않는다고 뚝 잡아떼더라는 것이었다. 아직도 페레스트로이카 훼방꾼들이 곳곳에 숨어서 불리한 일에 방해를 하는 모양이었다. 아마 '흑곰' 쪽에서 본격적으로 방해를 시작했는지 모를 일이었다. 앞으로 신변안전 문제도 불안했다.

대성은 씁쓰레한 기분을 삼키며 니콜라이에게 한마디 던졌다.

"나는 이 일을 위해 멀리 까레아에서 온 만큼 쉽게 물러나지는 않을 겁니다. 필요하다면 개인 안전까지도 희생하고 끝까지 진실을 밝힐 겁니다. 도와주세요."

정옥은 세르게이에게 그동안의 경과를 대강 얘기해주고 정보공작팀장 예르넨코와의 면담을 주선해달라고 부탁했다.

예르넨코는 지난번 만났던 카페 '떼아프르'에서 만나자고 연락을 했다. 낮에는 새로운 작업준비 관계로 시간이 없어서 밤에 만나기로 했다. 밤길이라 대성과 함께 갔다. 세르푸홉스카야역에서 내려 플레하노프경제대학 쪽으로 가는데 밤 풍경이 을씨년스러울 정도로 내왕하는 사람이 적었다. 대성과 함께 오기를 잘했다 싶었다.

카페 '떼아프르'에 들어서자 예르넨코가 먼저 와서 있다가 손을 들어 보였다,

"일찍 오셨군요. 바쁘실 텐데 시간을 내주셔서 감사합니다."

"미인이 만나자고 하는데 싫은 사내가 있나요."

"농담도 잘하시는군요. 여기 저와 함께 일하는 따바리치 정이에요."

"아, 네. 예르넨코라고 합니다."

예르넨코는 저녁이라 식사를 하자며 음식을 주문하고 애피타이저를 시켰다. 그는 한번 마셔볼 만할 거라며 보드카 온 더 록을 권했다. 위스키 온 더 록보다 맛이 깔끔하고 뒷맛이 개운했다. 약간 취기가 돌자 본론에 들어갔다.

"팀장님, 다름이 아니라 2차 대전 말기 소련군이 북한에 진주할 당시 갖가지 만행을 저지른 일이 있었는데도 이때까지 은폐해 오고 있어서 진실이 밝혀지지 않고 있습니다. 그래서 정 기자와 저가 진실을 밝히기 위해 모스크바에 와서 성과가 좀 있었습니다. 그러나 저희들이 접촉한 인물이 며칠 사이 살해당하고 정 기자 납치미수사건이 터지는 등 심상찮은 조짐이 보입니다. 우선 저희들 신변을 보호해 주시고, KGB 쪽 음모 연루자를 찾는데 협조해 주시기 바랍니다."

"아, 그런 일이 있었군요. KGB 쪽 음모 연루자는 무슨 얘기입니까?"

정옥은 '안개작전' 음모를 설명하고 MGB에서 프로젝트를 맡아 실행준비를 했다는 얘기가 있는데 연루자를 밝혀내면 전모를 알 수 있을 것이라고 힘주어 말했다. 그러자 에르넨코는 혼자 중얼거렸다.

'역시 그자들 소행이겠지.'

정옥은 그가 무언가 알고 있는 것이 아닌가, 의심하면서 물었다.

"마음속으로 짚이는 사람이 있습니까?"

그는 얼른 고개를 저었다.

"아 아니, 금시초문이라 조사를 해 봐야 파악이 되겠는데요."

"언론 쪽에서도 추적을 하기로 했으니까 팀장님이 신경 좀 써주시지요. 이건 예사 사건이 아닙니다."

대성이 언론을 들먹이자 에르넨코는 알았다는 듯 고개를 끄덕였다. 얘기가 길어지자 그는 일어나 화장실로 갔다. 그 사이 카운터 저쪽에 앉아 아까부터 시선을 이쪽으로 주고 있던 사내 하나가 자리에서 일어나 대성을 향해 걸어왔다. 그는 대성 앞에서 잠시 주춤하다가 말을 걸었다.

"실례합니다. 까레아에서 오신 분입니까?"

"네 그런데요?"

"역시 그렇군요. 아까부터 얘기하는 걸 보고 까레아에서 오신 줄 알았습니다. 내 동생이 모스크바대학 동양어학과에 다니는데 까레아에 대해 유달리 관심이 많아서 물어본 겁니다. 좋은 시간 되십시오."

그는 꾸벅 인사를 하고 나갔다. 훤칠한 키에 준수한 용모, 단련된 몸매가 꽤나 매력적인 사내였다.

흑곰 아지트에서는 세르게이를 두고 점점 신경이 날카로워지고 있었다.

"세르게이, 너 요즘 수상하단 말이야. 마피아 일로 까레이스키 계집애를 데리고 왔다더니 자금 만들 생각은 하지 않고 딴 데 신경 쓰는 것 같애."

"아닙니다. 보스 앞에서 어떻게 저가 그런 처신을 하겠습니까?"

"오늘도 그 여자가 에르넨코를 만난다기에 보스에게 알려드리지 않았습니까. 저는 지금 까레이스키 둘을 감시하느라 바빠 죽겠습니다."

"그렇겠지. 그런데 두 연놈은 뭐 하러 다 늙은이들을 만나고 다니는지 알아 봤나?"

"아직 감시만 하고 있습니다. 구체적인 움직임이 보이면 덮치겠습니다."

"엉뚱한 생각하다가는 가는 수가 있어. 잘 감시하고 개수작 못하도록 조져."

"네 알았습니다."

"가 봐."

세르게이가 나가자 연락책인 바실리를 불렀다.

"바실리 뭐 걸린 것 없어?"

바실리라 불린 사내는 여유만만하게 웃으며 보스 앞에 다가섰다.

"네, 한국 기자와 잠시 얘기를 나눠 봤습니다. 그의 인상착의, 말하는 태도 등을 확인했는데 이지적인 눈동자에 만만찮은 녀석이었습니다."

"그것밖에 없어?"

"둘이 에르넨코와 그렇고 그런 잡담만 늘어놓고 있어서 나와 버렸습니다."

"뭐야? 나와 버렸다고…. 젠장, 정보를 캐라고 보냈더니 도중에 나오면 어떻게 하나!"

보스는 짜증을 발칵 냈다. 그래도 바실리는 능글맞게 나왔다.

"뭐 그리 졸졸 따라다닌다고 정보가 나오는 겁니까. 나올 때 나오는 거지…."

보스는 뚱한 표정을 짓고 의자에서 일어섰다.

"여유만만하군. 그래 잘 해봐!"

바실리는 고개를 살짝 숙인 후 돌아섰다. 그는 몇 시간 전 카페 떼아뜨르에서 대성에게 접근했던 그 매력적인 사내였다.

흑곰의 보스는 바라첸코였다. 그는 전 MGB 제1국장 몰로코프의 부관으로서 안개작전 프로젝트의 실행 책임자였다가 몰로코프의 후임이 된 시니엡스키에 의해 KGB에 특채됨으로써 출세의 길에 올랐다. 몰로코프와 시니엡스키는 스탈린의 오른 팔이며 소련군 정치참모부 사령관으로서 안개작전의 지시자 메드초프 원수의 심복이었다. 이들은 1956년 흐루시초프가 주도한 스탈린 격하운동의 물살에 휩쓸려 낙마했다가 보수파 브레즈네프가 등장한 후 1966년 보수 강경파의 복귀에 힘입어 되살아난 인물들이었다.

특히 시니엡스키는 제1국장으로서 권력을 손에 쥐게 되자 메드초프의 손자 바라첸코를 특채하여 자기 밑에서 훈련을 쌓도록 했다. 바라첸코는 세르게이로부터 일리에나 측의 동향을 파악하고는 안개작전 프로젝트가 폭로될 경우 신변에 위험을 느껴 적극 방해공작에 나섰다. 그는 KGB 제1국장이 되자 시니엡스키로부터 들어 알고 있던 안개작전 관련 파일을 아예 통째로 소각해 버렸다. 그냥 두었다가는 정세의 변화에 따라 무슨 화를 입을지 모른다는 강박관념 때문이었다.

할아버지 메드초프가 스탈린의 신임을 믿고 온갖 횡포를 자행하는 가운데 반인륜적이며 무지막지한 안개작전을 밀고 나간 사실은 자신이 생각해 봐도 용납될 수 없는 일이었다. 자기는 여인을 사랑한 나머지 유부녀까지 강제로 겁탈하기는 해도 이것은 어디까지나 사랑을 위한 것이므로 남자의 바람기는 크게 나무랄 일이 못 된다고 생각했다. 그런데 할아버지는 어느 한쪽에서라도 사랑이 전혀 없는 남녀 간에 오로지 사상을 퍼뜨리기 위해, 그것도 36년간 일제의 압제에서 벗어나게 해준 해방군의 간판을 내걸고 노농계급의 씨를 퍼뜨리도록 작전을 지시했다는 것은 광기에 지나지 않았다.

바라첸코는 자신의 광기는 모르고 할아버지의 광기에만 민감한 나머지 안개작전과 관련한 모든 흔적을 지상에서 지우기만 하면 안전할 줄 알았다. 그는 자신의 거취에 대해 극도로 민감함 나머지 안개작전의 '안'자만 나와도 가만있지를 못했다. 안개작전에 희생된 북조선 여성들의 망령이 되살아나 자신을 사지로 끌고 갈지 모른다는 환상에 사로잡히는 때가 자주 있었다. 누구든지 그 얘기를 끄집어내기만 하면 가차 없이 처단할 작정이었다.

그는 제25군 정치참모 부관 출신 마린스키가 일리에나를 만났다는 정보를 듣고 그를 살해하도록 지시한 장본인이었다. 그런데 일리에나에게 KGB 정보공작팀장을 만나도록 주선한 장본인은 누구인가 하고 의심하게 되었다. 결국 일리에나 측 두 사람이 그를 만난다는 정보를 갖고 온 세르게이 자신일지도 모른다는 의구심이 고개를 들었다. 그의 행적에 미심쩍은 대목은 없는지 살펴보아야 할 필요성을 느꼈다.

8. 블랙 마리아를 탄 조선 여인

1

대성은 정옥으로부터 안개작전 파일 내용을 듣고 페드로프 보고서와 맞추어 봤다. 그제야 페드로프 보고서를 두고 보였던 25군 고위층의 애매한 태도와 관련한 의구심을 풀 수 있었다. 정옥이 보여준 안개작전 실행 계획 때문에 북한주둔 소련군 사령부의 반응이 그렇게 시원찮게 나왔던 것이다. 페드로프 보고서 부록에 수록된 소련군 만행 사례들이 바로 그렇게 해서 저질러진 것임을 확인했다.

그는 소련군 만행 사례들 중 눈길을 끄는 부분을 되새겨 봤다. 아무래도 정옥의 태생과 관련이 깊은 것 같았다. 특히 만행 장소가 부령으로 명기된 것이 그런 짐작을 가능케 했다. 그가 눈여겨 본 부령 만행은 이렇게 기록되어 있었다.

1945년 10월 함경북도 청진 변두리 부령군 사하마을에 한 떼의 소련 병사들이 들이닥쳤다. 길 가던 여인들은 소련군 차가 멀찍이 오는 것을 보고 잽싸게 동네 속으로 들어가 숨어버렸다. 그러나 밭에서 일하던 여인들은 농작물을 들여다보고 있느라 위험이 닥치고 있는 것을 알지 못했다. 호미로 밭을 매고 있는데 어디서 소련 말이 들린다 싶어 고개를 돌린 순간 소스라치게 놀랐다.

"까레이스끼 가스빠진, 하라쇼."(조선 아가씨, 좋아.)

불그스레한 갈색 머리에 수염이 텁수룩한 흰둥이 몇 놈이 손을 번쩍 들고는 반가운양 무엇이라 씨부렁거리며 사방으로 흩어져 여인네에게로 달려드는 것이 아닌가. 부근에서 일하던 젊은 여인들은 다리야 날 살려라 하고 줄달음을 쳤다. 그러나 미처 달아나지 못한 여인들은 성욕의 잔치거리가 되었다.

보고서 부록에서는 이때 무참하게 소련군에 당한 여인들이 누구인지는 밝히지 않았다. 기록을 다 읽어 본 대성은 생생한 민족비극의 현장이 이때까지 묻혀 있었음을 깨달았다. 분단에 따른 이념투쟁이 시작되기도 전에 이미 한반도에서 비극성을 드러낸 사건이었다. 이른바 소련군의 붉은 씨받이 음모가 애꿎은 한민족 여성의 붉은 피를 흘리게 했던 것이다. 그러나 김일성 정권은 그 후 이렇게 유린된 붉은 씨받이의 인권에 대해 일언반구도 없었다. 분노가 끓어 오르는 순간, 정옥에게 이 사실을 어떻게 알려 줘야 할지 망설여졌다. 부령이 엄마의 고향이라던 그녀에게 알려줄 만한 내용이었지만 그녀의 출생과 관련이 있다면 받게 될 충격이 염려되었다.

그는 모스코스키 노보스티를 다녀오면서 정옥을 만나게 되면 페드로프 보고서 얘기를 어떻게 해야 할지 궁리를 했다. 그녀가 소련군의 붉은 씨받이 음모 파일을 입수했다면 그 음모에 따른 실행 사례 얘기를 해주지 않을 수 없고, 그렇다면 부령사례를 빼놓을 수는 없었다. 일단 그런 사례가 있었다는 사실을 알려 주면서 너무 충격을 받지 않도록 그녀의 어머니와 관련해서는 직접적인 언급을 피하는 것이 나을 것 같았다.

대성은 호텔에서 정옥이 가지고 온 극비 파일을 검토한 뒤 자기가 국방성중앙문서보관소에서 본 보고서 내용을 알려주었다.

"그럼 페드로프 보고서가 25군 내에서 사실상 묵살된 것이 이 파일 때문이었군요. 구체적인 사건 같은 것은 언급이 없었나요?"

대성은 순간 움찔했다. 마치 부록에 명시된 사례를 아는 사람처럼 물었다. 예상했던 대로 심적 충격을 받지 않도록 조심스럽게 부령 사례를 얘기해주었다.

"그게 부령에서 일어났던 사건으로 기록되어 있단 말이지요? 엄마 고향이 부령이라고 했는데….'"

그녀는 뭔가 짚이는 것이 있는 것처럼 고개를 갸우뚱하고 있었다. 그러더니 물었다.

"그 보고서 복사본이 있어야 이 파일과 함께 역사적 증거물로서 손색이 없겠는데 다시 복사를 시도해 볼 수 없을까요?"

"노보스티 기자에게 부탁했지만 복사조차 안 되니 문제야."

정옥은 복사가 안 되면 우선 직접 국방성문서보관소에 가서 보고서를 확인하고 싶었다. 다음날 대성과 함께 문서보관소에 들러 보고서와 부록을 확인한 그녀는 내내 우울한 표정을 지우지 못했다. 자신이 1946년 8월에 태어났으니 10개월 전이면 1945년 10월에 엄마가 임신한 것이 아닌가? 보고서 부록 사례에 나온 부령의 소련군 만행 시기와 일치하는 때에 엄마가 임신했다는 사실을 발견한 그녀는 동지섣달에 칼바람을 맞은 듯 얼어붙었다. '우연의 일치일까?', 아니면 '부령에서 엄마가 소련군에 능욕을 당한 것이 사실일까?' 태생의 비밀을 확인할 길이 없었다.

보고서 부록 사례에 나온 함경북도의 소련군 만행 시기도 그 무렵이었다. 그러나 부록에 나온 소련군 병사의 만행 사례들은 지명과 건수만 있을 뿐이어서 구체적인 내용을 확인할 길이 없었다. 결국 정옥은 그토록 궁금했던 태생의 비밀을 밝힐 수 없었다. 고개를 갸우뚱거리며 무거운 침묵에 빠진 그녀는 서서히 조여 오는 가슴의 통증을 느꼈다. 자신의 출생 비밀이 드러날 것 같았다가 다시 막연한 상태로 돌아가자 답답함을 호소할 길이 없었다. 자신의 프라이버시 문제가 끝내 벽에 부딪쳤으니 수렁에 빠진 꼴이었다. 이제는 답답함을 넘어 절망감에 사로잡혔다. '난 어떻게 태어난 줄도 모른 채 유령 인간으로 살아야 한단 말인가?' 그녀의 실존이 허상으로 둔갑하는 순간에 직면한 것 같았다. 가슴의 통증이 점점 심해지자 그 자리에 주저앉았다. '아아! 가슴이…가슴이… 아파…' 자신도 모르게 신음을 토했다. 그리고는 가슴의 아픔이 울음으로 변하고 있었다. 통증을 밖으로 토해내는 울음소리가 커지면서 정옥은 그 자리에 무너져 내렸다. 자신을 지탱해주던 자아 찾기 집념이 허물어지자 그녀의 몸을 받쳐주던 다리마저 힘이 풀려 버렸다. 카페트에 널브려진 그녀는 난생처음으로 통곡하며 몸부림쳤다. 이를 본 대성은 연민의 정에 휩싸였다. 무엇이라고 위로해줘야 할지 섣불리 나서기가 어려웠다. 밤잠을 설친 그는 아침이 되자 정옥의 동태를 살폈다. 그의 움직임 소리에 그녀가 눈을 떴다. 그녀를 본 대성은 온 힘을 다해 꼭 끌어안은 채 말이 없었다. 이때 정옥은 그의 심정을 눈치채고 한마디 했다.

"대성 씨 저의 출생 문제에 대해 얘기하는 것을 꺼려하지 말아요."

그는 그녀의 배려 깊은 말에 말문을 열고 의문을 풀 수 있는 방법을 제시했다.

"내가 뭐라고 하기가 그렇지만 정옥이 소련에서 출생했으니 어떤 연유로든 소련과 관련이 있을 것 같아. 해서 출생문제는 소련에서 실마리를 찾을 수 있지 않을까 싶은데…."

관심 깊게 듣고 있던 정옥이 수긍하는 태도를 보였다.

"그래요. 엄마가 저 멀리 북극동지방인 마가단까지 가서 콜리마지역 수용소에서 나를 낳은 것은 그만한 사유가 있었을 거예요."

대성으로서는 뜻밖에 듣는 이야기였다.

"아 그럼 출생지가 콜리마지역이란 말이네. 처음 듣는 곳인데 시베리아보다 더 먼 곳인 것 같아."

"나중에 자라면서 엄마로부터 들은 얘기인데 하바롭스크나 이르쿠츠크 일대 시베리아보다 훨씬 북쪽, 말하자면 북극동지방이라고 했어요. 너무 추워 침을 뱉으면 바로 얼음이 될 정도였다고 해요."

그 말을 들은 대성은 '왜 그렇게 멀고도 추운 곳까지 갔을까', 의문이 생겼다. 아마도 일반적으로 생각하기 어려운 무슨 사연이 있었을 것이라고 여겼다. 더군다나 콜리마라면 악랄한 강제노동수용소가 널려 있던 곳이 아닌가. 그렇다면 정옥의 출생과 어떤 연결 고리가 있는지, 찾아보아야 할 것 같았다.

"정옥이 왜 출생지가 그 멀고도 추운 곳이 되었는지 사유를 알아보면 궁금한 것이 풀릴 수 있을 것 같아. 페드로프 보고서 외에 또 다른 기록이 있는지 한번 찾아보자구."

"그래요. 저도 궁금해서 혹시 엄마와 관련된 어떤 기록이 있을지, 찾아보고 싶어요."

둘은 다시 국방성중앙문서보관소로 갔으나 페드로프 보고서 외에 별다른 기록을 찾지 못했다. 다만 우연하게도 안개작전과 관련된 파일 중에 '붉은여우새끼작전'이라는 것이 눈에 띄었다. 하도 별난 제목이라 내용을 들추어 보다가 놀라움을 금치 못했다. 그 작전은 바로 메드초프의 안개작전 중 붉은여우몰이 음모를 모방한 것이었다.

김정일은 1967년 당 선전선동부 지도원으로서 공식적인 후계자로 등장한 이후 아버지 김일성 수령의 신격화 작업의 공로로 당 조직비서가 되었다. 그는 이를 계기로 권력기반을 다지기 시작했다. 이 무렵 정책주도와 함께 권력을 주도하고 있던 인민무력부를 견제하기 위해 대남사업권한을 대폭 축소시키는 것과 동시에 당에 통전부 등 4개 부서를 신설하여 대남공작권한을 독점하게 되었다.

이때 대남공작부서들은 그의 지도하에 '현지화'를 주요 활동지침으로 내걸었고, 주로 외국인 납치를 통해 '현지화' 공작을 보완하려고 했다. 자고 나면 남한에서 아이들이 사라지고 일본에서도 같은 일이 일어나기 시작하자 북한의 공작을 의심하는 눈길이 늘어갔다. 거기다가 철없는 어린이들에게 충성심을 세뇌하기란 쉽지가 않았다.

그래서 지도자 김정일이 선택한 대안이 이른바 씨받이 전략이었다.

얼굴은 외국인으로서 국제무대에 나가 활동하기에 적합하도록 외형을 갖추었지만 실속은 북조선인으로서 체제에 충성하는 사람을 만드는 것이었다. 즉 외국인과 북조선인의 피를 섞어 튀기를 생산하는 공작이었다. 그리고 그런 공작의 하나로서 북조선 유학생과 결혼 내지 동거하여 낳은 동독, 헝가리, 체코슬로바키아, 불가리아, 루마니아 등 동유럽 태생 여성들을 혁명 씨받이로 활용하려는 계획을 구상하기도 했다.

대남 공작부서들은 또 보다 적극적으로 외국 여성의 납치와 북조선 여성의 해외파견으로써 씨받이공작을 실천하려고 했다. 그러나 외국인을 납치하는 것은 국제적인 위험부담이 크다는 문제에 부딪쳐 포기하고 말았다. 대신 북조선 여성의 임신을 통한 외국 씨받이에 중점을 두기로 했다. 아버지 주석으로부터 후계자로서 업적을 인정받고 싶어 했던 아들 지도자의 무모성과 독재의식이 혼합된 작품이었다.

이때 등장한 것이 바로 김일도 식 '붉은여우새끼작전'이었다. 김일도 총정치국장은 소련군이 이용하려던 붉은 피가 섞인 조선 처녀들을 '붉은여우 새끼'로 이름 붙여 대남적화공작의 첨병으로 쓸 셈이었다. 그는 이른바 붉은여우새끼작전을 통해 유신체제에 의한 영구집권을 기도하고 있던 남조선에 혁명기지화를 추진하여 남조선 내부로터 주체사상을 받드는 혁명을 달성하는 방안을 김정일에게 건의했던 것이다. 당시 연방제통일론을 내걸고 무력보다 남조선의 민주화세력을 지원하여 군사정권을 무너뜨리도록 하는 방향으로 대남공작정책을 전환하려던 속셈과 맞아 떨어진 방안이었다.

김정일은 붉은여우새끼작전을 기발한 혁명화 사업으로 채택하고, 김일도 상장으로 하여금 작전의 책임비서로서 만전을 기하도록 당부했다.

그 악랄한 붉은여우새끼작전의 요지는 다음과 같았다.

취지:

소련군에 의해 탄생한 붉은여우 새끼들을 남조선으로 내려보내 외국인인 것 같은 모습을 이용하여 각계에 침투, 대남 적화기지화를 위한 세포망을 형성하고 안으로부터 혁명분위기를 성숙시킨다.

작전계획:

1. 붉은여우 새끼들을 찾아 공작단을 조직하여 대남 침투와 세포망 형성을 위한 교육을 실시한다.

2. 미모의 붉은여우 새끼들은 남조선 혁명과업 달성을 위한 여전사로서 각계 고위 인사들에게 접근, 밀착 관계를 유지하여 적화공작에 협조자가 되도록 한다.

3. 과업 달성을 위해 붉은여우 새끼들은 고위 인사의 정부, 또는

애인 관계를 유지하되 절대로 본부인과 애정 다툼을 하는 등 부부 관계에 도전하는 행동을 해서는 안 된다.

　4. 남조선 거주 외국 인사들을 상대로 임신공작을 벌여 현지처로서 혁명 분위기 조성에 이바지하도록 한다.

　말하자면 소련군에 의해 태어난 붉은 사생아의 육체를 파는 매춘공작이나 다름없는 것이었다. 정옥은 아버지라는 사람이 자신을 대동북상하려고 찾아왔던 것도 붉은여우 새끼 음모 때문이었다는 것을 새삼 깨달았다. 이런 반인륜적 음모는 국제사회의 지탄을 받기에 충분했다. 북한은 외부의 이목을 의식하지 않을 수 없었다. 결국 이 음모 대신 핵 개발에 역점을 두기 시작했다.

　대성과 정옥은 다시 국립군사역사문서보관소로 갔다. 거기서 조선 여인과 관련된 보고서를 찾으니 관련 목록이 몇 개 나왔다. 그 중 조선 여자가 범죄를 저질러 평양 군사재판에 회부되었다는 추가 기록만이 있었다. 관련 파일을 찾기 위해 국방성중앙문서보관소로 갔다. 장또순과 관련한 재판 기록을 찾았으나 허탕이었다. 정옥은 며칠 마음을 추스른 후 에르넨코 팀장에게 연락했다.

　"팀장님, 저 좀 도와주세요. 중요한 기록을 찾아야 하는데 아무래도 혼자서는 어려워요."

　"아 일리에나 무슨 기록인데 그래요?"

　"1945년 10월 이후 북조선에서 저지른 소련군 만행 관련 희생자의 재판기록을 찾아요. 범죄 관련 문서라서 그런지 국방이나 군사 문서보관소에서는 찾을 수 없어서 부탁드리는 거예요."

"1945년 이후 범죄 관련 기록 같으면 내무인민위원회(NVD)나 국가보안성(KGB) 기록보존소에 있을 것 같은데. 내무인민위원회가 1946년 이후 국가보안성으로 바뀌었으니 보안성 자료를 찾아보도록 해요. 국립군사문서보관소 열람과장에게 협조 요청을 해 놓을게요."

이번에는 정대성도 동행해서 러시아국립군사문서보관소를 방문했다. 열람과장에게 내방 목적을 말하고 평양군사재판 관련 기록을 찾아보았다. 마침 재판기록이 나왔다. 이른바 '국가보안성 제384군사법정 판결문'이었다. 그런데 이 판결문에는 예상치 않은 인물이 있었다. 무라가미 아끼꼬(村上秋子)라는 일본 여인이 주범으로 나와 있었다. 정옥과 대성은 비로소 그녀의 어머니 장또순이 연루된 사건의 전모를 파악할 수 있었다. 그리고 정옥이 콜리마지역 수용소에서 태어난 사유도 알게 되었다.

1946년 3월 초, 평양 소련군 25군 군사법정.

당시 해방 직후 소련 주둔군에 의한 김일성 정권 수립 과정에서 크고 작은 사건들이 연달아 25군 군사법정은 범죄자들을 처리하느라 바쁘게 돌아갔다. 이날도 정치범 수명을 법정에 세워두고 유죄 선고를 내릴 예정이었다. 그러나 피고들이 모두 여인들이라는 것이 평소와 다른 모습이었다. 그 중에서도 자세히 보면 일본 여인이 섞여 있는 것이 심상치 않은 사건 재판이라는 것을 짐작할 수 있었다. 사실 이 공판정의 주범은 바로 이 일본 여인이었고, 나머지 8명은 모두 조선 여인이었다. 주범의 이름은 무라가미 아끼꼬였으며, 바로 옆에 선 제일 공범은 장또순이었다. 이 두 여인이 함께 재판을 받게 된 사유는 공교롭게도 인간적 관심에서 비롯되어 소련군에 대한 적개심을 공유한데서 발전된 것이었다.

임신한 몸으로 며칠 굶주리며 한기에 얼어붙었다가 정신을 잃은 장또순은 자신도 모르게 의식이 돌아오고 있었다. 따뜻한 기운을 느끼며 포근한 잠자리에 든 것 같은데 어디선가 말소리가 들려오고 있었다.

"이보세요, 정신이 좀 들어요?"

그러면서 어깨를 잡고 흔드는 것을 느꼈다. 약간 고개를 들어 보이며 눈을 떴다. 어떤 아가씨 하나가 자신을 내려다보고 있었다. 얼핏 보낸 시선에도 예쁘장한 얼굴이었다. 해서 마음이 놓였다.

"아무도 발견하지 못했다면 큰일 날 뻔했어요. 임신한 몸에 한 데서 추위에 고스란히 노출되어 동사할 뻔했단 말에요."

또순은 그 말을 듣고 사태를 짐작했다. '하마터면 뱃속의 아기가 태어나지도 못할 뻔했구나', 속으로 놀라서 움찔했다. 동네 소문을 들은 남편의 패악질에 모진 마음을 먹고 가출한 그녀는 정처 없이 원산행 기차를 탔다. 12월도 가고 새해가 되었건만 갈 데 없는 또순은 원산에서 거지 신세가 되었다. 차가운 밤이면 남의 처마 밑을 찾아 가마니로 이불 삼아 눈을 붙였다. 그러던 어느 날 허기를 이기지 못하고 거의 실신 상태가 되었다. 의식이 가물가물 하다가 깜박 잠자듯 정신을 잃었던 그녀는 뜻밖에 구세주를 만났던 것이다. 너무나 고마운 생각이 들었다. 그 아가씨가 팔을 잡아주자 또순은 몸을 일으켰다.

"너무나 고맙꼬망. 내레 정신이 없어서….."

아끼꼬는 원산 유곽에서 예기로 생활하고 있었다. 인력거를 타고 급히 가다가 길 옆 가게 굴뚝 밑에 쓰러진 장또순을 발견하고 자기 방에 데려와서 간호해주었다. 또순의 임신 얘기를 듣고 자기 방에 함께 기거하도록 했다.

"갈 데가 없으면 나와 함께 살아요."

"네 은혜를 잊지 않겠습메."

그녀보다 세 살 위인 스물여덟 살 아끼꼬가 그때부터 언니로서 그녀를 동생처럼 보살펴 주게 되었다. 둘은 외로운 처지라 언니 동생하며 가깝게 지냈다. 아끼꼬는 또순에게서 소련군에게 겁탈당한 얘기를 듣고 그들이 해방군이라며 저지르는 패악질을 질타했다. 그들이 새파란 김일성이라는 사람을 북조선 수상으로 내세우려고 한다면서 가만히 있어서는 안 될 일이라고도 했다. 또순은 함께 울분을 느꼈다. 그러던 어느 날 아끼꼬가 또순에게 심부름을 부탁했다. 아는 사람에게 급히 전할 것이 있으니 보따리 하나를 들고 시장 입구에 가면서른 살쯤 되는 청년이 담배를 꺼내 피우면 주라고 일렀다. 또순은 언니의 부탁이라 보따리 안에 무엇이 들었는지 물어보지는 않았지만 눈치를 챘다. 막 시장 입구에 다다를 순간 청년 하나가 담배를 꺼내 들며 한 걸음 앞으로 발을 내디디려는데 사복 차림 사내 셋이 달려들었다. 동시에 또순은 누군가 목덜미를 꽉 움켜잡는 바람에 비틀거렸다. 그길로 어느 건물 지하로 끌려간 그녀는 아끼꼬의 심부름을 한 것이라고 말했다. 무슨 영문인지도 모르고 보따리 심부름을 대수롭지 않게 여겼다. 나중에 알고 보니 아끼꼬와 여인 일곱 명이 더 붙잡혔다.

이들 아홉 명은 소련군 원산주둔 특무대에서 꼬박 한달 보름 동안 심한 고문을 당하며 심문을 받았다. 또순으로서는 전혀 알 수 없는 소리들이었다. 심지어 소련군 장교의 군총을 훔쳐 누구에게 주려고 했는가, 하는 생뚱맞은 심문을 당하기도 했다. 모르는 일이니 모른다고 해도 소용없었다. 결국 그들이 물어보는 일을 모두 아끼꼬에게서 들었다고 해야 나갈 수 있다고 해서 시키는 대로 서류에 손도장을 찍어 주었다.

법정이 개정되고 검사의 논고가 있은 후 변호사의 변론도 없이 판사의 선고가 있었다. 이들은 정치범으로 규정되었기 때문에 변론이 허락되지 않았다. 죄명은 '파시스트당 가입과 김일성 암살 음모 가담'이었다. 판사는 판결문을 읽어 내려갔다.

'피고들은 조선국가사회주의노동자당이라는 파시스트당을 만들어 북조선 정부 출범을 방해할 목적으로 반소 선전 비라를 살포하여 민심을 교란시키고, 군관민에 대한 테러를 모의하는가 하면 심지어 소련군 장교의 권총을 훔쳐 김일성 장군 암살 을 기도한 것이 명백한 바 소련 형법 제58조 10항 반소 선전, 동 제8항 테러, 동 제4항 자본주의 방조죄를 적용, 공민권을 박탈함과 동시에 징역 10년에 전 재산 몰수를 선고한다. 다만 공범자인 장또순은 파시스트정당의 취지와 반동분자들의 음모를 모르고 협조한 만큼 징역 5년에 공민권 박탈과 전 재산 몰수를 선고한다.'

또순은 사실 그날 시장 입구로 심부름을 갔다가 잡혔을 뿐이어서 사건에 대해서는 전혀 몰랐다. 다만 아끼꼬가 외간 남자들과 자주 만나며 무엇인가, 은밀히 일을 꾸민다는 것만 알고 있었다. 원산 유곽에 있던 아끼꼬는 일본이 전쟁에 패하고 철수한 후 일본 고향으로 돌아 갈 생각을 하지 않고 해방된 조선에서 살기로 했다. 살기 어려워 집을 등지고 낯선 조선까지 왔던 만큼 다시 고향으로 간다한들 별 볼일이 있겠느냐 하는 단념이 발길을 막았다. 사실 그녀는 원산 유곽에 팔려오다시피 했다. 교토 집에서 8남매가 우글거렸지만 생계를 이을 사람이 없었다. 거기다가 아버지가 진 빚 때문에 조선에 일자리를 알선해주는 브로커에게서 빚 갚을 돈을 선불 받고 조선행을 결심했던 것이다.

아끼꼬는 해방된 조선에서 보다 자유로이 사는 것이 소망이었다. 그 무렵 조선 내 분위기가 모두 희망을 가지고 내일을 기대하던 터였다. 그러나 곧 들이닥친 소련군의 횡포 앞에서 그런 분위기가 회의와 분노로 바뀌었다. 소련군이 수풍댐이나 흥남비료공장 시설을 무단으로 뜯어갔다는 소문 하며, 자고 일어나면 어디서 여성들이 소련군에 겁탈당했다는 소문이 부풀었던 인민의 기를 꺾고 있었다. 이럴 바에야 소련군의 지배를 벗어나서 우리끼리 독립 정부를 수립하자는 의견이 곳곳에서 분분하며 반소 기류가 형성되던 때 청년들이 암암리에 움직이고 있었다. 아끼꼬는 유곽에 가끔 들리던 청년에게서 이런 북조선의 동향을 전해 듣고 공감을 했다. 그 청년으로부터 협조 요청을 받고 반소 선전비라 살포에 동참했다. 그것이 계기가 되어 더 큰 목적을 향한 운동에 연락책을 맡았다. 청년들이 알려준 목적은 소련군에 저항하여 로마넨코 정치사령관을 제거하고 제2독립운동을 하는 일이었다. 거사 날 쓸 무기를 아끼꼬가 구하기로 했다. 청년의 지시대로 유곽을 찾아오는 소련군 장교에게 교태를 부리며 술에 취하도록 한 후 권총을 뺏기로 한 것이다. 그러나 또순이가 선전비라 보따리를 전하려다 체포되는 바람에 거사는 불발이 되고 말았다.

2

아끼꼬와 또순이는 군사법정에서 정치범으로 선고를 받은 만큼 5월에 시베리아 정치범 수용소로 이송 결정이 내려졌다. 이들은 평양

감옥을 나와 소련 국가보안성 극동지부 평양분국으로 갔다. 바로 열차를 타지 않고 그곳으로 간 것은 보안성 산하 비밀경찰 호송차를 타기 위해서였다. 이 호송차는 통칭 '블랙 마리아'(검은 까마귀)로 불리는 특수 개조 차량이었다. 비밀경찰 총책인 베리아가 붉은 씨받이 공작을 지원하기 위해 특별히 블랙 마리아를 평양에 파견한 것이다. 주로 정치범을 호송하는 차인데 검은 청색에 사방에 차창이 없고 내부에는 토끼 집 같은 칸막이가 여섯 개가 두 줄로 배열되어 있었다. 한 칸에 한 명씩 들어가도록 되어 있지만 너무 비좁아 서지도 앉지도 못한 채 무릎을 꿇고 엉거주춤한 자세로 견디어야 했다. 가운데 복도에는 경비병이 차지했다. 정치범 호송차인 만큼 철저히 외부와 차단하는 것이 목적이어서 일체 밖을 볼 수 없게 폐쇄했으며, 죄수는 어디로 가는지 알 수 없게 되어 있었다. 다만 차 내에 희미한 전등과 지붕에 통풍구가 있어서 그나마 숨쉬기가 나았다. 차 밖에는 '무, 배추', '빵', '소고기' 등 문자를 써 붙여 행인들이 보기에 무슨 채소 운반차량처럼 보이게 했다.

군사법정에서 선고 받은 아홉 명이 블랙 마리아의 승차 손님이 되었다. 둘은 이 블랙 마리아에 탄 채 어디로 가는지도 모르고 불안에 떨었다. 특히 또순이는 자신이 무슨 죄를 지었는지도 제대로 모른 채 재판까지 받고 캄캄한 호송차에 타고 가는 것이 세상 끝으로 가는 같아 몸을 잔뜩 움츠리고만 있었다. 이를 본 아끼꼬가 옆 칸에 든 또순에게 말을 걸어 달랬다.

"또순이 나 땜에 이렇게 돼서 미안해. 하지만 죽을 짓을 한 것이 아니니까 너무 걱정하지 말아요. 내가 곁에 있어 줄게."

"언니도 오데로 가는지 모르잖고. 내레 언니만 믿슴다."

"그래. 그런데 뱃속 애기가 놀라지 않도록 마음을 단단히 먹어."

"기렇구만요. 우리 애기가 탈이 없어야 하지비."

또순은 이때까지 뱃속에 안은 태아를 위해 버티며 어려운 고비를 넘겨왔다. 아직 태어나지는 않았지만, 아버지가 없는 아이지만 내 몸에 아이는 내 생명이고 조선의 아이라는 우직한 믿음 때문에 살아온 것이다. 마치 사형 선고를 받은 전범 여인이 죽을 날을 앞두고도 나타나는 생리현상에 불가사의한 생존의 본능을 깨닫듯 그녀도 태아의 존재 때문에 살아가야 할 이유를 깨닫고 있었다.

둘이 이동하는 감방에 갇혀 불안을 말로 토하는 사이 다시 원산으로 돌아갔다. 이어 지체하지 않고 배를 타고 블라디보스토크로 갔다. 바다에 나오니 바깥 공기를 쏘일 수 있어서 한결 마음이 가라앉았다. 그러나 그것도 잠시 선실에 갇혔다. 얼마나 지났는지 블라디보스토크에 도착한 후 그곳 비밀경찰 지부에 들러 신상에 관한 확인 절차를 거쳤다. 거기서는 이른바 '스톨리핀'이라는 호송열차를 탔다. 이 열차의 별명은 제정 러시아 내무상이었던 표트르 아르카디예비치 스톨리핀의 이름을 따서 불렀는데 강제노동수용소로 보내는 죄수들을 호송하는데 동원되었다.

'스톨리핀' 열차는 1910년 이전에 스톨리핀에 의해 처음 운용되었으며, 1930년대, 대숙청시대에 죄수 전용으로 활용되었다. 그래서 '스톨리핀 열차'라기보다 '스탈린 열차'라고 하는 것이 그 용도상 걸맞을 것이라는 말이 나오기도 했다. 열차에는 창문이 없어 화물차로 보이고, 통행로 옆으로 객실이 있는데 창문이 없고, 2층 칸에 조그만 블라인드만 있을 뿐이어서 동물 전시장처럼 보였다. 객실은 6인용에다가 2층 칸에 3명, 그 위 화물 선반에 2명 등 11명이 탈 수 있는 크기인데 여기에 11명이 추가되는 경우가 자주 있었다. 심지어 서른여섯 명까지 경비원들이 발로 차서 억지로 쑤셔 넣는 바람에 빽빽하게 들어선 죄수들 사이 끼인 사람은 며칠 동안 발이 바닥에 닿지 않는 채로 있다가 지치고 숨이 막혀 죽어갔다. 경비병은 이틀이 지난 후에야 시체를 끌고 나갔다.

또순이 일행이 이런 험악한 스톨리핀 열차에 타고 동행할 사람들은 전부 여성 죄수들이었다. 대부분이 10대 후반에서 20대 중반으로 고만고만한 젊은 여성들이었다. 아끼꼬가 이들과 대화를 나누어 보고 역시 일본 여성들로서 만주 자무스 제1육군병원 소속 간호부들임을 알았다. 그 중 나이가 많은 린쇼우(林政) 가쓰에는 설흔 살이었다. 그녀가 아끼꼬에게 그녀들의 행차에 관해 전해 준 이야기는 이러 했다.

자무스 제1육군병원은 정식으로 관동군 제38육군병원으로서 제791부대였다. 전세가 기울어지던 1945년 7월 1일 부상자와 질병 환자가 많아 일손이 부족하자 시내 전역에 걸쳐 1백50명을 소집, 보조 간호부대로서 '국수대(國手隊)'를 발족시켰다. 고등여학교를 갓 졸업한 사람, 각 직장에 다니던 타이피스트나 전화 교환수 등으로서 17, 8세였으며, 최연소 소녀는 간호부 생도인 사까도우 요시꼬로서 15세였다. 요시꼬는 가고시마 출신인데 아버지의 사망으로 가세가 어려워지자 어린 나이에 자무스로 왔다고 했다. 가쓰에가 이들 보조 간호부 교육담당 반장으로서 소련군 포로가 된 이들의 인솔자가 되어 함께 하바롭스크로 간다고 했다. 하지만 행선지는 아끼꼬 일행과 마찬가지로 모른다는 것이었다. 일본적십자 히로시마지부 간호부 양성소를 수석으로 졸업한 가쓰에는 1937년 일·중 전쟁 시초 상해사변에 종군 경력이 있는 노련한 간호부였다.

"우리는 8월 9일 소련군이 만주를 침공, 전황이 다급해지자 군부대와 행동을 같이 하기로 했어요. 부대장은 간호부들을 염려해 해산하라고 했지만 그럴 수 없었지요."

아끼꼬는 그 후 일이 궁금해 물어봤다.

"그럼 위험했을 텐데 어떻게 해서 여기까지 오게 되었나요?"

"물론 위험했었지요. 소련 전투기의 공습이나 소련군과의 전투보다 소련군에 점령당한 후가 문제였어요. 이를테면 소련군이 간호부들을 내놓아라고 요구한 것을 상부에서 그대로 우리에게 전달해서 긴장했었어요."

"그래요? 우리도 그런 일이 있었어요. 군인이 아니라 짐승 같아요."

"반장인 내가 나서서 항의했지요. 어찌 그럴 수 있는가고요. 그래도 상부의 지시라며 막무가내였어요. 그러자 막내인 사까도우가 청산가리 병을 들고 고함을 지르데요. '몸을 내놓느니 저승으로 가겠다!'요. 그 순간 뜨끔했지요. 병을 움켜쥔 손을 꽉 잡고 호통을 친 후 내가 품속에서 청산가리 병을 꺼내 들었어요."

긴장감을 느낀 아끼꼬와 또순이는 다음 일이 걱정된 듯 숨을 죽이고 응시했다.

가쓰에는 십년 묵은 원한을 토해내듯 결연히 외쳤다.

"이 애들을 소련군에게 바치려면 내 시체부터 바치라! 그랬더니 어찌 된 줄 아세요?"

"아! 그러면… 그러면… 가쓰에상이…?"

"아녜요. 주변에 있던 간호부 애들이 일제히 청산가리 병을 꺼내들고 합창을 했어요. '덴노 헤이까 반사이! 오도상 오바상 사요나라!'"

또순이는 눈물을 머금고 소리쳤다. '안 돼 안 되꼬망.'

"그때 이건 아니다 싶은 생각이 퍼뜩 들어 만류했지요. '나 혼자 죽으면 될 일을 너희들은 그러지 말라.' 그러자 애들이 나를 둘러싸고 울기 시작했지요."

이 사태는 그 광경을 보고 있던 중대장이 가쓰에에게 와서 사과하며 상부에 보고하겠으니 모두 진정하라고 해서 그것으로 마무리되었다는 것이었다. 베리아가 도모한 붉은 씨받이 음모가 만주 일본군 간호부들에게도 미치게 되는 순간 좌절된 사례였다. 겨우 몸을 지킨 간호부들은 소련군의 지시에 따라 송화강에 가서 배를 타기 위해 일본군 임시사령부가 있던 방정(方正)으로 갔다. 그러나 일본군 포로가 먼저 배를 타고 떠나고 간호부들은 며칠 대기했다가 우수리스크를 돌아 블라디보스토크로 갔다. 열차를 타고 하바롭스크로 가기 위해서였다.

아무튼 같은 여자끼리 하바롭스크까지 동행하게 되어 남다른 감회에 젖었던 여정이었다. 하바롭스크에 도착한 간호부들은 어디론지 가고 아끼꼬 일행은 중계수용소로 가서 며칠 머무르게 되었다. 이송 여정 내내 불안 속에서 아끼꼬에게 의지해 왔던 또순이는 점점 불러 오는 배를 남몰래 만져보며 걱정이 태산 같았다. 그 일이 있고 난 후 벌써 8개월이 다 되어 출산에 신경이 쓰였던 것이다. 목적지도 모른 채 이 애를 어디서 낳아야 하는지, 제대로 낳을 수 있을는지, 순산이 걱정되지 않을 수 없었다. 헌데 여기서 뜻밖의 동포를 만나게 되었다. 중계수용소에는 말 그대로 어디론가 이송될 죄수와 포로들이 임시로 머물다가 가는 곳이었다. 해서 각양각색의 인간군상이 거쳐 가면서 거기 걸맞은 화제를 남겼다. 남녀가 따로 수용되기는 해도 철조망 사이로 간단한 대화가 가능해 뜻하지 않게 고향 사람을 만나 반가움에 울부짖는 광경이 이따금 눈에 띄었다. 어느 날 아끼꼬와 함께 남자 수용소 앞을 지나치는데 아끼꼬가 손을 잡고 말했다.

"저기 봐 남자들…. 저 철조망 안에 있는 사람들…."

또순이가 고개를 들어 바라본 곳은 철조망이 쳐진 남자 수용소였다.

"응 남자들?"

"어디서 본 사람 같지 않아?"

또순이는 모두 모르는 사람들이었다. 고개를 저었다.

"잘 봐 조센징 같지 않아 조센징."

"무시기 조센징이라고…?"

그제야 또순이는 한 발짝 앞으로 다가서서 유심히 봤다. 만리타향에서도 조선 사람은 조선 사람을 알아볼 수 있었다. 헌데 아끼꼬가 먼저 알아본 것이다. 그만큼 눈썰미가 밝다는 것이었다. 또순이는 철조망으로 달려갔다. 누구랄 것도 없이 이쪽으로 바라보는 사람들에게 소리쳤다.

"조선 아바이 앵이오? 내레 조선 에미나이입꾜망."

"조선 사람요? 그라모 조선서 왔소?"

이리하여 함경도 또순이와 경상도 마당 개 사이에 안면이 트이고, 철조망 안 사람들은 만주에서 끌려온 조선인 일본군 포로임을 알게 되었다. 물론 두 여인이 원산에서 끌려 온 정치범이라는 것도 알게 되었다. 이들은 만리타향에서 고향 사람을 만난 것처럼 정다운 얘기를 주고받았다. 마당 개는 경북 영주 출신으로서 학교도 제대로 못 가고 홀어머니와 함께 어렵게 살던 중 1945년 8월 초 아까가미(징집영장)를 받아 곧장 용산훈련소로 갔다. 거기서 내몽고 하이라얼 부대로 배속되어 갔으나 전투를 해보기는커녕 부대 배치를 막 받자마자 무장해제 되어 소련군 포로가 되었다고 한다. 그와 함께 있던 박도식은 전북 익산 출신인데 막 신혼 재미를 보던 중 같은 해 7월 징집되어 일본 북해도로 갔다. 거기서 천도열도 파라무시르섬에 배치되어 사할린으로 쳐내려온 소련군과 전투 한번 제대로 못해 보고 항복했다고 한다.

1주일 머무는 동안 조선인 포로들과 정을 나누던 또순이는 그들이 시베리아 일대 수용소로 떠나자 눈물을 흘리며 전송했다. 마당개, 박도식 등에게 차례로 태극기가 그려진 수건을 하나씩 주었다. 아끼꼬에게 부탁하여 상점에서 사 온 수건에 꽃들을 짓이겨 만든 물감으로 태극기를 그렸다. 오빠들에게 조선 사람임을 잊지 말라는 마음을 전하는 것이었다.

이어 아끼꼬 일행도 블라고베시첸스크로 이송되어 갔다. 그동안 어디로 갈 것인지 행선지를 수소문한 결과 몇 갈래 행선지가 알려졌다. 아니 알려졌다고 하는 것보다 소문에 빠른 애들이 전해 듣고 내린 추측이었다. 이 중계수용소에 들르는 포로나 죄수들은 대체로 서쪽으로 가면서 블라고베시첸스크나 우란우데, 크라스노야르스크, 바르나울을 거쳐 멀리는 우랄지방까지 이송된다는 것이었다. 하지만 중죄인들은 북동쪽에 있는 바니노항을 거쳐 죽음의 도시라 불리는 마가단 항으로 이송되는 경우가 잦다는 말도 나돌았다. 아끼꼬 일행은 정치범이기 때문에 간호부들과는 달리 바니노로 갈 가능성 커 보였다.

그러나 이들은 예상과는 달리 동쪽인 블라고베시첸스크에 도착, 죄질이 무겁다고 보아 국가보안성 제384군사법정에서 다시 재판을 받았다. 여기서 내무성 특별수용소로 이송을 결정했다. 당시 보안성 장관이던 베리아는 스탈린의 정책에 따라 자원 확보를 위해 북극해가 가까운 북극동 지역인 콜리마에 강제노동수용소를 증설하여 죄수들의 노동력을 십분 활용하고 있었다. 이른바 석탄은 물론 금광, 구리 등 탄광과 타이가에서의 벌목, 거기다가 북극동 지역에서의 농산물 생산 실험까지 노동력을 투입했다. 이에 따라 아끼꼬와 또순이는 하바롭스크를 거쳐 바니노로 이송되었다. 이곳은 사할린 크라스노골스크 맞은편 항구로서 타타르해협을 지나 하바롭스크주아무르강 하구와 사할린 사이를 넘어 오호츠크해로 빠지는 주요 거점이며, 북극동 지역인 콜리마의 주요 항구 마가단으로 가는 해상 교통로였다.

조선 여인이 드나들 장소가 아니었다. 헌데 조선 여인, 그것도 저 함경북도 부령 시골 여인 장또순이 엉겁결에 그 무서운 행선지로 가려고 왔다. 1860년대 초 굶어 죽을 바에야 낯선 곳이나마 가보자고 두만강을 건너 연해주 포세트로 갔던 선조들을 따라가는 것이 아니었다. 또순의 강제 이송은 그들의 러시아행과 달리 소련의 악랄한 강제노동수용소로 가기 위한 것이었다. 참 기구한 조선 여인의 소련행이었다. 역사상 조선인의 불행한 출국 경험은 1636년 12월 병자호란 이후에 일어났다. 그때 60만 명 이상의 조선인이 청나라로 끌려가서 노예와 성노리개로 살았다. 일제 강점기에는 중일전쟁 이후 조선 여인을 위안부로 끌고 가서 성노리개로 삼았으며, 태평양전쟁 때는 징용과 징병으로 조선 남성들을 강제로 만주와 중국, 동남아시아로 몰았다. 헌데 2차대전이 끝난 시점에서 장또순이라는 조선의 무고한 촌뜨기가 저 악명 높은 북극동 지역 콜리마로 끌려가려 하고 있었다. 모두 해방이 되었다고 고향을 찾아 귀향길에 오르고 있었는데 그녀는 거꾸로 탈향길로 내몰리고 있던 것이다.

장또순 일행은 며칠 동안 중계수용소에서 마가단행 선편을 기다리며 중범죄자 상대 강제수용소 생활을 위한 예비생활을 했다. 벌써 북극동 지역의 악명 높은 콜리마 강제수용소 분위기가 풍기는 것 같았다. 수용 죄수들만 해도 달랐다. 하바롭스크에서 바니노로 왔다 하면 물어볼 것도 없이 중죄인이 대부분이었다. 물론 일반 형사범들도 끼어 있었지만 그들의 존재는 거의 관심 대상이 되지 않았다. 중죄인은 모두 정치범이었기 때문에 누구나 함부로 말 걸기를 꺼려했다. 자칫 잘못하다가는 인민의 적으로 간주될까 두려워했다. 말 한마디 잘못하거나, 섣불리 그들의 의견에 동조하거나, 심지어 그들과 말을 섞기만 해도 정치범으로 몰릴 판이니 수용소 내 분위기가 영 썰렁할 수밖에 없었다. 해서 또순이는 왠지 장지문 틈새로 들어오는 찬바람처럼 몸을 움츠리게 하는 무엇인가를 느끼며 아끼꼬의 눈치를 살폈다. 정치범인 아끼꼬가 그런 낌새를 모를 리가 없었다. 그녀는 또순의 어깨에 살며시 손을 얹고 주의를 주었다. '내가 말을 하지 않으면 절대 다른 사람들에게 말을 걸지 마, 알았지.'

1930~40년대에는 바니노항에서 마가단항으로 가는 배편은 오로지 콜리마지역강제노동수용소로 가는 죄수들만이 승선했다. 바니노항은 특히 정치범 수송 전문 항구나 다름없었다. 또순이와 아끼꼬가 탄 '쭈르마호'는 다행히 6월에 출항하여 언 바다는 면했으나 여름 풍랑과 호송병의 박해로 괴로움을 당했다. 선실에도 배멀미로 토해낸 음식 찌꺼기 등 오물이 널려 냄새가 지독했다. 특히 시골 출신 또순이는 처음 배 안에서 이 지경을 견디지 못하고 심하게 토한 끝에 몸져누웠다. 섬나라 일본 출신 아끼꼬는 잘 견디어 또순이를 간호해주는 바람에 마가단까지 큰 탈 없이 갈 수 있었다.

처음 발을 들여놓으면서 본 마가단 항구는 너무나 을씨년스러웠다. 장또순은 이 마을에 들어서면서 앞으로 운명을 알 수 없어 불안하기만 했다. 처음 철선을 타고 망망대해를 건너와 닿은 곳이 낯설어 불안은 더했다. 가도 가도 끝이 없을 것 같은 길, 죽을 길이 될지, 살 길이 될지, 가없는 나락에 떨어지는 기분이었다. 그녀는 아끼꼬 뒤만 졸졸 따라갔다. 나지막한 언덕을 배경으로 그 앞 바닷가 쪽으로 나있는 평지에 2, 3층으로 보이는 목조건물이 보이고 나머지는 단층 목조건물 몇 채와 기다랗게 이어진 수용소처럼 보이는 건물이 눈길을 끌었다. '북극동 대륙의 섬', '죽음의 도시'로 알려진 마가단은 1920년대

말부터 광물 발굴을 목적으로 탐사대가 머물던 곳이었다. 그 후 본격 발굴 단계에서 죄수들을 압송해 와서 수용함으로써 개발이 시작된 아주 낙후한 오지였다. 이후 콜리마강 일대에 금, 철, 동 등 광산이 들어서자 촌락으로 발전하여 오늘에 이르렀다.

1930년대 레닌그라드 당 서기 키로프의 암살사건을 계기로 일대 숙청의 회오리를 불러일으켰던 스탈린이 애꿎은 죄수들을 양산하는 바람에 그들을 수용할 필요성이 커졌다. 키로프 암살혐의와 함께 스탈린 등 당 고위 인사의 암살 음모 혐의를 조작하여 처형한 것을 시발로 무수한 인사들이 처형대에 올랐다. 여성의 몸으로 무려 18년 동안 콜리마지역 등 수용소에서 고생한 후 수기. '소용돌이 속으로의 여행'을 남긴 예브게니아 긴즈부르크 같은 인사도 키로프 암살자와 친분이 있다는 구실로 강제노동수용소행에 올랐다. 이 지역 강제노동수용소 생활을 기록한 '콜리마 이야기'로 세계적인 수용소문학 작가가 된 바를람 샬라모프도 이 시기에 모함에 걸려 '인민의 적'으로 규정되었고 17년 동안 콜리마지역 수용소로 압송되어 강제노동에 시달렸다. 시인 오시프 만델스탐이 유형에 처해진 후 부인 나데즈다 만델스탐도, 부하린의 부인 안나 라리나도 유형생활을 하지 않으면 안되었다.

제정 러시아시대에는 유형지가 주로 죄수 수용에 편리한 시베리아 철도 연변에 가까운 지역을 중심으로 산재해 있었다. 예컨대 레닌이 유형을 살았던 슈센스코에를 비롯 바쿠닌의 톰스크, 데카브리스트의 이르쿠츠크, 토로츠키의 우스트 쿠트, 도스토옙스키의 옴스크, 볼콘스키 공작의 네르친스트 등지에 수용소가 몰려 있었다. 그러나 러시아혁명 후, 특히 스탈린 시대에 유형지를 저 멀리 북극동 지역인 콜리마와 추코트카까지 확대하기에 이르렀다. 수많은 정치범을 양산한

데 따른 조치였다. 이 지역은 자원 확보의 필요성과도 맞물려 강제노동수용소를 곳곳에 설치했다.

죄수들을 수송하기 위해 야쿠츠크공화국 수도 야쿠츠크(현 사하공화국)에서 마가단까지 2,300㎞ 육로를 건설하는 과정에서 수많은 죄수들이 희생되었다. 죄수들이 영양실조로, 혹은 질병이나 굶주림으로 죽으면 바로 도로 밑에 묻고 그 위에 콘크리트를 부어 만든 콜리마대로는 '백골도로'가 되었다. 이 백골도로를 통해 수송된 죄수 3백만 명이 마가단, 콜리마, 추코트카 일대에서 강제 노역에 투입되었다. 이 지역 수용소에는 전후 시베리아로 이송된 일본군 포로 60만 명 중 1%에 해당하는 6천 명이 억류되어 강제노동에 시달렸다. 또순이와 아끼꼬가 이들에 포함되었다.

스탈린의 그늘에 숨어 이런 만행을 자행한 인물이 바로 라브렌티 베리아 내무인민위원(후에 국가보안성 장관)이자 소련비밀경찰 총책이었다. 그는 광산개발에 역점을 두면서 이에 투입할 노동력을 확보하기 위해 수많은 범죄자를 수용소로 이송하는데 급급했다. 스탈린의 비위에 맞게 처신하여 숙청된 전임자들보다 두터운 신임을 받았다. 지노비에프와 카메네프 등 키로프 살인자 일당 재판에서 스탈린에게 물어보지도 않고 혐의를 풀어 보려는 그들의 제안을 정치국으로 넘기는 등 주제넘은 행동을 했다는 이유로 겐리크 그리고리예비치 야고다 내무인민위원 일파는 면직 조치와 함께 숙청의 회오리에 휘말려버렸다. 그들에게 돌아간 대가는 총살형이었다.

스탈린헌법(이른바 신헌법)의 아버지라던 부하린마저도 이들과 내통한 '인민의 적'으로 규정하여 처형했다. 1937, 8년의 일이었다. 야고다를 이은 니콜라이 이바노비치 예조프는 군사력을 무려 30%나 감소시킬 만큼 군부 원로와 장교들을 숙청한 대가로 1939년에 처형

되었다. 이 바람에 스탈린과 같은 그루지아 출신으로서 그루지아공화국 인민위원회 서기이자 비밀경찰 총책인 베리아가 발탁되었다. 그는 부하가 앞에 나서는 것을 싫어했던 스탈린의 성향을 파악하고 항상 그림자 뒤에서 가공된 '인민의 적'을 겨냥, 비인도적이며 잔인한 칼날을 휘둘렀다. 그의 처신은 1인 우상에 대한 충성이었을 뿐 인민의 평등과 자유를 외면하여 '얼빠진 보랏빛'으로 변색된 사회주의에 매몰되고 말았다.

또순은 마가단에 상륙하자마자 북극동 건설본부(달스트로이) 건물에 들어가서 신체검사를 받았다. 수용소로 보내기 전에 노동력이 어느 정도인지 확인한다는 명분이었다. 그런 줄로만 알고 보따리를 든 채 검사원들 앞에 섰다. 여성 보조원이 옆에 서서 윗옷을 벗도록 도와주었다. 여남은 명이 되는 검사원들은 가는 눈을 뜨고 반나체가 된 여인들의 몸을 뚫어져라 보고 있었다. 또순은 남성 혐오증 때문에 시선을 피해 고개를 아래로 떨어뜨린 채 지나갔다. 그녀의 절름거리는 걸음을 본 남성들은 얼른 지나가기를 바라는 눈치였다. 또순이 뒤를 따라가려는 아끼꼬에게는 서라는 손짓을 했다. 모두들 탐욕스런 눈초리로 그녀의 몸 아래 위를 훑었다. 아끼꼬가 낯을 붉히며 서둘러 또순에게로 다가갔다. 그러자 여자 보조원이 그녀의 팔을 잡고 가운데 앉은 나이 지긋한 사내 앞으로 끌고 갔다. 이미 그 사내의 눈짓을 간파한 것 같았다.

"가스빠진 이름이 뭐야?"

그녀의 신상을 캐보려는 수작처럼 보였다.

"네 아끼꼬라고 합니다."

"아끼꼬… 마가단에서 일해 볼 생각 없나?"

뜻밖에 그의 물음이 일자리 제의로 이어져 아끼꼬는 건설본부 관리국장 집에 가서 가정부 일을 맡기로 했다. 그녀는 다리가 불편한 동생 또순을 혼자 콜리마 수용소로 보낼 수 없어 함께 마가단에 남아 일할 수 있도록 해달라고 부탁했다.

"남의 사정 봐줄 형편이 아닌 것 같은데…."

"하지만 조선에서부터 보살피며 함께 온 동생을 어떻게 혼자 보내겠어요. 국장님 댁에 일이 끝나면 함께 수용소로 가겠어요."

그리하여 또순은 마가단 여관에서 청소부로 일하게 되었다. 아끼꼬는 관리국장 부인을 도와 설거지와 집안 청소가 끝나면 또순이에게로 와서 말동무가 되어주었다. 여관에는 지질조사반을 비롯해 뜨내기 장사꾼, 자유노동자, 건설 본부 직원 등이 묵었다. 그야말로 며칠씩 묵고 가는 손님들이라서 깊은 정은 없었지만 홀아비들에게 필요한 일을 해주면 고맙게 생각해서 보답을 해주었다. 간단한 세탁을 해주든가, 담배나 술 심부름을 해주면 몇 루블을 주기도 하고, 과자 같은 군것질거리를 사주기도 했다. 수용소 생활을 하기 전 여성으로서 특혜를 누리는 기분이었다. 그러나 아끼꼬는 불안감을 떨쳐버리지 못했다. 관리국장의 예사롭지 않던 시선이 자꾸 떠올랐다.

열흘이 지나자 제법 얼굴에 생기가 돌고 한 달이 지나자 바짝 말랐던 피부에 살이 붙기 시작했다. 부인이 집을 비운 사이 건설국장이 아끼꼬를 내실로 불렀다. 잔심부름이 있는 줄 알고 방에 덜어 서던 그녀는 경계심에 주춤 섰다. 보드카를 들이키던 국장의 얼굴은 홍당무처럼 붉었고, 혀 꼬부라진 소리를 내며 오라고 손짓을 하고 있었다.

"가스빠진 이리 와봐!"

아끼꼬는 안 되겠다 싶었다. 나가려고 몸을 돌렸다. 그때 비틀거리며 달려들던 그가 그녀의 허리 안은 채 앞으로 꼬꾸라졌다. 놀란 그녀가 소리쳤다.

"어머, 왜 이래요!"

위로 덮친 그의 몸뚱이를 밀치는 순간 발걸음 소리가 들렸다. 마침 일을 보고 들어오던 부인이 문지방에 널브러져 있는 남녀를 보고 크게 놀라 고함을 질렀다. 그러더니 남편에게 달려들어 윽박지르기 시작했다.

"당신 미쳤어? 야뽄스케 가스빠진에게 무슨 짓이야, 응!"

그새 주눅이 든 국장은 부인에게 끌려 안방으로 들어갔다.

3

그 일이 있은 후, 마가단을 떠났으면 하던 때 콜리마로부터 건설본부에 죄수의 충원을 요청해왔다. 또순이와 아끼꼬는 소련 여죄수 일행과 함께 마가단을 출발, 트럭에 몸을 싣고 콜리마 오지로 향했다.

'백골도로'를 달려가는 트럭은 목탄차라서 종종 엔진이 꺼졌다. 차라리 블랙 마리아를 탔더라면 지체하는 일은 없었을 것이다. 이 백골도로 밑에는 수없는 죄수들의 주검이 콘크리트로 굳어진 채 묻혀 있었다. 영양실조에 질병까지 겹친 죄수들은 수작업으로 도로 건설을 하는 도중 쓰러지기 일쑤였다. 그러면 감시병들은 느닷없이 달려들어 총 개머리판으로 마구 갈겼다. 노동 기피죄로 몇 년 형이 추가된다고 하면서 때리고 또 때렸다. 결국 죽는 길밖에 다른 길이 없었다. 그러나 시체를 제대로 치워주기는커녕 마구잡이로 구덩이에 몰아넣고 그 위에 시멘트를 들이부었다. 또순이는 백골도로에서 소변을 보려고 잠시 내려 주위를 둘러보았다. 첩첩산중에 보이는 것이라고는 자작나무와 전나무 등이 빽빽이 들어선 이른바 타이가 숲이고, 산봉우리에 앉은 백년 설 뿐이었다. 여기서 도망간다 해도 길을 잃어버리기 십상일 것 같았다. 그러나 타이가와 툰드라의 숨겨진 무서움을 알리가 없었다. 아무 장막을 치지 않은 트럭에 옹기종기 앉은 여죄수들 사이에서 또순이와 아끼꼬는 나란히 앉아 서로의 몸을 데웠다. 찬바람에 몸이 굳은 데다가 알 수 없이 먼 오지로 끌려가는 불안감에 떨었다. 앞으로 계속 노역을 해야 할 수용소로 가면 세상과 담을 쌓고, 사람 사는 훈기를 느낄 수 없을 것이니 이제 고립감과 싸울 일이 큰 일이었다.

북조선 하고도 함경북도 부령군 사하마을에서 자란 장또순은 세상 물정을 모른 가운데 아끼꼬에게 구조되어 살아났다 싶었다. 그런데 심부름 한다고 했던 것이 죄가 되어 난생처음 재판을 받았다. 그 후 시커먼 차에 실려 한참 소련 땅을 누볐다. 다시 배를 타고 건너온 소련 땅에서 어디로 가는지도 모르고 지금 첩첩 산골로 들어가고 있었다. 형무소 같은 데를 가는 것 같지만 왜 이렇게 먼 데를 가는지 알 수 없었다. 옆에 지키고 있는 소련 군인에게 물어볼 수도 없었다. 아끼꼬 언니에게 물어보려 해도 같은 신세여서 물어보나마나였다. 세상에 북조선 여자가 이렇게 먼 소련 땅에 잡혀 온 사람이 있을까? 불안이 깊어질 즈음 때마침 몰아치는 시베리아 바람에 날려갈 것 같았다. 머리카락이 흩날리고 옷자락이 위로 치켜 올라 거센 바람과 함께 춤을 추자 전신이 휘청거렸다. 아끼꼬가 소리쳐 불렀다. 겨우 차에 탄 그녀는 뱃속의 태아가 걱정되었다. 옷자락을 배에 휘감아 정성스레 안고 앉았다. 뱃속에서 자라는 씨앗을 안고 있는 이상 어디를 가든지, 어떻게 고생을 시키든지, 살아나가리라 자신했다. 앞으로 또순에게 닥칠 잔인한 유형의 세월이 얼마나 길지 모를지라도 그녀에게는 꿋꿋하게 이겨낼 참을성과 생존력이 있었다. 러시아 시인 푸시킨이 시베리아 유형수들에게 보낸 시의 한 구절처럼 지금의 그녀에게도 고향에 돌아갈 그날이 끝내 올 것이라는 기대가 버팀목이 되었다.

불행의 믿음직한 자매인
희망은 어두컴컴한 땅굴 속에서도
활력과 즐거움을 일으키나니
원하는 그 시간은 반드시 오리라.

(푸시킨, 「깊은 시베리아 광산에서도」)

4, 5백 킬로미터를 달려 도착한 곳은 '엘겐수용소'라고 했다. 얼마나 먼 곳이기에 이렇게 오랫동안 트럭을 타고 와야 했나, 고개를 갸우뚱하며 차에서 내리던 또순이는 쭉 늘어선 경비병들의 모습에 흠칫 놀랐다. 그들은 눈을 번뜩이며 새로 오는 죄수들을 훑어봤다. 차에서 내리는 죄수들은 모두 여자들이라서 별 경계할 것도 없을 것 같지만 습관적으로 경계를 늦추지 않고 있었다. 인솔자가 그들 사이를 뚫고 여죄수들을 수용소 입구로 데려갔다. 거기서 일일이 이름과 수인 번호를 확인한 후 막사별 인원을 배정했다. 제가끔 필요한 물품을 담은 보따리를 하나씩 든 여죄수들은 종종걸음으로 배정된 막사로 갔다. 구내에는 행정 건물과 죄수용 막사 외에 축사와 온실 같은 건물이 몇 채 있었다. 막사로 가던 도중 노동현장에서 돌아오던 죄수 행

렬을 봤다. 그들과 사이에 거리가 있어서 분명치는 않았지만 남자처럼 보였다. 아끼꼬가 이상한 듯 또순에게 말했다.

"엘겐엔 여죄수들만 있다고 한 것 같은데 저 사람들, 남자 아니야?"

또순이 보기에도 여자가 아닌 것 같았다.

"그렇네요. 저게 여잔가…?"

그러는 사이 거리가 좁혀졌다. 아끼꼬와 또순은 약속이나 한 것처럼 앞을 지나가는 죄수의 얼굴을 뚫어져라 쳐다봤다. 그러다가 둘이 동시에 감탄사를 내뱉었다.

"아아니… 저게 저게…. 여자들 아닌가?"

그들은 놀라서 입을 다물지 못했다. 새까맣게 찌든 얼굴에 바로 눈썹까지 내려쓴 모자, 짧은 바지에 천으로 만든 신발 등, 어디로 보나 여자 같은 데가 없었다. 이른바 '성이 없는 여자'였다. '성이 없는 여자'라면 그 여자는 여자일 수가 없지 않은가? 어찌 보면 당연한 얘기였다. 이렇게 험한 오지에서 강제 노역을 하며 살아가려면 여성이 아닌 남성 같은 여자라야 할 것이었다. 예조프의 죄수복은 사라지고 베리아의 보랏빛 사회주의에서 볼 수 있는 죄수의 모습이었다. 만민 평등을 앞세운 붉은 공산주의로서는 '성이 없는 여자'를 양산해서는 안될 일이었다. 그럼에도 베리아는 인민들에게 숙청자를 숙청한 구세주처럼 보였다. 악랄한 야고다나 예조프 일파를 숙청한데 따른 얼빠진 그림자가 드리워졌기 때문이었다.

다만 성이 있는 여자, 즉 여성으로서 여자의 존재가 드러날 때가 있었다. 이런 험악한 곳에서도 남녀 섹스가 통할 때가 있었던 것이다. 독일이나 폴란드 죄수가 오다가다 여죄수와 눈이 맞아 섹스를 통해 실존 감을 즐길 때가 있다는 것이었다. 그들도 사람인 이상 당연한 얘기라고 치부해 버릴 수 있었다. 그러나 '성이 없게 된 여자'를 상대로 섹스를 즐긴다는 것이 앞뒤가 맞지 않은 이야기인데…? 이 이야기에서 불가능 관계가 가능하게 되는 경우가 없지 않았다는 것을 알 수 있었다. 외국인 죄수가 유달리 소련 여성에게 끌려 본능을 해결하려는 욕구를 느낄 때 소련 죄수와 달리 그가 풍기는 이국적인 요소가 여 죄수로 하여금 남성의 본능에 영합하도록 충동하는 순간 남녀교합이 이루어지게 되었던 것이다. 이때 여죄수는 겉으로 드러나는 섹스 욕구 본능보다 내밀한 생존 욕구 본능에 충동되었다는 사실을 아무도 몰랐다. 그녀는 결국 성교 후 외국인 죄수로부터 빵이나 설탕, 버터 등 먹을거리나 야쿠츠크 울로 된 자켓, 혹은 신발을 받고 그 순간을 깨끗이 잊어버리고 말았다.

배정된 막사로 가기 전에 또순이와 아끼꼬는 먼저 목욕장으로 가서 몸을 씻으라는 지시를 받았다. 마가단에서 목욕을 한 후 한 달이 넘은 때라 기분 좋게 목욕장으로 몰려갔다. 입구에서 고참 여죄수가 각자 보따리를 보관함에 두고 가라고 일렀다. 옷도 물론 벗어서 보관함에 두었다. 1인당 제한된 시간은 20분이었다. 샤워마저 하지 못할 만큼 짧은 시간이었다. 물통 속에 들어앉았다가 나오면 그만이었다. 그래도 목욕이랍시고 젖은 머리를 수건으로 털어 말리며 나와 보니 반대쪽 출구로 나가라고 했다.

"보따리와 옷을 이쪽에 두었는데…?"

"잔말 말고 가라면 가!"

고참이 윽박지르는 바람에 반대편 출구로 나갔다. 거기서 각자 보관함에 담긴 옷과 보따리를 찾았다. 옷은 찜통에 담아서 펄펄 끓였다. 끓는 물에서 이는 물론이고 빈대 등을 죽이는 살충 작업을 했다. 그런데 이 과정에서 쓸 만한 옷가지는 사라졌다. 목욕장에서 일하는 여죄수가 살충 작업을 핑계로 옷을 가져다가는 윗사람에게 줄 만한 것을 고르거나 상품 가치가 있을 만한 것들을 슬쩍 빼돌려 버리는 것이었다. 자기가 입고 싶은 것을 챙길 여유가 없었다. 우선 빼돌린 옷을 주고 빵이나 설탕 같은 생활필수품을 손에 넣었다. 아니면 그런 것들을 보따리에서 찾아내서 빼돌렸다.

자기 옷이나 물품이 없어진 것을 발견한 죄수들은 여기저기서 불평과 의혹이 터져 나왔다.

"아니 내 자켓이 어디 갔어?"

"내 보따리에 든 빵은…?"

"내 담배는 누가 가져갔나?"

출구에 선 경비병이 윽박질렀다.

"뭣들 꾸물거려, 챙겼으면 빨리 나와!"

"보관함에 둔 내 물건이 없잖아요?"

여죄수들은 하나 같이 소리쳤다. 그러자 경비병은 엉뚱한 소리를 했다.

"없으니까 없겠지. 여기선 그런 건 몰라! 꾸물거리면 명령 위반으로 식사량을 줄일 거야."

여죄수들은 불만 섞인 표정을 감추지 않은 채 막사로 몰려갔다. 새로 온 죄수들만 배정된 줄 알았지만 고참 죄수들이 눈을 번뜩이며 쳐다보고 있었다. 50대로 보이는 여자가 맨 위 칸 침상에 앉아 복도로 쭉 늘어서는 신참자들을 내려다보고 있다가 소리쳤다.

"야 야, 너희들 신고식 해야 한다. 알았지."

그러자 30대 후반으로 보이는 눈매가 날카로운 여자가 2층 칸에서 내려오며 되받았다.

"내가 알아서 할게요, 반장님. 야 너희들 신출내기들은 반장님께 성명을 말하고 복종 맹세를 해!"

집단 체면에 걸린 듯 신참자들은 시키는 대로 했다. 그러나 복종 맹세를 어떻게 하는 줄 몰라 앞선 사람을 따라 한마디씩 했다.

"반장님 말 잘 듣겠습니다."

"그게 뭐야! 말 잘 듣겠다니 인민반 학생이냐? '앞으로 절대 복종하겠습니다'고 맹세해!"

수용소 감독관도 아닌 나이 먹은 여자에게 절대 복종이라니, 여죄수들은 어처구니없는 요구에 심드렁할 수밖에 없었다. 30대 후반 여자는 제풀에 화가 나서 먹다 남은 뼈다귀를 뺏긴 암캐마냥 앙탈을 부렸다.

"아니 이것들이 누구 앞이라고 이따위 버릇이야! 맛 좀 봐야 알겠어!"

그녀는 엉거주춤 서 있는 또순의 뺨을 힘껏 후려쳤다. 갑작스런 충격에 뒷걸음질 치던 또순은 불편한 다리 때문에 뒤로 나자빠졌다. 이를 본 아끼꼬가 얼른 다가가서 그녀의 손을 잡아 일으켰다. 동시에 30대 후반이 아끼꼬의 배를 걷어찼다. 아끼꼬는 흑! 하며 배를 움켜잡고 고개를 숙였다. 잠시 숨이 막히는 것 같았다. 이런 광경을 즐기던 반장은 점잖게 30대 후반에게 일렀다.

"그쯤 해두지 그래. 물건 보관이나 시키라고…."

30대 후반은 늘어서서 어리둥절 제 자리를 찾지 못하고 있는 신참자들에게 소리쳤다.

"여러분이 가진 사물은 일단 보관함에 보관한다. 단체로 관리해야 하니까. 가진 것들 이리 내놓아!"

목욕 과정에서 이미 물품들이 사라져 버렸는데 또 막사에서 무슨 사단이 벌어질지 몰랐다. 이를 지켜보고 있던 반장은 만족한 표정을 짓고 신참들을 다시 둘러보았다. 배를 움켜잡고 있던 아끼꼬가 눈에 들어왔다.

"야 너 동양 여자 이리 와봐."

아끼꼬가 또 무슨 수작을 부리려나 싶어 주춤하고 서 있었다.

"쪽바리 같이 생긴 여자 너 말야! 왜 서 있어?"

그러자 30대 후반이 아끼꼬의 엉덩이를 차며 반장 쪽으로 내몰았다.

"빨리 가봐 반장님이 부르시잖아!"

아끼꼬가 마지못해 다가가자 반장이 살갑게 물었다.

"이름이 뭔데?"

"아끼꼬라고 해요."

"아 그래. 나는 나탈리아라고 해. 그냥 따니아라고 불러도 돼."

"어디서 왔소?"

"조선에서 왔어요."

"뭐 조선? 일본 쪽바리 같은데…?"

"맞아요. 일본 사람인데 조선에서 살다가 잘난 로스케한테 잡혀 왔지요."

"일본 여자가 조선에서 뭔 짓거리하다가 잡혀 왔어?"

"원산이라는 데서 유곽에 일했어요. 예기로요."

"예기가 뭐신데?"

"노래도 하고 춤도 추는 기생이이지요."

"기럼 앞으로 쓸 데가 있겠어. 오늘은 쉬어."

또순은 다리를 절어서 야외 노동 대신 농장 온실에서 기르는 채소와 작물을 위해 물을 퍼다가 탱크에 저장하는 일을 맡았다. 농촌에서 농사를 지어본 경험 때문에 물 긷는 것뿐만 아니라 작물을 돌보는 일도 가끔 했다. 작물 반장이 채소를 가꾸는 동안 옆에서 잡초를 뽑아주거나 벌레를 잡아주는 정도였지만 반장은 눈여겨 보았다. 아주 추운 곳인 북극동 지역에서 어떤 채소나 작물이 잘 자랄지 시험 재배를 하는 일이 주된 업무였다. 그러는 중에 수용소 소장이나 지도원 같은 간부 집에서 먹을 채소를 길렀다. 또순은 불편한 다리를 고려하여 간부 집 채소 재배 담당으로 업무를 배정 받았다. 일단 온실에서 작업하므로 추위를 피할 수 있어서 좋았고, 원산에서 경험을 살릴 수 있어서 좋았다. 그러나 점점 배가 불러 와 출산일이 임박했음을 느꼈다. 임산부는 뱃속 아기 때문에 충분한 영양 공급이 필수였다. 헌데 하루 급식량은 흘레브라는 흑빵 400g에 고기가 없는 수프, 각설탕 두 개, 버터 한 조각 정도로서 부족했다. 특히 주식인 흑빵은 배고프다고 한꺼번에 다 먹어버리면 점심과 저녁에 굶어야 하므로 아껴가며 먹었다. 그러다 보니 빵을 먹는 것이 아니라 입안에 넣어 핥았다. 남은 빵은 도둑맞기 일쑤여서 수건 같은 데 싸서 침낭 밑이나 매트리스 밑에 숨겨두고 일하러 나갔다.

  궁여지책으로 급식량을 여유 있게 타 먹을 수 있는 묘안을 짜내는 경우도 있었다. 세 사람이 한 조가 되어 일하게 되면 한 사람에게 배당된 노르마(업무량)를 두 사람의 노르마에 보태서 보고하면 초과 달성에 따른 급식량 초과분을 받을 수 있었다. 거기다가 매점에서 빵 1㎏을 살 수 있도록 해주었다. 두 사람 분 급식량 800g에 초과분 400g을 합하면 모두 1,200g에 1㎏ 분이 추가되므로 세 사람이 충분히 먹고도 남는 양이었다.

  아끼꼬는 작물 재배에 쓸 나무를 베는 일을 맡았다. 아침 6시 식사 후 작업 채비를 마치고 감시원의 인솔로 줄을 서서 숲속으로 갔

다. 감시원은 가는 도중 어떤 남자와도 눈길을 마주치거나 말을 걸지
못하도록 단단히 주의를 주었다. 만약 이 규칙을 어길 경우 징역형이
늘어나는 것은 물론 심한 경우 총살도 할 수 있다고 엄포를 놓았다.
엘겐이 여죄수만의 수용소이기는 해도 남자가 없는 것이 아니었다.
감시병이나 경비병은 물론이고 작업감독이나 반장, 취사원, 각종 기
술요원이 남자였다. 이들과 부화를 하지 말라는 경고였다. 비단 부화
뿐만 아니라 물물교환을 노린다든지, 불온사상을 전파하는 것을 경
계하는 것이었다.

아끼꼬 반은 꽤 깊은 숲으로 들어가서 나무를 베고, 줄로 묶어 어깨
에 걸머지고 와서 수용소 내 작업장에 부렸다. 거기서 토마토나 가지
처럼 줄기를 꼿꼿하게 세워 기르는 작물에 맞게 나무를 다듬었다. 아
끼꼬 반은 숲속에서 나무 채취 작업 중 잠시 쉬는 틈을 타서 잡담을
하거나 담배를 피웠다. 막사 안에서는 허용되지만 밖에서는 일체 담
배를 피울 수 없었다. 그런데도 숲속에서 담배를 피울 수 있었던 것
은 수용소 내에서 스스로 터득한 생존방식이 있었기 때문이었다. 말
하자면 감시병과 주고받는 것이 있었다. 나이든 여자 죄수는 어머니
나 누나처럼 감시병에게 필요한 것을 재빨리 눈치 채어 갖다 준다.
이를테면 담배를 좋아하면 담배를, 과자를 좋아하면 과자를 구해서
주면 감시병은 담배 피우는 것쯤은 눈감아준다. 고참이면 그런 것을
다 마련할 수 있는 요령을 알고 있었다. 담배 연기나 냄새는 숲속으
로 사라져 버리면 그만이었다.

그런데 문제는 담배가 없는 여죄수에게 있었다. 아무나 담배를 가
지고 있는 것이 아니었다. 아끼꼬는 옆에서 피워대는 담배 냄새에 원
산 시절이 생각나서 미칠 지경이었다. 그때 유곽에서 언니들이 담배
피울 때 얻어 피운 경험 때문에 한 모금 빨고 싶었다. 그러나 담배를

가진 여죄수가 몇 사람 되지 않아 담배를 피우고 싶은 사람은 옆에서 처분만 기다렸다. 아끼꼬도 고참 언니가 피우는 담배를 보고만 있었다. 값싼 마호르카 담배를 꼭 구해야 되겠다고 다짐했다. 그때 한 여죄수가 못 참겠든지 고참에게 다가가서 아양을 떨었다.

"언니 내 한 모금 안 돼? 뭐든 다 해줄게."

고참은 싫어하는 기색이 없이 물끄러미 보더니 말했다.

"알았어. 딱 한 모금이야. 그리고 알지?"

무엇을 안다는 말인지 아끼꼬는 듣고만 있었다. 자기 차례는 오지 않을 까 안달이 났다. 옆에 친구가 한 모금을 깊이, 그리고 또 깊이 빨아들이는 동안 그녀는 침을 삼켰다. 간절한 욕구가 솟구쳐 올랐다. 고참에게 부탁했다.

"언니 나도요…."

고참은 동양 아가씨라서 호기심이 나는 듯 빤히 쳐다봤다. 그리고 고개를 끄덕거렸다. 아끼꼬는 한 모금을 피운 아가씨로부터 빼앗듯 담배를 받아 물었다. 그녀는 처음 당해 보는 일이지만 수용소 내에서 담배문화라고 할까, 담배습관이 죄수들 간에 하나의 생존방식이 된 지 오래였다. 어느덧 담배를 가진 자는 안 가진 자보다 우위에 서 있다는 사실을 인정한다. 또 담배를 가진 자는 안 가진 자가 원하면 서슴없이 담배를 준다. 다만 오로지 한 모금, 거기다가 담배 피우기에 필요한 것을 구해 주는 조건으로…. 그래서 담배를 주며 '알지….' 하면 담배를 피울 혜택을 받은 자는 담배, 쌀, 종이, 담배를 만들 연초 잎이나 가루, 담배에 불을 붙일 성냥이나 부싯돌 같은 것을 구해 주는 것이 순서였다.

그러나 담배를 쌀 종이를 구하기가 쉽지 않았다. 해서 소설책이나 성경책이 인기가 있었다. 존 스튜어드 밀의 자유론이나 퓨시 킨의 시집 '삶이 그대를 속일지라도', 도스토옙스키의 '죄와 벌' 등이 담배 종이로 찢겨나가는 일도 있었다. 여기서는 고상하게 문학작품을 모르는 무식한 죄수들을 얕보는 얘기는 통할 수 없었다. 작품이기 이전에 그러한 것들은 생존을 이어주는 매개체로서 절실한 특성을 지녔던 것이었다. 문명인의 눈으로 보면 자유론이나 푸시킨의 작품이 한낱 담배 종이로 쓰인다는 사실이 반문화적 야만으로 규정되겠지만 강제노동수용소라는 특수한 상황은 이미 문명의 틀을 벗어난 것이었다. 그만큼 죄수들에게는 담배라는 것이 그들 간의 정서적 유대를 확인하는 매개체이면서 그 순간 자신의 생존을 확인하는 매개체였다. 남자는 남자대로, 여자는 여자대로 사회적 토대와 자연적인 성적 특징을 박탈당한 채 노예 노동자로서 목숨을 이어가야 하는 절박한 상황에서 식사 외에 즐길 수 있는 것이라고는 담배 밖에 없었던 것이다. 그들에게 담배는 절실한 생존수단이었다.

여죄수들도 벌목 반에 배치되어 타이가에서 작업을 했다. 농장에 필요한 건축물을 만드는데 쓸 재목을 위해서였다. 수십 년 아니 수백 년 된 아름드리나무를 톱으로 벌채하는데 따르는 위험은 말할 수 없었다. 서툰 솜씨로 나무줄기를 잘못 찍어 진이 빠지는 바람에 너부러지는 것은 예사였다. 영양실조에 질병에 걸린 죄수는 그 길로 병원행이 되었다. 나무가 넘어지는 방향으로 잘못 섰다가 그 자리에서 즉사하는 경우도 적지 않았다. 감시병들은 죄수의 몸 상태를 아랑곳하지 않고 허기진 죄수가 손을 놓을라치면 고함을 지르며 소총 개머리판으로 어깨를 찍었다. 그 바람에 고통에 신음하며 그 자리에 주저앉고 말았다. 곧 의식이 가물가물해지는 것을 느끼며 잠자듯 숨을 놓았다. 그렇게 죽어 간 죄수들이 모이면 짐을 쌓듯 포개서 쌓아올렸다. 영하 4, 50도가 되는 추위에 시체들은 담장 벽이 되어 우뚝 섰다.

아끼꼬가 작목용 나무 채취를 끝내고 막사에 들어갔을 때 귀에 익은 소리가 들렸다.

"야, 아끼꼬. 이리 와봐."

돌아보니 나탈리아 반장이었다.

"지난번에 유곽에서 뭐 했다 그랬지?"

"네 예기로 일했어요."

"아 그랬지. 기럼 노래 한번 불러 봐."

막사에서 심심하던 나탈리아 반장은 노래를 불렀다는 기생이 왔으니 반가웠다. 그녀는 사실 악질 중의 악질로 소문난 여자 깡패 출신이 아니었다. 그녀는 단순한 주부에 불과했으나 비밀경찰 끄나풀 노릇을 하던 남편이 걸핏하면 보드카에 취해 행패를 부리다 못해 하나 있는 딸을 망쳐 놓았다. 부모의 불화로 가출한 애가 야밤에 거리를 헤매다가 교통사고 죽었다. 분통이 터진 나탈리아가 남편과 싸우다가 식칼로 가슴을 찔러버렸다. 그길로 흉악범이 된 그녀는 세상을 등지기 위해 돌고 돌아 죽음의 수용소까지 왔던 것이다. 해서 가슴 속 응어리가 그녀로 하여금 노래에 매달리게 했다. 어떤 깡패 출신 죄수는 이야기를 유달리 좋아해서 도스토 엡스키 같은 소설가의 작품을 듣느라 밤새는 줄 모른다는 얘기도 나돌았다.

"내가 노래를 좋아해. 나를 즐겁게 해주면 급식량도 늘려주고 맛있는 것도 줄게, 알았지."

뜻밖에 은인을 만난 것처럼 기분이 좋아진 아끼꼬는 노래 솜씨를 잘 이용하면 앞으로 엘겐수용소 생활에 도움이 될 상 싶었다. 목청을 가다듬어 '집시의 달'을 불렀다. 자신의 신세를 말해 주는 것 같아 원산에서 자주 부르던 노래였다. 반장은 예기 출신이 부른 노래에 홀딱

반하게 되었다. 그토록 잔혹한 환경 속에서 사람 냄새라고는 맡을 수 없던 때에 다른 사람도 아닌 예기의 노래라니…. 반장은 박수를 치며 좋아했다.

"하라쇼 하라쇼, 가스빠진 아끼꼬 아진 하라쇼."

그녀는 보관해 두었던 보따리를 다시 내주고는 주의를 당부했다.

"물건이 없어지지 않도록 잘 간수해, 알았어, 여기서는 자기 물건이 자기 것이 아니란 걸 명심해. 먼저 가져가는 사람이 임자니까."

그날로 아끼꼬는 반장의 옆자리를 차지하게 되었고, 또순이도 덩달아 잔심부름을 하며 한통속이 되었다. 취사반에 얘기해서 그들에게는 먹고 싶은 만큼 빵이나 설탕, 버터에다 고기가 든 수프를 주도록했다. 아끼꼬는 유곽에서 생계수단으로 부르던 노래가 죄수 생활에 이렇게 도움이 될 줄은 몰랐다. 나탈리아가 악질 죄명에 비해 인간적인 면이 있다는 것을 알게 된 것이 기뻤다.

엘겐수용소 생활에 익숙해질 무렵 또순이는 간밤에 산기를 느껴 산부인과 병동으로 실려 갔다. 작업장에서 돌아와 저녁 식사를 마친 후 모두들 침상에 늘어져 잠에 빠져들기 직전이었다. 아끼꼬가 또순의 신음을 듣자마자 산기라고 판단, 재빨리 분만 병동으로 옮겼다. 그러나 분만까지에는 시간을 꽤 오래 끌었다. 또순이가 원산에서 체포되어 평양에서 실형을 선고 받고 엘겐으로 오는 동안 임신부로서 조리는커녕 심함 스트레스가 쌓인 데다가 영양도 부실한 몸이었다. 엘겐수용소에 온 지도 얼마 안 되어 아직 건강을 회복하지 못한 상태에서 첫 아이를 낳는 것이 쉽지 않았다. 그나마 아끼꼬가 옆에서 조력을 해주어 견디고 있었다. 분만 병동에는 일반 죄수가 들어 올 수 없는데 나탈리아 반장이 특별히 감방 감독관에게 부탁해서 아끼꼬가 분만을 도우고 있었다. 그녀도 분만 경험이 없기는 마찬가지여서 시간이 걸리며 산모 또순의 기력이 약해지자 겁이 났다. 해서 두려움을 털어버릴 겸 산모를 독려하는 말을 하기 바빴다.

"또순이 힘내! 인제 얼마 안 남았어. 조금만 참으면 예쁜 또순이 2세가 나올 거야."

잠시 정신을 놓고 있던 또순은 그 말에 힘을 한 번 크게 썼다. 으으윽 하며 아랫배에 힘을 주었지만 아이의 머리는 내밀지 않고 있었다. 그녀는 또 맥이 풀려나갔다. 그 바람에 산고를 얼마나 더 겪어야 할지 몰랐다. 아끼꼬는 다급한 김에 소리를 질렀다.

"힘들더라도 계속 힘을 주어야 해. 알갔어, 응. 자 빨리 빨리 해 봐."

이렇게 해서 병동에 온 지 무려 10시간만인 아침 6시에야 마지막 산고에 매달렸다. 잠을 자는 둥 마는 둥 밤을 새운 아끼꼬는 지친 몸을 부추키며 산모에게 용기를 북돋우고 있었다. 그녀의 부추킴에 아기를 세상으로 밀어내려는 안간힘이 자궁으로 한데 모인 나머지 센 추동력이 되어 또순의 다리 사이로 아기의 머리를 밀어내고 있었다. 드디어 아기의 머리가 보이기 시작하자 아끼꼬는 엉겁결에 소리를 질렀다.

"야, 나온다 나와! 그래! 마지막 힘을 써 봐."

그러면서 장갑 낀 손으로 머리를 잡고 살며시 당겼다. 밑으로 빠져나온 아기를 받아 든 아끼꼬는 세상을 얻은 것 같은 기분이었다. 흥분을 이기지 못한 그녀는 '또순이 닮은 공주님이다'고 마치 신고식처럼 외쳤다. 그러자 간호부가 한마디 했다.

"아기 엉덩이를 살짝 때려요. 아기가 울어야 해요."

아끼꼬는 얼른 아기의 볼기를 가볍게 쳤다. 그제야 아기는 응애 하며 세상에 첫인사를 했다. 탯줄을 끊은 후 얼마 있지 않아 태반마저 나오자 담당 간호부는 산모의 이마에 난 땀을 닦고, 주변을 깨끗이 청소했다. 그 사이 아끼꼬는 싱글거리며 산모의 품에 아기를 안겼다. 참 멀고도 먼 곳에서 우여곡절 끝에 태어난 조선의 딸이었다. 또순은 딸의 얼굴을 가만히 만지며 그동안 쌓이고 쌓였던, 말로 표현할 수 없는 감정에 북받쳐 눈물을 흘렸다. 그것을 본 아끼꼬는 아래로 몸을 숙여 모녀를 덥석 껴안았다. 누구보다 또순의 사정을 잘 아는 그녀였기에 이 순간 국경을 넘어 일심동체가 되었다.

엘겐에는 여죄수들만이 있기 때문에 임신부를 위한 병동은 물론 출산한 아이들을 돌보는 육아병동이 있었다. 또순의 출산을 도와 준 후에야 이런 사실을 알게 된 아끼꼬는 의문을 가졌다. 여죄수 수용소에 출산과 육아 시설이 있는 것이 믿기지 않았다. 산부를 위해 선물을 한 보따리 들고 온 나탈리아에게서 수용소 내 사정 얘기를 들었다. 또순이처럼 밖에서 임신을 한 죄수가 들어오는 경우가 가끔 있지만 그보다도 죄수 아닌 자유노동자나 기술자 등 이른바 트러스티족에 속한 남성들과 정을 통해 애를 낳는 경우가 있다는 것이었다. 사실 이 트러스티족이 강제노동수용소의 운영에 피 같은 존재였다. 주방을 비롯 목공소, 보일러실, 이발소, 목욕장, 세탁실, 트럭 운전 등 각종 기술자들이 트러스티를 형성하여 수용소가 돌아가도록 하고 있었다. 거기다가 형기를 마치고도 그대로 주저앉아 평소 맡았던 일을 하거나, 임금을 노리고 온 떠돌이 일꾼 같은 자유노동자가 한몫을 했다. 그러다 보니 여죄수들은 정이 통해서 몸을 바치는 경우 외에 실리를 노리고 몸을 '파는' 경우도 없지 않았다. 괜찮은 옷가지나 빵, 설탕 등 먹을거리를 노리고 접근하는 남자에게 몸을 맡긴다고 했다.

나탈리아는 수용소 당국이 사생아까지 돌봐주는 것은 인도주의 차원이 아니라 자원 개발이라는 위대한 지도자 스탈린 동지의 뜻을 받든 보안성 장관 베리아가 노동력 확보를 생각해서 베푼 나름대로 원대한 배려일 것이라고 알려주었다. 또순이가 낳은 애도 노동력 중 하나가 될 것이라는 얘기나 다름없었다. 아끼꼬는 왠지 기분이 심드렁했다. 앞으로 4주 동안 옆 병동에서 모유를 수유하며 갓난아이를 돌본 뒤 또순은 일터로 나가야 했다. 그리고 2년이 지나면 아이는 고아원으로 보내지게 된다는 것이었다.

반장 나탈리아는 반장답게 산모 또순의 건강에 필요한 식품들뿐만 아니라 갓난아기 용품도 어디서 구했는지, 함께 갖다 주었다. 그녀는 잠든 애기 얼굴을 쳐다보다가 이름을 지어주었다.

"애기 이름을 내가 지어주지. 내 이름과 비슷한 나타샤로 불러. 소련에서는 여자애 이름으로 많이 써." 어차피 소련에서 사는 바에야 소련식 이름이 나쁠 것은 없었다. 나타샤는 자기 이름이 소련식으로 지어졌는지도 모른 채 새근새근 자고 있었다. 조선 엄마에게서 태어났지만 이제부터 소련 사람으로 자라야 되는 운명이 앞에 기다리고 있었다.

또순은 4주일 만에 막사로 돌아왔다. 다행히 맡겨둔 사물은 나탈리아 반장의 배려로 아무도 손대지 않고 잘 있었다. 반장은 또순의 어깨를 두드려주며 말했다.

"딸애를 나타샤로 부르기로 했으니 그게 맞춰 또순이도 또냐로 부르기로 하지. 인제 소련에서 살아야 하니 소련 사람이 된 거니까."

또순은 대꾸는 하지 않고 마지 못하는 듯 고개를 끄덕거렸다. '나타샤의 엄마 또냐…. 또냐의 딸 나타샤', 좀 어색해 보이지만 소련에서는 어울리는 이름 같았다.

또냐는 산모이기도 하지만 다리가 불편한 것을 고려해 일반 작업반에서 제외되었다. 작업감독은 그녀가 마가단에서 청소 일을 한 경험이 있었기 때문에 막사 청소를 시키려 했으나 나탈리아가 나서서 주방 설거지를 맡기도록 했다. 산모인 만큼 먹는 것이 시원찮아서는 안 된다는 염려 때문이었다. 잘 먹어야 나타샤에게 줄 젖이 많아질 것이었다.

또순이가 2주일에 한 번씩 어린이집에 가면 아끼꼬가 꼭 함께 갔다. 일요일에 맞춰 방문 날을 잡아 동행에 문제가 없었다. 그때마다 나탈리아가 필요한 것이 없느냐고 물었다. 갓난애라 기저귀나 젖꼭지, 목욕용품 정도면 충분했다. 그래도 반장은 하나라도 챙겨주고 싶어 했다. 자상한 친정엄마 같았다. 그럴수록 또순은 또냐로서 그녀에게 정을 느끼기 시작했다. 두 여성이 또냐 주변에서 보살펴 주니까 수용소 생활이 한결 지낼 만했다. 일본 여인 아끼꼬와 엮이는 바람에 분에 맞지 않은 정치범이 되어 본의 아니게 조국을 등지고 온갖 악조건을 갖춘 머나먼 동토에서 꺾이지 않고 살아나갈 수 있게 되었다. 죄 없는 또냐가 생존할 수 있는 여건이 마련된 것이었다.

4

아끼꼬는 전통 일본 기모노를 입을까, 소련식 양장을 할까, 선택을 놓고 때 아닌 고민에 빠졌다. 일본군이 태평양 전쟁을 일으켜 애꿎은 어린 간호부들이 포로가 되어 시베리아로 끌려가는 것을 본 그녀는 조국에 대한 감정이 좋을 수가 없었다. 아무리 조국이라지만 어린 처녀들을 사지로 몬 것을 보면 조국 같지가 않았다. 자기 백성들을 죽으라고 하는 나라를 어떻게 조국이라고 할 수 있는가? 전통 의상이기는 해도 기모노를 입기가 망설여졌다. 그렇다면 소련식 양장을 해야 하는데 이 또한 선뜻 내키지 않았다. 남의 나라 조선에서 소련군이 행패를 부리고, 그 끝에 또냐나 자신이 세상의 끝이라는 이곳에 오게 된 것을 생각하면 소련 옷을 입을 수가 없었다. 그렇다고 줄무늬가 쳐진 '베리아 복'이라는 죄수복을 입고 파티 장에 간단 말인가? 이 또한 받아들일 수 없기는 마찬가지였다. 해서 혼자 고민에 빠져 헤어 나오지 못하고 허우적거리고 있었다. 그러자니 장교 파티에 괜히 응했다 싶었다. 이러지도 저러지도 못하고 있던 아끼꼬는 또냐에게 자초지종을 말했다. 그래도 사지까지 함께 온 처지라 혈육처럼 느껴졌다. 또냐는 한참 무슨 생각에 잠겨 있다가 말했다.

"고거이 기래도 조국은 조국이지비. 기니까네 기모노를 입어라요. 내레 도와주겠슴메."

아끼꼬는 어떻게 사지로 몬 조국을 조국이라고 생각하는가, 하고 물었다. 그랬더니 그녀는 대뜸 한마디로 잘라 대답했다.

"우리를 죽게 내몬 놈들은 권력을 가진 놈들이고 진짜 조국은 어머니와 같은 거이 아닙꼬망."

아끼꼬는 '맞아 조국은 어머니야!', 속으로 화답을 한 후 기모노 준비에 들어갔다. 놀라운 것은 또냐가 다리만 불편했지 바느질 솜씨가 여간 아니었다. 그녀는 아끼꼬에게 기모노 그림을 그려 달라고 했다. 그 그림을 옆에 놓고 나탈리아를 통해 구한 소련 여성 옷을 분해하다시피 해서 기모노 흉내를 내고 있었다. 어색하나마 기모노 모양을 갖춘 옷을 입은 아끼꼬는 장교 파티에서 연신 '하라쇼 하라쇼!'를 들어가며 노래와 춤으로 흥겨운 분위기를 돋우었다. 본래 미모에다가 기모노의 흐늘거리는 율동미에 취기 어린 소련 장교들은 흠뻑 취해 모처럼의 시간을 즐겼다. 이제 아끼꼬는 엘겐수용소의 스타로 등장할 채비를 갖추게 된 것이다. 옆에서 지켜본 또냐도 덩달아 신이 나고 의욕이 솟구치는 것을 느꼈다.

　그 무렵 시베리아 일대 강제노동수용소에서는 민주운동이라는 새로운 운동이 일어나고 있었다. 60만 명에 이르는 일본군 포로들을 수많은 수용소에 억류하여 강제노동을 시키기 위한 방편일 수도 있었지만 그보다 2차 대전 후 미국을 중심으로 한 서구민주주의 진영과의 냉전에 대비하여 포로들에게 사상교육과 함께 정치교화를 목적으로 실시한 수용소 내 대중운동이었다. 이 운동의 중심축은 일본신문과 연예회였다. 각 수용소에서 활동력이 있는 포로와 죄수를 선발하여 교육훈련이라는 명복으로 하바롭스크로 파견, 정치강습회에서 민주운동의 추진 역할을 맡도록 했다. 처음에는 일본 천황을 비판하고 장교들을 자본주의 앞잡이로 낙인찍어 일본군 폴들 사이에 반발이 있었으나 계급 없는 평등과 자유를 내세우는 바람에 수그러들었다. 하사관 이하 젊은 병사들은 포로가 되어서도 계급을 내세워 위세를 부리려 드는 장교들에 대한 반발로 차츰 민주화운동에 관심을 갖고 동참하기 시작했다.
　아끼꼬는 엘겐수용소 내에서 이미 알려진 연예인이어서 콤소몰스크 14라게리(수용소)에서 교육훈련을 받고 돌아와서 이른바 오르그가 되었다. 그녀가 그곳에서 훈련을 받는 동안 스톨리핀 열차에서 만났던 국수대 반장 간호부를 만난 것이 무엇보다 기뻤다. 가쓰에 반장도 민주교육 훈련을 받으러 왔다가 아끼꼬를 만나 그동안 행적을 말해주었다. 얘기 중에 그녀는 국수대의 어린 간호보조원들을 소련군 장교의 위안부로 차출해 갔다는 사실을 알려주었다. 처음 포로로 잡혔을 때 소련군의 농간에 청산가리로 저항했다고 들었는데 기어이 여성의 생명줄을 뺏기게 되었다니 기가 막혔다. 가쓰에는 분노와 절망으로 울부짖었다. 그녀는 간호부 포로들의 인권을 위해 민주운동에 참여했다고 털어놓았다.

아끼꼬는 오르그로서 민주화 추진 목적으로 발행하는 일본 신문의 엘겐수용소 취재 담당을 겸했다. 일본 신문은 하바롭스크시 레닌가에 사무실을 두고 소련군 중좌가 사장을 맡고 그 밑에 편집책임자부터 집필진은 일본군 포로가 맡았다. 발행된 신문은 매월 1, 2회 각 수용소로 보냈다. 배달된 신문은 각 분대와 작업대 별로 1부씩만 배부하여 매우 귀한 신문이었다. 그 신문에는 외부 소식도 게재되었기 때문에 인기가 대단할 정도였다. 아기꼬는 또냐에게 신문 배달을 맡기는 등 잔심부름을 시켰다. 이들은 일본 신문에 간여한다는 명분으로 작업반에서 제외되었다.

1947년 가을이 되자 수용소 내에서 연예회를 조직하기로 하여 아끼꼬에게 기획을 맡겼다. 바늘 가는데 실 가는 존재가 된 또냐는 아끼꼬의 일에 동참, 가을 내내 바빴다. 처음 해보는 일이라서 둘은 서로 물어 가며 웃다가 울다가 하면서 수용소 죄수는 물론 수용소 당국자들이 즐길 수 있는 행사를 만드는데 골몰했다. 드디어 9월 말 주말을 택해 수용소 내 식당에 무대를 만들어 놓고 행사의 막을 올렸다. 모두 기대에 찬 눈초리가 느껴졌다. 서막은 일본 특유의 우스개 구연이었다. 평소 말발이 센 여죄수를 뽑아 훈련을 시켰더니 사람들 웃길 정도의 실력은 발휘했다. 본격 공연은 역시 연극이었다. 남녀가 완고한 부모님의 반대를 무릅쓰고 사랑의 도피를 하는 내용이었다. 내용도 내용이지만 주연 배우의 의상과 연기가 더 웃겼다. 슬픈 내용과는 달리 헐렁하게 남장을 한 여죄수의 몰골 하며, 슬픈 표정을 지어야 할 대목에서 비실비실 웃는 바람에 장내는 폭소가 터졌다. 그러나 클라이막스는 단연 아끼꼬의 창과 춤이었다. 유곽에서 닦은 솜씨를 유감없이 발휘하는데 박수를 안 치는 사람이 없었다. 수용소 소장과 감독, 정치장교가 나서서 아끼꼬에게 찬사를 보내는 경쟁을 하는 것 같았다.

나타샤가 어린이 보호소에서 엄마를 자주 만날 수 있게 된 것은 아끼꼬의 배려 덕분이었다. 그녀는 일본인 죄수이기는 해도 수용소 내 생활에서 어느 정도 자유를 누리는 것 같았다. 교토에서 팔려오다시피 조선에 와서 유곽생활을 한 배경 때문에 당시 수용소에서 활발하게 진행되던 민주운동에 참여하게 되었다. 무엇보다 평등한 세상을 내세운 공산주의 사상에 동조했기 때문이었다. 소련 수용소 당국이 지방인민위원회의 지도 아래 추진하던 민주운동에 참여한 일본군 포로와 함께 보조를 맞춘 아끼꼬는 영내에서 비교적 운신이 자유로웠다. 정옥의 엄마 또냐는 바늘에 실 같은 관계인 아끼꼬의 활동에서 빠질 수 없었다. 해서 민중운동 선전매체인 '일본 신문'을 영내에 배포하는 일을 도왔다.

이렇게 아끼꼬의 전력에 힘입어 수용소 생활을 무난히 하고 있던 때 특사 소식이 전해졌다. 1949년 봄 아끼꼬와 또냐가 민주화 운동에 기여한 공로가 커 형기 만료 전 특별 사면을 단행한다고 했다. 둘은 사면령이 내리기가 바쁘게 어린이집으로 달려가서 나타샤를 안고 돌아왔다. 마가단 교외 마을 하쉰에 자리를 잡고 만간 생활을 시작했다. 아끼꼬는 소련인 집 방 두 개를 세를 얻어 또냐 모녀와 함께 살게 되었다. 그때부터 아끼꼬는 나타샤의 이름을 하나꼬로 바꾸어 부르기로 했다. 이모와 함께 살게 되니까 이모의 이름과 비슷한 이름이 좋다는 것이었다. 또냐도 언니의 의견에 굳이 반대할 이유가 없었다. 하나꼬는 그럭저럭 만 세 살이 다가왔다. 제법 엄마 이모를 부르며 따라다녔다. 이모가 하나꼬라고 하니까 으레 하나꼬가 자기 이름인 줄 알았다. 귀여운 하나꼬는 두 사람의 사랑을 받는 것만큼 부러울 것이 없었다. 그들이 자신을 무엇이라고 부르든 상관할 일이 아니었다. 그러나 세 돌 잔치 날 하나꼬의 이름은 다시 나타샤로 돌아갔다.

이곳 하쉰에서 마을 사람들이 삼삼오오 모여 즐거운 분위기를 연출하던 초가을이었다. 북극동 지역이라 9월에 접어들면 벌써 얼음이 얼기 시작하고 진눈깨비를 신호로 눈이 엄동설한을 재촉하던 때였다. 하나꼬의 생일에 마을 어른들이 잔칫상을 차려주었다. 부녀자들이 나서서 말로도 듣지 못했던 저 먼 남쪽 나라 조선의 소녀가 마을의 재롱 둥이로 살고 있으니 생일에 축복을 해줘야 한다고 서둘렀던 것이다. 하나꼬가 소련하고도 춥고도 추운 북극동 지방에서 태어난 지 4년째였다. 자유의 몸이 되고 첫 번째 맞는 생일이라서 또냐나 아끼꼬에게도 예사롭게 느껴지지 않았다.

특히 또냐는 조선인의 풍모를 느끼도록 해주고 싶어서 하나꼬에게 한복 비슷한 옷을 헤 입혔다. 원산에서 이웃 아주머니들이 돌잔치 같은 때 애들에게 해 입히던 색동저고리가 생각났지만 옷감도 마땅찮고 솜씨도 서툴러 저고리 흉내만 내는 옷이었다. 그래도 머나먼 이국 땅에서 한복이라는 생각만으로도 고향과 고국의 정취를 느낄 수 있었다. 또냐는 아끼꼬에게 말했다. '우리 조선은 엄연히 한 나라이니까 아이 생일에 조선 옷을 입혀보고 싶었어요. 마을 어른들에게 그렇게 소개하도록 해 줘요.' 아끼꼬도 그녀의 부탁에 흔쾌히 응해 주었다.

잔칫상이 차려진 자리에 나타난 하나꼬의 모습을 본 소련 사람들은 한복과 예쁜 맵시에 찬사를 보내기 바빴다. 여기저기서 '하라쇼 하라쇼'가 연발했다. 마을 대표가 나와서 인사말을 했다.

"여러분 오늘 오찬 자리에 나와 주셔서 감사합니다. 이 오찬 자리는 하나꼬양의 생일잔치 자리입니다. 멀리 조선에서 온 이 소녀의 생일을 축하해 주세요."

그리고는 하나꼬의 손을 잡고 좌중 손님들에게 인사를 시켰다. 어린 소녀는 즐거운 마음에 잘 돌아가지 않는 발음으로 러시아 말 인사를 했다.

"가스빠쟈, 응 가스빠진… 응 도브러이 제니(안녕하세요)."

더듬거리며 인사를 하는 앙증맞은 모습에 어른들은 즐거운 화답을 보냈다. 특히 어린애가 소련 말로 하는데 감동하여 환호를 했다. 그러자 마을 대표는 하나꼬의 머리를 쓰다듬어주며 말했다.

"너는 여기서 우리와 함께 살터이니 소련 이름을 가져야지 응. 앞으로 나타샤라고 부를 게, 알았지."

하나꼬가 고개를 끄덕이자 또냐와 아끼꼬도 수긍하는 눈치였다. 마을 대표는 좌중을 둘러보며 알렸다.

"우리는 오늘부터 얘를 나타샤라고 부릅시다. 여러분 이름이 이쁘지요?"

이곳저곳에서 박수를 치며 '나타샤! 나타샤!'라고 환호했다.

이렇게 해서 하나꼬는 나타샤로 되었고, 조선으로 돌아갈 때까지 언제나 나타샤로 살았다.

이렇게 온 마을의 관심을 받으며 나이를 한 살 더 먹은 1950년 봄 나타샤는 이국땅에서 또 한 번의 변곡점에 다다랐다. 아끼꼬가 그동안 지질탐사를 하러 온 지질연구가와 사랑을 속삭이다가 지질연구가의 청혼으로 결혼을 하게 되었다고 알려줬다. 또냐는 결심을 했다. 아끼꼬 언니가 결혼하면 굳이 여기 낯선 땅에 살 이유가 없어지는 것이었다. 그러면 조국으로 돌아가는 것이 순서였다. 언니에게 말했다. 언니 결혼식 축하가 끝난 후 조선으로 돌아가겠다고 했다. 아끼꼬도 한

참 생각한 후 그러는 것이 좋겠다고 했다.

또냐는 그날부터 조선으로 돌아갈 준비를 하나하나 해나갔다. 아직 여름이 채 오긴 전, 4월 초 아끼꼬와 작별 인사를 나눈 또냐 모녀는 마가단 항에서 화물선을 타고 올 때와는 역으로 귀국 길에 올랐다.

이제 또순이로 돌아가기로 마음먹은 또냐는 출렁대는 뱃전에 서서 4년 전에 이 무서운 항로를 거쳐 죽음의 도시라던 마가단으로 가던 때를 회상하고 있었다. 참으로 가파른 언덕에서 굴러떨어지는 돌멩이마냥 끝 간 데 모르는 험한 여정이었다. '이제 조국으로 돌아가면 또냐는 또순으로 돌아가고, 나타샤는 또 조선 이름을 가지고 살아가야지.' 그녀는 남편을 만나 나타샤 대신 조선 이름을 가진 딸과 함께 가정을 가지고 살아가고 싶었다. 그러나 남편, 아니 이제는 남이 된 그 나그네를 만나고 싶지는 않았다. 엘겐수용소로 가기 이전으로 돌아가는 것은 그녀의 소원이 될 수 없었다. 그녀는 나타샤 대신 조선 이름을 가진 딸과 함께 오붓한 삶을 살아가고 싶었다.

장또순의 귀향은 예사로운 귀향과는 달랐다. 그들의 귀향은 타의에 의한 강압적 탈향에 근거를 두고 있는 것이었다. 일제시대 강제 징용이나 위안부 모집에 의한 출향은 단순한 떠남이 아니라 식민 지배자의 강압에 의한 탈향, 즉 고향 박탈이었다. 장또순도 그들과 마찬가지로 탈향으로 고향을 박탈당했지만 사정은 달랐다. 식민 지배자가 아닌 해방군에 의한 탈향이었다. 그것도 해방군의 겁탈에서 비롯된 기구한 운명의 굴레에서 고향을 빼앗긴 것이었다.

고향을 떠나야 했던 이유가 각양각색이었듯 귀향의 모습도 각양각색이었다. 오랜만에 고향을 찾는 뿌듯함과 설렘을 안고 가는 사람, 정조를 빼앗기고 몸을 망친 수치스러움에 고향으로 가고 싶지 않은 사람, 전란에 휩쓸려 가족의 생사를 알 수 없는 채 불안감에 발길이 흔들리는 사람, 신혼 초에 남편을 빼앗기고 독수공방을 지키며 오매불망 돌아오기만을 기다리는 여인에게 아예 시체가 되어 운송되는 사람 등등—이것이 해방 후 한민족 후손이 겪었던 귀향 모습이었다. 그러나 장또순은 해방 후 역으로 시베리아 북극동 지역 수용소로 갔다가 이제야 꿈속에서 그리던 고향으로 가는 여정에 올랐다.

그녀보다 먼저 귀국한 조선인 포로들은 일부는 일본 마이즈루항을 거쳐 부산으로 갔다. 나머지는 블라디보스토크로 간 후 거기서 가까운 나호드카항에서 소련 배를 타고 청진으로 갔다. 처음에는 남북 어디든 귀국 문제를 교섭할 정부가 없다며 조선인 포로의 석방을 미루던 소련 측이 1948년 남북에 정부가 수립되자 귀국 조치를 했다.

그녀는 그들과 달리 개인적으로 귀국길에 올라야 했다. 어린 나타샤를 안고 마가단에서 바니노까지 뱃길로, 바니노에서 하바롭스크를 거쳐 블라디보스토크까지 철길로, 다시 블라디보스토크에서 핫싼과 훈춘을 거쳐 버스나 트럭을 타고 육로로 조선으로 돌아가는 여정은 설레임과 불안의 길이었다. 훈춘을 지나 두만강을 건널 때는 블랙 마리아를 타고 지나던 때와는 달리 만감이 오갔다. 훈춘에서 버스를 타고 도문으로 간 후 남양으로 건너가면서 귀국 동포의 야릇한 심정을 억누를 길이 없었다. 또순은 어린 나타샤에게 남양세관 건물을 가리키며 들뜬 소리로 말했다.

"저거이 우리 조선 건물이지비. 우리 조선에 다 왔잰."

그녀는 감격에 겨워 눈물을 흘렸다. 어떻게 해서 떠났다가 돌아오는 길인데 생사를 모를 고향 부모 친척들에게 빨리 달려가고 싶었다. 남양을 지나 두만강 변을 따라 회령으로 가면서는 조급증이 일어서 앉았다 섰다를 반복했다. 드디어 회령에서 청진으로 향할 때는 고향에 다 온 것 같은 기분이 들었다. 길가 초가집이며 논두렁 밭두렁, 심지어 저 멀리 보이는 산들마저 낯익은 것 같아 친밀감이 더했다. 우물가에 모여 앉아 겨울 빨래를 하며 조잘대던 동네 여자들, 봄이 되면 취나물이며 쑥을 캐러 다니던 마을 뒷산, 산에는 진달래 향기, 밭에는 보리 향기, 노랑나비가 노닐던 고샅길, 아지랑이가 낀 개울가를 거닐며 '엄마야 누나야 강변 살자.' 노래 부르던 곳—손 때 묻고 발자국이 깃든 고향이 눈에 어른거렸다.

차츰차츰 부령이 가까워지자 또순은 나타샤의 얼굴을 뚫어져라 보다가 자신도 모르게 한숨을 쉬었다. 고향 사하에 가면 그때 동네에 돌던 소문이 사실이라는 증거물을 가지고 가는 셈이 아닐까, 고개를 갸웃거렸다. 미우나 고우나 피붙이가 있는 고향으로 간다는 설레임과 거기서 맞닥뜨리게 될 딸의 문제를 두고 기약할 수 없는 불안이 뒤섞여 4년여만의 귀로는 불편한 것으로 다가왔다. 그러자 그녀는 팽팽한 고무공이 튀듯 반발심이 솟구치는 것을 느꼈다.

'내레 논 딸은 내 자식이 쟎고, 뉘기 자식임등.'

9. 위기의 기자회견

1

엄마의 엘겐수용소행과 수인 생활 기록을 읽어 본 정옥은 새삼스레 자신의 출생지가 소련의 저 멀고도 한참 먼 북극동 지역 수용소였다는 사실에 몸서리쳤다. 그 때문에 나타샤라는 이름으로 어린 시절을 살아야 했던 한 조선의 여인으로서 안개작전의 전모를 밝히는 것이야말로 엄마를 비롯한 희생된 조선의 여인을 위해서 해야 할 일이라는 것을 굳게 다짐했다.

정옥은 에르넨코 팀장과 만나 '안개작전' 프로젝트의 책임자가 제1국장 몰로코프였으며, 그의 부관 시니엡스키가 실무 책임자였다는 사실을 확인했다. 몰로코프와 시니엡스키는 이미 작고했으나 시니엡스키를 승계한 바라첸코는 살아 있다는 것이었다. 이 세 사람은 모두 강경보수파로서 스탈린 시대와 브레즈네프 시대에 차례로 MGB(국가보안성) 국장과 KGB(국가보안위원회) 제1국장을 지낸 사람들이었다. 바라첸코와 접촉하면 확실히 영양가 있는 정보를 입수할 수 있을 것이라고 믿었다.

누구를 통해 접근하나?

세르게이가 생각났다. 그는 '흑곰' 쪽과 거래가 있는 것 아닌가. 그렇다면 그를 이용하는 방법을 강구해야 할 것이다. 세르게이는 누구보다 자신을 인간적으로 좋아하는 만큼 인간적으로 접근하는 것이 나을 것 같았다. 어떤 어려움이 있더라도 대성과 함께 헤쳐나가야 할 것이라고 마음을 다잡았던 정옥은 며칠 후 세르게이를 만났다.

"세르게이, 우리가 모스크바에 온 지도 벌써 한 달이 넘었잖아요. 그동안 당신이 협조해 주어 여러모로 고마웠어요. 이제 마지막 한 가지만 부탁하겠어요."

조심스레 앉아 있던 세르게이는 그녀를 물끄러미 쳐다보았다. 얼른 말이 나오지 않은 표정이었다. 그 나름대로 바라첸코로부터 스트레스를 받고 있는 중이어서 신중한 모습이었다.

"바라첸코를 좀 만날 수 없을까요?"

"바라첸코는 왜?"

"그 사람이 KGB 내에서 '안개작전' 프로젝트를 실제로 추진했던 전임자들과 가까웠다고 하던데요."

"그랬던가? 바라첸코는 베리아 비밀경찰 총책의 오른팔이었던 메드초프 원수의 손자인데…."

"네? 스탈린 측근의 손자라고요?"

정옥은 3만 볼트의 전류에 감전된 듯했다. 스탈린 시대에 저질렀던 일을 밝혀내려면 베리아 측근의 손자이자 KGB 제1국장을 지낸 바라첸코야 말로 가장 적합한 추적대상일 수밖에 없었다.

"그래. 함부로 날뛰다가 큰 코 다쳐."

"아니에요. 큰 코 다쳐도 좋으니 그를 만날 수 있는 방법만 알려 주세요."

"만날 수 없어."

세르게이는 무슨 곡절이 있는지 모르지만 단호하게 거절하고 일어섰다. 그러면서 한마디 던졌다.

"오늘 나하고 만났단 말을 누구에게도 하지 말아요."

더 이상 말을 붙여 보지 못하고 물러난 정옥은 대성에게 각오를 말했다.

"대성 씨, 할 수 없어요. 최후의 자구책을 강구 할 수밖에 없을 것 같아요."

"세르게이가 그렇게 거절했다면 위험한 일이 분명한데… 어떻게 한다?"

"에르넨코에게 '흑곰' 아지트를 알려 달라고 해야 하겠어요."

두 사람은 호텔에서 무모해 보이는 정면 돌파 작전을 놓고 신경을 곤두세우고 있었다.

"우리끼리 정면 돌파하기는 너무 위험해. 차라리 모스코스키 노보스티 친구들의 지원을 받으면 어떨까?"

"그것도 좋은 방법이겠네요."

"그래, 니콜라이를 만나 협조를 부탁해야겠어."

대성과 정옥은 그 길로 모스코스키 노보스티 신문사를 찾아갔다.

"니콜, 일이 어렵게 되었는데 진실을 캐자면 한 가지 방법밖에 없어요. 도와주세요."

"어떤 방법인데요?"

"'흑곰'의 보스를 정면으로 치고 들어가는 겁니다. 그래서 진실을 밝히라고 요구하려고 합니다. 우리로서는 마지막 승부수를 던져 보려는 거지요."

"아니, 그 악질 바라첸코 말이요? 역사발전에 거꾸로 가려는 사람에게서 무얼 캐낸다는 것은 무모해 보이는데요."

니콜라이의 말을 듣고 보니 일리가 있어 보였다.

정옥과 대성은 발길을 돌리지 않을 수 없었다.

며칠 동안 고민을 하던 정대성은 검찰청의 꼬시레프 마약팀장을 만나 협조를 요청하기로 했다. 시내에서 가까운 러시아호텔 커피숍에서 그를 만난 대성은 단도직입적으로 물었다.

"꼬시레프 팀장, 모스크바에 반정부 비밀단체인 흑곰이 있다는데 이 단체의 두목을 아십니까?"

"알지요. 바라첸코라고, 아주 평이 안 좋아요"

"혹시 마약과 관련해서 그가 수사 선상에 오르거나 한 적이 없어요?"

"그렇잖아도 그놈이 구 KGB 요원들을 이용해 마피아와 연결하고 있다는 정보가 있어서 주시하고 있는 참이오. 왜 무슨 건수가 있습니까?"

"소련군의 안개작전 음모에 의해 붉은 씨받이가 된 여인의 딸이 그 음모를 캐려고 하고 있어요. 그 딸도 바로 음모의 희생자여서 여기까지 와서 관련자를 찾고 있는 중입니다."

"그래요? 대단하군요. 그런데 바라첸코와 무슨 관련이 있습니까?"

"네, 그 자가 안개작전 주모자의 손자라던데 잡아서 족치면 그 전모를 밝혀낼 수 있을 것 같은데요."

"악질로 소문이 난 놈이라 섣불리 잘 못 건드렸다가는 화를 당하기 십상인데…."

"소련 마피아의 극동 진출과 관련 증거만 있다면 잡아넣을 수 있지 않을까요?"

"두고 봅시다. 아직은 이렇다 할 증거가 없어서 감시만 하고 있어요."

별 성과 없이 돌아선 두 사람은 노비 아르바트 거리로 나서 우크라이나호텔로 가려다가 답답한 마음에 레닌도서관으로 들어갔다. 무엇이라도 걸릴 수 있지 않을까 막연한 기대로 문서목록 등을 찾아보았으나 허탕이었다.

가까운 거리에 있는 푸쉬킨 예술박물관을 잠시 들렀다가 마음을 정리하기 위해 모스크바강으로 산책을 나갔다. 박물관 앞에서 크로포트킨스카야 전철역을 지나면 얼마 안 가 크레믈린 제방로에 이른다. 모스크바강 주변에는 인적이나 차량이 드물어 한산했다. 이들이 제방로에 막 다다를 즈음 승용차 한 대가 쏜살같이 다가왔다. 그러더니 한 사내가 창문을 열고 무엇인가 소련어로 말을 걸었다. 길을 묻는가 보다 하고 잠시 머뭇거리는 사이 우람하게 생긴 젊은이들이 달려들었다. 위기감을 느낀 정옥이 정면으로 오는 놈의 면상을 후려치고 다시 옆으로 오는 놈에게 돌려차기를 하는 순간 뒤통수가 멍해졌다. 무엇으로 얻어맞은 것 같았다. 무릎이 꺾이어지려는 것을 가까스로 버티며 본능적으로 몸을 수그렸다가 일어나며 하단 옆차기를 날렸다. 그리고 제방 아래로 뛰었다. 얼마쯤 가다가 뒤돌아보니 대성이 보이지 않았다.

대성은 불의에 습격을 당하고 그 자리에 주저앉고 말았다. 사방에서 몰매가 내리꽂히는 것을 느끼며 의식이 가물가물해졌다. 그가 정신을 잃어가고 있는 것을 물끄러미 내려다보고 있는 사내가 있었다. 카페 떼아뜨르에서 대성에게 접근해 왔던 바실리였다. 대성은 그것도 모르고 이제 꼼짝 못하고 당하는구나 하는 생각이 머리를 스칠 즈음 투박한 고함이 그 사내의 입에서 터져 나왔다.

"그놈은 데리고 가서 처치하고, 달아난 년을 빨리 쫓아가!"

두 놈이 늘어진 대성의 사지를 붙잡고 들어올렸다.

"빨리 차에 실어."

지시가 떨어지자 눈을 가린 대성을 트렁크에 집어던졌다. 평화대로 근처 아지트로 달렸다. 대성은 위험한 놈을 잘못 건드려 서울로 돌아가지 못하고 불귀의 객이 되는가 싶었다. 시간이 지나자 정신이 들었다. 정옥이 옆에 없었다.

'정옥은 어디 갔나. 나처럼 어디로 납치된 걸까.'

그녀의 신변이 걱정되었다. 대학을 나와 취직하기에 바빠 호신용 무술 하나 익히지 못한 것이 후회스러웠다. 고속도로를 탔는지 차가 쏜살같이 달렸다. 앞 좌석 쪽에서는 농담을 하고 있는지 간간이 웃는 소리가 들릴 뿐이었다. 캄캄하고 좁은 트렁크 안에서 꼼짝할 수도 없이 한쪽으로만 누워있다 보니 어깨와 팔다리가 결리는 것은 말할 것도 없고 사지가 마비되는 것 같았다. 심한 스트레스 때문에 신체기능이 더욱 위축된 모양이었다. 참다가 정 안 되면 트렁크를 치고 고함을 지를 생각이었다.

이때 운전석 옆에서는 본부로부터 긴급 통지를 받고 있는 중이었다.

"네, 접니다, 네네 알겠습니다."

"무슨 전화야?"

바실리가 조수석에 앉은 사내에게 물었다.

"보스가 긴급지시를 내린답니다. 전화를 바꾸라는데요."

"이리 줘. 네 네, 그러면 수장하란 얘기군요. 수장팀을 미리 보낸다구요? 어디로요? 아 네, 레닌 언덕 아래 보로비옙스카야 제방을 내려가라구요. 네, 알겠습니다."

얼마 지나지 않아 차가 레닌 언덕에 올라섰다. 건너편에 레닌 스타디움이 보였다. 수장 팀이 벌써 왔는지 언덕 아래 저 멀리 몇 사람이 서성거리고 있는 광경이 들어왔다. 노보데비치 사원 쪽으로 3, 400m쯤 가면 제방 옆에 숲이 우거진 데가 있었다. 레닌스타디움이 보이는 곳을 지나면 대낮에도 제방 주변에 인적이 드물었다. 거기서 대성을 모스크바강에 집어 던질 작정이었다.

바실리 일행은 숲 쪽으로 접근해 가다가 잠시 서서 자기들끼리 무언가 귓속말을 주고받았다. 이윽고 두 팀이 만나자 바실리가 먼저 입을 열었다.

"보스 얘기를 들었다. 너희들은 여기서 내 지시를 따르라. 만약 지시를 따르지 않고 엉뚱한 생각을 하는 놈은 내가 처치한다. 알겠나?"

그러면서 수장팀을 무섭게 노려봤다.

"수장팀은 여기 와서 이놈을 끌어내."

자동차 키를 던져 주자 수장팀 중 하나가 받아 트렁크를 열었다. 나머지 사내들도 대성을 들어올리기 위해 우르르 몰려와서 거들었다. 이때다. 바실리 일행 중 하나가 그들 뒤로 쫓아 와서 총을 겨누었다.

"동작 그만! 트렁크에 팔을 뻗고 엎드려!"

갑작스런 상황 변화에 어리둥절하는가 싶더니 선임자인 듯한 놈이 몸을 휙 돌려 권총을 발사했다. 좀 떨어져 이를 지켜보고 있던 바실리가 한발 빨랐다. 그놈이 몸을 돌리는 순간 순발력이 뛰어난 바실리의 손가락이 벌써 방아쇠를 당기고 있었다. 사태를 알아차린 수장팀이 뒤돌아서 일제히 반격을 하기도 전에 바실리팀이 그들을 쓸어버렸다. 그들은 권총을 뽑다 말고 고목처럼 피식피식 나뒹굴어졌다.

바실리는 얼른 트렁크에 다가가 대성을 끌어냈다.

"상황이 위급하니 빨리 날 따라오시오."

그는 대성을 데리고 수장팀이 타고 온 차에 올랐다. 시동을 걸면서 고함을 질렀다.

"너희들은 아까 말한 대로 저놈들을 눈에 뛰지 않게 처리하고 '작전 2'로 들어간다."

호텔에 혼자 돌아와 안절부절못하던 정옥은 목에 건 십자가를 만지며 눈을 감았다. 대성의 행방을 알 수 없어 불안한 마음에 기도를 했다.

'엄마, 나와 대성 씨가 먼 이국땅 모스크바까지 와서 지금 음모를 파헤치려 애쓰고 있어요. 엄마, 저승에서 우리를 지켜보며 힘을 주세요. 이 하찮은 딸이 하느님 앞에 무릎 꿇어 간구하노니 붉은 씨받이의 십자가를 짊어진 어린 양을 구출해주소서.'

정옥은 기도를 하며 자신이 끌어들인 대성의 안전이 위태로워지는 것을 어떻게 해서든 막아야겠다고 다짐했다. 주저할 시간이 없을 것 같았다. 한시바삐 에르넨코를 만나 지원을 요청할 작정이었다. 길게 한숨을 쉰 다음 이를 악물었다. 이때 노크 소리가 들렸다. 누군가 하고 문 앞으로 다가갔다. 핼쑥해진 대성이 문 앞에 서 있었다. 그가 절룩거리며 실내로 들어서자 정옥은 어쩔 줄 몰랐다. 놀랍기도 하고 반갑기도 하고 무어라 감정을 표현할 수 없었다.

"어머, 대성 씨, 무사했네요."

그녀는 대성을 부축하여 의자에 앉혔다.

"바실리가 나를 구해줬어. 그는 바라첸코가 무고한 사람을 해치려고 해서 나를 구출했다고 하더군. 그에 대해 궁금한 점이 많았지만 좀처럼 입을 열려고 하지 않아. 어쨌든 좀 별난 사람 같기도 하고… 수수께끼의 사내야."

"나도 그런 생각이 들어. '흑곰'의 주요 인물 같은데 오히려 대성 씨를 구해주었다는 게 믿기지 않아. 혹시 다음 단계 무슨 흉계가 있지 않을까?"

"그런 사람 같지는 않았어. 그는 나에게 충고한다면서 바라첸코에게 찍힌 이상 빨리 귀국하는 것이 나을 거라더군. 그러면서 바라첸코가 옛날 비밀경찰 총책 베리아의 오른팔이었던 메드초프의 손자로서 강경보수파 리더로 자처하고 있다고 알려 주더군."

정옥은 대성이 수장 직전에 천운으로 살아난 것을 보고 이 시점에서 서울로 돌아가는 것이 나을지도 모르겠다고 생각했다.

"대성 씨, 어차피 우리 힘으로 안 될 바에야 에르넨코나 니콜라이에게 나머지 일을 맡기고 귀국하는 것이 어떨까?"

"내 신변 문제는 괜찮은데 우리가 독자적으로 추적하기에는 한계가 있어."

"오히려 KGB나 모스코스키 노보스티가 부족한 정보를 채워 줄 수도 있을 거야."

둘은 귀국 후 지금까지 입수한 정보를 정리해서 기자회견을 통해 밝히기로 하고 귀국을 결정했다. 대성이 외사과 최 과장에게 연락했다. 정옥이 귀국 즉시 박 사장 살해와 관련해 자수할 것이며, 국내 러시아 마피아 조직과 북한 부녀자 겁탈 관련 음모는 기자회견에서 밝힐 예정이니 특별회견을 준비해 달라고 요청했다. 이 사실은 신변안전상 귀국 때까지 발표하지 않도록 당부했다.

대성은 니콜라이에게, 정옥은 에르넨코에게 각각 전화를 해 작별 인사 겸 후속 정보를 전해 달라는 부탁을 전했다.

2

세레메치에보 2공항 대합실에서 동경행 비행기를 기다리는 동안 대성은 신문을 사 봤다. 1면에는 예의 페레스트로이카 얘기가 실려 있었다. 고르바초프가 일부 보수세력이 페레스트로이카에 반기를 들고 있다고 비판하고 이를 저지하기 위해 글라스노스트를 통한 밑으로부터의 개혁을 추진하겠다고 밝힌 내용이었다. 다음 면으로 넘어가서 지면을 살피다가 중간 톱 자리에 아는 얼굴 사진이 있는 것을 발견했다. 자세히 보니까 세르게이였다.

마피아 중견 인물인 세르게이가 어제 저녁 카페 떼아뜨르에서 술을 마시고 나오다가 괴한의 총격으로 살해되었다는 기사였다. 며칠 전에 정옥과 자신을 살해하려는 기도가 있었는데 또 세르게이를 노린 것이었다. '흑곰'이 움직이는 것이 틀림없었다. 빨리 모스크바를 떠나야 되겠다는 생각에 초조하게 탑승 수속의 개시를 기다렸다.

정옥과 대성이 열성적으로 '안개작전' 관련 인물의 추적에 나서고 있다는 정보를 들은 바라첸코는 몹시 심기가 불편했다.

'이것들이 결국 나에게까지 촉수를 뻗치려는 것이 아닌가. KGB와 신문사 쪽에 선을 대 무슨 수작을 하는 것 같은데… 세르게이 이 자식은 뭐 하고 있나?'

아무래도 세르게이에게 무슨 복선이 있는 것 같았다. 일리에나라는 계집애가 사내를 하나 달고 느닷없이 한국에서 날아와 가지고는 여기저기 쑤시고 다니는 것이 수상쩍다 했는데 세르게이가 이것을 모를 리 없었다. 그런데도 그들의 동향 보고만 했지 실제로 모스크바에 온 목적이 무엇인지 알려 주지 않았다.

더군다나 바실리가 배반하는데도 마피아 측 바실리 상대자인 주제에 이렇다 할 정보는커녕 사전조치를 취하지도 않았다.

'그렇게 믿고 있었던 바실리가 배반을 하다니….'

생각이 바실리에게 미치자 피가 거꾸로 역류했다. 세르게이도 언젠가 배반할 놈이다. KGB와 '흑곰'에 양다리 걸친 것이 틀림없었다. 그날로 저격수 한 명을 세르게이에게로 보냈다.

"무조건 보는 대로 사살해!"

서울에 온 정대성은 병원에서 진찰을 받은 후 입원해 있었다. 몽둥이로 다리를 맞는 바람에 골절상을 입은 것이 아물 때까지 한 달 이상 안정이 필요하다는 소견이었다. 그러나 정옥의 기자회견이 3일 앞으로 다가오는데 그냥 병원에 있을 수만은 없었다. 신문사에 전화해 취재 차량을 보내 달라고 요청했다. 최 과장을 만나 전체적인 준비상황을 알아볼 겸 정옥을 만나 회견에 임하는데 따르는 심리적인 부담을 들어주고 싶었다. 회사 측에서는 대성의 요청을 거절했다. 시경 캡이 한 달이나 병원에 박혀 있는 것도 문제인데 무리하게 나다니다가 시간이 더 걸릴까 봐 고개를 저었던 것이다.

그가 할 수 없이 침상에서 좀이 쑤셔오는 것을 참느라 애를 먹고 있는데 간호부가 전갈을 가져왔다. 소련에서 전화가 왔다는 것이었다.

"응, 소련에서요? 모스크바 아니던가요?"

부리나케 일어나 간호부를 따라 원무실로 갔다. 전화를 건 사람은 니콜라이였다.

"니콜라이, 웬일이요?" 하면서도 혹시 그 일 때문이 아닌가, 기대감이 고개를 들었다. 부상이 어떠냐는 등 안부 얘기를 한 다음 그가 전한 내용은 가뭄에 단비 같은 소리였다. 경찰이 세르게이 살해 혐의로 바라첸코를 체포했다는 소식이었다, 그런데 KGB 측에서 그의 신병을 인수해 반정부활동에 대한 수사 과정에서 그의 할아버지, 즉 메드초프가 '안개작전'의 주모자라고 실토했다는 것이다. 아직 수사 결과가 발표되지 않았지만 정보공작팀장 에르넨코에게서 대성 측에 알려주라는 연락을 받았다고 밝혔다.

"니콜라이 수고 많았어요. 정말 감사해요, 후속 정보를 부탁해요."

대성은 흥분된 나머지 옆에 사람들이 눈에 들어오지 않았다. 바로 최 과장에게 전화해 자초지종을 얘기하고 정옥을 찾았다.

"정옥을 연결시켜 주시오. 빨리요. 내일 모레가 지나면 기자회견인데 빨리 손을 써야지요. 빨리요, 빨리."

한껏 고조된 목소리로 전화기를 울려대고 있었다.

에르넨코가 반정부활동 혐의로 바라첸코를 KGB로 연행해 추달하는 과정에서 메드초프가 '안재작전'의 원흉이며, 바라첸코는 그의 손자로서 뿐만 아니라 자신의 생존을 위해서 '안개작전'과 관련된 자료 일체를 파기했다는 사실을 밝혀냈다. 누구보다 먼저 일리에나와 대성이 떠올랐다. 아직 사건 전모를 밝힐 수 없는 단계라 모스코스키 노보스티 니콜라이 기자를 통해 이 사실을 알려주도록 했다.

그로부터 나흘 후 에르넨코는 정신이 아찔했다. 이놈을 체포하지 않았더라면 큰일 날 뻔했다. 바라첸코가 악명 높았던 것은 모스크바 시민이면 다 아는 사실이지만 마지막까지 악랄한 음모를 꾸밀 줄은 몰랐다. 여죄를 추궁하는 도중 고르바초프 암살음모를 적발하게 된 것이다.

바라첸코는 고르바초프가 등장하면서 구악으로 찍혀 쫓겨났다. 할아버지의 후광 덕에 승승장구하면서 눈에 보이는 것이 없게 된 바라첸코는 제1국장이 되자 온갖 사치와 여인사냥에 몰두했다. 돈이 될 만한 업체에는 손을 대지 않는 곳이 없을 정도로 이권에 광분했고, 권력과 돈을 주무르는데 맛을 들이자 연예인 킬러로 나서 섹시한 여배우들은 그에게 성 상납을 하고서야 활동할 수 있었다. 평일이나 주말을 가리지 않고 경관이 빼어난 곳곳에 건축한 다차에서 여배우의 알몸을 만끽하느라 정신이 없었다. 악평은 이미 시중 술집 어디서나 나돌 정도로 악화되었다. 그의 여성 사냥 광기는 자신만 모르고 천하가 다 아는 사실이 되어 결국 그 좋은 KGB 제1국장 자리에서 쫓겨나고 말았던 것이다.

나이 50대 초반에 앞길이 막힌 바라첸코는 고르바초프에 대한 반감이 대단했다. 그는 스스로 '흑곰'을 창설하여 기득권세력을 규합하기 시작했다. 페레스트로이카로 기득권을 상실하거나 침해당할 우려가 있는 인사들은 이에 적극 협조하여 반 고르바초프 진영을 형성하고 있었다.

고르바초프의 페레스트로이카에 탄력이 붙어 곳곳에서 보수 기득권 세력의 보루가 무너질 위험에 직면하자 이에 저항하는 세력이 마지막 발악하듯 꿈틀댔다. 1987년 9월 보수파 대표 격인 예고르 리가초프가 10월 공산혁명 70주년 행사준비를 위한 당 중앙위원회에서 반기를 드는가 하면 국방장관과 KGB 측에서도 이의를 제기하는 등 보수반동은 1988년까지 고개를 숙이지 않았다. 특히 리가초프 같은 경우는 8월 5일 고르바초프가 외국에 간 사이 텔레비전에까지 나와 그의 정책을 공공연하게 비판했다. 이러는 사이 니나 안드레예바 같은 여교수까지 강경보수파로서 언론 플레이에 나서자 옛 스탈린주의자들인 경찰과 간수들이 친 스탈린 영화를 만들어 그녀를 지원하려고 할 정도였다.

바라첸코는 바로 이런 분위기를 이용하여 기득권 인사들과 손잡고 반 페레스트로이카 운동을 은밀히 추진하는 가운데 몸보신 공작을 서둘렀다. 고르바초프 측에서 자신들의 비리나 반도덕성을 폭로하지 않을까 전전긍긍했다. 페레스트로이카체제에 대해 공격적이면서 자신들의 문제는 노출을 꺼려하는 흑곰 쪽에서 마피아 조직에 촉수를 뻗쳤다. 마피아 쪽에서 거꾸로 보면 자연스럽게 흑곰과 연결고리를 가질 수 있게 된 것이다. 결과적으로 두 조직은 반 페레스트로이카 성향을 공유함으로써 스스로 살아남으려는 생존전략에 서로 의존하지 않으면 안 되는 관계가 되었다.

바라첸코는 한발 더 나아가 보수 세력의 생존전략에 걸림돌이 되는 고르바초프를 제거하기로 했던 것이다. 그는 은밀히 리가초프 등 보수 강경파 인사들을 만나 암살모의에 대한 지원을 요청하기로 했다.

해가 질 무렵, 타스통신 건물을 나서 황급히 길을 건너는 사내가 있었다. 짙은 갈색 안경을 쓴 그는 주변을 한번 둘러본 후 재빠르게 지하도로 내려섰다. 잠시 플랫 홈에서 기다리더니 코스모스역 방향으로 가는 전철을 탔다. 그는 승객들 틈으로 날렵하게 비집고 들어가 모습을 감추었다. 창밖에서 보이지 않을 정도가 되자 사내는 서둘러 오느라 얼굴에 배어든 땀을 손수건으로 훔쳤다. 그러면서 오후에 자신에게 전달된 메시지를 떠올렸다.

'빅토르, 요리 준비가 필요하니 저녁에 거기서 만나자.'

며칠 전, 요리 얘기를 들을 때 긴장되기는 했지만 큰 건을 한번 터뜨리는 데는 동의했던 터였다. 이제 요리 준비를 한다니 계획이 제대로 돌아가는구나 생각하고 서둘러 나왔다. 문제는 에르넨코가 냄새를 맡지 않을까 하는 것이었다. 그는 에르넨코의 예민한 후각을 속으로 탄복해 왔던 처지였다. 한번 냄새를 맡았다 하면 절대 놓치지 않는 그의 끈덕진 근성을 자주 봤었다.

'그놈, 지독한 놈인데….'

은근히 불안하면서도, 한편에서는 도전해 볼만하다는 의욕이 솟구쳤다.

'이번에 판을 벌여서 보기 좋게 한방 먹여야지.'

그러고 있는 사이 전철은 코스모스역에 도착했다. 지상으로 올라온 사내는 주변을 두리번거린 후 코스모스호텔로 곧장 걸어갔다. 뒤에서 보면 넓은 어깨가 눈길을 끌었다. 그가 바로 타스통신 해외담당 부국장으로 위장하여 KGB 해외공작을 지휘했던 빅토르 아시노프였다. 옛날 KGB에서 에르넨코와 맞장 뜰 정도로 민완 요원이었다.

같은 시간에 공산당 기관지 프라우다 건물을 나서는 또 하나의 사내가 있었다. 그도 오후에 같은 메시지를 받고 코스모스호텔로 향하고 있었다.

'요리 준비를 한다. 그 사람이 준비하면 먹을 만하겠지….'

깡마르고 신경질적인 인상의 사내는 매우 날카로운 눈을 번득이며 주변을 살펴본 후 택시를 탔다. 그는 코스모스호텔로 가는 동안 자신에게 언론계와 문화예술계 보수 강경 인사들 리스트를 만들어 둘 것을 요청한 사실을 주목했다. 그가 언론공작의 명수인 프라우다지 편집부국장 율리모 코소노프였다.

얼마 후, 코스모스호텔 18층 소회의실에서 비밀회동이 있었다.

중앙에 강경파 대표 격인 리가초프 최고회의 의장이 앉고, 그 오른쪽에 강경파 여성 대표 격인 니나 안드레예바 교수, 왼쪽에 바라첸코가 자리 잡았다. 아시노프와 코소노프, 흑곰 간부들은 앞 쪽에 도열해 앉았다. 출입문 안쪽에 건장한 사내 두 명이 지키고 바깥쪽에는 문 앞에 한 명, 복도 양쪽에 한 명씩 세 명이 경비를 섰다. 모두 흑곰의 요원들이었다. 삼엄한 분위기가 감도는 가운데 바라첸코가 입을 열었다.

"오늘 리가초프, 안드레예바 두 동지를 모시고 기울어져가는 조국 소련의 운명을 바로잡고자 중대한 결단을 내릴까 합니다. 리가초프 동지께서 한 말씀하시지요."

"바라첸코 동지가 사회주의 혁명의 깃발을 지키기 위해 무척 애쓰고 있는 것을 치하합니다. 우리는 앞으로 고르바초프 같은 반동분자들이 혁명정신을 흐리는 일을 용납해서는 안 됩니다."

그 말을 받아 바라첸코가 나섰다.

"리가초프 동지를 사회주의혁명수호위원회 위원장, 안드레예바 동지를 부위원장으로 모시고 혁명정신을 관철해 나가는데 전력을 다하도록 합시다. 우리 흑곰이 앞장서서 고르바초프 진영의 책동을 저지할 것입니다. 그 첫 번째 과업으로서 고르바초프를 제거하기 위한 계획을 오늘 확인하고 지원하여 주실 것을 제의합니다."

이날 바라첸코가 밝힌 고르바초프암살계획은 대담하고 치밀한 것이었다. 아시노프를 중심으로 KGB에서 퇴출된 자들로 행동대를 조직하고 흑곰 요원들이 암살계획의 실행을 지원하기로 했다. 거사 후 일련의 정치사회적인 조치를 위해 코소노프를 중심으로 정치공작대를 조직하여 일차적으로 여론을 통제 조작하도록 했다. 이렇게 하여 일단 사회주의혁명수호위원회를 공식 출범시킨 후 정권을 장악할 계획이었다.

구체적인 암살계획으로서는 고르바초프가 휴가차 흑해연안 휴양지 소치로 떠나는 때를 디데이(D-day)로 정하고 소치에 가까운 지점에서 거사하기로 했다. 지방 시찰 명목으로 중간에 몇 군데를 들리는 일정을 짜서 고르비로 하여금 육로로 소치로 향하도록 유도한다는 것이었다. 그날 일정을 무사히 마치고 소치에 가까워질 무렵 피로가 겹쳐 방심한 틈을 타서 해치우기로 하고 세부지침은 따로 마련했다.

디데이 오후 소치에 가까운 지역의 한가한 시골 도로 중간에 시골 농부를 가장한 행동대원 A가 고장 난 우마차를 세워놓고 수리하는 장면을 연출한다. 저 멀리서 고르바초프 일행이 탄 차가 모습을 드러내기 시작하면 A가 허리를 펴고 일어서서 수건으로 땀을 닦는다. 길가 숲 속에 잠복해 있던 행동대원 B와 C가 A의 땀 닦는 것을 신호로 저격 자세를 취한다. 만약 실패할 경우에 대비해서 이들의 건너편에도 저격 조를 잠복시켜 두었다가 대타로 나서게 한다.

바라첸코는 사안이 중대한 만큼 예행연습을 통해 철저하게 암살 작전을 수행토록 할 작정이었다. 예행연습을 어디서 하는 것이 좋은가 머리를 짜다가 좋은 아이디어가 떠올랐다. 그는 고르비 암살에 앞서 서울에서 일리에나를 살해할 작정이었다. 거리가 좀 멀기는 하지만 암살 팀의 팀웍을 미리 점검하고 현장 감각을 익히기에 적합했다. 더군다나 할아버지 메드초프 원수가 추진했던 '안개작전' 전모를 파헤치려고 무모하게 대들었던, 하룻밤 강아지 같은 까레이스키 계집애를 없애버리는 일석이조의 효과를 거둘 수 있으리라 기대했다.

3

에르넨코는 바라첸코를 계속 심문한 결과 한국에서 기자회견을 하게 된 일리에나, 즉 정옥부터 먼저 제거하기로 하고 저격수를 선발, 이미 한국으로 잠입시켰다는 사실도 밝혀냈다. 회견 하루 전이었다.

시간이 촉박했다. 같은 정보기관인 한국 안전기획부에 알려 주어야 할 일이지만 그럴 수 없었다. 안기부가 이 사실을 알게 되면 틀림없이 수사기관에서 나설 것이고, 그렇게 되면 저격계획이 탄로 난 것을 눈치채고 계획을 바꾸든지, 아예 취소할 수 있기 때문이었다. 에르넨코 입장에서는 그들을 현장에서 사로잡아야 하기 때문에 한국 측에 사전 통보를 할 수 없었다. 더욱 중요한 것은 같은 저격수가 고르비 암살음모에도 연루되었을 가능성 때문에 현장을 덮치지 않으면 안 되었다.

에르넨코는 자신이 신임하는 바실리를 불렀다.

"바실리, 내 말 잘 들어. 일리에나가 내일 서울에서 기자회견을 하기로 되어 있는데 바라첸코가 이를 저지하기 위해 이미 며칠 전에 저격수를 서울로 급파했다는 실토를 받아냈어. 그런데 시간이 촉박해서 큰일이야. 자네가 수고를 해주어야겠어. 서울 안기부에 모든 편의를 봐 주도록 부탁해 놓았으니 걱정 말고 잘 처리해 주어."

"그러면 안기부에 이미 알렸습니까?"

"아니야. 마피아 침투 문제로 서울로 간다고만 말해 두었어. 바실리도 절대 저격 건을 얘기해선 안 돼. 이건 국가원수의 안위에 관한 중대한 문제야."

"알았습니다. 언제 떠날까요?"

"지체하지 말고 준비되는 대로 바로 떠나."

바실리는 지난번 대성을 구출할 때 이미 이런 일을 예견했다. 바라첸코가 어떤 놈인데 수장 대상을 그냥 놓아주지는 않을 것이다. 모스크바에서 안 되면 서울로 따라가서라도 해치울 것이라고 짐작했다. 바라첸코가 그런 놈이라는 것을 진작부터 알고 대비하고 있었다.

바실리는 고르바초프계열로서 장래가 촉망되는 요원이었다. KGB 제1국 정보공작 팀 소속인 그는 에르넨코의 지시로 흑곰에 침투해 활약해왔다. 당연히 보스인 바라첸코의 신임을 얻어 중요한 일을 맡았는데 자금원인 마피아담당 연락책이었다. 마피아 쪽 세르게이와 자주 접촉하면서 자금흐름을 파악하는 한편 흑곰의 동향을 에르넨코에게 직보하여 오늘의 성과를 가져올 수 있게 했다.

모스크바에서 동경을 거쳐 서울로 가는데 긴 시간이 걸려 다음날, 즉 회견 당일 아침 서울에 도착할 예정이었다.

이 시간에 정옥은 내일 무슨 일이 일어날지도 모른 채 회견준비에 골몰하고 있었다. 궁금한 것이 있으면 대성에게 전화로 묻고 메모를 했다. 몇 차례 리허설까지 하고도 자신 없기는 마찬가지였다. 여자가 이런 일을 한다는 것 자체가 어울리지 않은 것으로 생각했다. 정옥은 팔자거니 했다. 팔자도 국경을 넘나드는 팔자였다.

안개작전에 의해 북한에 주둔한 소련군에 짓밟힌 조선 여인들은 그동안 역사의 뒤 안에서 얼마나 많은 심적 고통에 시달려 왔을까, 미루어 짐작컨대 도저히 그대로 묻어 둘 일이 아니었다. 더군다나 그녀들의 사생아로서 붉은 씨받이가 되어 자신의 정체성을 잃어버린 채 살아야 했던 역사적인 사생아의 운명을 두고 내내 고민한 끝에 내린 결론은 조선 여인의 인생을 그렇게 만든 인간들을, 설령 사후에라도 세상에 알려 다시는 이런 반역사적 횡포를 저지르는 일이 없도록 하는 것이 자신의 사명이었다.

내일 그 수많은 내외 기자들 앞에서 소련군의 천인공노할 음모를 밝히는 자신을 상상하면 이제야 살아 있다는 보람을 느낄 수 있었다. 더군다나 자신에게 하나의 여인으로서 사랑을 일깨워 준 대성 씨를 앞에 두고 자신의 출생에 관한 비밀을 폭로한다는 것은 그 사랑의 의미가 더욱 큰 것임을 반증하는 것이다. 대성 씨에 대해 못다 한 사랑을 고백하는 심정으로 내일 회견을 떳떳하게 치르리라 다짐했다.

같은 날 타스통신 기자들은 그들이 묵고 있던 한국호텔 1102호실에서 부산하게 움직이고 있었다. 전 KGB 요원인 타스통신 해외담당

부국장 빅토르 아시노프가 바라첸코의 지시에 따라 남녀 2명을 해외 특파원으로 추가해 한국에 파견했던 것이다. 이들은 아시노프의 직속 부하로서 마피아 조직의 일원이었다. 여기자로 위장한 여인은 암살조의 감시 역으로서 현장지휘를 맡았다. 동행한 사내는 카메라맨으로 위장한 저격수였다. 아시노프는 두 사람을 보내면서 서울 주재 특파원에게 중대 사명을 띠고 특파하는 만큼 무조건 그들에게 협조할 것을 지시했다. 며칠 전 서울에 도착한 암살조는 주재 특파원을 내세워 현장 상황과 예상 도주로를 확인했다.

회견 당일 새벽, 바실리는 동경에서 서울행 한국 비행기로 갈아타고 서울로 향했다. 별 탈 없이 이대로 가면 가까스로 회견장에 도착할 수 있을 것 같았다. 마음이 초조하여 비행기 안에서라도 달리고 싶었다. 에르넨코는 저격 팀과 관련한 정보를 추가로 입수하는 대로 보내주겠다고 했지만 아직 연락이 없었다. 저격 팀이 몇 명인지, 인상은 어떤지, 남녀가 섞였는지 범인들에 대한 정보는 확보하지 못한 채 급하게 달려왔으니 시간적인 여유라도 있어야 할 것이었다. 그러나 시간마저 여의치 않았다.

모스크바에서 동경까지 오는 사이 저격 팀의 조건에 따른 대응책을 미리 검토해 보기는 했지만 적절한 시간에 현장에 도착하지 않으면 무용지물이었다. 이윽고 김포공항에 도착한 바실리는 안기부 요원의 협조로 귀빈 통로를 통해 입국장을 빠져나왔다. 시계를 힐긋 보았다. 시침이 8시 15분을 가리키고 있었다. 회견시간까지 1시간 45분, 잘해야 2, 30분 여유가 있을지 모르는 시간이었다. 허겁지겁 시청행 공항버스를 집어탔다. 처음 오는 서울이라 온통 낯설었지만 오랫동안 정보 분야에서 활동한 경험으로 회견장인 서울시경 강당까지 가는

데는 별 문제가 없어 보였다.

의자를 뒤로 젖히고 한숨 돌린 후 달리는 차창 밖으로 서울 거리의 이모저모를 살펴보았다. 화곡동을 지나 영등포 쪽으로 오자 한강이 나타났다. 조그만 나라에 모스크바강만큼 큰 강이 있다는 것이 믿기지 않았다. 강물도 유유히 흐르고 운치가 있어 보였다. 버스가 제2한강교로 들어서자 모스크보레츠키 다리 생각이 났다. 크레믈린 지역 양쪽에 걸쳐진 다리처럼 긴 다리라고 생각할 때 버스가 멈춰 섰다. 잠시 밀리는가 했더니 그대로였다. 가다 서다 하는 것이 아닌 걸 보면 교통사고가 난 것이 분명했다. 시계를 보니 9시가 가까워지고 있었다.

시경 대강당 출입구에는 검색대를 설치하고 5명의 요원이 배치되어 X레이 검색과 함께 몸수색을 맡았다. 정각 10시가 되면 시경 공보관이 회견을 진행할 예정이었다.

소련군의 만행과 관련이 되는 사건인 만큼 국내 기자보다 외신 기자가 더 많은 것 같았다. 당연히 안전을 위해 이들 외신 기자들은 시경 공보과에서 문공부의 협조를 얻어 일일이 신원을 확인한 후 비표를 배부했기 때문에 별 문제가 없을 것이라고 믿었다.

정대성은 9시부터 나와 현장분위기를 취재하며 국제적 사건의 추이와 외국 언론의 관심도를 면밀히 관찰하는데 열중했다. 사건이 사건인 만큼 정옥의 입에서 터져 나올 정보가 어느 정도 깊이 있는 것이냐에 따라 폭발력이 대단할 것이었다. 몸이 성치 않았지만 이런 상황에서 한국 언론의 자부심을 위해 자신이 나설 수밖에 없다는 생각에 각오를 단단히 하고 나왔다. 내노라 하는 외신 기자들도 여러 명이 눈에 띄었다. 미국 쪽의 뉴욕 타임즈나, 워싱톤 포스트는 말할 것도 없고 AP, UPI, 유럽 쪽의 파수견들(기자의 별칭)도 쟁쟁한 멤버들이었다. 런던 타임즈와 데일리 미러, 로이터 등 영국 팀, 빠리 마치와 AFP 등 프랑스 팀, 프랑크푸르트 알게마이네 짜이퉁과 DPA 등 독일 팀이 벌써 자리를 잡았다. 아시아 쪽은 말할 것도 없이 일본의 아사이, 요미우리, 마이니찌, 교토통신이 진을 쳤고, 중국에서는 런민 르빠오를 비롯 베이징 르빠오, 신화사통신 등 기자들이 남달리 촉각을 세우고 있었다.

이들보다 조금 늦게 소련의 프라우다와 이즈베스챠, 그리고 타스통신 기자들이 들어 왔다. 이들 중 타스통신 완장을 두른 기자들은 3명이었는데 여기자가 한 명 끼여있었다. 여성의 입장에서 살인범 정옥에게 접근하여 취재하려는 의도 같았다. 10시가 가까워질 때까지 모두들 긴장된 분위기에서도 평온한 상태였다.

시계가 9시 20분을 넘기자 바실리는 초조해지기 시작했다.

꿈쩍도 않고 있는 버스에서 기다릴 수 없었다. 급하다며 운전기사에게 문을 열어달라고 했다. 시내에서 영등포 쪽으로 오는 차가 없어 반대편 차선은 텅 비어 있었다. 바실리는 텅 빈 차선에서 영등포 방향으로 달렸다. 그곳에서 택시를 잡기 위해서였다. 몇 분 달리다가 시내 방향 승용차가 반대 차선으로 들어오는 것을 보고 손을 번쩍 들었다.

"외국에서 급한 볼 일로 서울에 왔는데 약속 시간이 임박해 큰일 났습니다. 택시도 없고… 시내로 가신다면 좀 태워주세요. 차비는 얼마든지 드릴게요."

지갑을 꺼내 들자 괜찮다며 차를 태워주었다. 외국인에 대한 친절이 일반적이던 때였다. 가면서 얘기를 나눈 끝에 시청 앞이 아닌 시경 앞에 차를 세웠다. 시간은 9시 50분이었다.

10시 10분 전, 강당 출입문이 닫히고 시경 외사과 최 과장이 앞선 가운데 경호원, 정옥, 경호원, 검찰청 마약팀 박형수 팀장 순으로 무대로 향했다. 무대 위 중앙에 기자회견 장본인인 정옥이 앉고 좀 떨어져 좌우로 최 과장과 박 팀장이 자리를 잡았다. 그리고 좌우 무대 출입구에 경호 요원이 배치되었다. 모두들 정옥에게 시선을 집중했다. 한순간 장내는 물을 끼얹은 듯 고요 속에 잠기는 것 같았다. 잠시 동안의 고요는 참석자들로 하여금 어떤 무게에 눌린 것처럼 무거운 분위기를 느끼게 했다.

승용차에서 내린 바실리는 달러를 몇 장 던지듯 조수석에 놓아둔 채 재빨리 계단을 뛰어올랐다. 현관 입구에 당도하자 경비 경찰이 앞을 막았다. 가쁜 숨을 내쉬며 KGB 요원이라고 소리를 질렀다. 시간은 9시 57분이었다. 이미 출입문은 닫혀 있었다. 그의 말을 듣고 안기부 요원이 다가와 신분을 확인했다.

"나, KGB 바실리요. 암살범이 저기 있어요. 빨리 문 열어주시오. 빨리⋯."

장내에서는 정옥이 회견문을 들고 일어났다. 회견을 시작하기 전 미리 나가 잠시 연단에 서 있을 생각이었다. 시경 공보관의 회견 시작 인사가 나오면 곧바로 회견문을 읽을 수 있도록 할 참이었다. 9시 59분이었다.

가까스로 강당 입구에 도착한 바실리는 안기부 요원의 도움을 받아

회견장으로 막 발을 들여놓았다. 드디어 10시 정각, 장내 정돈이 끝나고 공보관이 마이크를 잡고 기자회견을 시작하겠다는 말을 하려는 찰나 회견장 중간쯤 복도 쪽에 앉아 있던 사내가 벌떡 일어서는 것이 바실리의 시야에 들어왔다. 동시에 옆에 앉아 있던 여인이 무얼 하려는지 두 손을 움직거리는 것이 보였다. 둘 다 서양인이었다.

'아! 저게 그자들이구나!'

바실리는 신경 줄이 확 당기는 것을 느끼는 순간 테러다! 고함을 지르며 권총을 획 뽑아들었다. 바로 그때 펑! 소리가 나며 실내가 암흑으로 바뀌었고 권총 소리가 탕! 탕! 탕! 연달아 들려왔다. 바실리와 사내가 동시에 권총을 발사했던 것이다.

연단 앞에 섰던 정옥이 쓰러지고 사내도 쓰러졌다. 바실리가 수상한 동태를 보인 옆의 여인에게도 권총을 발사하려는 순간 어둠이 그녀를 가렸다. 간발의 차이였다. 무대 밑에 서 있던 경호원들과 문 앞을 지키던 경호원들이 잽싸게 권총을 뽑아 들었으나 소용없었다. 누가 누군지 분간할 수 없는 암흑 속에서 무턱대고 쏠 수 있을 것인가?

무대 위에서는 전등이 꺼지는 바람에 경찰과 검찰을 대표한 좌우 두 사람이 탁자 밑에 숨어 나오지 못하고 있었고, 정옥은 총알이 이마 옆을 스쳐 뒤로 나자빠진 채 미동도 하지 않았다. 장내는 고함, 울부짖는 소리, 의자 밑에 숨어 숨만 헐떡거리는 소리로 소란이 극치에 달했다. 조금 있다가 누군가가 위협사격을 하며 문 쪽으로 후닥닥 뛰쳐나오고 있었다.

'바로 저 여인이 범인이구나!'

직감한 바실리는 의자 뒤로 몸을 수그리면서 다가오는 그녀에게 탕! 탕! 탕! 연발을 쏘았다. 어둠 속이라 두 발은 빗나가고 한 발만 목줄기를 관통했다. 달려가서 신원을 확인했다. 타스통신 여기자로 위장한 암살자였다.

　정식 등록된 3명의 타스통신 특파원은 기자회견 당일 아무런 제지도 받지 않고 회견장으로 들어갈 수 있었다. 외신 기자석에 앉은 이들은 다른 기자들이 취재준비에 바쁜 사이 정옥을 암살할 준비를 서둘렀다. 여인은 컴팩트를 꺼내 화장을 고치는 체하며 꾸물거리다가 공보관이 마이크를 잡는 것과 동시에 화약에 불을 붙였다. 펑! 소리가 나고 사람들이 당황한 사이 카메라맨은 재빨리 카메라 부품을 분해하여 조립한 무기로 정옥의 이마를 겨냥, 연발을 쏘았다. 국내 마피아 조직의 협조를 얻어 잠입한 사내가 폭탄 소리가 나자마자 시경 빌딩 관리실에 들어가서 뚜꺼비 집을 열었다. 동시에 전기가 나가면 이들은 유유히 현장을 빠져나갈 작정이었다. 무슨 일인지 몰라 어리둥절한 타스통신 서울 주재 특파원은 어찌할 바를 모르고 바닥에 엎드려 있었다.

　정옥은 바실리의 재빠른 대응사격으로 암살자의 총알이 아슬아슬하게 이마 옆을 스쳐가는 바람에 목숨은 살렸으나 부상에다 정신이 나간 채 일어나지 못하고 있었다. 연단 부근에 있던 경비원이 연단으로 올라가서 그녀를 흔들었다. 반응이 없자 빨리 병원으로 가야 한다며 구조를 요청했다. 정대성이 연단으로 달려갔다. 정옥 옆에 흩어져 있던 회견문과 안개작전 파일을 주워들었다. 그때 잇달아 달려온 프레스 완장을 두른 남자가 눈에 띄었다. 대성은 엉겁결에 그에게 회견문과 파일을 맡기고 정옥을 부둥켜안고 '정옥아 저- 정옥아!' 하고 애타게 불렀다. 그래도 움직이지 않자 세 사내는 정옥을 옮기기 시작했다.

　그녀는 그렇게 별러왔던 마지막 순간에 야심 찬 한 방을 날리지 못하고 말았다. 참으로 안타까운 순간이었다. 소련에 대한 사죄촉구나 반인권횡포에 대한 응분의 전쟁배상 요구 같은 일을 하지 못하고 말았다. 그런데 대성은 정옥을 병원에 입원시킨 후 안개작전 파일이 없어진 것을 알았다. 가만히 생각해 보니 회견장에서 정옥을 붙들고 옮길 때 옆에서 부축하던 사내에게 파일을 맡긴 것이었다. 그 사내의 정체를 알 수가 없었다.

10. 충격적인 사실

　20세기 전반에 극우의 유태인 집단수용소와 극좌의 강제노동수용소가 쌍벽을 이루며 비인간 반인도주의의 암울한 그림자를 드리웠다. 두 인간 도살자, 극우의 히틀러와 극좌의 스탈린은 각각 아들처럼 믿었던 유태인 학살의 이론가 알프레드 로젠베르그와 노예노동의 추진자였던 라브렌티 베리아의 도움으로 해서는 안 될 학살 굿판을 벌렸던 것이다.

　1953년 3월 2일, 소련 인민의 영명하신 지도자이시며 구세주이신 당명 코바, 즉 이오시프 비싸리노비치 스탈린 동지께서 간밤에 쿤체보의 블리즈니 별장 서재에서 카페트에 쓰러진 것을 침대로 옮겼으나 경험 없는 젊은 의사들만 허둥대다가 다음 날 저승길로 가고 말았다. 이제 남은 일은 명색이 제2인자인 라브렌티 베리아가 크레믈린을 손아귀에 넣는 일뿐이었다. 그러나 보랏빛 무지개의 그림자에 매몰되어 얼빠진 사회주의를 지향했던 악마가 정권을 탈취하도록 세상은 가만두지 않았다. 그토록 많은 인민과 볼세비키 원로들을 '인민의 적'이라는 낙인을 찍어 저승으로 보낸 그가 똑같은 방식으로 '인민의 적'으로 낙인 찍혀 황천길로 갔던 것이다. 그의 상전이 간지 불과 4개월 만이었다. 이때 아고다 일파가 처형되었던 것과 같이 베리아 일파인 전 소련 국내보안상 메르쿨로프 등 6명이 총살당했다. 이들에게 적용된 범죄는 강제수용소 죄수들에게 적용된 것과 같은 형법 58조에 규정된 것이었다. 보랏빛 사회주의의 역사에서 돌고 도는 처형의 악순환이었다.

이후 얼빠진 보랏빛 그림자가 소련 사회에서 걷히기까지 아직 36년이라는 세월이 더 흘러야 했다. 변색된 색깔이 걷힌 사회에서는 여전히 빨간색에 물든 이야기와 그렇지 않은 이야기로 나뉘어 분열의 조짐이 나타났다. 그래도 평등을 내세우던 때가 좋았다고, 갑작스런 자본주의로의 변혁에 거부감을 나타내는 사람들은 소련 책들을 내다 팔아 호구를 잇는 지식인들을 매도했다. 그런 한편에서는 뭐니 해도 풍족한 물품을 누리며 사는 자유로운 생활이 얼마나 좋으냐고 그들을 비웃었다.

어쨌거나 1990년 9월 30일 한소 수교가 이루어지고 그로부터 4년이 흐른 1994년 6월 한창 남북정상회담 얘기로 시중을 달구던 무렵.

모두 남북분단 이후 처음으로 남북정상회담이 이루어진다는데 고무되어 마치 남북통일이라도 되는 듯 들떠 있었다. 미리 발표된 정상회담 의제를 보더라도 그럴 듯했다. 그러나 장정옥이 눈을 씻고 봐도 붉은 씨받이에 관한 얘기는 없었다. 그녀는 너무 실망한 나머지 정대성에게 한마디 했다.

"여보, 정부가 어쩌면 그럴 수 있을까요? 정상회담 의제를 보면 온갖 좋은 말은 다 있는데 붉은 씨받이 얘기는 한마디도 없어요."

"글쎄, 나도 은근히 기대했는데…."

"당신이 언론계에 있으면서 한번 문제를 제기해 봐요."

정옥은 오랜만에 그에게 부담을 안겨주는 요청을 했다. 그녀는 여성인권운동에 참여하고 있었다. 그 무렵 아직 시민운동이 움트기 전이라 여성인권에 관한 관심이 적을 때여서 시민운동을 개척해 볼 생각이었다. 그녀는 대성의 주선으로 여성인권을 사랑하는 모임(여사모)에서 직업여성의 복지문제를 담당했다. 그러나 마음속으로는 언제나 붉은 씨받이의 인권문제를 다루어 봤으면 하는 생각을 떨쳐버리지 못하고 있었다.

그러다가 1994년 김영삼 대통령이 김일성 북한 주석과 정상회담을 한다는 소식을 듣고 눈이 번쩍 띄는 것 같았다. 그녀가 진짜 할 일을 찾은 것이었다. 남북 정상 간에 회담이 열리고, 더군다나 김 대통령이 직접 평양까지 간다니 이번에는 해방 공간에서 소련군의 '안개작전'으로 희생양이 된 한민족 후손의 한을 풀어 줄 수 있지 않을까, 큰 기대를 했다. 하지만 회담 날이 다가오는데도 이 문제에 대해 어느 누구도 말이 없었다. 모두 들떠 있기만 했지 해방 49년, 조국 분단 46년이 되는 지금까지 거론하지 않고 지나왔던 민족적 과제를 그냥 덮어두고 있는 현실을 보고만 있을 수 없었다.

정옥의 간청을 받은 대성은 논설위원으로서 여론을 환기시킬 수 있는 방안을 강구하기 시작했다. 사설, 칼럼은 물론이고 잡지에 기획기사를 싣고, 방송에 출연하여 소련군에 의해 저질러진 만행의 진상규명과 러시아 측의 사죄와 보상, 희생양이 된 당사자들의 복지대책 등을 강구할 필요성을 역설하기에 바빴다. 특히 당시 막 우리 사회에 떠오르던 시민운동 단체를 이용하여 범시민차원의 시민운동을 전개할 작정이었다. 대성은 그동안 논설과 칼럼을 통해 우리 사회가 하루빨리 선진민주사회로 가려면 시민운동진영이 성장해야 한다는 점을 강조해오던 터였다. 이 과정에서 시민운동 인사들과 교분을 쌓아 온 것을 십분 활용할 마스터플랜을 짤 계획이었다.

당시 시민운동세력이 점점 기반을 넓혀가는 과정이었기 때문에 만만치 않을 세력으로서 저력을 키우고 있던 중이었다. 새로운 사회운동세력으로 등장한 시민운동세력은 민주화에 따른 각계각층의 욕구와 불만을 수렴할 조직으로서 시민의 관심과 참여 대상이 되었던 것이다. 그 결과 1994년 9월에 36개 시민단체가 참여한 한국시민단체협의회가 출범하기에 이르렀다. 이 협의회에는 경실련(경제정의실천시민연합), 참여연대(참여자치시민연대), 환경운동연합, 여성단체연합 등이 소속하여 각계에서 활동 폭을 넓히고 있었던 만큼 정대성의 계획은 만만찮은 것이었다. 여기에 '붉은 씨받이의 희생양'이라는 새로운 이슈를 들고나온다면 남북을 막론하고 집권 당국자들이 만만하게 볼 수 없을 것이었다.

한편 6월 13일, 서울에서는 장정옥이 기자회견을 하고 있었다. 남북정상회담 날이 가까워오자 여사모를 통해 북한에 있는 붉은 씨받이와 그 자손들을 구제할 시민운동을 전개하기로 했다. 붉은 씨받이 문제를 두고 남북의 권력자들만 바라볼 수 없다는 생각에서 일생일대 최후의 승부수를 던지려고 하는 중이었다.

종로 YMCA 강당은 입추의 여지가 없을 정도로 참석자들이 빽빽이 자리를 차지하고, 복도까지 서서 뜨거운 열기를 뿜고 있었다. 먼저 여사모 간사인 권혜숙이 나와 기자회견 취지를 설명한 후 회견 당사자인 장정옥을 소개했다.

"우리 여사모는 앞으로 곧 있을 남북정상회담을 앞두고 남북 어디에서도, 그리고 누구도 제기하지 않았던 민족적 과제를 제기하고자 합니다. 오늘 여기 나온 구정옥 씨가 장본인으로서 4년 전 소련까지 가서 생명의 위협을 무릅쓰고 옛 소련군의 비밀작전 음모를 밝혔습니다만 그 후 정부에서 아무런 조치를 취하지 않고 유야무야 되어 온 과제를 오늘 기자회견을 통해 다시 상기시킬 것입니다. 궁금하신 점은 설명을 마친 후 질문해주시기 바라며 여러분의 적극적인 협조를 부탁합니다."

정옥은 단상에 올라 20분에 걸쳐 붉은 씨받이 문제를 푸는 민족적 과제를 설명한 다음 기자들과의 질문응답이 이어졌다.

먼저 반도신문 한성욱 기자가 질문을 했다.

"소련군의 음모인 '안개작전'에 따라 붉은 씨받이 문제가 드러났지만 오늘까지 거기에 대한 조치가 이루어지지 않은 것을 유감으로 생각합니다. 앞으로 남북정상회담에서도 오늘 제기하는 과제에 대해 언급이 없을 경우 어떻게 할 계획입니까?"

"해묵은 숙제를 남북 정상 누구도 거절하지 않으리라 기대하기 때문에 정상 두 분이 언급하지 않을 경우에 대한 계획은 없습니다."

당초 1시간으로 예정했던 질문답변 시간이 예정을 훌쩍 넘어 1시간 40분 만에 끝났다. 그만큼 기자들의 반응은 뜨거웠다. 이에 고무된 정옥과 여사모 관계자들은 1주일 후 예정을 앞당겨 전주 시민대회를 갖기로 했다.

"남북정상은 붉은 씨받이 음모에 대해 러시아 정부에 사과를 요구하라!"

"통일에 앞서 붉은 씨받이 희생자들을 구제할 길을 강구하라!"

"인권을 주장하는 정치인들이 인권을 유린당한 붉은 씨받이 후손들을 외면하지 말라!"

대전을 거쳐 6월 23일 전주역 광장에서 벌어진 시민대회의 열기는 예상했던 것보다 뜨겁게 달아올랐다.

"역대 정부는 권력 다툼이나 하면서 이처럼 불쌍한 역사의 희생자들을 외면해 온 것입니다. 소련의 악랄한 음모의 희생자들을 외면한 결과가 이렇게 나타나고 있는 것을 그냥 보고 있어야 되겠습니까, 여러분? 남북정상회담에서 이 문제를 반드시 짚고 넘어가야 합니다."

행사장 주변에서는 정옥의 하소연을 듣고 소련군의 만행에 분노의 소리가 점점 높아져 갔다. 대회가 진행될수록 부녀자들의 참여도가 높아지더니 급기야 정신대 출신 할머니가 노구를 이끌고 단상에 올라와 호소하기에 이르렀다.

"여러분, 나는 무도한 왜놈의 군홧발에 짓밟힌 데이신따이의 한 사람입니다. 소련군의 음모로 희생된 붉은 씨받이는 데이신따이나 마찬가지입니다. 또 붉은 씨받이의 후손은 내 딸이나 마찬가지입니다. 우리는 이들을 위해 다 같이 나섭시다!"

이를 지켜보던 시민들은 너나 할 것 없이 성금 함에 성금을 내느라 줄을 서고, 100만인 서명운동에 흔쾌히 동참했다. 첫날 대회는 대성공이었다. 그러나 그로부터 보름 후인 7월 8일 남북정상회담 당사자인 김일성 주석이 급서하고 말았다.

낙담한 장정옥은 오랜만에 귀향하는 기분으로 진주를 찾았다. 엄마가 돌아가신 뒤 생활전선에서 생존을 위해 몸부림치느라 와보지 못하고 지낸 세월이었다. 엄마의 산소를 돌아본 후 유품도 정리할 겸 남은 재산이라고는 한 채뿐인 하꼬방의 처분 문제를 결정하기 위해 내려간 것이다. 옛집이 있는 안골로 들어가면서 가슴이 울렁거려 옴을 느꼈다. 길 주변의 논밭 들이며, 나지막한 집들, 군데군데 서 있는 나무 등 점점 낯익은 것들이 하나둘 드러나기 시작하자 찡하게 옥조여 오는 감정이 전신에 퍼지는 것 같았다. 사실상 고향이라고 할 수 있는 곳이었다. 그러나 어릴 적 추억을 더듬을 수 있는 것이라고는 말띠고개 언덕뿐이었다. 함께 어울려 놀던 동무들이라고는 없었다. 고향은 고향이로되 봄만 의지했던 곳이었다.

그동안 팽개쳐 두었던 하꼬방은 낡을 대로 낡아 있었다. 뿌옇게 먼지를 둘러쓴 몰골이 말이 아니었다. 한마디로 폐가였다. 그 모습에서 자신의 정체를 잃어버렸던 지난날의 자신을 보는 것 같았다. 휴지로 먼지를 털어 내고 문손잡이를 돌렸다. 마루로 올라서서 실내를 둘러 봤다. 20년 전 떠났을 때 그대로였다. 단간 방에 조그만 옷장 하나 달랑 놓여 있었다. 옷장에 앉은 먼지를 대충 털어낸 후 서랍을 하나하나 열어 봤다. 옷가지 몇 벌뿐 별다른 유품은 보이지 않았다. 모두 산소로 가져가서 태울 것들이었다. 그런데 맨 밑 서랍에서 엄마의 치마저고리를 들어내는데 무엇이 저고리에서 떨어져 나왔다. 본능적 호기심으로 얼른 집어 들었다. 그 무렵 여자들이 지니고 다니던 주머니였다. 그 안에는 조그만 수첩과 반지가 하나 있었다. 오래되었지만 녹이 쓸지 않은 반지였다. 손가락으로 그것을 닦고 보니 노란 색깔이 드러났다. 이른바 금반지였다. 엄마가 자신에게 남겨주려고 간직했던 패물이었다는 것을 알아차린 정옥은 코끝이 시큰둥하여 울먹거리고 있었다. '엄마-! 나를 이렇게 생각해 주었네요.' 엄마에 대한 고마움을 가만히 되뇌던 그녀는 수첩에 눈길을 보냈다. 헌데 거기에 적혀 있는 것이 그녀를 얼어붙게 했다. 그토록 찾아 헤맸던 자신의 출생 비밀이 바로 거기서 자신을 기다리고 있었던 것이다.

청진시와 인접한 부령군 사하리에 살던 장또순은 결혼한 지 얼마 안 되던 때 소련군 병사에게 능욕을 당한 일을 이렇게 밝히고 있었다.

—1945년 10월 중순께 내는 밭에서 정신을 잃은 채 로스끼에게 당하지 않으면 안 되었음메. 내 가차비 있던 엠나 새끼들은 다 죽어라 내마 도망치고, 내 혼자 다리갱이를 쩔뚝거리는 통에 뛰지 못하

고 그만 잡혔지비.

소련군 병사들이 성욕에 들떠서 달려오고 있던 때, 밭에서 일하던 장또순은 어디가 불편한 지 엉거주춤 일어선 채로 미처 도망 갈 엄두를 내지 못한 것 같았다. 흰둥이 한 놈이 10미터 앞으로 접근하자 그때야 달리기 시작했다.

"오매! 종간나 소련 새끼들 아이가." 외마디 소리를 내지르고는 혼비백산 달렸다. 그러나 그녀는 다리를 절었다. 절룩거리며 달린다고 달려 봤지만 사냥개마냥 달려드는 소련 병사를 따돌릴 수가 없었다. 그놈은 연신 '가스빠진, 가스빠진'하며 그녀의 손을 낚아챘다. 그리고 근처 풀숲으로 끌고 갔다. 그녀는 끌려가면서 발버둥쳤지만 역부족이었다. 얼굴뿐만 아니라 팔 등 온몸에 털이 솟아 난 야수 같은 놈이 팔이 빠질 만큼 억세게 휘어잡고 설치는 바람에 질질 끌려갔다. 풀숲에 나뒹굴어질 때는 기진맥진했다.

그놈은 한 치의 빈틈도 주지 않고 나자빠진 그녀의 저고리 고름과 치마끈을 동시에 우두둑 잡아 뜯었다. 그러면서 딴에는 달래려는 듯 연신 무엇이라 씨부렁거렸다.

"가스빠진, 가스빠진, 하라쇼."(아가씨, 아가씨가, 좋아요)

그때 그녀는 필사적으로 대들었다. 신혼 초인 그녀로서는 외간 남자, 그것도 짐승 같은 소련 놈에게 알몸을 내놓아야 할 지경에 이르자 제정신이 아니었다.

"소련 놈, 종간나 새끼. 니 죽고, 내 죽자이!"

두 손으로 닥치는 대로 그놈을 때렸다. 그러다가 그놈의 멱살을 잡았다. 두 손으로 죽으라 하고 목을 조였다. 그때 그놈은 미친개가 되어 손을 물어뜯었다. 동시에 그녀의 얼굴을 힘껏 후려쳤다. 그녀는 악! 하며 혼절했다. 악몽의 순간을 잊은 채 정신이 나가 있는 사이 그녀는 소련 병사에게 무참하게 유린당했다. 깨어나 정신을 차렸을 때는 아랫도리에 심한 통증과 함께 선혈이 낭자한 것을 보았다.

—기런데서리 멫딸이 지나 개우닥질(구역질)이 나더니 배가 쑥쑥 나오는 게 아이겠슴. 내 남새스러바서 내 혼자서 가마히 만져보니 아무래도 그때 로스끼의 종자를 밴 게 아잉가 퍼뜩 생각났음메. 기렇지만 내 뱃속의 아는 내 피붙이라는 게 아잉가. 뉘기 씨든지 내 아고 조선의 아로 키우면 되지비. 날에 날마다 자라는 새 생명에 대한 애착심이 가는 것을 어쩔 수 없었음메. 우리 집 나그네가 어떻게 나올지 모르지만 내 아는 내가 키워야지 생각했지비. 배가 불러오는 낌새를 보던 게 나그네는 은근히 좋아하는 눈칩데.
"제(자기) 배가 커지네? 혹시 애를 밴 게 아이요?"
—나그네는 새살림을 갓 시작한 참이니까 안까이 배가 불러오는 게 애를 임신했는가 하는 게지. 그치만 내 차마 로스끼 종재라는 말은 입밖에 못 꺼냈지비. 기래서리 내 혼자 골이 아파서 그러고 있는데 나그네가 어디 갔다가 무슨 말을 들었는지 술에 취해 고래고래 소리치면서 행패질 하기 시작하잰니. 뱃속에 아는 무신 죄라는 게니? 기래서 내 그 인간이 사람새끼 같지 않아서 홀 나와 버렸지비.

사실 그때 장또순은 생각지도 않게 배가 불러오니 무어라 할 말이 없었다. 혼자서 배를 만져 보며 어떻게 해야 좋을지 고민이 깊어 가던 중이었다. 그러는 사이 동네에서도 새삼스레 뒷말이 나돌았다.
"그 와, 절름발이 아즈마이 있잖소. 소련 놈 아를 뱄다는 소문이 나돌지비."

"무시기 그런 소리 하오?"

"그 아즈마이가 붉은 사생아를 낳게 생겼꼬망."

동네 소문이 귀에 들리자 남편이 의심하기 시작했다. 남편의 어색한 표정에서 이를 눈치 챈 그녀는 소련군 병사의 아이를 낳게 될 일이 태산처럼 무겁게 가슴을 짓눌러 옴을 느꼈다. '아들이든 딸이든 내 몸에서 나올 아이는 내 핏줄인데 남편에게는 무엇이 될 것인가?', 자문해 봤지만 무엇이라고 대답할 말이 없었다. 그러던 때 남편이 술을 퍼마시고 와서는 행패를 부리기 시작했다. 또순이는 죄 없는 피붙이를 두고 그가 난폭하게 굴자 기다렸다는듯 그에게 욕설을 퍼부은 후 집을 뛰쳐나왔다.

—'저런 게 다 나그네라고? 차라리 없는 게 낫지비.'
집을 뛰쳐나서는 마음을 옹쳐먹고 살았지비. 그때 아끼꼬를 만나 면서리 험한 세상살이에 휩쓸리며 살았지비. 정옥아, 또냐로 살던 내레 널 나타샤로 낳아 키웠지만 고향에 와서는 내 성을 따라서 장정옥이라고 불렀쟌니.

엄마는 자랑스럽지 못한 과거를 묻어버려야 했을 텐데도 자신에게 알려주기 위해 군이 숨기지 않고 기록해 두었던 것이다. 그 후 역정과 엘겐수용소 생활도 깨알 같이 기록해 두었다. 그런데 그녀의 눈길을 확 잡아끄는 대목이 있었다.

—기런데 엘겐에 있을 때 내레 놀라운 일을 당했제니. 그놈으 로스끼가 거기까지 왔습데. 조선에서 못된 짓을 하다가 그 먼 곳에 쫓겨 왔다는 거이 아임둥. 기런데 그놈이 내레 몰래 내 아를 뺏으려고

했지비. 기래서 아끼꼬 언니가 그놈을 죽였다고 했슴. 죗값을 한 것이지비. 아끼꼬가 그 말만 하고 서리 내레 아무것도 모른 채 있어라고 했꼬망. 인자 로스끼는 없어졌으니 우리 사이에 끼어들 건덕지는 없지비. 기래서 로스끼가 날 덮친 일을 입때껏 숨겨왔음메.

정옥은 얼어붙은 듯 그 부분에 시선을 박고 있었다. 전혀 생각지도 못한 사태가 엘겐수용소에서 일어났던 사실은 충격을 주기에 충분했다.

아끼꼬가 어느 날 나타샤를 보러 어린이보호소로 가던 중 수상한 사내를 보게 되었다. 경비병 제복을 입고 있어서 으레 경비업무 중인 것으로 알았지만 거동이 눈길을 끌기에 충분했다. 그녀가 현관으로 막 들어서는 순간 그 경비병은 누가 뭐라고 하지도 않았지만 얼른 자리를 피했다. 그 동작을 보고서는 어딘지 익숙하지 않다는 느낌을 가지고 나타샤가 있는 방으로 갔다. 한동안 귀염둥이를 안고 얼러다가 다른 볼 일이 있어서 나왔다. 그런데 왠지 아까 그 경비병의 그림자가 자꾸 주변에 얼른거리는 것 같았다. 무엇인가, 말해야 할 것을 하지 않은 것 같은 개운찮은 기분이었다. 그녀는 막사로 향하면서 괜한 신경을 쓴다고 고개를 흔들어 그의 잔상을 털어버렸다.

그 후 그 일을 잊어버리고 있다가 일요일이 되자 나타샤가 잘 있는지 궁금해서 또냐와 함께 어린이보호소로 갔다. 일주일 만에 만나는 모녀간의 잔정이 오가는 것을 보고 있던 아끼꼬가 문득 고개를 돌렸을 때였다. 창밖에 서 있던 병사가 얼른 몸을 숙이며 지나갔다. 엄마가 자기 아이를 안고 귀여워해주는데 병사가 무슨 볼일이 있다고 몰래 훔쳐보다가 달아나듯 사라지다니…. 의아한 생각이 잠깐 스쳤다. 그런데 또냐와 함께 보호소를 나서면서 지난번 경비병의 수상한 동작이 떠올랐다. 그녀는 고개를 갸우뚱했다. 혹시 그때 그 병사가 아닐까? 시답잖은 일도 잦으면 큰일이 된다고 만약 같은 병사라면 수상쩍은 행동에서 무슨 문제가 발생하지 않을까, 걱정이 되었다.

그로부터 사흘 후, 수용소가 발칵 뒤집혔다. 경비병이 정체 모를 괴한에게 피살되었다는 것이었다. 아끼꼬에게 들린 소식에 의하면 피살된 병사는 지난번 나타샤를 보러 갔을 때 수상한 행동을 보였던 그 병사라는 것이었다. 아침에 경비부대에서 인원 점검하다가 병사 하나가 빠진 것을 발견했다. 빠진 병사가 누구인지 확인하려는 때 철조망 순찰 돌던 병사가 피살 시체를 발견했다는 보고가 들어왔다. 죽은 병사는 아끼꼬와 우연히 조우했던 그 병사였다. 시체를 조사한 결과 둔기로 머리를 맞은 것이 확인되었다. 시체의 경직상태로 보아서 한밤중이나 새벽에 살해된 것 같았다.

아끼꼬는 전날 밤 몰래 자유노동자 사내와 만나 사랑을 속삭이고 있었다. 이전부터 그녀에게 호감을 보이던 이바노프가 임의로 수용소 공작실에 고용된 자유노동자였다. 해서 그는 비교적 자유롭게 수용소 경내를 돌아다닐 수 있었다. 그는 나타샤를 보러 다니던 아끼꼬를 어린이보호소 부근에서 자주 보게 되었다. 그래서 생리대라든가, 화장품 같은 여자용품을 그녀에게 선사하면서 접근했다. 여죄수들이 가장 선호하는 남성을 마다할 리가 없었다. 외롭고 쓸쓸했던 아끼꼬는 그의 호의를 받아들였다. 그날도 막 싹 트기 시작한 둘 사이의 연정을 확인한 후 어린이보호소 앞을 지나던 길이었다. 우연히 아끼꼬는 나타샤가 있는 방 쪽으로 고개를 돌렸다. 모두 어린이들이 있는 방이라 불이 꺼져 있는데 오른쪽 끝에서 두 번째 방 하나만 불이 켜져 있는 것을 보게 되었다. 바로 그때 그녀의 머리를 스치는 것이 있었다. '혹시 나타샤에게 무슨 일이 있는 것이 아닌가?' 그 순간적인 의혹이 그녀의 발길을 나타샤가 있는 방으로 이끌었다.

이바노프의 손을 잡고 어두컴컴한 복도를 더듬으며 가던 그녀는 나타샤가 있는 방 쪽에서 인기척을 느꼈다. 이바노프에게 입술에 손가락을 댄 모습을 보여 주며 조심스럽게 창문으로 접근했다. 그리고 제복을 입은 병사의 등이 창 쪽으로 향한 채 침대에 손을 짚고 있는 것이 보였다. 아끼꼬는 자신도 모르게 소리를 지르며 방으로 돌진했다. 그녀는 그 병사를 본 뒤 며칠 사이 잠재의식에 빨간불이 켜진 결과였다. 그 아이에게 무슨 일이 일어나는 것에 대한 경계심이 발동한 것이다.

"누구야? 나타샤에게 손 대면 안 돼!"

그런데도 병사는 여유 만만한 태도를 보였다. 한 치 흐트러짐이 없이 돌아선 그는 퉁명스럽게 반문했다.

"내 아이 보러 왔는데 왜 끼어들어 소란을 피워!"

내 볼일 보는데 무슨 간섭이냐는 투였다. 아끼꼬는 그의 어긋나는 소리에 어처구니없었다.

"내 아이라니, 당신 누구야?"

이렇게 해서 난데없이 나타샤의 아버지라고 주장하는 사내의 정체가 밝혀지게 되었고, 실랑이 끝에 결국 그가 잠자는 아이를 납치해 달아나는 지경에 이르렀다. 아끼꼬가 가만 둘리가 없었다. 방문을 지켜서서 결단코 나타샤의 피납을 막았다. 그러자 옆에서 이를 지켜본 이바노프가 나섰다. 그는 옆에 있던 걸레 자루로 사내의 정수리를 정통으로 내리쳤다. 사내가 나타샤를 안고 있던 손을 놓으며 머리를 싸잡는 순간 막 떨어져 내리는 아이를 아끼꼬가 얼른 받아 안았다. 놀라 눈을 번쩍 뜬 나타샤를 달래기 시작했다. 이바노프가 뻗어버린 사내의 팔목과 가슴에 손을 대본 후 시체를 철조망 있는 데로 갖다 버렸다.

그놈의 죽음으로 영내가 떠들썩한 가운데 아끼꼬는 또냐에게 다가 갔다. 다음에 또 어떤 일이 생길지 몰라 또냐에게 단단히 일렀다. 간 밤에 일어난 일을 알려주고 일체 모른 체하라고 했다. 그래야 나타샤 가 무사히 수용소 생활을 마칠 수 있다고 알려주었다. 더욱이 그 병 사는 함경북도 부령군 사하에서 또순이를 겁탈한 25군 병사라는 사 실도 알려주었다. 그는 거듭되는 자신의 만행에 중죄인으로 수감되 자 사령관을 욕하며 반항했다. 그 바람에 악질 정치범이 되어 콜리마 까지 압송되었다. 그리고 동양 여자, 아마 까레스끼가 낳은 아이가 있 다는 얘기를 들었던 것 같았다. 그는 은밀히 수소문해서 그 아이 엄 마가 북조선 함경북도 부령군 출신이라는 것을 확인했던 것이다.

정옥은 그동안 숨겨져 왔던 자신의 정체에 관한 진실을 대하는 순 간 전율을 느꼈다. 진실 앞에 선 나머지 치솟아 오르는 격정을 억제 할 수 없었다. 그러나 그 일을 말하는 엄마의 담담한 어조에서 행간 의 뜻을 알 수 있었다. 무식한 시골 아낙네가 전란 후의 혼란 속에서 겪게 된 파란만장한 인생을 두고도 감정에 휩쓸리지 않고 엮어 간 침 착성에 감동을 받았다. 굳이 자신의 과거를 숨기지 않고 기록을 남긴 것은 그녀로 하여금 진실 앞에서 올바른 자기를 찾을 수 있도록 하기 위한 배려였다는 것을 알 수 있었다. 시골 여인으로서는 무지막지한 소련군에게 당한 사실과 그 후 겪게 된 고난을 한순간이라도 생각하 고 싶지 않았을 것이다. 그런데도 꼼꼼히 기록해두었다니 무릎을 꿇 고 싶었다.

'울 엄마가 듣도 보도 못한 블랙 마리아라는 요상한 차와 스톨리핀 이라는 인간화물열차를 타고 그 머나먼 콜리마까지 잡혀갔다가 나를 낳았구나. 그리고 조국으로 돌아와서 고생하면서도 나를 자신의 분신으로 지켜주었구나.' 이제야 엄마의 심정을 알 것 같았다. 자신은 그런 엄마의 배 속에 안긴 채 블랙 마리아와 스톨리핀을 타고 고난의 여정을 함께 했으니 결과적으로 엄마의 고난 동반자였다. 그녀는 엄마의 동반자로서 이 엄청난 역사의 파도를 헤쳐 와 여기 이 자리에 서 있다는 것을 깨닫자 심장 박동이 빨라지기 시작했다. 죄수들을 실어 나르는 차와 열차를 타고 갔던 모녀의 기구한 운명이 나래를 치며 다가오는 것 같았다.

정옥은 결국 모녀의 운명을 블랙 마리아와 스톨리핀에 결부시켜 준 원초적 요인은 그 로스케 병사로부터 비롯되었다는 사실을 실감하게 되었다. 용감한 자만이 진실 앞에 설 수 있다더니 이제 그녀는 서슴없이 진실을 받아들였다. 순간 자신의 정체성을 두고 마음을 가다듬어야 했다. 두 팔을 옷장에 짚은 채 몸을 기댔다. 호흡을 가다듬자 가슴에 맺혀 있던 응어리가 온데간데없이 사라진 것을 느꼈다. 잠시 후 정옥은 힘겹게 헤쳐 온 세월의 저편에서 실려 오는 회한의 소리를 뒤로 하고 집을 나섰다. 그리고 소녀의 얼이 밴 그 언덕으로 올라갔다. 거기에는 나타샤의 얼굴이 언뜻 비치는가 했더니 어느덧 말띠고개 언덕에 홀로 앉아 외로운 마음을 달래던 소녀의 모습으로 바뀐 자신을 발견했다.

'원숭이 똥구멍은 빨개-빨가면 사과-사과는 달지….'

즐겨하던 낱말 잇기를 끝낸 후 부르던 노래를 흥얼거리기 시작했다.

'백두산 뻗어 내려 반도 삼천리….'

죽을 때까지 자신의 출생 배경을 비밀로 했던 엄마의 심정을 이해한 그녀는 떳떳하게 대한의 노래를 부르고 있었다. 붉은 사생아 나타샤는 이제 장정옥으로서 자신의 출생 비밀을 딛고 일어서서 대한의 딸로 거듭 태어나고 있었다. 그녀는 새삼 새롭게 살아가려는 의욕을 느꼈다. '이제 시작이야!' 중얼거리며 자리에서 일어섰다.

다음 해인 1996년 가을에 생신 50주년을 맞아 콜리마 탐사여행에 나서기로 했다. 이역만리 시베리아 북극동 지역에 있는 역사적 출생지, 그리고 엄마와 아끼꼬 이모가 몸으로 부딪쳤던 엘겐수용소를 찾아 고난의 현장을 확인하는 것이 순서일 것이었다.

에필로그

2018년 늦은 봄.

봄이 왔다가는 어느덧 초여름 기운이 감돌기 시작하고 있었다. 이 따금 산골짜기를 훑고 지나가는 산들바람이 그나마 더위를 느끼지 못하게 했다. 도시와는 달라 맑은 공기에 산뜻한 신록이 상쾌한 기분을 돋우어주었다. 노부부는 늦은 오후 전원주택 부근 호수 가를 거닐고 있었다. 노후 건강을 위해 시내에서 가까운 곳에 지은 단칸방 주택에서 산책이 중요한 일과였다. 그들 옆에는 딸 부령과 아들 옥봉이 각각 아버지와 어머니의 팔을 잡고 함께 산책을 했다. 이 둘은 주말을 틈타 부모를 모시러 온 김에 모처럼 정담을 나누는 시간을 가졌다.

정옥은 엄마의 메모를 통해 출생과 관련한 진실을 알게 되자 그동안의 의혹을 떨쳐버리고 새 출발을 다짐했다. 그 다짐의 첫 실현으로 대성과의 결혼을 먼저 제의했다. 그동안 그에게 졌던 마음의 빚을 갚아야 되겠다는 생각에서였다. 그런 입장에서라면 제의했다기보다 오히려 그녀 쪽에서 먼저 간청을 했다고 하는 것이 나을 성싶었다. 대성이 그때까지 혼자 있는 것을 보고 내심 처녀 적 첫사랑의 애틋함이 고개를 들기도 하여 과감하게 나갔던 것이다. 둘은 결혼을 하고 이듬해 딸을 낳자 더욱 충만한 행복을 맛보게 되었다.

외할머니의 고향을 기리는 뜻에서 딸의 이름을 부령이라고 지었다. 이듬 해 또 아들을 낳았다. 부모가 살던 곳을 기려 이름을 옥봉이라고 지었다. 부령은 신예작가로 활동을 시작, 부령 나름의 작품을 쓸 결심에 부풀어 있었다. 아들 옥봉은 아버지의 뒤를 이어 신문기자로 활동하고 있었다. 가족의 호젓한 정담이 오가는 자리여서 부령은 아버지에게 조언을 구했다.

"아버지, 요새 부령 버전 신작을 쓰려고 구상중인데요 어떤 방향으로 구상해야 할까요? 말씀 좀 해주세요."

"나도 네 엄마와 함께 했던 그날의 얘기를 소설로 써보고 싶기는 하지만 너무 늙어 엄두를 못 내고 있어. 하지만 네 작품 얘기라면 조언을 해줄 수 있지."

"플롯을 어떻게 잡는 게 좋을까요?"

"플롯이라…. 그게 쉬운 일이 아니지. 잘 쓰는 작가들 얘기를 참고해야 할 거야. 예컨대 문학작품 수상 소감 같은 데서 한 말 말이야. '소설은 사람이 살아가는데 반면교사 역할을 한다'고 했잖아. 그 말을 잘 새겨 보고 플롯을 구상해 봐."

"네, 소설의 본질적 가치를 두고 한 말 같은데 저도 그런 류의 말을 염두에 두고 작품을 보다 우리 현실에 맞게 구상해 볼래요."

그러자 대성은 옆에서 가만히 듣고만 있는 정옥의 얼굴을 슬쩍 보면서 조언을 했다.

"그래야지. 네 엄마와 외할머니의 기구한 삶 같은 데서 모티브를 가져오면 좋겠군."

부령은 표정을 읽듯 잠시 엄마의 얼굴에 시선을 주고 있었다. 이윽고 엄마의 손을 잡고 암묵적인 승낙을 받은 것처럼 말했다.

"아 참, 그게 좋겠어요. 엄마, 멀리 갈 필요가 없네요, 흐흐."

"그래. 마침 올해가 네 엄마와 내가 소련군의 비밀 파일은 물론 네 외할머니의 콜리마행 기록을 찾아낸 지 30주년이 되는 해야. 그래서 현지답사를 가면 어떨까 했는데 네가 구상하는 작품을 위해 한번 현지에 가보는 게 좋겠군."

그때 마치 차례를 기다리고 있었던 것처럼 정옥이 끼어들었다.

"벌써 30년이나 됐네요. 참 세월도…. 내가 그때 혼자서 바둥거릴 때 네 아버지가 성심껏 나를 도와주셨지. 엄마나 외할머니 얘기가 아니더라도 작가라면 그런 얘기쯤은 작품으로 써 볼 만할 거야."

"아 네, 시기적으로 안성맞춤이 되겠네요. 엄마 생일인 8월 20일에 출생지를 찾는 것도 좋겠어요. 답사 여행에 엄마도 함께 가요, 네."

팔순이 된 정대성은 자기를 이어, 아니 정옥을 이어 모녀가 대물림으로 그 멀고도 먼 북극동 지역 고난의 발자취를 작품으로 남길만한 가치가 있을 것이라고 생각하며 가슴이 뿌듯했다. 그래서 한마디 더 조언을 해주었다.

"알베르 까뮈라는 노벨문학상 수상작가가 말이야, 이런 말을 한 것이 기억나네. '작가는 역사를 주도하는 사람보다 역사의 희생자들을 위해 봉사해야 한다.' 이 말에서 네 외할머니 같이 고난을 겪은 사람들에게서 작품의 모티브를 가져와야 할 필요성을 느끼지 않나?"

"네, 알겠어요. 까뮈의 정신을 기억하며 작품을 구상해 볼게요."

이들은 해가 뉘엿뉘엿 서산으로 기울어져 가자 늦기 전에 서둘러 귀갓길에 나섰다. 소슬바람이 호수 면을 잔잔히 흔들며 지나가는 사이 산새들도 보금자리로 돌아가고 있었다.

호수에서 집으로 가는 길은 꾸불꾸불 산 언덕길이었다. 아들 옥봉이 모는 차가 산길을 누비며 가는 동안 대성과 정옥은 두 손을 꼭 잡은 채 모스크바를 누비던 그때를 떠올렸다. 칠순 노파가 된 그녀는 대성의 따뜻한 체온을 손바닥으로 느끼며 모스크바를 넘어 어릴 적 추억이 어린 콜리마 하쉰마을로 회상의 나래를 펼치고 있었다. 떠나온 지 벌써 70년이 넘어 험하던 산촌이 많이 변했을 것 같았다. 인생 황혼에 돌아보는 고난의 발자취가 새삼스레 요지경처럼 다가오고 있었다.

운전석 옆에 앉은 부령은 먼 그날로 돌아간 노부부의 회상 모습을 힐끗 돌아봤다. 그 순간 자식으로서 감동에 젖어들었다. 그 험한 곳을 몸소 겪은 사람 같지 않게 평온한 엄마의 표정이 더욱 돋보였다. 작가로서 자연스럽게 외할머니와 엄마가 겪은 고난의 발자취를 서사의 기본 줄거리로 삼아 새로운 작품을 써보려는 의욕이 꿈틀거리기 시작했다. 그녀가 구상하는 작품 속에서는 부모의 역할 보다 외할머니의 역할에 무게를 두는 것이 나을 성싶었다. 말하자면 가족사로서 개인의 감상적 회상 차원을 넘어 전란의 소용돌이에 휩쓸린 한 여성의 실존 차원에서 한민족의 아들딸들에게 삶의 값진 의미를 전해 주는 방향으로 외할머니의 고난을 형상화하려고 했다.

엄마의 얘기로는 외할머니는 초등학교도 제대로 다니지 못한 무식한 시골 아낙네였다. 그런 여인이 들도 보도 못한 저 먼 북극동 지역 콜리마 수용소까지 갔다 왔다니 믿기지 않았다. 부령은 구절양장처럼 꾸불꾸불한 산언덕 고비를 돌 때마다 외할머니의 고난의 발자취가 하나둘 현실로 다가서는 듯 눈앞에 펼쳐지는 것을 느꼈다. 한 고비를 돌 때 무식하고도 세상모르는 시골 여인이 청천벽력 같은 운명에 부딪친 후 북조선 주둔 소련군의 재판정에 선 모습이 차창에 나타났다. 일본인 유곽녀 아끼꼬와 함께 서 있었다. 외할머니의 젊었을 적 이목구비는 촌부답지 않게 뚜렷한 윤곽 속에 자리 잡고 있었다. 다만 그 얼굴 위에는 순박한 분위기가 감돌고 있었다. 또 한고비를 돌자 소련의 정치범 호송 차량인 블랙 마리아를 탄 여인이 고개를 숙인 채 멀고도 먼 북극동 지역 콜리마로 가던 모습이 떠올랐다. 그러나 혼자만이 아니라 함께 유형의 길에 들어섰던 태아를 안은 배가 불거져 보였다. 다음 고비에 이르자 한 여인이 엘겐수용소에서 아이를 출산하는 장면이 잇달았다. 그 옆에는 한 여인이 서서 대견한 듯 미소를 띠고 있었다. 아마 엄마가 이모라고 불렀던 아끼꼬 할머니인 것 같았다. 마지막 고비에 다다라서는 나타샤로 불리던 그 어린애가 소녀로 성장한듯하더니 어느덧 젊었을 적 엄마로 변신하는 것이었다.

'아! 저기 저 엄마가 외할머니 뱃속에서 블랙 마리아를 함께 타고 가서 엘겐수용소에서 태어나 살았단 말인가?'

부령은 한 여인, 아니 두 조선 여인의 기구한 삶에서 역사의 질곡을 보았다. 여인의 삶이 그렇게 순탄치 않게 전개된 것은 전란의 회오리 때문이었다. 역사의 격랑에 휩쓸린 여인들의 실존문제는 예사로울 수가 없었다. 2차 대전이 끝난 마당에 해방의 환희와는 딴판으로 떨어지게 된 여인의 삶은 역사의 어두운 그림자였다.

일제 36년의 억압에서 드디어 나라를 찾았다고 해방과 광복을 부르짖었다. 그날은 무식자고 유식자고 할 것 없이 손에 태극기를 들고 길거리로 쏟아져 나와 만세를 불렀다. 그런데 이런 역사적 흐름과는 반대로 휩쓸려 무참하게 인권이 유린당한 여인의 이야기는 그냥 지나칠 일이 아니었다. 그런데, 그런데 말이다. 남과 북을 막론하고 권력자들은 말이 없었다. 왜 그랬을까? 자유와 평등과 인권이 우선시되는 시대, 21세기에도 외할머니 같은 역사의 희생자는 여전히 주목받지 못한 채 역사의 뒤안길로 사라져야 한단 말인? 심한 반발심을 느끼지 않을 수 없었다. 부령은 작품을 통해 거친 역사의 수레바퀴에 희생된 조선 여인의 상처를 치유함으로써 통일 이전에 민족통합

을 이루는 것이 필요함을 깨달았다. 이 대목에서 부령은 역사의 희생
자들을 위해 봉사하는 것이 작가의 사명이라는 말을 곱씹어 보고 있
었다. 그러는 사이 차가 언덕길을 내려와 어곡터널을 통과했다. 어두
운 길을 지나고 바로 경부고속도로로 들어 설 지점이 다가왔다. 그제
야 부령은 새 작품의 방향성을 확신할 수 있었다. 이제 훤히 뚫린 길
을 달릴 일만 남았다.

참고문헌

〈수용소 관계〉

― 국내 도서

한정숙, 시베리아 유형의 역사, 민음사, 2017

― 외국 도서

Alexander Dolgun, An American in the Gulag, Unforgettable Testment to Human Courage, Ballantine Books, 1976

Alexander Solzenytsin, Gulag Archipelago 1-4, 1975

Barlam Shalamov, Kolyma Stories, Terra Knizni Klub Knigobek, 이종진 역 콜리마 이야기, 을유문화사, 2015

Yevgenia Ginzburg, Journey into the Whirlwind, Harcourt, In., 1995

니욜레 사두나이테, 오지영 역, 시베리아에서 부른 노래, 새남, 1991

다게다 마사나오(竹田正直), 혹한 시베리아 억류기-흑빵 350그람의 청춘-, (주)광인사, 2001

새디어스 위틀린, 베리아 일대기(The Commissar), 이대훈 역, 동화문화사, 1973

스티븐 F. 코언, 김윤경 역, 돌아온 희생자들-스탈린 사후, 굴라크 생존자들의 증언-, 2014, 글 항아리

알렉산드르 솔제니친, 류필화 역, 이반 데니소비치의 하루, 소담출판사, 1994

알렉산드르 솔제니친, 진경호 역, 수용소군도(축소판), 개척사, 1974

알렉산드르 푸시킨, 오정식 옮김, 삶이 그대를 속일지라도, 더 클래식, 2017

장 클로드 카리에르 등, 박인철 옮김, 마틴 기어의 귀향, 영웅, 1992

코야나기(小柳) 치히로, 여성들의 시베리아억류, 문예춘추, 2019
　　2014년 8월14일 NHK가 방송한 'BSI 스페셜 여자들의 시베리아 억
　　류'를 종전 70주년인 2015년 간행 예정이었으나 5년 동안 보충 취재
　　하여 2019년에 발행하게 된 것임.

테렌스 데프레, 생존자, 차미례 역, 인간, 1981

헤더 모리스, 실카의 여행, 김은영 역, 북로드, 2021

〈전쟁과 인간〉

― 국내 도서

김인숙, 소현, 자음과 모음, 2010

노라 옥자 켈러, 종군위안부, 밀알, 1997

서병홍, 전쟁과 여인 상 중 하, 1999

정동주, 콰이강의 다리, 한길사, 1999

주돈식, 조선인 60만 노예가 되다, 학고재, 2007

황장엽, 회고록, 나는 역사의 진리를 보았다, 한울, 1999

― 외국 도서

야마다 메이코, 종군 위안부들의 태평양전쟁, 쑥맥, 1995

일본근대저가연구회 편, 유근주 역, 전장의 여인, 현대사조사, 1967

안개 여인, 그녀의 정체

정다운 지음

발 행 처 · 도서출판 **청어**
발 행 인 · 이영철
영 업 · 이동호
홍 보 · 천성래
기 획 · 남기환
편 집 · 방세화
디 자 인 · 이수빈 ｜ 김영은
제작이사 · 공병한
인 쇄 · 두리터

등 록 · 1999년 5월 3일
(제321-3210000251001999000063호)

1판 1쇄 발행 · 2021년 11월 20일

주 소 · 서울특별시 서초구 남부순환로 364길 8-15 동일빌딩 2층
대표전화 · 02-586-0477
팩시밀리 · 0303-0942-0478

홈페이지 · www.chungeobook.com
E-mail · ppi20@hanmail.net
I S B N · 979-11-5860-994-8(03810)